消失の惑星《ほし》

ジュリア・フィリップス
井上里 訳

Disappearing Earth

Julia Phillips

早川書房

消失の惑星《ほし》

DISAPPEARING EARTH
by
Julia Phillips

Translated by
Sato Inoue
First published 2021 in Japan by
Hayakawa Publishing, Inc.
This book is published in Japan by
arrangement with
William Morris Endeavor Entertainment, LLC
through The English Agency (Japan) Ltd.

装幀／早川書房デザイン室
写真／Igor Ustynskyy

アレックスへ。愛する人。大切なДар〔恩恵〕。

｜リャホフスキー一家｜

コーリャ（ニコライ）・ダニロヴィッチ　ペトロパヴロフスク・カムチャツキーの警察の巡査長

ゾーヤ　コーリャの妻。国立公園事務所で働いているが育児休暇中

サーシャ（アレクサンドラ）　二人の赤ん坊

オーリャ（オリガ）　街の学校の八年生

ワレンチナ・ニコラエヴナ　公立学校の秘書

ディアナ　ワレンチナ・ニコラエヴナの娘

カーチャ（エカテリーナ）　コンテナ・ターミナルの税関で働く

マックス（マクシム）　火山研究所の研究員

オクサナ　火山研究所の研究員

ラダ　街のホテルの受付係

イエゴール・グサコフ　チェガの同級生

マーシャ・ザコトノワ　ラダの幼なじみ

アンフィーサ　警察署で働く事務員

エフゲーニー・パヴロヴィッチ・クーリク　ペトロパヴロフスク・カムチャツキーの警察の巡査部長

主要登場人物

｜ゴロソフスカヤ一家｜

マリーナ・アレクサンドロヴナ　ペトロパヴロフスク・カムチャツキーに住む統一ロシア党のジャーナリスト

アリョーナ　マリーナの長女

ソフィヤ　マリーナの次女

｜ソロディコワ一家｜

アーラ・イノケンチエヴナ　エッソにある文化センターの運営者

ナターシャ（ナターリヤ）　アーラの長女。海洋研究所の研究員

デニス　アーラの真ん中の子どもでひとり息子

リリヤ　アーラの次女

レヴミーラ　アーラの又従姉妹。看護師

レフ、ユルカ（ユリヤ）　ナターシャの子どもたち

｜アドゥカノフ一家｜

クシューシャ（クセーニヤ）　大学生

チェガ（セルゲイ）　クシューシャの兄。カメラマン

アリーサ　クシューシャの従姉妹

ルースラン　クシューシャの恋人

ナージャ（ナデジダ）　チェガの恋人。銀行のマネージャー

ミラ（リュドミラ）　ナージャの娘

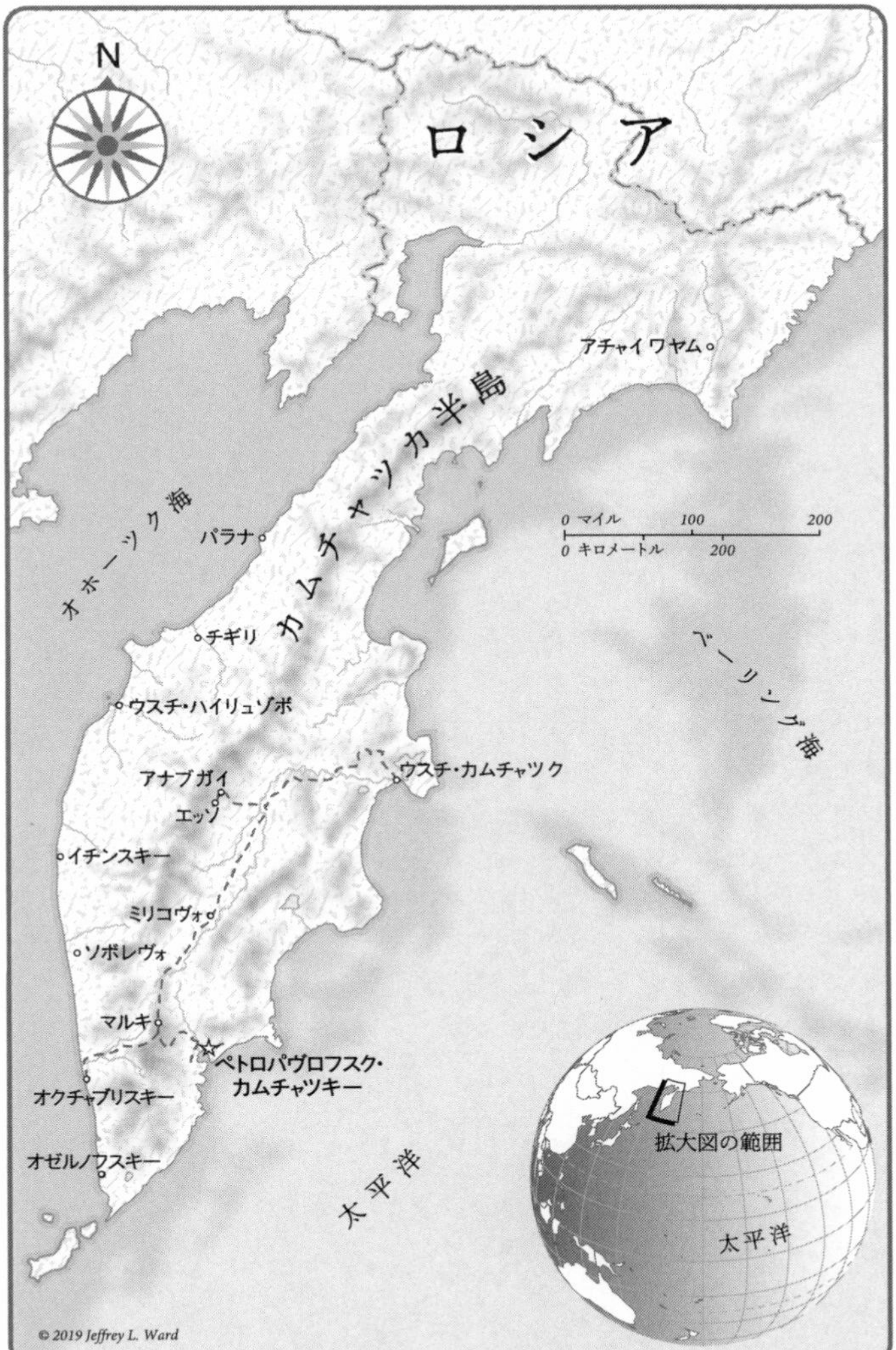
N
ロシア
アチャイワヤム
カムチャツカ半島
オホーツク海
パラナ
0 マイル 100 200
0 キロメートル 200
チギリ
ベーリング海
ウスチ・ハイリュゾボ
アナブガイ
ウスチ・カムチャツク
エッソ
イチンスキー
ミリコヴォ
ソボレヴォ
マルキ
ペトロパヴロフスク・カムチャツキー
オクチャブリスキー
拡大図の範囲
オゼルノフスキー
太平洋
太平洋
© 2019 Jeffrey L. Ward

八　月

ソフィヤはサンダルを脱いで波打ちぎわに立っていた。静かなさざ波が、そのつま先を濡らした。真っ白な足が灰色がかった海水に沈む。「あんまり遠くに行っちゃだめ！」アリョーナは叫んだ。

波が引いていった。ソフィヤの足の下から小石が無数に流れだし、細かい砂が水中に溶けていく。ソフィヤがズボンの裾をまくろうとかがむと、ひとつに結んだ髪の先が小さな弧を描いた。ふくらはぎに、蚊に刺されて引っかいた痕が赤く何本も走っている。アリョーナにはわかっていた。妹がこんなふうにぴんと背筋を伸ばしているときは、こっちが何を言っても聞こえない。

「ねえ、遠くに行かないでよ」アリョーナは繰り返した。

ソフィヤはじっと海を見ていた。海は静かに凪《な》いで、波はほとんど立っていない。なめらかに延ばした鉛板のようだ。海流は沖へ向かうにつれて激しくなり、ロシアを遠くうしろへ残して太平洋に流れ込んでいく。だが、岸に近いあたりでは、海の流れもおとなしいものだった。それが、アリョーナとソフィヤのよく知る海だった。ソフィヤは華奢《きゃしゃ》な腰のあたりで両手を組み、身じろぎもせずに景色を見ている。広い湾を、そのむこうに連なる山々を、対岸に立つ軍事施設の白い光を。

海岸は、巨岩が細かく砕けてできた砂利に一面おおわれている。アリョーナはバックパックほどの大きさの岩にもたれて立っていた。少しうしろには、聖ニコラウス丘の絶壁がそびえている。二人はこの日の午後、片方に海を、もう片方に断崖を見ながら、海沿いに歩いてきた。割れたガラスも鳥の羽根も落ちていない、開けたこの浜辺に着くと、少し休んでいくことにした。カモメたちがそばに舞い降りるたびに、アリョーナは手を振って追い払った。夏が始まってからも冷たい霧雨がつづいていたが、八月のこの日の午後は、半袖でも平気なほど暖かかった。

ソフィヤが海に向かって一歩踏みだした。かかとが砂に沈む。

アリョーナはぱっと体を起こした。「ソフィヤ、だめだってば！」妹が後ずさる。その頭上で、カモメが一羽、滑るように飛んでいた。「ねえ、言うこと聞いてよ」

「聞いてるもん」

「聞いてない。いっつもそうなんだから」

「聞いてるもん」ソフィヤは言い返してアリョーナを振り返った。妹の猫のような目も、薄い唇も、つんととがった鼻でさえも、アリョーナには癇《かん》に障《さわ》った。もう八歳だというのに、せいぜい六歳にしか見えない。三つ年上のアリョーナも年の割には小柄だが、ソフィヤは、腰から手首に至るまで体の造作すべてが小さく、時々、幼稚園児のように振る舞うことがあった。ベッドの足元にはぬいぐるみをいくつも並べ、有名なバレリーナになった振りをして遊び、ホラー映画を少し観てしまうだけで眠れなくなる。母親はソフィヤに甘かった。下の子として生まれたことで、ソフィヤは一生、赤ん坊のように振る舞える特権を手に入れたのだった。

ソフィヤは、アリョーナのうしろにそびえる崖のてっぺんに視線を据え、片足を水から出して、もう片方の足首に引き寄せた。濡れたつま先をぴんと伸ばし、両腕で頭の上に円を描き、バレエの第五ポジションの形を作る。よろめきかけ、体勢を立てなおす。アリョーナは、落ち着かない気持ちで砂利の上に座った。母親にはしょっちゅう、クラスメートの家へ行くときは妹も連れていきなさい、と言いつけられる。だがアリョーナは、こういうソフィヤの赤ん坊じみた振舞が嫌で、母親の言いつけには従わなかった。

そのかわり、姉妹は夏休みのあいだ、いつも二人で過ごした。アリョーナは、妹を家の裏手にある涼しい駐車場へ連れていき、そこで側転を教えた。七月には、バスで四十分のところにある市営動物園へ出かけた。食いしん坊の黒ヤギに、檻《おり》の隙間からお菓子をやったりもした。ヤギは線のように細い目を、まぶたの奥でしきりに動かしていた。夕暮れが近くなったころ、アリョーナはミルクキャラメルの包み紙をむいて、オオヤマネコの檻の隙間から押し込んだ。オオヤマネコはシャーッと牙をむき、姉妹が後ずさるまで威嚇をやめなかった。キャラメルはセメントの床に転がっていた。二人はそれっきり動物園には近づかなかった。母親が仕事へ出かける前にお金を置いていってくれると、アリョーナとソフィヤは映画館へ行き、映画が終わると二階のカフェでバナナチョコレートクレープを注文し、分けあって食べた。だが、たいていは二人で街を散歩して、膨らんでいく雨雲や、そのあいだから射してくる日の光を眺めた。二人の顔は、次第に日焼けして小麦色になった。夏のあいだ、アリョーナとソフィヤは散歩をし、自転車に乗り、海辺で遊んだ。

ソフィヤがバレエごっこに夢中になっているかたわら、アリョーナは人目を気にして浜辺に視線を走らせた。いつの間にか、男がひとり、ごつごつした岩場をゆっくりと歩いてきている。「誰か来た」アリョーナは言った。妹は飛沫《しぶき》を上げながら片足を水中に下ろし、反対の足を上げた。ソフィヤは子どもっぽい真似を見られても構わないかもしれないが、アリョーナはちがう。人からどう見られるかが気になる。「やめて」アリョーナは言った。大きな声で、怒りをこめて、もう一度繰り返す——「やめてってば」

ソフィヤはようやくバレリーナの真似をやめた。

もう一度海岸を見わたすと、男はいなくなっていた。腰を下ろす場所を見つけたのだろう。アリョーナのなかで膨れ上がっていた苛立ちは、バスタブの栓を抜いて湯を流すときのように、ゆっくりと体から消えていった。

「あきちゃった」ソフィヤが言った。

アリョーナは岩にもたれた。とがった岩が肩に当たり、岩肌で頭のうしろが冷たい。「こっちにおいで」アリョーナは呼びかけた。ソフィヤは波打ちぎわから慎重に岩場を渡ってくると、姉にぴったりと体をくっつけた。足の下で砂利が音を立てる。潮風に当たっていたせいで、ソフィヤの体は岩と同じくらい冷えていた。「お話してあげよっか」アリョーナは言った。

「うん」

アリョーナは携帯電話で時刻を確かめた。晩ごはんまでにはうちに帰らなければならないが、まだ四時にもなっていない。「流された町の話、知ってる?」

「ううん」普段は利《き》かん気が強いが、その気になりさえすれば、ソフィヤは行儀よく話を聞くことができた。姉を見上げて口をきゅっと引き結び、話のつづきを待っている。

アリョーナは、海岸のずっと右手にある崖を指差した。その先には街の中心部がある。彼女たちは今日の午後、そこから歩いてきたのだった。左手の浅瀬には、湾口を示すかのように置き去りにされた、黒い廃船があった。「むかし、あそこに町があったの」

「ザヴォイコに?」

「ザヴォイコのむこうに」二人は、聖ニコラウス丘が一番高くなっているあたりの下に座っていた。このまま海岸沿いに歩けば、岩がちな丘は次第に低くなり、その上で窮屈そうに立ち並ぶ家々が見えてくる。コンクリートでつなぎ合わせたような、ソ連時代の五階建て集合住宅《フルシチョフカ》、倒壊した家々からのぞく木の骨組み、ピンクや黄色の鏡面仕上げをほどこした高層ビル、おもてに出ている空室の広告。ザヴォイコは、そうした家並みのさらにむこうにある。そこが、二人の住む街の――ペトロパヴロフスク・カムチャツキーの果てだ。その先は海だった。「海の入り口にがけがあるでしょ。消えた町は、がけのはしっこにあったの」

「大きかった?」

「ううん、小さかったんだって。ちょっとした村みたいな感じ。木のおうちが五十くらいあって、兵隊さんと、その奥さんと赤ちゃんが住んでたみたい。町が消えちゃったのは、何年も前なんだって。大祖国戦争（第二次世界大戦中の、ソ連対ナチス・ドイツ戦のソ連側の呼称）のすぐあと」

ソフィヤは少し考え込んだ。「学校はあった?」

「あった。市場もあったし、薬屋さんもあった。なんでもあった。郵便局も」アリョーナはくわしく説明した。薪の山もあったし、模様が彫ってある木の窓枠もあったし、トルコ石みたいな青色に塗ったドアもあった。「おとぎ話に出てくる町みたいだったの。町の真ん中には旗が立った広場があって、そこにはいまじゃ見かけないような車がいっぱいとめてあったんだって」

「ほんと?」ソフィヤが言う。

「ほんと。それで、ある朝のこと。町の人たちは朝ごはんを作ったり、猫にえさをやったり、仕事にでかける支度をしたりしてた。そしたら、がけがゆれはじめたの。地震だよ。そんなに激しいゆれははじめてだった。かべがぐらぐらゆれて、お茶わんが割れて、イスなんかも――」

アリョーナは足元の砂利を見まわしたが、折ってみせるのにちょうどよさそうな流木は見当たらなかった。

「イスとかテーブルとかもこわれちゃった。赤ちゃんたちがベッドで泣いてたけど、お母さんたちはあやしてあげられなかった。立ちあがれないくらいゆれてたから。ほんとに、それまでいちばん大きい地震だったの」

「みんな、おうちの下じきになっちゃった？」

アリョーナは首を横に振った。ごつごつした岩にもたせかけた頭が痛い。「いいから聞いてて。五分くらいしたらゆれは止まったの。でも、永遠みたいに長かった。赤ちゃんたちは泣きつづけてたけど、みんなすごくほっとした。かくれてたところからはいだしてきて、みんなでだきあったんだって。通りにはひびが入って、電線もあちこち切れてたけど――みんな生きのびた。でもね、だきあったまま床でぐったりしてたら、割れた窓のむこうに、何か黒い影が見えてきたんだって」

ソフィヤはまばたきひとつせずに聞き入っていた。

「津波だった。おうちの倍くらいある波が押し寄せてきてたの」

「ザヴォイコに？　うそばっかり。あんなに高いとこにあるのに」

「ザヴォイコじゃなくて、そのむこうだってば。でも、そう。地震がそれだけ大きかったってこと。ハワイの人もゆれを感じたし、オーストラリアじゃ、あんまり足元がゆれたから、みんなで『あんた、あたしにぶつからなかった?』って言いあったんだって。どれだけ大きい地震だったかわかるでしょ?」

ソフィヤは黙っていた。

「地震のせいで海が丸ごとゆれたの。二百メートルくらいの波が立ったんだよ。それで……」アリョーナは片手を前に突きだすと、湾を満たすおだやかな海水と同じ高さに上げ、水平線をなぞるようにさっと横に動かした。

半袖の腕に潮風が冷たかった。近くで海鳥が鳴いている。

「どうなったの?」とうとうソフィヤが口を開いた。

「だれも知らないの。街は地震で大さわぎになってたし。ザヴォイコの人も、津波にはちっとも気づいてなかった。はきそうじをしたり、となりの人のようすを見にいったり、こわれたものをなおしたり、大いそがしだった。海水が通りを流れてきたときだって、上のほうで水道管がこわれたんじゃないかって思ってた。だけど、少しして停電がなおったときに、だれかが、がけの上の町は真っ暗なままだって気づいた。町があったはずの場所には、なんにも残ってなかったの」

湾に立つ小さな波の音が、アリョーナの声に静かなリズムを添えていた。ザー、ザー。ザー、ザー。

「街の人たちががけの上を見にいったら、なんにも残ってなかった。人も、建物も、信号機も、道路も、木も、草も。月の上みたいに、なんにもなかったんだって」

「みんなどこにいっちゃったの?」

「流されたんだよ。波が全部さらっていっちゃったの。こうやって」アリョーナは岩肌に片肘をつき、もう片方の手で妹の肩をつかんだ。手のひらの下で、肩の骨が動くのがわかる。「水につかまるって、こんな感じなんだよ。おうちに水が流れ込んできたら、もう出られない。津波が町を丸ごとつかまえて、太平洋にさらっていった。全部、丸ごと消えちゃったの」

丘の影におおわれ、ソフィヤの顔は暗かった。口が少し開いて、ぎざぎざした下の前歯がのぞいている。時々アリョーナは、波にさらわれて消えてしまった町のように、こわくて表情を失くしてしまうような場所へ妹を連れていくのが好きだった。

「うそばっかり」ソフィヤが言った。

「ほんとだよ。学校で聞いたんだもん」

海は午後の光を受けて鈍く光り、ゆったりと揺れていた。銀器のような色だ。さっきまでソフィヤが立っていた岩場が、満ちてきた海水で見え隠れしている。

「もうかえろうよ」ソフィヤが言った。

「まだ早いでしょ」

「かえりたい」

「こわいの？」

「こわくない」

トロール漁船が湾の真ん中を南へと走り、どこであれ――チュコト半島だろうか、アラスカだろうか日本だろうか――そこで待ち構えているものに向かっていた。ソフィヤもアリョーナも、カムチャツカ半島から出たことがない。母親は、いつかモスクワへ行きましょうと話していたが、そこへ行くには飛行機で九時間もかかる。ユーラシア大陸は広い。たくさんの山と、海と、大陸とカムチャツカ半島を隔てる海峡をこえていかなくてはならない。二人とも、大きな地震は体験したことがなかったが、それがどんなものかは母親に聞いていた。一九九七年の地震のとき、住んでいた部屋がどんなふうに揺れたか。キッチンの天井から下がっていた電灯は激しく揺れ、天井にぶつかって割れてしまった。戸棚の扉が開いて中の瓶詰めが転がり落ち、漏れたガスの硫黄のようなにおいで母親は頭痛がしたという。あとになって通りへ出てみると、車はぶつかって折り重なり、アスファルトには大きな亀裂が走っていたそうだ。

姉妹は座る場所を探して、浜辺をずっと歩いてきた。にぎやかな街ははるかうしろだ。人の気配が感じられるものといえば、湾口に打ち捨てられた船と、時おり流れ着いてくるゴミくらいだった。ラベルの剝《は》がれかけた二リットルのビールの空き瓶、オイル漬けのニシンの缶詰の反り返った蓋、海水を吸ったケーキの台紙。たとえいま地震が起きたとしても、どこかの家の軒先へ駆け込むというわけにはいかない。丘の上からは大きな岩が転がりおち、高波が二人をさらっていくだろう。

アリョーナは立ちあがった。「わかった、帰ろう」

ソフィヤはサンダルに足を滑り込ませた。ズボンの裾は膝の上までまくりあげられている。二人は巨岩の転がる岩場を歩き、街に戻る道をたどりはじめた。アリョーナは寄ってくる蚊を払った。遊びに出る前に家で昼食を食べてきたというのに、アリョーナは空腹を感じはじめていた。「よく食べるわねえ」今週のはじめ、アリョーナがフィッシュケーキをおかわりすると、母親は驚きと不安が混じったような声で言ったものだった。だが、アリョーナの背丈は少しも変わらず、クラスメートのなかでも小さなほうだ。子どもの体のまま、食欲だけが大人のように増していた。

カモメの鳴き声に、人々の声が混じりはじめた。時おり車のクラクションも響く。濡れた砂利で足が滑った。膝くらいの高さの丸岩に飛びのると、カーブする細い道が行く手に見えた。二人を囲む岩は、じきに小さくなっていく。岩場が終われば、その先には砂利浜がある。浜の片方には食べ物の屋台が並び、もう片方には造船所がある。夏のこの時期、そのあたりは人であふれ返った。砂利浜で湾を背にして立てば、踏みしだかれた草におおわれた、歩行者専用の大きな広場が見えてくるだろう。広場を抜けて渋滞した車の列を横目に少し歩けば、レーニンの銅像や、ガス会社の看板や、てっぺんに旗が何本も立った大きな市庁舎が見えてくる。じきにアリョーナとソフィヤは、ペトロパヴロフスク・カムチャツキー市の中心部に立ち、四方へうねるように広がる街並みを、肋骨《ろっこつ》のように走る街路を、遠くにのぞく火山の青い山頂を見るだろう。

やがて、二人はバスに乗って家へ帰るだろう。テレビをつけ、夏場に作ってもらうスープをのみ、母親がしてくれる職場の笑い話に耳を傾ける。母親は二人に、今日は何をしていたのと聞くだろう。

「ねえ、さっき話したこと、ママには言っちゃだめだからね」アリョーナは言った。「消えた町のこと」

うしろでソフィヤの声がした。「なんで?」

「いいから」妹が今晩どんな悪夢を見るにせよ、自分のせいにされて母親に叱られるのはまっぴらだ。

「ほんとの話なんでしょ? じゃあ、なんでママに言っちゃだめなの?」

アリョーナは鼻でため息をついた。岩から飛び下り、石の小山をいくつか回り込む。そこで、ふと足を止めた。

二メートルほどむこうに、男がいる。浜辺を歩いていた男だ。両脚を投げ出して小道に座り込み、うなだれている。遠目には年配の男に見えたが、そばに来ると、体ばかり大きくなった少年という感じだった。ふっくらした頰に、日焼けして色の抜けた眉。髪は黄色っぽく、後頭部でハリネズミの針のようにつんつん逆立っている。

男はあごを少しあげて挨拶をした。「やあ」

「こんにちは」アリョーナは答えて近づいていった。

「手を貸してくれないか？　足首をやっちまった」

アリョーナは眉を寄せ、生地越しに骨を検分しているかのような真剣なまなざしで、男のズボンをはいた脚をじっと見た。緑色の生地に、地面でこすったような染みがいくつも付いている。大きい男の人が、校庭で転んだ小さい男の子のように膝小僧を汚して座り込んでいることが、アリョーナにはおかしかった。

ソフィヤが追いついてきて、アリョーナの腰に触れた。アリョーナは妹の手を軽く払って、男にたずねた。「歩ける？」

「ああ、たぶん」男はスニーカーを履いた足をにらんだ。

「ひねったの？」

「どうやら。クソったれの岩のせいでな」

罵り言葉を聞いて、ソフィヤが小さく歓声をあげた。「だれか呼んできてあげよっか？」アリョーナは言った。街の中心まではほんの数分だ。ここからでも、屋台の揚げ油のにおいがわかる。

「いや、だいじょうぶだ。すぐそこに車がある」男が片手を上げたので、アリョーナはつかんで引っ張った。たいして助けにもならない気がしたが、男はしっかりと立ちあがった。「車まで歩いていくよ」

「ほんとに平気?」

男は少しよろめき、こわごわと足踏みをした。「じゃあ、車までついてきて、転ばないように見張っていてくれるか?」

「ほら、ソフィヤ。先にいって」アリョーナが言うと、ソフィヤは先頭へ行き、そのあとを男が慎重に歩きはじめた。アリョーナは二人のうしろから男の様子を見守った。男は少し前かがみになって歩いている。低い波の音の合間に、男が苦しげにつくかすかな息の音が聞こえた。

小道が途切れ、目の前に砂利浜が広がった。ベンチには家族連れが座り、地面に転がったホットドッグをねらって灰色の鳥たちが飛び交い、コンテナ・クレーンが港の岸壁に屹立《きつりつ》して長い首を伸ばしている。ソフィヤは足を止め、二人を待っていた。そびえたつ聖ニコラウス丘は、もうずっとうしろだ。「だいじょうぶ?」アリョーナは男にたずねた。

男は右側を指差した。「もうすぐだ」

「駐車場に行くの?」。男はうなずき、足を引きずりながら、立ち並んだ屋台の裏を歩いていった。屋台の発電機がシュッシュッと音を立て、男の膝のあたりに排ガスを吐きだした。二人はあとにづいた。むこうから、キャップをかぶった年上の少年がスケートボードに乗って近づいてきている。アリョーナは気まずさをこらえて、行く手をまっすぐにらんだ——変なやつだと思われたに決まっている。妹のお守りをしながら、足をくじいた男のうしろを歩いているなんて。早く家に帰りたい。アリョーナはそう考えながらソフィヤの手を取り、急ぎ足で男を追いかけた。

「名前は?」男がたずねた。

「アリョーナ、鍵を開けてもらっていいか？」男は尻ポケットから鍵束を引っ張り出した。「ほら」

「あたしもできる」ソフィヤが言った。三人は、丘をはさんで海の反対側にある、三日月型の駐車場の前にいた。

男はソフィヤに鍵束を渡した。「あそこの黒い車だ。でかいサーフだよ」

ソフィヤはスキップで車まで行くと、運転席のドアを開けた。男が車に乗り込み、大きく息をつきながらシートに体をあずける。ソフィヤはドアの取っ手をつかんで、しばらく押さえていた。傷ひとつないなめらかな車体に、ソフィヤが着ている紫色の綿のブラウスと裾をまくったカーキのズボンが映っている。「痛くない？」ソフィヤはたずねた。

男は首を横に振りながら答えた。「ああ、きみたちのおかげで助かった」

「運転できる？」アリョーナはたずねた。

「ああ。そっちはこれからどこへ行くんだ？」

「おうち」

「家はどこだ？」

「ゴリゾント」

「送ってやるよ。遠慮するな」。ソフィヤは、ドアの取っ手から手を離した。アリョーナは、通りのむこうのバス停に目をやった。バスに乗れば家まで三十分かかるが、車なら十分ですむ。

男はすでにエンジンをかけて姉妹の返事を待っている。ソフィヤは後部座席をのぞき込んでいた。

だがアリョーナは姉として、この誘いに飛びつくわけにはいかなかった。黙り込み、市バス（何度も停まるバス停、重いエンジン音、ほかの乗客たちの汗のにおい）と、男の誘いを天秤にかける。男は穏やかそうで、足首を怪我していて、顔立ちはまだ十代の少年のようだ。車で送ってもらえれば、楽に家まで帰ることができる。車なら早い。晩ごはんの前におやつを食べる時間だってできる。これもまた、動物園の檻からえさを滑り込ませたり、こわい話をしたりするのと同じ、真昼の冒険のひとつのように思えた。夏休みのちょっとした悪いこと。アリョーナとソフィヤだけの秘密。

「ありがとう」アリョーナは礼を言って車の前を回り込み、助手席に乗った。シートは太陽の光に温められている。膝のうらに革の感触がやわらかい。助手席の小物入れには、十字架型の処女マリアのイコンが貼り付けてある。さっき見かけたスケートボードの少年に、いまの自分を見せたかった——立派な車の助手席に座っているところを。ソフィヤは後部座席に乗り込んだ。少しむこうでは、女の人がミニバンのうしろを開けて白い犬を外へ出し、散歩へ連れていこうとしていた。

「さて、住所は？」男がたずねた。

「コロリョフ通り、三十一番」

男はウィンカーを出し、勢いよく駐車場から走り出した。ダッシュボードの上から、煙草の箱が滑りおちる。車のなかは、石鹸《せっけん》と煙草、そして微かなガソリンのにおいがした。白い犬を連れた女の人が、食べ物の屋台のあいだを歩いていく。「足、痛い？」ソフィヤはたずねた。

「いや、もうだいじょうぶだ。二人のおかげだよ」男は車道に出た。歩道では、派手な服を着た地元の若者たちがたむろし、クルーズ船に乗りにきたアジア人の観光客たちがポーズを決めて記念写真を撮っている。髪の短い女性がひとり、旅行代理店らしき名前を書いた紙を掲げて立っていた。

カムチャツカ半島唯一の都市であるここは、夏の休暇にやってきた人たちが最初に滞在する場所だった。船や飛行機を降りると真っ先に湾を見にきて、すぐに街を後にして広大な自然へ出ていき、ハイキングや筏《いかだ》乗りや狩りに興じる。ふいに、トラックのクラクションが響きわたった。人群れが横断歩道をわたっていく。信号が変わり、車が動き出した。

アリョーナは、助手席から男の顔を仔細《しさい》に眺めた。幅の広い鼻と、それに合う大きな口。茶色の短い睫毛《まつげ》。丸いあご。全体的に、新鮮なバターを彫って作ったような体つきだ。少し太りすぎのようだ。だから、岩場で足を踏みはずしたのだろう。

「彼女はいるの？」ソフィヤがたずねた。

男は声をあげて笑い、ギアを入れ替えてアクセルを踏むと、坂道を上りはじめた。床がかすかに振動する。湾があっという間に遠のいていく。「いや、いない」

「結婚もしてないんでしょ？」

「ああ」男は左手を上げて広げ、指輪がないことを示してみせた。

ソフィヤは言った。「知ってる。さっき見たもん」

「賢いじゃないか。年は？」

「八歳」

男はバックミラー越しにソフィヤをちらっと見た。「きみも結婚してないだろ？　当たってるか？」

ソフィヤはくすくす笑った。アリョーナは窓の外を見た。母親のセダンより車体が高い。下に目をやると、ほかの車のルーフラックや、運転手たちの日焼けした腕が見える。こんなによく晴れた日に戸外で過ごせば、誰だって赤く日焼けする。「窓を開けてもいい？」

「いや、冷房をつけよう。この交差点をまっすぐでいいのか？」

「そう。ありがとう」。街路樹は、たっぷりと緑を茂らせていた。今年の夏は雨がよく降った。左手には古ぼけた看板が何枚も並び、右手にはコンクリートを打ちっぱなしにした共同住宅が立っている。「ここだよ」アリョーナは言った。「ここ！　ここだってば」急いで男のほうを見る。「いまの角を曲がらなきゃ」

「いまの角だったのに」ソフィヤも後部座席から言った。

「その前に、うちに来てもらう」男は言った。「手伝ってほしいことがあるんだ」

車は走りつづけた。環状交差点に差しかかっても男は車を走らせ、交差点のなかへ入り、走り抜け、とうとうむこう側へ出た。「手伝うって、足が痛いから？」アリョーナはたずねた。

「ああ、そうだ」

アリョーナはふと、この男の名前さえ知らないことに気づいた。肩越しにソフィヤを振り返ると、妹はうしろの窓から外を見ていた。「ママに電話しなきゃ」アリョーナはポケットから携帯電話を取り出した。その瞬間、男がシフトレバーから手を離し、アリョーナから携帯電話を奪いとった。

「ちょっと……ねえ、やめて！」。男が携帯電話を左手に持ち替え、ドアの収納ポケットに滑り込ませる。携帯がプラスチックの底に落ち、鈍い音を立てた。「返して！」アリョーナは言った。

「電話ならおれのうちに着いてからすればいい」

アリョーナは取り乱して声をあげた。「はやく返してよ」

「返すさ。うちに着いたらな」

シートベルトがアリョーナの体を締め付けていた。肺のまわりに直接巻きつけられているようで、息がうまくできない。アリョーナは押し黙った。隙をうかがって床を蹴り、運転席に飛び込みながら収納ポケットに手を伸ばす。シートベルトに体をぐっと引き戻される。

「お姉ちゃん！」ソフィヤが叫んだ。

シートベルトを外そうとしたが、今度も男はすばやかった。片手でアリョーナの両手をつかみ、バックルが外れないように押さえつける。「やめろ」

「携帯返して！」

「おとなしく座ってれば返してやる。うそじゃない」。男につかまれたアリョーナの指は、いまにも折れそうなほど反り返っていた。指が折れるところを想像すると、吐き気がこみあげてくる。口のなかにすっぱい唾液が湧いてくる。ソフィヤが後部座席から前へ身を乗りだすと、男は命令した。

「座れ」

ソフィヤはシートに座りなおした。小さく喘《あえ》いでいる。

アリョーナは思った。こいつだって、永遠にあたしの手をつかんでられるわけじゃない。これほど何かを強く願ったのは、生まれてはじめてだった。携帯を取り戻したくてたまらない。黒くて、画面に指紋がいっぱい付いていて、端から象牙造りのカラスの精霊《クトフ》（ロシアの先住民族が崇拝するカラスの姿の創造神）がぶら下がった、あの電話。これほど誰かを強く憎んだのも、生まれてはじめてだった。男への嫌悪感で吐きそうだった。アリョーナは吐き気をこらえて唾をのんだ。

「おれにはルールがあってな」男が言った。車はすでに十キロほど走り、ペトロパヴロフスク市の北の境界線にあるバス停を通り過ぎた。「車に乗ってるあいだは携帯禁止だ。うちに着くまできみたちがおとなしくしてられたら、携帯はちゃんと返してやるし、家まで送ってやるし、そしたら二人ともママと一緒に夕めしが食える。わかったか？」男はアリョーナの指をつかんだ手に力をこめた。

「わかった」アリョーナは答えた。

「解決だな」男は手をはなした。

アリョーナは、ずきずきする手を太ももの下にはさみ、背筋を伸ばして座りなおした。口を開けて息を吸い込む。いやな味の唾液に濡れた舌を乾かしたかった。もう、中心部から十キロ離れた。バスに乗っていれば、八キロ地点にある図書館の前で止まり、六キロ地点にある映画館の前で止まり、四キロ地点にある教会の前で止まり、二キロ地点にある教育大学の前で止まっていただろう。だが、十キロ地点から先では、民家がそこここでまばらに立ち、観光バスが行き交い、やがてそれすらも見えなくなる。そこは、どこでもない場所だ。仕事でそのあたりまで足を延ばすことのある母親は、折に触れて話してくれた。街の外に何があるのか——パイプライン、電力発電所、ヘリポート、温泉、間欠泉、山々、そしてツンドラ。数千キロもつづく広大なツンドラ。ほかには何もない。それが、この半島の北部だった。

「家はどこ？」アリョーナはたずねた。

「そのうちわかる」

後部座席からソフィヤの浅い息の音が聞こえた。吸って吐き、吸って吐き、呼吸が子犬のように速くなっている。アリョーナは男の横顔をじっと見た。この顔を絶対に覚えておく。それから妹を振り返った。「あたしたち、冒険してるんだよ」

どことなく妖精を思わせるソフィヤの小さな顔は、太陽の光を浴びていた。アリョーナの言葉に、ぱっと目を見開く。「ほんと？」

「ほんと。もしかしてソフィヤ、こわいの？」。ソフィヤは首を横に振り、歯を見せて笑った。アリョーナは言った。「そう、その調子」

「いい子だ」男が言った。片手をハンドルから離し、ドアの収納ポケットに差し入れる。携帯電話の電源が切れる電子音が聞こえた。

男はミラー越しに姉妹を見張り、目を離そうとしない。青い目。濃い睫毛。腕にタトゥーはない──犯罪者ではないということだ。いまごろタトゥーのことに注意がいくなんて、どうしてそんなにうっかりしていたんだろう？　アリョーナは思った。家に帰ったら、二人ともきっと母親にきつく叱られる。

アリョーナは後部座席を振り返ろうと上半身をひねり、座席の背もたれに胸を押し付けた。ふと、ドリンクホルダーに、赤いゴムの滑り止めが付いた手袋が押し込まれているのが目に付いた。汚れた作業用の手袋だ。アリョーナは手袋から目をそらし、ソフィヤを見た。「お話、してあげようか？」

「ううん、いい」

どのみちアリョーナは、新しい話を思いつけなかった。もう一度、前に向きなおる。

タイヤが砂利を踏むパチパチという音がした。枯れ草におおわれた空き地がいくつも車窓を流れていく。高く昇った太陽が、道路に短い影を落としている。車は、ペトロパヴロフスク空港を示す黒い金属の標識を通り過ぎ、走りつづけた。

アスファルトの割れた箇所が増えはじめ、車が大きく揺れるようになった。アリョーナの横のドアの取っ手が震えている。一瞬、ある考えが頭をよぎった。取っ手をつかんでロックを外し、道路に転がり出ようか——いや、そんなことをすれば死んでしまう。スピード、硬い地面、きしるタイヤ。それに、ソフィヤ。妹を置いていくなんて、できるはずがない。

せめて今日だけでも、ひとりで出かけるのを許してもらえていたら。母親はいつも、妹を一緒に連れていきなさい、と言う。何かあったらどうするの、というのが母親の口癖だった。

ソフィヤはまだ小さい。ついこのあいだも、ゾウってほんとにいるの？　とたずねてきたくらいだ——恐竜と一緒に絶滅したと思っていたらしい。妹はまだ赤ちゃんなのだ。

アリョーナは太ももの下でこぶしを握った。いまはゾウのことなんか考えてちゃだめ。膝の裏に当たるシートは熱く、肺は苦しく、頭は無数の光が点滅しているかのように働かず、空気には車道のタールのにおいが充満している。津波や消えた町の話なんかをして、妹をこわがらせるんじゃなかった。もっと別の話をしてあげればよかった。だが、言ってしまったことは取り消せない——頭を使わなくては。二人はいま、見知らぬ男の車に乗っている。見知らぬ場所へ向かっている。だけど、きっとすぐにおうちへ帰れる。ソフィヤのために強くいなくては。

「お姉ちゃん」ソフィヤの声がした。

アリョーナは笑顔を作って振り向いた。無理やり上げた口の端が痛い。「なに？」

「うん、おねがい」ソフィヤが言った。アリョーナは妹の顔を見つめた。なんのことだろう？

「お話して」ソフィヤはつづけた。

「もちろん」道路は埃《ほこり》っぽく、荒涼としていて、両わきには痩《や》せた木々が生えていた。とがった枝を伸ばし、アリョーナたちを捕まえようとしているかのようだ。地平線の上では、街の近くにそびえる三つの火山が、円錐形の山頭をあらわにしている。山脈の稜線《りょうせん》はのこぎり歯のようだった。行く手に、建物はひとつもない。アリョーナはまた、津波のことを考えた。突然牙をむいてくる波のことを。「お話なら」アリョーナは言った。「してあげる」

九月

オーリャが帰ると、団地の部屋は母親の不在のにおいがした。甘いような、酸っぱいようなにおい。ゴミ箱をちゃんと空《から》にしていなかったのかもしれない。オーリャは居間の窓を開けて空気を入れ換え、そのあいだに制服から部屋着に着替えた。それから、布団《フトン》にごろんと仰向けになった。そうすると空が見える。

青が空を塗りつぶしていた。ニュースも、厳しくなった門限も、いなくなった女の子たちのポスターも、全部忘れてしまえばいい――こんなに完璧な日は、誰かと外へ遊びにいかなくては。終業ベルが鳴ると、オーリャは街へ行こうとディアナを誘った。だがディアナは、行けないと言った。パパもママもまだ不安がってて、家にいなさいって言ってた、と。「あぶないわよ」ディアナは、甲高く冷ややかな大人の声を真似てみせた。ディアナのお母さんの声が、その口から流れ出てくるかのようだった。

それに、とディアナはつづけた。親友って、いつも一緒にいなくたってだいじょうぶなものでしょ。あの姉妹が失踪してからこのひと月、ディアナは同じ台詞を幾度となく繰り返した。このところディアナの口調が妙に大人びてきたせいで、それが本人の言葉なのか母親の受け売りなのか、オーリャにはわからなかった。どちらにせよ、ディアナがそう信じ込んでいるのは間違いない。夏休みのあいだにあの姉妹がいなくなってから、オーリャとディアナはほとんど顔を合わせていなかった。新学期が始まってからでさえ、ディアナはこう言って聞かなかった。親友なんだから、いまは遊ぶのをお休みしなくちゃ。変なルールだけどちゃんと守って。危ないとか危なくないとか言い合うのはやめて、おとなしくしとくの。

オーリャの母親は何も心配していなかった。オーリャは自分の身くらい自分で守れるとわかっている。通訳者の母親は、トーキョーから来た観光客の一団とともに北部へ出かけている。専門のガイドの言葉をロシア語から日本語に訳し、カムチャツカ半島へやってきた裕福な日本人たちに、ヒグマの見つけ方や、時季外れのベリーの摘み方や、どこで温泉に入れるかを伝えるのだ。母親が家を空けると、部屋には音楽が足りなくなり、香水のにおいが足りなくなり、口紅のついたマグカップも足りなくなる。あの姉妹が失踪する前は、こんなふうに団地にひとり残されるようなときでも、きまってディアナが遊びにきて、何をするでもなく二人で長い午後を過ごした。だが、夏休みが終わると、誰もが疑心暗鬼に陥っていた。オーリャは話し相手のいないまま、母親が戻ってくる日曜日を待たなくてはならない。週末になれば、母親が観光客にもらった外国のお菓子を抱えて戻ってくる。

ほつれた髪が顔にかかる。ひとりで部屋にいるのは苦にならなかった。ここは居心地がいいし、太陽の光が暖かい。髪の毛といえば去年の春、七年生の歴史の教師が、クラス全員に聞こえる声で、オーリャの髪はネズミの巣だなと言ったことがあった。オーリャは恥ずかしさで体が熱くなった。

だが、観光客であふれた今年の夏、十三歳になったオーリャはディアナと一緒に街を探検して過ごし、髪の毛がうなじをくすぐるたびに、歴史教師に言われた言葉を思い出しては、悪くないかも、と思った――ネズミの巣。わたしは獣。そして、ここはわたしの巣穴。

ネズミのように鼻をすんすんいわせる――もう、酸っぱいようなにおいは気にならなかった。おもてでトラックがクラクションを鳴らす音が聞こえ、別の一台がクラクションで応えた。オーリャは寝返りを打ってうつぶせになると、携帯電話でＳＮＳの投稿をスクロールした。自撮り、スケートボード場の写真、短いスカート姿のクラスメートの写真。知らない男子の投稿のコメント欄に、その子の彼女がハートの絵文字を残している。女の子のプロフィール画面に飛んで写真をざっと眺め、友だちリストを開いて共通の友だちをチェックし、スクロールとクリックで適当に画面を流し見していく。ホーム画面に戻って更新ボタンを押す。ふと、手が止まった。

知っている女の子が、ディアナの写真を投稿していた。ディアナは顔を輝かせてにっこり笑っている。いつもの部屋着姿だ――派手な赤いＴシャツの上でユニオンジャックを象《かたど》ったラインストーンが光り、それに膝丈のピンクのレギンスをはいている。ベッドの上であぐらをかいて座ったディアナのとなりでクラスメートのひとりが寝そべり、制服姿の別のクラスメートが両手でこれみよがしのピースサインを作っている。

オーリャは起き上がった。ディアナにメッセージを送る。〝何してんの？〟返事を待つのももどかしく、立てつづけにもう一通送った。〝あたしも行っていい？〟

オーリャは布団から跳ね起きて立ちあがると、ジーンズをはき、上着をつかみ、財布とリップクリームとイヤフォンと鍵をポケットに突っ込んだ。放課後ディアナは、家に帰らなくちゃいけないと言っていたが、あれはきっと、オーリャも一緒に行こうという意味だったのだ。きっと、二人とも勘違いしてしまったのだ。オーリャはもう一度写真を見た。この四人が一緒にいるなんて。写真を投稿した子は、ディアナの家から離れたところに住んでいるというのに。もう一度更新ボタンを押す。返信はない。オーリャはバスの定期券を持ったのを確認して玄関を出ると、乱暴にドアを閉め、階段を駆けおりた。

おもてでは太陽が輝き、オーリャは思わず顔をしかめた。部屋にいたのはほんの一時間だったが、ネズミのように、巣穴の薄暗さに目が慣れていたらしい。まぶしい光に目をしばたたかせる。足早に歩きながら手ぐしで髪をなでつけた。どうしてもおとなしくまとまってくれない。オーリャが街へ行こうと誘ったとき——ディアナは街にだけ行くとでも思ったのだろうか。ほかにはどこにも寄らないと？　もちろんオーリャはどこだって構わない。ディアナだって、それはわかっていたはずだ。オーリャがひとりぼっちになりたくないことをわかっているはずだ。親友というのはお互いを見捨てないのだから。

団地の細長い駐車場は穴だらけで歩きにくい。大きい穴は飛び越え、速度を落とさずに歩く。スニーカーの底を通してアスファルトの熱が伝わってくる。細かい砂利の上を歩くと足の裏がちくちくする。今日のように気温が上がると、ペトロパヴロフスク・カムチャツキーの粗悪な道路は、生まれ変わろうとでもするかのようにやわらかくなる。環状交差点を見下ろす大きな広告板《ビルボード》まで新しくなったように見える。広告板のなかでは、モデルの女の人が、泡だらけのシンクに手を差し入れてにっこり笑っている。黒いコンクリートの道路が縦横に走る街区のなかで、交差点のまわりに立ち並ぶマンションが、色とりどりの外装を見せびらかしている。塗料の剝《は》がれかけたピンクやベージュの建物はかつて裕福だった持ち主のもので、塗り直したばかりのネイビーのバルコニーがある建物は、いま裕福な持ち主のものだ。建物の隙間から、黄葉で輝く丘が見えた。

あの黄色い丘をさらに北へ行ったどこかに、オーリャの母親はいる。ツンドラの上空を旅行代理店のヘリコプターで飛んでいるはずだ。明るい日差しを浴びながら、日本語で〝ありがとう〟と繰り返しているだろう。

自分の忙《せわ》しない靴音がふとうるさくなり、オーリャは速度を落とした。あたたかい日の光が頬をなでる。だが、バスが交差点を曲がってくるのが見えると、軽くジャンプして駆け足に戻り、バスに飛び乗った。

揺れるバスの通路をオーリャは歩いていった。両脇の座席に座った乗客たちは、様々な制服を着ている。つなぎの作業服、医師の手術着、青色の警察の制服、緑色の迷彩服。勤めに出ていた人々の一日が終わろうとしている。男性のそばを通り過ぎるたび、この人が誘拐犯じゃないだろうかという思いが頭をかすめた。でたらめでしょ。オーリャの母親は、八月のペトロパヴロフスクに広まった噂を、あっけないひと言で片付けた。噂によれば、犯人はがっしりした体格のよそ者だということだった。母親は、警察に情報をよせた目撃者はどうせ犯人なんか見てないよ、と断言した。そのせいでオーリャには、街ですれちがう人の半分が凶悪犯に見えた。オーリャは空いている席に座り、携帯を確認した。

ディアナから返事はない。オーリャは急いで〝???〟とメッセージを打って送信し、画面をロックして、両手で携帯を握りしめた。そうすればメッセージを取り消せるとでもいうかのように。ほかのことを考えようと、窓の外に目をやる。

「黄金の秋」と、母親はこの季節を呼んだ。短く、絵のように美しい時期だ。紅葉した木々は燃えているようだ。外気はまだ、冷たすぎるほどではない。実のところ、この時期のほうが、ほんとうの夏より夏らしい。はるか先の地平線に見えるコリヤークスカヤ火山は、山頂に今年はじめての雪を頂いている。冬が近づいているが、それはまだ遠くにあった。

ディアナはもう、オーリャが写真を見たことに気づいているだろう。オーリャは携帯をつかんだ両手に力をこめた。みんなでオーリャのことを笑っているのだろうか。

いつものことだった——誰かと親しくなればなるほど、言いたいことが言えなくなる。ろくに知らない相手なら、オーリャはなんでも思ったことが言えた。注射をする看護師には「痛い」と言えたし、スーパーのレジ係には「お金が足りないから、それはいらない」と言えた。オーリャはもともと正直なのだ。親しくないクラスメートが相手のときも、オーリャは好きに振る舞える——うしろの席の男子が、学期最初の試験で一番になったことを自慢してきたときも、オーリャは相手をしてやらなかった。男の子にぷいっと背を向けると、胸の中がかっと熱くなった。思ったことを相手に伝えるときの気持ちよさは、母親と一緒にいるときには手に入らない。母親には、素直にお手伝いをするオーリャが必要だから。そしてディアナは、ささやかな命令をすることでオーリャを牽制《けんせい》する。

ちょうど今朝も、ディアナは始業ベルが鳴る前に、もっと優しい声で静かにしゃべってよ、と言った。「あんたがそういうしゃべり方すると、あたし頭が痛くなるんだから」ディアナは、机につっぷしてそう言った。オーリャは、そういうしゃべり方って、どういうしゃべり方？　と問い返したりはしなかった。代わりにディアナの肩に手をおき、先生が来るまで、静かな声で話しかけた。

オーリャはいい友だちだった。たとえ、言いたいことが喉の奥で小石のようにつかえているときでも。

昼休みに数学の宿題を見せ合っているあいだも、オーリャはディアナの指摘に黙ってうなずいた。そんなとき、親友の顔は醜くゆがむ。得意げで、気取っていて。小さいころのディアナは驚くほど美しかった。いっぽうのオーリャは、髪の色も肌の輝きもさえない子どもだった。列になって教室を移動するときは、ディアナの後ろ姿を惚れ惚れと眺めたものだった。八年生になったいまも、ディアナのブロンドは輝き、顔は卵型で、唇は真っ赤だった。一点の濁りもない赤い唇は、赤く塗られた車のようにつややかだった。だが、頬にはニキビが散っている。かつては息をのむほど白かった睫毛《まつげ》も、いまでは色が落ちて透明に近い。愛らしい少女に見えたかと思うと、次の瞬間には幽霊のように見える。

オーリャは意を決して両手を開き、携帯の画面に目を落とした。通知はない。

午後の体育の授業のときは、いつものように二人で走った。オーリャは同じ速度になるように気をつけていた。ほんとうはもっと速く走れるが、友情のためなら遅い振りだってできた。大切な人と一緒にいるときは、自分勝手に振る舞いたくなかった。

窓から道路を見下ろすと、車が長い列を作っていた。両脇には、炎のように鮮やかなオレンジや赤に紅葉した街路樹や、白樺《しらかば》の木や、何十年も塗り直されていないような煤《すす》けたビルが並んでいる。バスの中を見回すと、あちこちに、韓国の製造業者によるブロック体の注意書きや、地元の乗客たちがマジックで残した落書きがある。バスはゆっくりと坂を下りていった。

バスは六キロ地点の市場のあたりで速度を落とした。年配の女たちが映画館のとなりで屋台を出し、安物のアクセサリーやパイを売っている。バスは左に曲がり、ゴリゾントのほうへ向かった。オーリャは座席に沈み込んだ。プラスチック製の窓が枠のなかで小刻みに震えている。招かれてもいないのにディアナの小ぎれいなアパートメントへ行って呼び鈴を押すことを思うと、気が重かった。親友同士だって、会いたいと伝え合うことは必要なのだ。オーリャは目をつぶって日の光を閉め出し、また開け、ディアナに電話をかけた。だが、呼び出し音が鳴りつづけるばかりだった。

もう一度電話をかける。またかける。次第にディアナの家のそばのバス停が近づいてくる。オーリャは携帯を頰に押しあてたまま乗客たちの膝のあいだをすり抜け、運転手に定期券を見せて、数えきれないほど通ってきた街角に降り立った。呼び出し音が鳴りつづけている。オーリャは電話を切った。

急いで来たせいで少し暑かった。屋根付きのバス停からディアナのアパートメントまでは三ブロックだ。オーリャは肩から上着をずらして風に当てた。

このあたりの家々は、よそよりもきれいに見える。ゴリゾント——地平線——とはよく言ったものだ。まっすぐに整備された街区は、金色に輝く森におおわれた渓谷を見下ろし、朝日を待ち受けているように見える。いつもはここへ来るのが好きだった。SNSを開いてホーム画面を更新すると、ミュージックビデオの投稿がずらりと並んだ。検索バーにディアナの名前を打ち込もうとしたとき、ふいに携帯が震えた。驚いて取り落としそうになる。

「もしもし！」

「ワレンチナ・ニコラエヴナです」ディアナの母親の声が聞こえた。

オーリャは上着をはおり直した。「こんにちは」

「オーリャ、聞いてくれるかしら。あなたにうちへ来られるのはちょっと困るの」ワレンチナ・ニコラエヴナは言った。女の子たちの声は聞こえない。ディアナたちは別の部屋で遊んでいるらしい。

オーリャは眉をしかめた。「じつは、もう近くまで来てるんです。すぐに着きます」

ワレンチナ・ニコラエヴナはため息をついた。「おうちへ帰ってちょうだい。このあたりまで来ちゃだめでしょう。おうちの方は心配してないの？　はっきり言わせてもらいますけどね、今後は学校以外でディアナと連絡を取らないでほしいの」

「どういうことですか？」

「ディアナはもう、学校の外ではあなたとおしゃべりできないの」

ディアナの母親は、いつもこういう話し方をした。ディアナはまさに今日の午後、感じのいい、それでいて感情のこもらない母親の話し方を真似てみせた。ワレンチナ・ニコラエヴナの話している内容と、その穏やかな口ぶりは、どう苦心してもうまく結びつけることができない。ひと組のカップルがこちらへ歩いてきたので、オーリャは二人を通すために歩道の端に寄った。外れた敷石が草の上に落ちている。「でも、どうしてですか？」

ワレンチナ・ニコラエヴナは答えた。「うちの子によくない影響があるからよ」

よくない影響――。「どういうことですか？　どうして？」

SNSの写真に写っていた女の子のひとりは、下着をつけずに制服のスカートをはいていたし、五年生のときには最初の彼氏ができた。あの子にくらべれば、オーリャはずっとおとなしい。煙草を最後まで吸い切ったことさえない。オーリャがこれまでしてきたのは、ディアナを気遣うこと、流行りの音楽をディアナのプレイヤーにダウンロードすること、母親に禁止されている翻訳物の俗っぽいロマンス小説を一箱預かって、ベッドの下に隠していることだけだ。時々はふざけて、むこうで夕食をごちそうになっているときに、食卓の下でディアナの足首を蹴ったりもする。それに、ディアナの数学の宿題を写させてもらうこともある。だが、それだけ――ほんとうにそれだけだった。

「話し合うつもりはないの」ワレンチナ・ニコラエヴナは言った。「このひと月、あなたの振舞にはひやひやさせられてきたんです。ディアナに聞いたけれど、今日なんて街へ行こうってあの子を誘ったそうね。耳を疑いました」

「でも――だいじょうぶなんです。心配しなくても」

「ちっともだいじょうぶじゃないわ。あなただってわかっているでしょう。それに、あなたのご家庭のことも気になるの――しつけが甘いっていうか。見ているだけで不安になるのよね」

オーリャは左手で両目をおおった。坂の上の洒落た家の裏手から、犬の吠え声が聞こえてくる。

「ご家庭のことって……ママのことですか?」

「ほかにどなたかいらっしゃる?」

オーリャは、きちんとしつけられてきた。最高の母親と、親友が望むであろうことと、日々の努力が、オーリャを危ういところで押しとどめ、オーリャはこんなときにぴったりな言葉をのみ込んだ。クソババアと吐き捨てるかわりに、オーリャはこう言った。「ママのことをそんなふうに言わないでください」

「わたしは、あなたとうちの娘の問題を話しているだけですよ」

「でも、そんなの納得できません。フェアじゃないです」

「とにかく、もう決まったの。教室では先生の監督があるから話してもけっこう。でも、お願いだから学校の外ではディアナにつきまとわないでちょうだい。いい？」。オーリャは返事ができなかった。「わかったかしら？」

「はい」オーリャは言った。この会話を終わらせるには、そう言うほかなかった。

「けっこう。ありがとう。話は以上よ」

ワレンチナ・ニコラエヴナが電話を切ると、オーリャはシャツの端で携帯をごしごしこすり、白っぽい指紋のついた黒い画面を見下ろした。ロックを解除する。アドレス帳をスクロールして母親の名前を探し、ふと手を止めた。

母親に何を話せばいいだろう。ワレンチナ・ニコラエヴナさんって、あたしたちのことを不良か何かだと思ってるみたい。そんなふうに言ったら、母親はなんと言うだろう？　こうなってしまったあとでは、母親にできることはない。

ワレンチナ・ニコラエヴナは、前々からオーリャと母親に非難がましい目をむけていた。五年生でオーリャとディアナが仲良くなり、毎晩のように電話で話すようになったころから、何かというと小言を言った。公立学校の秘書でもあるワレンチナは、ちょっとした嫌味を言うときにも、生徒の記録を利用できる。最後にオーリャが遊びに行ったとき、ワレンチナ・ニコラエヴナは夕食の途中でわざわざ、夕方のニュース番組をテレビのリモコンで指し示した。ニュースではまたしても、警察の会見、市民捜索隊の計画、失踪した女の子たちの制服姿の写真を流していた。「ソ連時代なら、こんなこと絶対に起こらなかったでしょうに」ワレンチナ・ニコラエヴナは言った。ディアナは黙ってスープをのんでいた。「あのころは、あなたたちには想像もつかないくらい平和だったんですから。外人はいなかったのよ。よそ者はいなかったのよ。外人が入ってくるのを許すなんて、政府もろくなことをしないんだから」ワレンチナ・ニコラエヴナはリモコンを食卓に置いた。「いまじゃ、どこへ行っても観光客と移民がうじゃうじゃしてるわ。それに先住民の連中。あれはならず者の集まりよ」

黙っていた方が賢明だということは、オーリャにもわかっていた。だが、がまんできずにこうたずねた。「先住民族の人たちのほうが先にここに住んでたんじゃないんですか？」

ワレンチナ・ニコラエヴナは、娘と同じ卵型の顔をテレビにむけ、あごで画面のほうをしゃくってみせた。マスカラを塗った目はくっきりと大きい。「むかしは、自分たちの村に住んで、そこから出てこなかったのよ」

いなくなった姉妹は、街の中心部で目撃されたのを最後に失踪した。テレビのレポーターはそう繰り返していたが、二十万の人が住む街で、縦に千二百キロのびる半島で、そんな情報がなんの役に立つだろう。メディアが伝えるこうした警告は、ほかの様々な情報に埋もれて意味をもたなかった。姉妹の母親が画面に映ると、ワレンチナ・ニコラエヴナは言った。「ほら、あの人をごらんなさい」マニキュアをした手をオーリャとディアナの皿のあいだに置き、二人の注意をうながした。「ひどい話でしょう？　悲劇としか言いようがないわ。かわいそうな人……母親ひとりで父親がいないから、いつも働き通しだったんですって。下級生の生徒記録に書いてあったけど、一度も教師との面談に来なかったみたいね」オーリャを横目で見て、あごをくっと上げる。「父親のいない家で、母親が子どもをほったらかし。だからああいう事件が起こったのよ」

オーリャは何か言い返してやりたかった。〝恥知らず、黙れ、あたしも誘拐されるって言いたいわけ？〃だが、黙っていた。ディアナが許すはずがない。仕方なく、オーリャは静かにスープをかきまわした。ワレンチナ・ニコラエヴナは、毎日午後の三時に職場を出る。自分でデザインしたキッチンでくつろいでいるあいだ、役立たずの夫のほうは、丘の上にある火山研究所でデスクにかじりついている。そういう生活を送りながら、ワレンチナ・ニコラエヴナは、オーリャたちのような家庭はできそこないだと決めつける——なぜなら、オーリャの母親が専門的な仕事をしているから。しょっちゅう出張に行くから。金銭的な余裕がないせいで、マスカラを塗ったり、夕方のニュースを見ながら知りもしない女の子たちのことでやきもきしたりする時間がないから。

オーリャの家は、ディアナの家とはちがう。オーリャの母親はもっと楽しい。オーリャたちが家で遊んでいると、母親はクローゼットから一番いい服——赤軍の略帽や、留学中に日本のキョートで買った着物ふうのシルクのローブや、革製のペンシルスカート——を出してきて、オーリャたちに着させてくれる。ほかの友だちが来ると、母親は日本語で挨拶をした。外国語を話す母親はいつもより表情が豊かになり、笑いたいのをがまんしているような顔になる。だからオーリャは、日本語のゆったりした響きを思い出すたび、母親がこらえきれずにもらす笑い声も思い出した。二カ月ほど前、ディアナがアニメで覚えた台詞を使って日本語で答えようとすると、母親は腰に片手を当てて流暢な日本語を話しはじめた。ディアナは十秒ほどわかっている振りをしたが、すぐに不安そうな表情になって口を引き結んだ。オーリャの母親はにこっと笑って言った。「お嬢さん、ふざけただけよ」

母親は冗談が好きで、頭がよくて、お人好しで、楽しい。オーリャは自分の電話で母親を落ち込ませたくなかった。

道端にしゃがみ込み、曲げた腕に顔をうずめる。道のむこうに並んだ木々が風にざわめいていた。渓谷を風が吹きぬけていく。そばを車が何台も走っていった。

ディアナはオーリャの友だちだ。一番の友だちだ。一年生のときから知っている。ディアナがどんなに気まぐれでも、よそよそしい態度を取ったかと思えば、次の瞬間に甘えてくるような子だとしても、オーリャは彼女を愛していた。そして、オーリャがネズミの巣のような髪をしていても、授業中にそわそわと落ち着きをなくしても、時おりクラスメートたち相手に手厳しいことを言ったとしても、ディアナもオーリャを愛してくれた。母親が出張で街を留守にするとき、ディアナはよくオーリャの家に泊まりにきた。ディアナがオーリャの茶色い髪をとかして三つ編みにすると、ほっそりまとまった髪は、端を噛んでつぶした鉛筆のように見えた。ディアナはしょっちゅうオーリャのTシャツを借りて学校へ着ていった。あまり洗濯をしていないシャツのほうがいいのだと言っていた。友情の証が背中に染みついているような気がするから、と言って。オーリャがそうしてほしいと頼んだわけではない。ディアナは、オーリャが誠実に振る舞うのと同じ理由で、オーリャに誠実に振る舞ってくれた――一緒に過ごしてきた時間、一緒に過ごしたいという気持ち、相手を思いやる気持ち、そうしたもののために。

オーリャの上着の袖は、涙に濡れて温かかった。腕を伸ばすと、肘の内側の濡れていない部分が、星のような形に残っていた。

オーリャは立ちあがり、もう一度ディアナにメッセージを送った。〝話せない？〟しばらく画面を見る。返信はない。

たとえ母親に返信することを許可されていても、ディアナ自身がオーリャと話したくないのかもしれない。言い訳の言葉が尽きたのだろう。オーリャが毎週のように繰り返してきたとおり、女の子たちの失踪は、ディアナとオーリャには何の関係もない。あの子たちは世間知らずの子どもだった。姉のほうはやっと五年生になったばかりだ（ロシアでは十一歳で五年生。日本の中学生に相当）。

　今日の放課後、オーリャが街へ行こうと誘うと、ディアナはまたしても行方不明の姉妹のことを持ち出してきた。まるで、姉妹がいなくなったのは街のせいだと言わんばかりだった。オーリャは言った。「お母さんに電話して、行っていいか聞いたら？」ほかの生徒たちが押し合うように通りへ出ていき、教師たちが彼らのうしろからどなっている横で、ディアナは携帯電話に向かってこう言っていた。「ママ、わかった。そう、オーリャに。そうする」

　電話を切ったディアナにオーリャは言った、「ちょっとは説得してよ」。ディアナは首を横に振った、「したってば」。オーリャはたたみかけた、「してなかった」。ディアナがうつむき、ブロンドの前髪がその瞳を隠した。そんなとき、ディアナはまるでアルビノのように見える。「ママは、わたしたちが街に行くのをいやがってるの。わたしは、人の話をちゃんと聞いてるだけ」。わたしは、というディアナの言い方には棘《とげ》が含まれていた。

　あたしだって。オーリャは胸のなかでつぶやいた。オーリャほどの聞き上手はめったにいない。たとえばオーリャは、ワレンチナ・ニコラエヴナの言葉の裏を聞きとることができる。いなくなった女の子たちは、彼女にとっては他人で——だから、本当はどうだっていいということ。ワレンチナ・ニコラエヴナは単純にオーリャを嫌っているということ。オーリャの母親を嫌っているということ。その憎しみに理由はない。オーリャたちが自分たちの力で生きていることが、ただ気に入らないのだ。

バスがエンジン音を響かせながら、オーリャの前で止まった。フロントガラスにはめ込まれた木製の板が回転して、行き先を知らせている。このバスはオーリャの団地があるあたりではなく、反対方向へ行く。造船所やザヴォイコの方面だ。オーリャはポケットのなかの定期券に触れた。このバスに乗ってしまおうか。何だってしたいことができる。どうせひとりなのだ。

だから、オーリャはそうした。バスはオーリャを乗せて、警察署を、病院を、花屋を、海賊版のDVDを売っている屋台を、できたばかりの食料品店と、その軒先に並ぶニュージーランド産の林檎の山を、教育大学の南側のキャンパスの前を走り過ぎていった。大人たちのあいだで、オーリャは吊革につかまっていた。混雑したバスのなかでは携帯電話を取り出すこともできない。頭のなかに、クラスメートたちのイメージが浮かんでくる。イメージのなかのディアナは醜い。猫背で、白いニキビが顔中に散っている。ぼんやりと浮かんだ別のイメージはもうひとりのクラスメートで、スカートの裾が片方の太ももに引っかかってめくれあがっている。二人は閃光に照らされて光っている。

通路のむこうにいる老婆がオーリャを見つめていた。ほかの大人たちと同じように、なんてみっともない子かしらと考えているにちがいない。オーリャは頭を軽く振り、くしゃくしゃの髪で顔を隠した。

次の停留所でバスが止まると、オーリャは乗降口へ向かった。これから夜のシフトへ向かうらしい通勤者たちを肘で押しのける。乗客たちをかきわけ、この時間になっても騒がしい街の中心部に降り立った。レーニン像は銅の外套《がいとう》をひるがえし、その足元には自転車にまたがった高校生の男の子たちが集まっている。どっしりした市庁舎の建物のむこうに、午後の光に輝く丘陵が見えた。火山は――山頂だけがかろうじて見える。右手には、湾に向かってゆるやかに傾斜する砂利浜があった。浜の端には聖ニコラウス丘がそびえている。排気ガスと、油と、海水の混ざったにおいがした。こんなところで誘拐されるなんて、あの姉妹はなんてまぬけだったんだろう。

オーリャは財布の中身を確認し、立ち並んだ屋台のほうへ歩いていった。

「八十六ルーブルあるんですけど」売り子に声をかけると、相手は値段表をあごで指した。「ホットドッグ買えますか？」

「百十ルーブルだね」

「パンなしのホットドッグは？」

売り子は呆《あき》れた顔で目を見開いた。「八十六ならあるって言った？　ソーダと紅茶で八十五ルーブルだよ」。オーリャはお金をカウンターの上に置いて売り子のほうへ滑らせ、お釣りの一ルーブル硬貨を受け取った。砂糖の小袋をひとつかみ取り、コーラの缶をつかむ。少しすると、やわらかいプラスチックのカップに入った紅茶が出てきた。片方の手に熱いのみ物、もう片方の手に冷たいのみ物を持ち、オーリャは海を横目に見ながら、丸い石におおわれた浜辺を歩いてベンチに向かった。

背後で車が走りすぎる音がする。穏やかな波が岩に打ちよせている。オーリャは先にコーラをのむことにして、のみながら、波の音や、エンジンの音や、レーニン像のまわりでいつまでも騒いでいる少年たちの声をぼんやりと聞いた。砂糖の小袋を三つ破り、紅茶にいれてのむ。頭をうしろに傾け、カップの底に溶け残った砂糖を舌の上で受けた。ざらざらした甘い粒が喉を滑り落ちていく。

歩道を行く人の数はまばらになっていた。鳥たちが丘へ向かって急降下していく。オーリャの視線の先では、太陽に照らされた海面がきらめいていた。遠くの海岸沿いにそびえるコンテナ・クレーンは微動だにしない。運転士たちはとうに家に帰り、家族や友人と過ごしているのだろう。

上着のポケットに入れた携帯電話が、やけに重たい。SNSを開く気にはなれなかった。あの四人が新しい写真を投稿しているかもしれない。こめかみをくっつけて寄り添い、両手で互いの頬をはさんで、下に〝大親友！〟の文字がおどっているような写真。そんな写真のほうが、不審者よりもよっぽど恐ろしい。

それとも、新しい投稿などあるはずがないのかもしれない。オーリャと話したあとも、ワレンチナ・ニコラエヴナはディアナの携帯電話を取り上げたままなのかもしれない。ワレンチナはほかの女の子たちのことも追い出してしまったのかもしれない。もしかするとディアナは、母親がオーリャに何をしたか知って、今夜は泣き明かすのかもしれない。

明日になったら、一時間目の授業がはじまる前に、オーリャはディアナにこう言ってやるかもしれない。「あたし、あんたのお母さんに言われ放題だったんだけど」

ディアナはこう言うだろう。「仕方なかったんだってば。携帯を取りあげられて、ママが電話してるあいだは追い払われてたんだもん」

「仕方なかったって、そればっかり。あんたのお母さん、頭おかしいんじゃない？」こんな乱暴な口のきき方をしたって許される。あんなにひどい目に遭わされたのだから。ディアナも、今回ばかりは完璧な両親がいる振りをやめて、オーリャの言うとおりだと認めるだろう。

そして二人は、一緒に計画を練る。ディアナがクラブに入ったことにすれば、週に二回はオーリャの団地で遊べるだろう。ほかの人たちには内緒だ。オーリャの母親なら秘密を守ってくれる。オーリャは砂糖の小袋をもうひとつ開け、透明な粒を口のなかに流し込んで噛んだ。粒が歯のあいだで溶けていく。クラブの名前は、〈ワレンチナ・ニコラエヴナの悪口を言う会〉でもいいし、〈教育ママから逃亡する会〉でもいい。

オーリャは砂糖をのみ込むと、空き缶とカップを地面に払いおとし、ベンチの上に寝そべった。湾は穏やかな波音を立てていた。渚《なぎさ》から一、二メートルほどむこうにさざ波が立っている。湾の先には黒っぽい対岸が見え、沖合には停泊中の原子力潜水艦の明かりが灯っていた。幾重にも連なる山々は、空に近いところほど、淡い色になっている。

あるいは、クラブの名前は〈オーリャはずっとひとりぼっちの会〉になるかもしれない。ディアナがそんな計画に乗るはずはないのだから。オーリャにはそうだとわかっている。クラブなんてただの妄想だ。愛することと嘘をつくことになると、ディアナはきまってオーリャをあとまわしにする。

空を黄色く染めていた光が、ゆっくりと地面ににじみはじめた。湾に降り注ぐ日の光がちらちらとまたたく。ベンチのうしろでは、車が絶え間なく行き来している。

こめかみが冷たい涙で濡れた。オーリャは目をこすった。突然、大きな手に右の足首をつかまれ、オーリャはぎょっとして跳ね起きた。

ニュースで見たことのある警察官が、オーリャの足のそばに立っている。長身で、サングラスをかけていて、制服のせいか堂々として見える。警官は足首から手をはなしてたずねた。「アリョーナ・ゴロソフスカヤか？」

オーリャは両足を体に引き寄せた。呼吸が浅くなっている。「あたし、あの子に似てる？」

「苗字と名前と父称（父親のファーストネームを元に作られる人名の一部）を言いなさい」

「ペトロワ・オリガ、イゴレヴナ」。警察はこんなふうに捜索をつづけているのだろうか。姉妹がいなくなった海岸のベンチをひとつずつ回って？　ゴロソフスカヤ姉妹がなかなか見つからないのも当然だ。「あたし、二人より年上だよ。八年生。アリョーナとは全然ちがうのに」オーリャは両手で顔をこすり、よく見てよと言わんばかりに、サングラスをかけた警官の顔を見上げた。ゴロソフスカヤ姉妹は小柄で、ほっそりしていて、かよわそうな女の子たちだった。ネズミの巣を頭にくっつけた八年生とはちがう。オーリャとはちがう。


警官は鋭いまなざしでしばらくオーリャを見ていたが、やがて、もう帰れと言うように通りへ向かって手を振った。道端には、エンジンをかけたままのパトカーが停まっている。「どれくらいここにいた？」

「一時間くらい」

「怪しいやつは見なかったか？」

「全然。ここに来たのはおまわりさんだけだし」

「近づいてこようとするやつもいなかったか？　黒い車を見てないか？」。オーリャはかぶりを振った。「大事な質問をしているんだ。うんざりした顔をするんじゃない」警察官が言った。

「別にしてないけど」知らない相手に嘘をついてみせると、意外なほど胸がすっとした。

「ひとりでこんなところにいるなんて、どれだけ危険かわかってるのか？」

「ひとり？　ちがうよ」オーリャはにこっと笑って警察官を見あげた。「ママが仕事を終えたところ。いまこっちに向かってて——もう着くんじゃないかな」膝の上で重ねた両手の下で、携帯電話が震えた。オーリャははっとした。「ほら、ちょうど電話がきた」

警察官は足を踏みかえた。サングラスと制服のせいで偉そうに見えるが、その顔をよく見ると、若々しくなめらかな肌をしている。尻ポケットから名刺を取り出し、オーリャに渡した。『巡査長ニコライ・ダニロヴィッチ・リャホフスキー』。名前の下に電話番号が記され、隅には盾の紋章が型押しされていた。「何か気づいたことがあったら、ここに電話を。お母さんが来たら、こんなところで女の子をひとりにするなと伝えなさい」

オーリャはうなずき、携帯電話を耳に当てた。「もしもし、ママ。うん。もうすぐ？　わかった」。歩き去っていく警察官の足元で、踏まれた岩がぐらぐら揺れていた。頬に押しあてた携帯電話は震えつづけている。

警察官がパトカーに乗り込むと、オーリャはベンチの上であおむけになった。明るく光る携帯電話の画面を見る。ディアナから不在着信が入っていた。ロックを解除し、不在着信の通知をスワイプして、SNSのアプリを開き、ディアナからの言い訳がましいメッセージを待つ。やたらと感傷的な文面が目に浮かぶ。しかし、何も届かない。オーリャは画面をロックした。

正直なところ、オーリャは電話をかけ直す気になれなかった。

オーリャはここでひとりきりだった。それは思っていたよりもずっといい気分だった。

夕焼けの光のなか、岸辺の小石が黒から灰色へ、灰色から蜂蜜色へ、そして琥珀《こはく》色へと変わっていく。光があふれていた。じきに岸辺はまぶしいほどに輝き、湾はピンクとオレンジに染まるだろう。これほど美しい場所に、怯《おび》えた大人たちは愛する娘たちを行かせようとしない。

ベンチにのせた頭の向きを変えたとたん、鮮やかな白と黄色の光線が視界に射し込んだ。髪が光を浴びる。上着も、光をいっぱいに浴びている。全身から光が滴る。

黄金のオーリャ。日差しを全身に浴びながら、オーリャは光のことだけを考える。もしもディアナがオーリャの家まで来て言い訳をしようとも、学校にワレンチナ・ニコラエヴナからの謝罪の手紙を持ってこようとも、来週帰ってくるオーリャの母親が新しい仕事を見つけていて、それは大学で日本語を教える給料のいい仕事で、だから母親はもう二度と長い出張に出かける必要がなくなるのだとしても、失踪した女の子たちが戻ってこようとも、そして警察が捜査をやめようとも、ペトロパヴロフスクが平和を取り戻そうとも……たとえその全部が現実になろうとも、オーリャは、この場所でどんなふうに景色が色を変えていったのか、誰にも話さない。ただ黙っている。秋の日のひときわ美しい時間を見逃したことを、彼らが知ることはない。オーリャはひとりきりで、その時間の真ん中にいた。

それから先、この秘密を思い出すたびに、オーリャは安らぎを覚えた。秘密はオーリャの心のなかにしっかりと守られていた。

十月

「おれたち、テント忘れてきたみたいだね」マックスがカーチャを振り返って言った。懐中電灯の光が、マックスの顔から陰影を奪っていた。のっぺりした白い顔が不安そうに曇っている。二人のいる森は真っ暗だった。ペトロパヴロフスクを出発したのが遅すぎたのだ。マックスがぎりぎりまで荷造りをしていたせいで。道順をよくわかっていなかったせいで。マックスのせいで。

まぶしい光に照らされたマックスの顔は、醜いと言ってもよかった。頬骨は消え、割れたあごが目立ち、口はぽかんと開き、間の抜けた顔で懐中電灯を見ている。カーチャとマックスは八月から二人で会うようになり、九月から正式に付き合いはじめた。そして、ここへきて、テントだ。苛立ちがおそってくる。「本気?」カーチャはそう言いながら、急いで苛立ちのしっぽをつかまえた。ヘビのようなこの苛立ちを、しっかりつかんでおかなくては。気をつけていないと、あっさり逃げていくのだから。

「ここにはない」マックスは言った。

カーチャはマックスに懐中電灯を渡し、トランクのなかを探しはじめた。荷物の影が忙《せわ》しなく伸びては縮む。食料品の詰まった買い物袋、寝袋、ウレタンマット。テントの床に敷くための、小さくたたんだ防水シート。温泉で使うタオル、折りたたみ椅子が二脚。乱暴に突っ込んだときにほどけたらしいゴミ袋の束。カーチャは、自分で荷物を積めばよかったと後悔した。恋人がトランクにかがみ込む姿を、バックミラー越しに眺めているのではなく。トランクの底のほうで、鍋ががちゃんと音を立てる。

「マックス！」カーチャは言った。「なんで忘れるの」

「外で寝ればいいよ」マックスは答えた。「そんなに寒くないし」。カーチャは、懐中電灯の円い光に照らされた恋人の輪郭を無言で見つめた。「車で寝ればいい」

「最悪」。おれたち、テント忘れてきたみたいだね、と恋人は言った。おれたち、と。まるで二人が一緒に暮らしていて、二人で使っているクローゼットに、二人のテントをしまってあるような口ぶりで。まさか、この災難の責任は二人で負うべきだとでも言いたいのだろうか。カーチャは午後もまだ早い時間に車で港にある職場を出発し、街を南へ向かって二十分走り、シャワーを浴びて着替えをすませ、三十五分北へ走って時間どおりにマックスの集合住宅に到着し、駐車場で十八分も待たされたというのに。

おれがテントを持っていく、と今週のはじめに言いだしたのはマックスだ。彼のちっぽけなニッサンでは心許なかったので、二人はカーチャの車を使うことに決め、そうしてマックスは大量の荷物をトランクに積み込んだ。二度も部屋へつづく階段を駆けあがり、そのたびに、両腕いっぱいに荷物を抱えて下りてきた。その様子を見てカーチャは、きっと大丈夫だと自分に言い聞かせた。荷物を確認するかわりにラジオをつけると、街の放送局が、強盗事件や、低気圧の接近や、失踪した二人の少女たちのニュースを流していた。カーチャはハンドルを強く握った。マックスが助手席に乗ってくると、カーチャはたずねた。「全部そろった？」

マックスはうなずき、かがみ込んでカーチャにキスをした。「行こう。待ちきれないよ」。カーチャは時計を見て（予定より四十一分遅れていた）、ギアをバックに入れた。

そしていま、二人はカーチャの小型ＳＵＶで一晩を明かそうとしている。スズキのＳＵＶは、街を抜けて北へ四時間走り、道路がアスファルトから砂利へ、砂利から土へ変わっても変わらず頼もしかったが、寝床としては最悪だった。ドアが二つ、狭いシートが二列、足を伸ばす余裕はない。並んで座ればシフトレバーにへだてられる。シートに体を横たえるだけの広さはない。

カーチャがため息をつくと、マックスは肩を落とした。たちまちカーチャは、その肩に触れたくなる。「だいじょうぶ」。慎重につかまえていた苛立ちはヘビのようにするすると逃げていき、マックスが次の失敗を犯すまで姿が見えなくなる。「いいって、子グマさん。よくあることだし。薪を集めてきてくれない？」

懐中電灯の明かりがゆらゆらと森のなかへ遠ざかっていくのを見ながら、カーチャは平坦な草地へ車を移動させた。本当ならそこへテントを張るつもりだった。今日の失敗は確認しなかった自分が悪い……次はきっとうまくいく。マックスはただ、その他大勢の人間と同じで、カーチャが面倒をみてやる必要があるだけなのだ。

タイヤが土に沈む。ヘッドライトは消したままにしておく。少しずつ暗闇に目が慣れていった。この森には子どものころに来たことがある。二十年分の変化があるはずだが、星明かりのもとで見る白樺《しらかば》の木立は、小さいころに見たそれとまったく変わらない。古色蒼然《そうぜん》として、おごそかで、神秘的だ。外の世界は着実にひずんでいき、ますます予測不能に、危険になっていくが、この森のような場所は変わらない。ここには、ラジオのニュースもなければ、都市のストレスもなく、守られることのない約束もない。失望の種は、忘れてこられたテントで最後のはずだ。がっかりさせられそうなことは、もう思いつかない。覚えておかなくては。

ドアを開けると、イグニッションに差した鍵が、ちゃりんと音を立てた。鍵を抜きながら、夜の時間が車内に流れ込んでくるのを感じる。コウモリの鳴き声、昆虫の羽音。梢《こずえ》で触れ合う枯れ葉の音。森の奥深くで、マックスが焚《た》き火用の枯れ枝を折る音。温泉から聞こえてくる規則的な水音。

音を聞いているうちに、頭がはっきりしてくる。マックスと一緒に過ごしていると、気持ちが昂ぶるあまり、息苦しさを感じることがあった。彼の部屋にいるときなどは、浴室を借り、蓋を閉めたトイレに座って頭を冷やすことさえある。マックスが助手席で道順を説明するのを聞いているだけで、カーチャは消耗した。彼のぎこちなさ、彼の実直さ、はっとするほど整った顔立ち、そのすべてがカーチャの心を明るくした。

「蜜月ってやつね」女友だちは口をそろえて言った。マックスと同じ火山研究所で働いているオクサナはこう言った。「ダメ男なのに。そのうち目が覚めるって」。だがカーチャは、これまで付き合ってきたどの男たちとも、二十代のころに一緒に暮らしていた男とも、こんな時間は過ごしたことがなかった。マックスは、彼女のなかに潜んでいた新しい感覚を刺激する。聴覚が耳に、味覚が舌に、触覚が指先に備わっているように、いまではマックスを感じ取る力が、カーチャの下腹には備わっているのだった。彼に触れられると、カーチャのそこはうずく。第六感が、求めなさい、と告げる。

彼がたとえ〝ダメ男〟なのだとしても、その感覚が消えることはないだろう。マックスを求める気持ちがあまりにも強いせいで、時おりほかのことがおろそかになった。テントを確認しなかったのもそうだ。カーチャは、ちゃんとしなさいと自分を叱りつけ、助手席の小物入れからヘッドライトを取り出した。ライトを頭に付けて作業に取りかかる――荷物を整理し、袋から食料品を取り出し、運転席と助手席の背もたれをできるだけうしろに倒す。

車のそばに立ち、ヘッドライトの頼りない明かりでシートをながめる。努力の甲斐はあまり見えなかった。

準備が整ったころ、マックスが戻ってきた。皮をむいたジャガイモが、小川の水を満たした鍋に放り込まれた。カーチャは、鮭のハラスの燻製《くんせい》を少しと、薄く切った二十日大根と、トマトと、白チーズを、車のボンネットに敷いたポリ袋の上に並べ、夕食前に軽く食べられるように用意しておいた。澄んだ空気のなかで、二人は一緒に火をおこした。「むこうで転んじゃったんだ」ぶじに火がつくと、マックスが打ち明けた。うしろを向き、腰についた土をカーチャに見せる。

カーチャは彼の汚れたシャツに触れ、布地を通して伝わってくる恋人の体温を感じた。手のひらの下で筋肉が動く。「怪我しなかった？」

「瀕死の重傷」

カーチャは、思っていた以上にシャツが汚れていたことに気づいて思わず笑った。「子グマさん、アウトドア向きじゃないんだね」

「まあまあ。大目にみてくれよ。真っ暗だったんだから」

「わかってる」カーチャは言った。静かに。鍋の湯のなかで、ジャガイモが茹《ゆ》だっていった。カーチャはマックスの腰から手をはなし、鍋をかきまぜた。

焚き火が、二人をオレンジと黒に染めていた。マックスのあご、美しい骨格、とがった鼻先、首筋。どこを取っても完璧だ。カーチャはブーツのつま先で太い枝を押し込み、炎に近づけた。

カーチャがマックスと一緒に週末を過ごすのは、これが二度目だ。一度目は、はじめて出会った八月のことだ。オクサナから誘われて、カーチャはナリチェヴォ自然公園にある火山研究所の静養所に出かけたのだった。断るわけにはいかなかった。オクサナにとってこの夏は最低だったのだから。結婚生活は崩壊に向かい、彼女は夫の携帯電話を盗み見る日々を送っていた。誘拐された少女たちのすぐそばを、たまたま犬の散歩で通りかかった日に、彼女の人生はどん底まで落ち込んだ。警察署に何時間も留め置かれ、誘拐犯の容貌を思い出せるかぎり説明しなくてはならなかった。

「なんでその男のことを覚えていたかっていうと」あの週末、オクサナは静養所へ向かう車のなかで話した。「そいつの車がめちゃくちゃきれいだったから。どこで洗車してんだって思った。わたしのミニバンなんか街をひとまわりしたら真っ黒になるのに、そいつの車はぴかぴかでさ」オクサナはバックミラーをのぞいて左車線に入り、前を走っていたトラックを抜く準備をした。「だから、警官に言っといた。犯人を見つけたら、手錠して気絶するまでぶん殴る前に、洗車のコツを聞いといたほうがいいですよって」

「ねえ、ほんとにいいの?」カーチャは言った。「こんなときに、ほんとにあんなところに行きたい?」。街からナリチェヴォの山小屋へ行くには、川を六度も越え、車を停めた場所から湿地帯を三十分も歩く必要があった。カーチャは、どうしても旅行をするのだと言ってきかないオクサナの様子が心配だった。ハンドルを握っているのが自分だったら、Uターンをして引き返していただろう。

誘拐事件からはじめの数日間、カーチャは落ち着きをなくし、すべてにおいて神経質になった。友だちが他人のように思えた。小さな女の子がさらわれるという事件は、彼女の知るどんな犯罪とも性質がちがうように思えた。たとえば賄賂《わいろ》なら、カーチャにも理解できる。汚職を目にするのはいつものことだ。ちょうど今日も、聞き覚えのないカナダの輸入業者の積荷をほかの税関職員と一緒に検査しているときに、生きた亀を何千匹も発見した。日の光のなかで、亀たちは黄色い足をばたつかせていた。（「で、亀はどうなった？」マックスは、街の境界線へさしかかったあたりで、カーチャに聞いた。「湾に放したけど」「まじかよ。つかまえて生物兵器にすればよかったのに」マックスは口をとがらせ、カーチャは声をあげて笑った。）

密輸業者にはしょっちゅう出くわす。密漁、不法侵入、放火犯、飲酒運転、大怪我を負った猟師たち、口論の最中に互いの首を絞める男たち、建設現場で足場から落ちた出稼ぎ労働者たち、冬のあいだに凍死する者たち……カムチャツカで起こるのはこうした事件だ。二人の少女が誘拐されるなどというニュースには馴染《なじ》みがない。オクサナは、姉妹が連れ去られた現場からほんの十メートルのところを通りかかった。だが彼女は、どうにかしてその事実を笑い飛ばそうとしていた。カーチャは行方不明者のビラを熟読し、いつか出くわすかもしれない誘拐犯のことを考えて、ひとり怯《おび》えていた。

「こうするしかないわけ」オクサナは、車を運転しながらカーチャに言った。「仕事をサボったりしないよ。最悪のタイミングでマリーシュの散歩をしてたからって」遅い車をもう一台追い抜く。「ていうか、ほかに何しろって？　あたたかい家庭でのんびり週末を過ごせって？」

　オクサナと知り合って、もう十年以上が経っていた。大学院で出会ったとき、オクサナは冷ややかで、なかなか打ち解けず、それでいて人を惹《ひ》きつけるところがあった。長旅のあいだ、オクサナはちょっとした気晴らしのように、同僚たちのことをかいつまんでカーチャに説明した。退屈、ずさん、妊娠中。それが、山小屋へやってくる三人の研究者たちにオクサナがあてがった言葉だった。「あいつらのことは相手にしなくていいから。二人でしゃべっとこう」。オクサナのあとから山小屋へ入ったカーチャは、そこで、まるで俳優のように端整な顔立ちの青年と出会ったのだった。

「誰のこと？　マックス？」オクサナは言った。「正気？」

　はじめて会ったあの夜から、マックスを見るたびにカーチャの下腹部はうずく。ペトロパヴロフスクはそれほど大きな街ではなく、街に住む三十六歳の独身者の数はたかが知れている。だが、どうしたわけか、カーチャはマックスと出会わないまま何年も過ごし、ナリチェヴォでようやく出会ったのだった。二人は隙を見てはみんなの輪から抜けだして材木の山の陰に隠れ、互いの服の中に手を入れて愛撫しあった。山小屋の窓からは、仲間たちの話し声が聞こえた。マックスがキスをしたまま〝静かに〟とささやくと、カーチャは彼の首に腕を巻きつけて引きよせた。あらゆる恐怖を消し去るために、マックスの美しさが欲しかった。

　マックスとカーチャは、二人きりの世界を作りつつあった。はじめのうちこそ二人の交際について噂していたマックスの同僚たちはすぐに飽き、オクサナは自分の家庭のことで手一杯で、カーチャがマックスの話をしても、せいぜい肩をすくめてみせるだけだった。カーチャの男性の同僚たちはとうのむかしに彼女をデートに誘うのをやめていたし、女性の同僚たちは、婚期を逃した女を煙たがる態度をほとんど隠そうともしなかった。週末になると、マックスとカーチャは街をサイクリングしてまわった。湾でカヤックに乗り、海岸でバーベキューをした。マックスに連れられて、カーチャは何度かボルダリングジムにも行った。この秋には温泉へキャンプに行こうという計画は、カーチャが立てたものだった。

マックスが立ちあがり、カーチャに鮭の燻製をとってきた。アウトドア用のシャツに、黒い土の大きな染みが残っている。わたしはこの人を愛してる。カーチャは、その言葉を胸のなかでつぶやいてみた。まだ、ぎこちなさがあった。

マックスってやつはずさんなんだよね。山小屋へむかう途中、オクサナはマックスのことをそんなふうに言った。その警告が本当に役に立つとは、あのときは思ってもいなかった。山小屋へ到着したあとは、白樺の壁にもたれたマックスに見とれるばかりで、オクサナの忠告を思い出す余裕はなかった。ナリチェヴォで出会った人々は、街の人たちと同じように、少女誘拐事件のことを知りたがっていた。オクサナの返答はそっけなかった。代わりに質問されたマックスは、ボランティアとして参加した捜索隊で自分がした仕事を、詳細に語ってみせた。

「オクサナは謙遜してるんだよ。おかげで、犯人がどんな見た目でどんな車に乗ってたかわかったのに。ぼくたちは、二人が見つかるまで捜索をつづける」マックスは、携帯に保存していた、姉妹のクラス写真を、みんなに見せさえした。

オクサナたちの上司——退屈、と紹介された男だ——は、マックスの携帯電話をしばらく眺め、オクサナにたずねた。「人種は？　ロシア人？　いや、タジク人か？　身なりはどうだった？」

妊娠中だという同僚は、黙って空《くう》を見ていた。オクサナは怠《だる》そうに片手を上げて答えた。「べつに、ふつうの男でしたけど。おかしな様子もなかったし」

上司はなおもつづけた。「髪の色は？　目の形は？」

「目の形って！　わざわざそいつを呼び止めて、家系について根掘り葉掘り聞いたとでも思ってます？　韓国の血が入ってるか、祖父母がチュクチ人だったかって？」オクサナは笑った。不自然な、苛立たしげな笑い声だった。「わたしが覚えてるのは、でかい男、でかい車、小さい子どもが二人、それだけです」

「十分だよ」マックスが言った。

カーチャは、その場におよそふさわしくない衝動を覚えてたじろいだ。マックスが、目撃情報や、警察の情報や、心配する母親たちのことを話せば話すほど、彼に対する欲望は募った。みずからの手で秩序を取り戻そうとしている、自信にあふれた男。この美しい肉体に、これほど情熱的な心が潜んでいるとは……とても現実とは思えなかった。

より正確に言うなら、それは現実ではなかった。ゴロソフスカヤ姉妹はいまだに見つかっていないが、マックスは十月に入ってから一度も捜索隊に加わっていない。

今夜持ってくるはずだったテントは、果たされなかった多くの約束のひとつに過ぎない。マックスは約束し、その約束は破られる。いつもなら、おきまりの不手際が愛しく感じられる。彼の思いつき、彼の興奮、彼の失敗。だが今夜、キャンプ場までまだ何時間もかかる地点で夕日が山のむこうへ沈んでいくのを眺めながら、カーチャはマックスの失敗を愛おしいとは思えなかった。北部を走る道路の両脇の森は、とうに闇に沈んでいた。マックスは忙しなく携帯電話の向きを変え、途絶えてしまったGPS信号を拾おうとしていた。カーチャの心の奥に、苛立ちがゆっくりと滑り込んできた。

一緒に過ごす時間が増えるほど、カーチャは多くを悟っていった。いつか、ペトロパヴロフスクが溶岩に沈む日が来たら、おそらくカーチャははっきりと悟ってしまうだろう。どのハンサムな研究者が、差し迫った状況にあった火山のありとあらゆる兆候を見落としていたのか。マックスは、どんなに重要なことであろうと、完全に把握することができない。いまではもう、彼を手放しで称賛していたあのころには戻れなかった。

だが、この週末が終わるまでは、そうした違和感は忘れていればいい。焚き火の煙が、カーチャたちには見えない温泉の湯気と混じり合い、夜の闇をいっそう深くした。黒く焦げた薪、硫黄、ひんやりした土――それは郷愁のにおいだった。カーチャの家族は、この場所を愛していた。ソビエト連邦が崩壊したあとは、旅行における制限も、移動における禁止事項もなくなった。半島を抑えつけていたソ連の軍事基地は撤退し、カムチャツカの住民たちは、ようやく自分たちの国を自由に探索できるようになった。カーチャの家族は、北はエッソまで行ってトナカイの群れと暮らす先住民族に会い、西は煙の立つ噴火口まで行き、南はようやく監視されなくなった湖まで行ってチョウザメ漁を体験した。カーチャの子ども時代は、共産主義の厳格さとプーチンの強権のはざまの、みじかく奔放な時期だった。大人になったカーチャは、国境の見張り番として輸入品を検査したり、出頭命令書を発行したりしているが、彼女のなかにはいまも、ソ連崩壊直後の時期を生きた子どもの魂が息づいている。彼女の一部はいつも、荒々しい自然を強く恋しがっていた。

カーチャは、夜の闇に身をゆだねた。「両親は週末になるたびに、わたしたちをキャンプに連れていってくれたの」

「へえ」

「ほんとに、毎週末」カーチャが鮭のハラスの最後の一口をのみ込むと、マックスが、やわらかいチーズを一切れ彼女に渡した。「雪解けを待ちかまえて、森に出かけていった。それで、父と母がわたしと弟たちにちょっとした任務を与えるの。動物の足跡を追いなさい、とか、ちがう種類の木を探しなさい、とか」

マックスがカーチャの腰に触れた。「二人きりになりたかったんじゃないかな」

「ううん、そうじゃない」

「でも、ちょっとはそうだと思うだろ?」

カーチャが十歳のころ、両親はいくつだっただろうか……計算しないとわからなかった。あのころの母親はまだ三十二歳だ。いまのカーチャよりも若い。当時の両親と、二人のすらりとした肢体がベッドの上でぶつかり合う姿を想像して、身震いした。「やめてよ」そう言ってマックスの胸をぶつ。

「冗談だよ。もちろん、ご両親には教育的意図しかなかった。任務の首尾はどうだった? めあての木は全部見つかった?」

「もちろん。わたしが一番年上なの。だから、葉っぱを全部集めるまではテントに帰れないよって弟たちを脅してた」

やわらかなジャガイモと香ばしく焼けたソーセージを食べながら、二人は話しつづけた。オクサナがどうやって夫の携帯を盗み見て、新たな女の影をそこに見つけたか。「職場じゃみんなその話をしてるよ。あいつは最低だな」とマックスは口いっぱいに食べ物を頬張ったまま言った。

「あそこは早く別れたほうがいい」カーチャは言った。

「アドバイスするつもりなら、幸運を祈ってるよ。おれは、オクサナには余計なことを言わないって決めてるけど」。カーチャは皿を下に置き、食事をつづけるマックスの太ももに両手を置いた。手のひらが、隆起した筋肉を感じる。

森のむこうから、でたらめに高くなったり低くなったりする歌声が流れてきた。となりのキャンプ場にいる人々が酒に酔って歌っているのだ。木々は黒い壁のようだった。その歌声や、空中に舞い上がる灰や、闇のなかから聞こえる鳥や虫の鳴き声は、カーチャの意識を、マックスとはじめて出会った週末に向かわせた。「捜索で何か見つかった?」

マックスは首を横に振った。「雪が降りはじめたらボランティアは捜索に行けなくなる。リャホフスキー巡査長の見解だと、あの子たちはカムチャツカ半島から連れ出された可能性があるらしい」

「うそ。どうやって? 旅客機でも使ったわけ?」

「わからないけど。船じゃないかな」

「クルーズ船で? サッポロあたりまで?」もしそうなら、カーチャたちが気づかないわけがない。税関は、飛行機であれ船であれ、半島を離れる人々を余さず調べる。

そして、半島を離れるには、飛行機か船を使うしかない。カムチャツカ半島を閉ざす法律はなくなったが、地理的な特徴によって、この半島は否応なく世界から閉ざされている。南と東と西は海に囲まれている。北は、数百キロもつづく山脈とツンドラが、要塞のように半島とロシア本土を隔てている。通り抜けるのは不可能だ。カムチャツカ半島を走る道路は少なく、そのほとんどは使えない。半島の南部と中心部の村へつづく道路の多くは舗装されていないため、雪や雨に流され、ほぼ一年を通して使えない。パラナのような半島北部の村へつづく道路も、その多くが冬のあいだは雪や氷によって閉ざされるが、氷を整備して作り出され、冬にだけ存在する道路もある。半島と本土をつなぐ道路は一本もない。陸路を使って半島を出入りすることは不可能なのだ。

「貨物船じゃないかな」マックスが言った。「もしかすると」

カーチャは思わず笑った。「貨物船ねえ」。焚き火の明かりがマックスの顔の上で揺れている。

「おれはただ、巡査長が話してたことを繰り返してるだけだよ。だって、あり得るだろ？　おれたち捜索隊は、隅から隅まで見て回ったんだ。なのに、何も見つからなかった」

隅から隅まで、とマックスは言った。ペトロパヴロフスク・カムチャツキーの境界線は世界の果てで、その先は行き止まりだとでも言うのだろうか。「あの子たちは半島にいる」カーチャは言った。「犯人がどこかに死体を隠したんじゃない？　車庫とか、建設現場とか、森のなかに」

「そういう場所も捜したよ。何週間も捜索したんだ。考えられるところは全部見た」

「じゃあ、ペトロパヴロフスクの外に行ったんだね。まさか、犯人が一般道を通って西に――それか、北に――行ったとは思ってないでしょ？」

マックスは皿を下に置いた。「もしかしたら、犯人は遺体を自然公園に隠したんじゃないかな。間欠泉のなかに沈めたとか」

「かもね」カーチャが言うと、マックスは顔をしかめた。「どんな可能性だってあるでしょ？　わたしが言いたいのはそういうこと。たとえば、ここから車で六時間のところへ連れ去って、自分の子どもだってうそをついて、どこかの村の学校に入れたのかもしれない」

「まあ、そうだな。なんだってあり得る。だから警察は、一番あり得そうなことに目を向けるように呼びかけてるんだ。犯人はペトロパヴロフスクの人間だよ。オクサナが、犯人は白人だったって言ってただろ」

「そんなこと言ってた？」

「ふつうの男って言ってたじゃないか」

カーチャはそれには反論せず、代わりにこう言った。「ほとんど覚えてないって言ってたはず。確かなのは、あのあたりにはいろんな人種の人がいるってこと」

「オクサナは犯人の車も見たんだ。磨き込まれた黒い車だったらしいじゃないか。村から悪路を運転してくれれば車は泥まみれになる。ほら、考えてみなよ――街に住んでて、やけっぱちになってて、たぶん頭もおかしい男が逃亡するとして、そいつが一番選びそうな手段は？　ここは毎日船の行き来がある。巡査長が言ってたとおり、賄賂をつかませて輸送コンテナに潜り込んだって可能性もある」

「それとも、その犯人は一番あり得そうにないことをしたのかも。間欠泉に遺体を沈めるとか、そういうことを。子どもをねらうようなやつだよ。何をするかわからない」カーチャは、自分がゴシップチャンネルのレポーターのような早口になっていることに気づいていた。誘拐事件直後の不安定な気持ちがゆっくりと忍び寄ってくる。警察が事件を解決していたら、こんなことを話題にせずにすんだのだ。自分は税関での職務をまっとうしている。だから、あの子たちがカムチャツカを出ていったはずがない。ほかの人々は、自分たちの職務にどれだけ忠実なのだろう。

「カーチャ」マックスが言った。「落ち着けよ。あの子たちはもう助からない。捜索したって意味がない」

マックスが、よりによってマックスが、意味があることとないことを決めるとは。カーチャが彼の太ももを指でなぞっているうちに、マックスは黙り込んだ。

二人はトランクのリアハッチを上げ、その下で、頭をぶつけないように気をつけながら、水着に着替えた。焚き火から離れたとたんに鳥肌が立つ。息が白かった。肩紐を直しているカーチャの体をマックスがつかんだ。そのまま、膝の裏が車にぶつかるまでうしろに押される。張り出した金属のルーフの下で、二人は長いキスをした。狭い空間のなかで、どちらもまっすぐに立つことができない。体をなかば折り曲げて抱き合う二人は、まるで祈りのときに合わせた手のようだったが、カーチャは神様のことなど考えていなかった。いなくなった子どもたちのことも忘れていた。彼女が考えていたのはマックスのこと、彼の両腕、彼の指、彼の口、彼の美しい歯、そして、自分の皮膚の下に感じる焦燥だった。

しばらくして、カーチャはためらいがちに体を離した。ビキニとゴムサンダルだけになった彼女は、寒さで足の感覚がなかった。ブリーフ一枚で古いスニーカーを履いたマックスの体が、闇のなかで白く浮かびあがってみえる。

マックスは腕を組んで言った。「で、どっちに行けばいい？」

温泉が二人を呼ぶ音がしていた。湯が噴き出し、泡立つ音。「こっち」カーチャはそう言って歩き出し、水の流れをたどって細い小道に入り、木立を通り抜け、温泉のある空き地へ入った。

高い台の上にゴムと木でできた浴槽が五つ据え付けられ、湯気の立つ井戸からホースで湯が送り込まれていた。卵が腐ったようなにおいが立ちこめている。温かいぬかるみで足が滑る。カーチャとマックスは、階段の下でサンダルとスニーカーを脱いで湯に入った。立ち上る熱気に体が包まれる。カーチャは、渦を巻く湯気のなかへ息を吐いた。「天国だな」マックスが言った。カーチャは恋人から少し離れたところで、硫黄のにおいがする湯にあごまでつかった。

湯気がくるくると渦を描いていた。頭上では無数の小さな星がまたたいている。夜は青く、黒く、秋の星座が散らばり、天をあおいだカーチャには、ちらちら光りながら流れていく衛星が見えた。星空を眺めているあいだにも、体の奥深くまで熱が染み込んでいく。熱は内臓の奥にまでじわりとにじんだ。余計な考えごとが消えていく。

マックスのそばにいると、カーチャは彼のことしか考えられない。恋人から少し離れたとたん、カーチャは本来の自分を取り戻し、そして、取り戻した女のことが好きになった――優秀な女のことが。その女は期待を裏切らず、責任を果たし、結果を出した。その女は、マックスのように始終失敗しているような男には、失望するかもしれなかった。いや、失望するにちがいなかった。

マックスが湯のなかでふわりと浮き、カーチャのすぐとなりへ来た。温泉の成分が恋人の肌をなめらかにしていた。カーチャがもたれた浴槽の木製のふちも、同じようになめらかだった。マックスがビキニのショーツの隙間から指を滑り込ませてくると、カーチャは体をこわばらせ、気を抜けば消えてしまう本来の自分にしがみついた。

「ここではやめて」

「どこならいい?」耳元でマックスがささやく。

「テントのなかでなら」カーチャも小声で返した。

マックスは弾かれたように体を離した。

カーチャの返事は、彼女が思っていた何倍も皮肉っぽく響いた。「冗談だよ」カーチャは言った。

マックスはさらに離れた。

「へえ」恋人の姿は濃い湯気に隠れ、声だけが聞こえた。

「ねえ、冗談だって」

「笑えるね」

「ちょっと――」言いかけてやめた。あやまるべきだろうか。言い訳をするべきだろうか。だが、失敗したのは彼なのだから、彼はその結果を受け入れなくてはならない。カーチャも、目の前の真実を受け入れなくては。八月のあの週末、物陰で彼と愛し合ったあの情熱は、秋が終わるまで二人の関係を支えるには足りなかったのだ。秋が終わったあとのことは言うまでもない。ヘビの姿をした苛立ちが、首元を這《は》いあがってくる。マックスには責任感がない。長い目で見れば、二人とも別の相手を見つけたほうが幸せになる。

二人のあいだで湯気が静かに立ち上っていた。湯が湧き出す音がする。水が滴る音がする。

車に戻ると、二人は服に着替え、寝袋に足を入れて、それぞれのシートに乗り込んだ。カーチャは運転席、マックスは助手席に。二人ともすでに汗ばんでいた。みじめな夜になるのは目に見えていた。カーチャは着たばかりの長袖のシャツを乱暴に脱いだ。「シートベルトしたほうがいいと思う?」マックスのほうを向いて笑顔で声をかけたが、寝袋からのぞいた彼の肩はこわばっていた。

これが旅の結末だ。カーチャがギアのむこうへ身を乗り出すと、マックスは彼女の唇に軽くキスをして言った。「おやすみ」

「おやすみなさい」カーチャは額を運転席の窓に押しつけ、寝袋にくるまれた足をブレーキペダルの上に置いた。あとどれくらいこの関係をつづけられるだろうか。マックスは優しい。彼は魅力的だ。だが彼は、二人がそう思い込もうとしていたような英雄ではなかった。

外の世界が静かになっていく。森から流れてくる虫の鳴き声はまばらになり、やがて時おりしか聞こえなくなり、とうとう完全に消えた。

ギィ、という音がしてカーチャは目を覚ました。

運転席の窓に影が映っている。男だ。巨体の男だ。殺人鬼にちがいない。女の子たちをさらっていった犯人だろうか。寝ているあいだに両腕を外に出していたカーチャは、半身が寝袋から出たままの格好で、恐怖に凍りついた。窓ガラス一枚へだてたところに危険が迫っている。Tシャツがめくれあがっていた。胸が大きく上下する。夜明けが近い。ちがう、男ではない。クマだ。

ヒグマが後ろ足で立ちあがっている。頭上からルーフを引っかく音がしていた。ヒグマは窓のすぐ外で、重たげな音を立てて地面に前足を下ろした。体から埃《ほこり》が立ち上る。クマは車の前へ回り込み、ふたたび二本足で立つと、スズキの紺色のボンネットに前足をのせた。

カーチャはフロントガラス一枚へだてた車内で精一杯シートに背中を押しつけ、獣のかぎ爪を見ていた。ボンネットの上にのせられたかぎ爪は、一本一本が太く、黄色く、禍々《まがまが》しい。

「マックス」唇をこじ開けて声を出す。

マックスはとなりで深い寝息を立てていた。ヒグマは大きな頭を低くして、白い斑点のある舌を出した。そして、カーチャがゆうべ鮭を置いていたあたりのボンネットを、悠然と舐《な》めはじめた。

これはカーチャの失敗だ。

マックスが動いたのがわかった。寝袋が音を立てたが、横をむいてたしかめる余裕はない。ヒグマは一心にボンネットを舐めつづけている。マックスに手を握られた瞬間、カーチャは息が止まりそうになった。マックスの指先から彼の心臓の鼓動が伝わり、喉の奥と口のなかに自分自身の鼓動を感じた。

焚き火はとうに消えていた。砕いた星をまぶしたような夜空を背景に、黒い絵の具を刷毛でひと塗りしたような森が二人を囲んでいた。ぼやけたような夜空のもとで、ヒグマはやけに生々しく、絵の具を塗ったように鮮やかで、顔は土によごれ、鼻づらは色あせて白く、うす暗がりのなかで目が光っていた。

ヒグマはがっしりとした前足をボンネットにのせたまままうしろへ引いた。また、かぎ爪が不快な音を立てる。

マックスはカーチャの手を放し、そのまま、そろそろと片手を上げた。ハンドルの中央に触れる。二人は息を殺していた。

「いい?」マックスが小声で言った。

ヒグマは一度も二人のほうを見なかった。カーチャは唾をのみ込むのも恐ろしかった。マックスは、一度ハンドルに触れた手を彼女のももの上で静止させ、カーチャが声を出せるようになるまで待った。

「やって」カーチャは言った。

マックスがクラクションを押すと、何かが破裂したようなけたたましい音が鳴り響いた。ヒグマがぱっと上体を起こす。二本足のままぎこちなく後ずさり——巨大な赤ん坊のように——体をひねって前足を地面に下ろすと、カーチャが想像もしていなかった速さで森のなかへ駆け込んでいった。クラクションのこだまが消えるより早く、ヒグマは闇にまぎれて見えなくなった。マックスは声をあげて笑っていた。

マックスは助手席のドアを開けて勢いよく外へ出ながら、寝袋を脱いだ。「やばかったな」マックスが降り立った地面には、白い霜が筋を作っていた。カーチャは根が生えたように動けなかった。マックスは薄いTシャツ一枚の姿でボンネットのほうへ回り込み、紺色の塗装についた銀色の傷をしげしげと眺めた。「うわ!」声をあげ、フロントガラス越しにカーチャを見る。その顔は明るく、晴れやかだった。「カーチャ、あいつアンテナをもぎ取っていったぞ」

カーチャはのぞき込もうと前にかがみ、気づかずに押してしまったクラクションの音に、びくりとした。「うそでしょ――」ドアを開けてルーフに手をのばすと、折られたアンテナの跡が指先に触れた。もしテントで寝ていたら、二人ともどうなっていただろう。「うそでしょ」体が震える。

マックスは笑いつづけていた。平然と動きまわっている。いっぽうのカーチャは身じろぎもできず、脚も動かせず、立ちあがることもできなかった。だが、頼りになるのはひとりでいい。いまはマックスの番だ。頼もしいマックスは魅力的に見えた。マックスが、アンテナの根元を触っているカーチャの手を取る。カーチャの体は、新たにおそってきた恐怖で冷たかった。マックスの唇は温かかった。両腕を恋人の首にまわし、カーチャは彼にしがみついた。夢中で彼に触れた。シートから腰をあげると、マックスが彼女の寝袋を脱がせた。頬と頬を触れ合わせたまま、カーチャは愛の言葉をささやき、愛しているとささやき、マックスはその唇をキスでふさいだ。カーチャはすべてをゆだねた。

十一月

ワレンチナ・ニコラエヴナの胸には、なかなか治らない水疱《すいほう》がひとつあった。黒ずんだそれは鎖骨の四センチ下にあり、控えめに開いた襟ぐりからのぞく、そばかすの散ったなめらかな肌の上で目立っていた。はじめは小さな染みのようだったものが膨れ、破け、かさぶたができ、さらに大きくなった。皮膚のなかで血が固まっているようだった。

そのうち消えるでしょう、とワレンチナは考えた。シャワーを浴びたあとは、水疱に小さな絆創《ばんそう》膏《こう》を貼った。痛みはなかったが、正体不明のそれの見た目を――絆創膏をはぐと現れる生々しい紫色を――ワレンチナは気に病んでいた。絆創膏を貼りはじめて最初の一、二週間は、どうしたのかと心配されることもあったが、ひと月が経つころには気に留める者もいなくなった。胸元に貼った小さな絆創膏は、いつしか人目を引くための小道具のようになった。派手な帽子や口笛のように。娘も関心を示さなかった。夫は、家のなかですれちがうときでさえ、絆創膏に目をやることはなかった。

ワレンチナは、水疱は庭仕事でできたのだろうと思っていた。シャベルに体重をかけたときに、柄の部分か何かではさんでしまったのだろう。ディアナが生まれてからというもの、ワレンチナは夫を説得して、家族ができるかぎり一緒にダーチャ（ロシアの庭園付き別荘のこと）で過ごすようにしていた。二人の女の子が誘拐された八月の事件は、ワレンチナが十年以上も前から夫に繰り返し話してきたことの裏付けとなった。家庭よりも——とワレンチナは夫に言った——優先すべきものはないと思うの。愛情にあふれる家庭で育った子どもは、安全に健やかに育つんです。そうじゃない家庭を見てごらんなさい——親が自分の務めをおろそかにすれば、小さな子どもが街をうろついて、しまいには行方知れずになるんだから。いまでもワレンチナは、週末をかならず家族三人で過ごすようにしていた。夫は田舎まで運転する四十分のあいだ不平をこぼしつづけ、とうに思春期に入ったディアナはむっつり押し黙っていた。だがワレンチナは、自分の方針を変えなかった。別荘《ダーチャ》に着くと、心ゆくまで庭仕事をした。庭をあとにすると、決まって、新しい引っかき傷や、あざや、かさぶたができていた。ペトロパヴロフスク郊外に居場所があるのは喜ぶべきことだが、そこも完璧に安全というわけではないのだ。自分だけの空間と、よく整備されたささやかな土地を手にしたかわりに、ワレンチナは、切り傷やいくつかの不便を甘んじて受け入れた。秋も終わりにさしかかり、菜園が雪に隠れたころ、職場のトイレの洗面台で顔をあげたワレンチナは、そのときようやく、鏡のなかの盛り上がった絆創膏をしげしげと見た。濡れた指を折って数える。絆創膏を毎日貼るようになったのは四月だ。あれから優に七カ月が経っていた。

　四十一歳のワレンチナは老いとはまだ縁遠いはずだが、体の異常を覚えるのはこれがはじめてではなかった。このところ手首に力が入りにくい。脚の毛が目に見えて薄くなっている。甘いものを食べると胃が痙攣《けいれん》する。職場の女たちは、お茶の時間になるとからかい半分にチョコレートをすすめてくる。ワレンチナはそのたびに、きっぱりと首を横に振って断った。彼女と夫のあいだには新婚当初から他人行儀な距離が存在し、数年前からはセックスもしなくなっていたが、胸が張りを失ってきたのはちょうどその時期からだった。

そのくらいのことでワレンチナは弱気にならない。自分は勤め先の学校の予算にも娘の宿題にも、抜かりなく目を光らせている。領分にあるものを管理する能力に、ワレンチナは自信があった――菜園、キッチン、職場の書類棚。自分の体については言うまでもない。だが、紫色が透けて見える茶色い絆創膏は、ワレンチナの不安をかきたてた。彼女は、自分の有能さが消えていくような感覚におそわれた。

四月からいままで過ぎた時間がワレンチナの動揺をあおった。その金曜日の昼休み、彼女はとうとう診療所へ行った。医者はワレンチナの胸に顔を近づけ、水膨れを診察した。関節のように盛りあがり、ネジのように固い。水疱は絆創膏の下に収まるほど小さかったが、できたばかりのころに比べれば大きくなっている。「これは深刻ですね」医者が言った。

ワレンチナは、鎖骨のあいだに手をやった。期待していたのはもっと穏やかな言葉だった。「深刻ってどのくらいですか?」

「総合病院へ行ってもらいます」。この医者のことはほとんど知らない。はじめてかかったのは三年前で、小さな熊手をあやまって踏んでしまったので、破傷風の予防注射を打ってもらった。彼は当時、国家資格を取ったばかりだった。この診療所を選んだのは、民間ゆえの洗練されたサービスと、待ち時間の短さと、医者たちの口の堅さが気に入ったからだ。はじめて来たときもこのときも、待合室では十分も待たなかった。今日ここへ来ていることは誰にも言っていない。昼休みが終わる前に戻るつもりだったからだ。

「なぜ？　ただの水膨れでしょう。こちらで治療していただけないんですか？」

医者は一歩うしろに下がった。ワレンチナが診察室に入っていったときも、彼女のことを覚えているような様子はなかった。カルテに向きなおる。「ここには必要な設備がないんです。できるだけ速やかに切除しなくてはなりません。紹介先へ連絡しますから、すぐに向かってください」

ワレンチナは荷物を持ち、医者のあとから受付へ行って支払いをすませた。受付の女性は代金を受け取ると電話をかけはじめた。水膨れを隠していた絆創膏がとうとうなくなった。何カ月も一本の肋骨《ろっこつ》の上でおとなしくしていた水疱が、急に熱を持ちはじめたような気がした。水疱に触れてしまわないように、そのまわりの皮膚に指を置く。破いてしまったような気がしたが、下を向いて確かめる勇気はなかった。受付の女性が受話器を置き、医者に向かってうなずいた。女の顔は野暮ったく、締まりがなく、だらしがなかった。「よかった」医者が言った。「さあ、向かってください。予約をしてありますから」

駐車場を歩いていると、雪が照り返す日差しに目を射られた。水気の多い雪がワレンチナの車にも降り積もっていく。エンジンをかけ、携帯電話の連絡先をスクロールしていく。夫の名前は無視した。夫に話したところで不安は消えない。病気のことなど何も知らないのだ。代わりにワレンチナは学校の事務室に電話をかけ、午後は休みを取ることにした、と伝えた。

「だいじょうぶですか？」同僚がたずねた。

「ええ、なんでもないの」ワレンチナは答えた。自分でも感心してしまうほど落ち着いた声だった。

「戻られたら、リャホフスキー巡査長に連絡してください」

ワレンチナははっとして背筋を伸ばした。「わたしの外出中に、またいらっしゃったの？」

「いいえ、お電話がありました」

「ゴロソフスカヤ姉妹の父親のことで何か言ってなかった？」

「いいえ」

フロントガラスに積もった雪が厚くなっていく。ワレンチナはワイパーのスイッチを入れた。

「よく思い出してちょうだい」声に弱気がにじまないように注意する。

「ええ。はじめから終わりまでよく覚えてますよ。折り返すようにとだけ言って、巡査長は電話を切りました」

ワレンチナは水疱に手をやりかけ、代わりにハンドルをつかんだ。こうしたことを、まさに案じていたのだ。ほんの少しの変則を許して絆創膏をはがしたとたん、人生はじわじわと崩壊する。職場にかかってきた大事な電話には出られず、年下の女がえらそうな口をききはじめる。この件については、戻ってから校長と話し合わなくては。

「巡査長の用事が緊急のものだったら、わたしの携帯電話の番号をたずねていたはずよ。対処するのは月曜日にします」

同僚は、よい週末をと言って電話を切った。

ワレンチナはギアを切り替え、雪に残ったタイヤの跡をなぞるように、坂道を上りはじめた。その先に総合病院がある。水疱にはとっとと決着をつけて、日常に戻らなくては。心配することは何もない。自分にそう言い聞かせる。今日はただ、凍てつくように寒く、やり残した仕事があり、病院へ少し立ち寄らなければならない、それだけだ。

だが、病院へ行くのはやはり気が重かった。これまで手術を受けたことはない。手術の恐怖は、いつも自分以外の誰かのものだった。ここ数年で同僚たちは胆嚢《たんのう》や盲腸を摘出し、ディアナは幼いころに中耳炎で両耳にチューブを通したことがあったし、頑健な夫でさえ大人になってから扁桃腺《へんとうせん》を摘出した。メスを入れられるのは、いつも彼らの体だった。

だが、その運もとうとう尽きた。ワレンチナにも死の影がしのびよってきた。考えすぎだろうか。だが、そうではなかったとしたら？　診療所の医者が、うちでは手に負えないと言ったのだ。

癌《がん》だ。そうだ、癌だ。癌だとわかったから、あの医者は口を閉ざしたのだろう。そう、癌だ。医者は時々患者に嘘をつく。打つ手のない病だと判断すると、恐ろしい知らせは自分の胸にしまっておき、何も知らない患者が緩慢な死へ向かっていくのを放っておく。ワレンチナの祖母がそうだった。激しく咳《せ》き込み、最後にはぼろぼろになった自分の肺のかたまりを吐き出していた。ワレンチナの母親は病人がいる寝室の扉を閉ざし、「流感だよ」と言った。家族の誰もが本当のことを知っていたが、誰もが黙っていた。

祖母は癌だった。だがあれは、ちがう時代、ちがう世界のことだ。あのころワレンチナは赤いスカーフを巻き、党に忠誠を誓い、集合住宅の中庭で逆立ちの練習をし、湯気と酵母のにおいが充満する家に帰った。近ごろの医者はきちんと患者に告知する。治療法も――検査もある。それに、自分は癌ではない。癌なら自分でそうと気づくはずだ。水疱が鼓動に合わせてうずいていた。ウィンカーを右に出し、ワレンチナは病院の私道へ車を乗り入れた。病院名が書かれた鮮やかな色の金属製のアーチをくぐり、半分ほど車で埋まった駐車場に入っていった。

病院の外壁はむきだしのコンクリートだった。小さいころここへ連れてこられたディアナは、愛らしい顔が腫れるほど待合室でわんわん泣いた。ワレンチナと夫は、娘に清潔なパジャマを着せて手術の支度を整えた。今日も着替えを持ってくるべきだっただろうか。いや、それは大げさだ。あのとき娘にパジャマが必要だったのは、無菌の手術室へ入るためだった。だが、ワレンチナの手術はすぐにすむだろう。あの子のときとはちがう。胸の水疱はごく小さい。

待合室は、古いアルコールのような甘ったるいにおいがこもっていた。老人たちが腹のうえに両手を置いて座っている。ひとりの母親が娘の体に腕をまわしていた。少女の片方の脚には、ヨードチンキと血が筋になって残っていた。ワレンチナは患者たちのそばを通り、看護師のいる受付へ向かった。「ポプコフ先生から連絡がきていると思います」

看護師はコンピューターの画面を確認して顔をあげた。先住民の女だ。ワレンチナは診療所へ引き返したくなった。あそこなら、ロシア人からまっとうで清潔な治療を受けられる。「ええ、うかがってますよ」看護師はそう言うと、カウンターに数枚の書類を置き、指先で軽くたたいた。「ここにサインを。そのあとご案内します」。ワレンチナは小ぶりなかばんのストラップを肩の上でかけなおした。病人たちのうめき声が聞こえてくる。

看護師とワレンチナは廊下を歩きはじめ、傷口から血を流した子どもたちや、酔っ払った男たちや、古いプラスチックの椅子から遠ざかっていった。看護師はワレンチナを連れて階段を上っていった。三階へ着くと、廊下はがらんとしていた。緑色の四角いタイル張りの壁に、閉じたドアが並んでいる。看護師はドアのひとつを開けて中へ入り、医療用の赤いゴミ箱の列を通り過ぎ、その先の小部屋へワレンチナを招きいれた。「ポプコフ先生は――」ワレンチナは口を開いた。

看護師は黙って首を横に振った。先住民にはめずらしく、落ち着いた物腰だった。眉には白いものが混じり、笑顔は見せないが冷ややかな感じもない。「すぐに先生が来ます」看護師は言った。

ドアが閉まった。ワレンチナはかばんを開けて携帯電話を探った。だが、誰にかければいい？何を言えばいい？「病院にいるんだけど、どうしてなのかはわたしにもわからないのよ」そう言えば、夫は沈黙するか、質問するか、笑うかするだろう。病院にいる理由がわからない。ばかげている。ワレンチナは恥ずかしくなった。かばんを閉じる。部屋はせまく、窓がなかった。椅子もないので、診察台に両手をつき、体を持ちあげて腰かけた。スラックスの生地が、ひび割れたビニールのシートに引っかかった。

姿勢にはいつも注意している。だがこの数分間、ワレンチナの背筋は曲がり、腹はベルトの上でたるんでいた。何カ月も、これはただの水膨れだと自分に言い聞かせてきた。だが、自分の判断は当てにならなかったということだ。「これは深刻ですね」医師がそう言ったのだから。両手が震えていた。震えを止めようと、ワレンチナは胸の前で腕を組み、耳を澄ました。この部屋にいると、清潔なケースに収まったような気分だった。ドアの外は静まり返っている。

誰かが入ってきたら、診断を教えてくれと頼まなくては。相手が答えられなかったらこう言うのだ。「かかりつけの医者に電話をしてください」。もう一度かばんを開け、診療所の連絡先を探した。かばんには、受付の女性がペンで記入した診療所の領収書と、財布――スエード製で、擦れた角が光っている――と、ミントが一袋と、マスカラが一本と、折りたたんだ出席簿の束が入っていた。このときまで、出席簿を持ってきてしまっていたことには気づかなかった。束を取り出し、太ももの上でしわを伸ばす。遅刻と無断欠席の印。一列に並んだ生徒たちの名前が揺れている。

ワレンチナはドアの取っ手をにらんだ。取っ手はいつまでも動かなかった。

この寒気では、別荘《ダーチャ》の菜園の土は凍ってしまっただろう。家に帰ったら、夫とディアナの夕食にはペリメニを解凍しよう。手の込んだ料理はしない。帰宅するころには暗くなっているだろうし、くたびれているにちがいないから、冷凍庫にあるものを食卓に出すだけで精一杯だ。強い酒とたっぷりの睡眠がいる。朝になったら警察署に電話をかけて、最新の情報を仕入れよう。それから、家族三人で車に乗り、ペトロパヴロフスクから郊外へ出ていこう。

ゴロソフスカヤ姉妹が八月に誘拐されてから数週間、夫はまるで誘拐事件の専門家のように振舞っていた。職場の火山研究所に、事件の唯一の目撃者がいるのだ。帰ってくるたびに、黒い車のことや死体が見つかっていないことを話した。その程度の情報なら、街の市場でさえ噂になってることを知らないようだった。だが、やがて警察は、ぼんやり犬の散歩をしていた女がでっちあげた大柄な男の話には関心を失い、そうするとワレンチナが有益な情報提供者になった。リャホフスキー巡査長は、姉妹の教師やクラスメートの聴き取りを終えてしばらくすると、学校の事務室に何度も足を運び、ワレンチナと話し込むようになった。ワレンチナは姉妹のファイルを開いて巡査長の前に置き、彼が書類を検分しているあいだ、自分の考えを話した。巡査長は今週の月曜日、雪が降りはじめた日にもやってきて、民間人による捜索は完全に中止するつもりだと告げた。

「この天気ですからね」と巡査長は言った。「それに、手がかりひとつ見つけられませんでしたから」

ワレンチナは回転椅子をくるりと回して巡査長に向きなおった。巡査長は幅の広い肩をワレンチナのデスクの上で丸め、ソフィヤ・ゴロソフスカヤのファイルをめくっていた。「航空日誌か航海日誌は確認しました？　今年の夏、街はひどい混雑でしたけど」

「ええ、おっしゃるとおりです」

「外人があの子たちをさらうのなんて容易《たやす》かったでしょうね」。ワレンチナの両親は一九七一年、役人だった父親の転勤を機にカムチャツカ半島に越してきた。ワレンチナは、半島の一番いい時期を見て育ったのだ。軍の資金のおかげで、食料品店には十分すぎる量の食べ物がそろっていた。ホームレスもいなければ、鮭の密漁者もいなかったし、頭上を飛んでいくのはソ連の軍用機だけだった。半島はしっかり守られ、本土の白人さえ政府の許可がなくては入ってこられなかった。だが、やがて政府は代わり、カムチャツカも悪いほうへ変わった。品位は失われた。ワレンチナは、娘や、ほかの子どもたちのことが気の毒だった。彼女たちは祖国への愛を感じることがないまま大人になるのだろう。「夫は、タジク人かウズベキスタン人だと言ってますよ」ワレンチナは言った。

リャホフスキー巡査長はファイルから目をあげた。巡査長は、事務室にいるほかの女性職員には話しかけようともしない。秘書であり書類の管理者であるワレンチナは、巡査長がここで頼りにせざるを得ない唯一の相手だった。「容疑者の目撃情報は聞きましたか?」

ワレンチナは閉じた口元に力をこめた。巡査長がつづける。「タジク人という情報はありませんでした」

「ええ、わたしも夫にそう言ったんですよ。でも、ロシア人だったという情報もないでしょう。特徴をあらわす情報はひとつもなかった。男だというだけ」

巡査長は肩をすくめた。「警察に入っている情報もそれだけです。とにかく、被害者たちはもう誰と一緒でもないでしょうね。外国人であれ誰であれ。このところ、われわれは遺体を探して湾を探索しています」巡査長はファイルをめくった。「それに上層部は、被害者たちが半島を出たとは考えていません」

「みなさん、カムチャツカが離れ小島だと思ってらっしゃるの？」ワレンチナは言った。「それはおかしいでしょう。島のように孤立した場所なら、なぜ出稼ぎの労働者が引きも切らずやってくるの？　生徒たちはどこからドラッグを手に入れるの？」

「生徒たちがドラッグを？」巡査長は問い返した。

「きまってるでしょう」

巡査長はファイルに目を落とした。「そんな通報を受けたことはありませんが」

ワレンチナは物思いにふけりながら、診察台の脚の一本を両足のかかとではさんだ。巡査長は何週間もつづけて事務室を訪れ、同じファイルを調べ、ワレンチナに意見を求めた。彼女は警察の役に立てるはずだった。ワレンチナはたずねた。「ガソリンスタンドの監視カメラには何も映ってなかったんですか？」。巡査長は答えなかった。「一般人の車は？　黒い車が映り込んだドライブレコーダーはなかったんですか？」

「聴き取りはしましたよ。提出された監視カメラの映像もすべて確認しました。収穫なしです」

「母親に事情聴取は？」

「何度も」

「母親に恋人はいないんですか？　男性の影は？」。巡査長は首を横に振った。ワレンチナは言った。「じゃあ、よそ者の犯行でしょうね」。ファイルにはさまれたクラス写真のなかから、ソフィヤが二人を見上げていた。ほっそりした眉、薄い唇、とがったあご。姉のほうはニュースで目にしたことしかないが、ソフィヤのほうは、去年、学校の廊下で見かけた姿を覚えていた。華奢《きゃしゃ》な肩。

幼い声。鮮やかな色のリュックサックが、教室へ入っていくソフィヤの腰の上で弾んでいた。あの子どもが性犯罪者のそばにいるなど、考えるのも耐え難い。「姉妹の父親はどうなんです？」

「電話で聴き取りをしました。モスクワに住んでいるので」

ワレンチナは膝の上で握ったこぶしに力をこめた。「でも、顔を見て話したわけではないのね。話したときの感じはどうでした？」

「ご想像のとおり」リャホフスキーは言った。「動揺していましたね」

動揺、という言葉を巡査長は使った。父親は、そうした状況にふさわしい慌てぶりを見せたのだろう。だが、半島へ戻って娘たちの捜索活動に加わろうとはしない。そのときワレンチナの胸に、待ち望んでいた確信が湧いてきた。違和感があれば、彼女はいつも気づき、いつも異議を唱えることができる。「ニコライ・ダニロヴィッチ、ちょっと待って。それよ。あの姉妹は父親に連れ去られたんです」

リャホフスキー巡査長はワレンチナを見た。「父親を見たという者はひとりもいませんでしたが。彼が半島を出入りした記録もありません」

「記録を偽造したり報告書を隠蔽《いんぺい》したりすることがどれだけ容易いかはご存知でしょう？　それに、この父親が持っている影響力も」。リャホフスキーは彼女の話に耳を傾けていた。ワレンチナには、眉を寄せた巡査長の表情から、彼が自分の考えに興味を引かれているのがわかった。「姉妹の母親は統一ロシア党の職員です。そのことはもちろんご存知よね？　近親者にそういうコネがある子どもは、あっさり失踪したりしないものですよ。だけど、もし、父親のほうにより強力なコネがあったら……」

「父親はエンジニアですよ」リャホフスキーは言った。

「ええ、モスクワに住んでいるエンジニア。つまり裕福だということ。モスクワの人間はかならず誰かしらとコネがあるんですから。もともとはカムチャツカの出身なんだから、ここにいる誰に賄《わい》賂《ろ》を渡せばいいかも知っているでしょう。あの日の午後、父親は姉妹を車に乗せてどこかの車庫へ直行し、半島を出る船を手配したんでしょう。あとは自家用ジェットでモスクワへ行けばいい」

巡査長の声は低く熱を帯びていた。「買収したんですね」

「ええ、まさにそう」ワレンチナは言った。「あんな事件のあとで証拠がほとんど集まらないなんて異常ですよ。目撃者ならもっといるのに、口をつぐんでしまった。金の力で黙らされてしまったの」

「この街には何かを知っている者がいる」リャホフスキーが言った。「事件があってから、わたしはずっと巡査部長にそう訴えてきたんです。父親のことも……」

「そのとおり」ワレンチナは遮った。「あなたの言うとおり、誰かが何かを知っている。モスクワにいる父親の交友関係を洗ってみたらどう？　地位が高い者からはじめるの。こんな誘拐をうまくやりおおせるだけの力がある者。そうすれば姉妹にたどり着けるはず。あの子たちは父親の家にいるのよ」

巡査長は食い入るようにワレンチナを見つめていた。あの熱心な目つきを思い出すだけで、いまでもワレンチナは胸が熱くなった。夫は職場で聞きかじった噂話を繰り返すだけだ。だがワレンチナは、実際に捜査に影響を与えたのだ。その事実が、大事なことを思い出させてくれた――自分は職場も家庭も立派に取り仕切っている。自分は強い。

帰って夕食を作り、別荘《ダーチャ》へ行き、最新の情報を確認するため巡査長に電話をかける。姉妹は見つかり、同僚たちは感心するだろう。未来の自分の胸からは、水膨れはきれいに取り去られている。ワレンチナはそれだけに集中した。いずれ戻る日常に。水膨れの消えた肌に。あとに残ったごく小さな傷も、来年の夏には消えているだろう。出席簿は汗ばんだ手のなかで湿り、診察台のビニールのクッションは太ももの下でたわんでいた。すべてうまくいく。自分にそう言い聞かせるのは、ワレンチナの習慣だった。

とうとうノックの音がした。積み直した正しい世界のイメージが、ふたたび崩れはじめた。「どうぞ」ワレンチナが答えると、医者がドアを開けた。

「どうも」医者は挨拶すると、何も載っていないカウンターと、その上の鍵のかかった戸棚のほうを向いた。「服を脱いでください。下着も」

ワレンチナは名簿を持った指先に力をこめた。紙の端はふやけている。立ちあがり、名簿をかばんにしまい、ファスナーを閉める。絆創膏を失ってすでに半分裸になっていた体から、身につけているものを取っていく。ブーツと靴下を引っ張って脱ぐと、かばんと一緒に部屋の隅に置き、その上に上着とスカーフをたたんでのせた。セーター、ブラウス、スラックスを脱ぐ。背後に、沈黙している医師の気配を感じた。さっさと服を脱いでしまえば、それだけ早く診察も終わり、早く家に帰ることができる。ブラジャーのホックを外す。厚みのある綿の布地に残った体温を両手に感じた。急いで下着を脱ぎ、その下着でブラジャーをくるんで小さくまとめ、服の小さな山の一番上に置いた。

一歩下がり、もう一度診察台に座る。太ももの皮膚が診察台のビニールに強くこすれた。

ひと息つく間もなく、医者が振り向いた。白衣を着て、青い手術帽で髪をまとめている。「付き添いの方は？」。たずねられ、ワレンチナは首を横に振った。「替えの服は持ってきてないんですか？　ガウンも？　いいえ、いいんですよ」医者はつづけた。「絶対に必要なわけではありませんから」

医者が、においがわかるほどの距離に近づいてきた。消毒綿のにおい、換気された冷たい空気のにおい、その下から、ワックスをかけた果物のようなにおいがほのかにしたが、これはリップクリームだろう。ワレンチナからは不安のにおいがしているはずだ。昼食も食べそこねた。海に漂う空き箱のようにからっぽだった。医者がかがみ込んで水疱を調べ、乾いた指先で触れた。慎重な手つきで、ワレンチナの首を、あごの下を、耳を触診する。胸部に手を滑らせていき、右の腋の下を何度も繰り返し押す。

「何か異常が？」ワレンチナはたずねた。

「いまの時点ではなんとも言えません」

ワレンチナは、嘘をついているのではないかと医者の表情を探った。「ポプコフ先生に、深刻だと言われたんです」

「誰ですか？」

「かかりつけの先生です。メドライン診療所の。ここには先生のご紹介で」

医者は背筋を伸ばした。診察台に座って背中を丸めていても、ワレンチナの頭のほうがわずかに上にあった。医者の唇はピンクで、丸い頬は林檎のように赤く、子どものようで、触診のときの迷いのない手つきとはちぐはぐな印象を与えた。「ええ、その先生の診断は正しいですよ。すぐに手術をします。ご案内します」

ワレンチナは診察台から下りた。脱いだ服へ近づく。

医者が言った。「いいえ、手術室にそれを持ち込まれるのは困ります。持ち物はここに置いていってください」

だがワレンチナは、たるんだ首から氷のように冷えたつま先まで、何ひとつ身につけていない。水疱も、乳房も、尻も、陰毛も、むき出しのままだ。病院は寝室でもなければ脱衣所でもない。夫でさえ彼女のこんな姿を見たことはない。裸で、蛍光灯の明かりに照らされている姿を。肌は乾燥して粉を吹いている。体のなかは癌でいっぱいだ。そう、いっぱいにちがいない。総合病院のなかで立ちつくす裸体の患者。

この部屋にたどり着くまでに、いくつドアを開けてきたのだろう。思い出せない。先住民の看護師に戻ってきてほしい。彼女なら人間らしい扱いをしてくれる。待合室にいた患者たち——あの患者たちも診察室へ連れられていくのだろうか。肥満して、黄疸《おうだん》で肌が黄ばんだ彼らは、いまもあそこに座っているのだろうか。

「まさか本気でおっしゃっていませんよね」ワレンチナは言った。歯がかちかち鳴った。

「無菌室ですし、着替えもありませんから。ほんの一、二メートルですよ」医者は言った。「さあ、行きましょう」ワレンチナの裸などどうでもいい様子で、さっさと歩きはじめた。

だが、ワレンチナはちがう。「でも——」

医者がドアを開ける。

「上着をはおってもいいでしょう？」

医者が首を横に振る。「人目を気にしてる場合じゃないんです。これから手術室へ行くんですよ」

裸のまま、ワレンチナは医者のあとについて、赤いゴミ箱が並ぶ短い通路へ出た。まっすぐ進めば廊下へ出てしまう。さっきはがらんとしていたが、いまは――何かが――いや、誰かがいるかもしれない。だが、医者は左へ曲がり、両開きのドアへ向かって歩いていった。ワレンチナの身分証も、財布も、鍵束も、服も、持ち物はすべて診察室にある。腕を組んで胸を隠したが、尻にも太ももにも冷たい空気を感じた。医者は彼女を気遣うそぶりもみせない。

ワレンチナはどうにか自分を保った。ほんの二メートルだ。足の裏に、ざらついた床の感触がじかに伝わってくる。無数の不潔な体がここを通っていったのだろう。友人や家族も、こんなふうに手術室へ入っていったのだろうか。裸で、凍えながら？　冷ややかな医者に言われるがまま？　祖母も、いまの自分よりはまだ尊厳を保って死んでいった。

組んだ腕を両手でつかむ。ぎりぎりと力をこめ、よけいな考えを握りつぶす。死。ちがう。そうだ。祖母は死んだが、ワレンチナは生きて、仕事を持ち、家族がいて、すませるべき雑用があり、かけるべき電話がある。すべてを完璧にこなしてきた。悲劇は他人のものだ。

だが、彼女はいま手術室へ向かっている。足の小指は加齢のために曲がっていた。むかしから母親に、家では室内履きを使いなさいと言われてきた。家のなかをきれいに、足を安全に保つように。母親はワレンチナに、女が足を冷やすと、冷えがじわじわと全身に広がるのだと警告した。そうやって女は不妊になるのよ、と。ワレンチナは同じ忠告を娘に繰り返し、知らない人間には気をつけなさいと警告し、友だちづきあいに関する教訓を与えた。何より大事なのは家族よ、とワレンチナは娘に言った。だが、足をどれだけ冷やそうが、おそらく自分はもう困らない。

一メートル先に両開きのドアがある。となりにいる医者は黙っている。手術室へつづく通路には赤いゴミ箱が並んでいる。中には……何が入っているのだろう？　血液？　ガーゼ？　摘出された腫瘍《しゅよう》？　いかにもそのゴミ箱には、人体の一部が――処分された悪夢が――入っていそうだった。ワレンチナは床に目を落とした。土のような、排泄物《はいせつぶつ》のような、死のような、獣のにおいが、顔にもむき出しの肌にもまとわりついていた。こんな目に遭わなければならないいわれはない。準備もできていない。恐怖におそわれ、彼女はふたたび蓋の閉まったゴミ箱の列に視線をやり、中に入っているであろう内臓のことを考えた。

足が動いた。ともかく彼女は歩いた。診療所の医者が、堂々とした看護師が、そしてこの医師が彼女をここへ向かわせ、あの二枚のドアのほうへ導いてきたのだから、ともかく彼女は歩きつづけ、これがあなたのしなくてはいけないことなのだと繰り返し自分に言い聞かせた。ドアはもう目の前にあった。医者がドアの取っ手に両手をかける。「ワレンチナ・ニコラエヴナ」。呼ばれて、ワレンチナは顔をあげた。医者の丸い顔に、思いやりのようなものがかすかに見えた。「ご心配なく。麻酔を打ちますから」

医者が二枚のドアを押し開けた。見知らぬ者たちの一群が、手袋と、白衣と、マスクを身につけて立っている。彼女の人生は、背後のどこかで置き去りになっていた。

「どうぞ」医者が言った。

ワレンチナは凍えそうだった。通路のにおいが舌に染みつき、口のなかは土と血の味がした。彼女は考えた。一時間後にはすべて終わっている。彼女は考えた。すべてうまくいく。きっとそうだ。そうならなくてはいけない。水疱とはこれでおしまいだ。これが癌であるなら、癌とはこれでおしまいだ。根元からきれいさっぱり取り除いてもらう。手術はあっという間に終わるだろう。彼女は考えた。すべてが解決しても、このことは誰にも話さない。職場の同僚にも、巡査長にも、夫にも、娘にも。わたしは、かつてのわたしを取り戻す。

十二月

クシューシャは、その舞踏団のことなら以前から知っていた。エッソで育った彼女は、先住民族の祝日のたびに彼らの踊りを見ていたからだ。だが、関心を持つようになったのは、従姉妹がエッソからこの街へ越してきてからのことだ。クシューシャの欲望が変化しはじめたのは、そのときからだった。今年、従姉妹のアリーサはペトロパヴロフスクの教育大学に入学し、クシューシャはこの四年生になった。街での暮らしを心配した二人の母親たちにすすめられるがまま、彼女たちは同じ部屋に住むことにした。二人は丘のふもとにある寝室ひとつのフラットを借り、それぞれの荷物を運び込んだ。きれいに整頓されたクシューシャの荷物は学生寮の小さな部屋から、埃《ほこり》まみれのアリーサの荷物は、ペトロパヴロフスクより北にあるエッソの村の実家から十二時間バスに揺られ、ふたりの部屋まで運ばれてきた。

荷物のほかにも、二人は様々な点でちがっていた。アリーサはまだ十七歳で、黒髪に明るいオレンジ色のメッシュを入れ、あどけなく愛らしい顔をしていた。アリーサの専攻は文献学、クシューシャの専攻は会計学だ。学期がはじまって一週目のうちにアリーサは、クシューシャがこの三年間で会ったよりもたくさんの人に会い、噂話をどっさり仕入れてきた。遅くまで帰ってこないこともあった。一度か二度などは、八月から街中に貼られはじめた行方不明者のポスターなど目に入らないかのように、朝方まで帰ってこないこともあった。

「どうかしてるよ」ルースランは言った。

恋人はいまもエッソの実家にいる。クシューシャがはるか遠くの街の大学に入って以来、二人のあいだにはいくつかの決まりができた。朝と晩はかならず電話で話し、月の終わりにはルースランが長い道のりを運転して会いにくる。それは、二人の関係を保つためでもあり、ルースランがクシューシャの生活をチェックするためでもあった。彼女がペトロパヴロフスクに越して以来、ルースランは事あるごとに、若い女性がいかに呆気《あっけ》なく失踪してしまうものなのか、繰り返し説くようになった。ゴロソフスカヤ姉妹のニュースが街の三百キロ北にある彼らの村にまで届くと、恋人はますます口うるさくなった。アリーサの交友関係を知ったルースランは、またひとつ心配の種が増えたようだった。

「アリーサなら心配ないって。知ってるくせに」クシューシャは携帯電話のむこうの恋人に言った。灰色のスウェットパンツに紺色のタンクトップというパジャマ姿でフラットにいるが、窓の外ではまだ太陽が照っている。いまは九月の上旬だ。秋学期がはじまったばかりだというのに、ルースランはすでに心配事をいくつも見つけていた。

「だいたい、あいつはちょっとだらしないんだよ。どうせ街でむちゃくちゃしてるんだろ」

「そんなことないって。友だちが多いだけ」

「いまも出かけてるのか？」

クシューシャは黙り込んだ。

「おまえは?」

「わたしは家。言ったでしょ?」ルースランの息の音が耳にうるさい。クシューシャは電子レンジのそばへ行き、タイマーを一秒に設定して終了音を鳴らした。「ね?」クシューシャはその音にかぶせるように言った。

「ああ、わかった」ルースランは落ち着きを取り戻して言った。電子レンジ、テレビ、クシューシャのギター。フラットにある様々な音で、ルースランは安心する。学生寮に住んでいたときは、ルームメイトの声がその役割を果たしていた。部屋がまだ空《から》っぽだった夏休みの数日間は、従姉妹に電話口に出てもらい、フラットにいることを証明しようとした。だが、ルースランはアリーサの言葉を信じなかった。「誰かいるんだろ」ルースランはたずねつづけた。誰かいるんだろ。誰かいるんだろ。クシューシャは、様々なアリバイを考えるほかなかった。


九月の中旬、アリーサは大学の舞踏団に入ることに決めた。一度練習に参加すると、自分にも、そしてクシューシャにもぴったりだと思った。舞踏団といってもささやかな集まりだ。プロの集団のように、国中をツアーして、満員のホールでカムチャツカ半島の民族舞踊を披露することはない。学生サークルのような素人ダンサーの集まりだ。「あたしたちにぴったりだよ」アリーサはきっぱりと言った。一緒に過ごせるし、ふるさととつながってられるし、と。「それに、引きこもりのクシューシャを外に連れ出せるし」

「踊れないんだってば」クシューシャは言った。二人はキッチンにいて、スープが煮えるのを待っていた。部屋中に、茹《ゆ》だったキャベツと、スイバと、塩の効いたバターと、チキン・ブイヨンのにおいが漂っていた。

「またまた」アリーサが言った。「踊れなくてもいいよ。真ん中に美人が立ってくれてたらそれで十分」両手でクシューシャの頬をはさむ。「クセーニヤ、ねえ美人さん。一座の花形になってよ」

クシューシャは体を引いて従姉妹の両手から逃れた。「からかわないで」クシューシャは、エウェン人の祖母に似て、頬骨が目立ち、まぶたは厚く、眉は薄く、鼻は上を向いていた。ひと目で先住民族だとわかる顔立ちに、大きすぎるお尻。花形になるのは、もっとちがうタイプの女の子だ。

「からかってなんかない」。クシューシャがやめてと首を横に振ると、アリーサも勢いよく首を振り、そのまま踊りはじめ、湯気のなかで両手を振ってリズムを刻んだ。

「わからない」クシューシャは言った。「やりたくないんだって」抵抗しながら、思わず笑いがこぼれる。

「わからない？　やりたくない？　どっち？」アリーサが、小さな魚のようにほっそりした手で手招きした。

「ダンスなんかするタイプじゃないし」

「あたしだって！」それは嘘だった。子どものころ村の舞踏団にいたアリーサは、いまも伝統的なステップを覚えている。だが、一度言い出したら最後、アリーサは絶対にあきらめない。頑固なのだ。

クシューシャにできたのは、抗議のしるしに顔をしかめることだけだった。「ねえ、踊るのやめて」そう言いながら、クシューシャは従姉妹のダンスを楽しんでいた。引き締まった体、敏捷《びんしょう》に動くほっそりした腕。

「うちの舞踏団は学生しかいないんだよ。気楽な集まり。ねえ、ダメ元でいいからやってみようよ」

クシューシャはおたまを持ったまま、従姉妹の動きに合わせて首を振った。大学に入って三年間――経営学と統計学のクラスに毎日出て、午後は課題をこなし、学期末の口頭試験で優秀な学生であることを証明して奨学金の受給資格をまた一年延ばし、楽しいことといえば、エッソで過ごす夏休みと、エッソで過ごす冬休みと、ルースランがやってくる月末の週末だけ。新しいことをはじめてもいいかという気持ちはあった。だが、クシューシャは言った。「わたしはやめとく」

「体はリズムに乗っちゃってるけど。ほんとはやりたいくせに」

こんなふうにして、アリーサはクシューシャを変えた。家の外へ連れ出そうとする強引さによってではなく、家のなかへ持ち込んだ楽しい空気によって。「ルースランが許さないかも」クシューシャは最後の抵抗を試みた。だが、アリーサが口をへの字に曲げるのを見たとたん、その言葉は恋人に対する裏切りだったのだと気づいた。

彼はクシューシャのはじめての、そして唯一の恋人だった。毎晩、彼の姿を思い浮かべながら眠りに落ちた。かすれ気味の声、盛り上がった筋肉、下腹部の毛、くっきりとした二重まぶたの線。ルースランはクシューシャの七歳年上で、むかしはしょっちゅう家に遊びにきて、兄のチェガと一緒にビデオゲームをしていた。クシューシャは彼らのうしろに座り、ルースランを眺めた。ゆったりしたTシャツからのぞく日焼けした首筋を。ルースランとキスができるくらい大きくなる日を夢に見て、夢見たとおり大きくなり、彼とキスをし、そして、それが彼女の望んだすべてだった。

ルースランがエッソからやってきた翌週の金曜日、クシューシャはソファ代わりの布団の上で恋人に抱きついていた。その夜、めずらしく帰ってきたアリーサは、スニーカーの靴紐をほどき、二人のそばを通って寝室へむかった。寝室のドアを少し開けたまま着替えをはじめる。アリーサはドアのむこうからルースランに声をかけた。「クシューシャからダンスのこと聞いた？」

ルースランは寝そべったままクシューシャを見下ろした。嫌な予感を覚えたのか、早くも口元をこわばらせている。

アリーサはレギンスをはいて寝室から出てきた。「大学に舞踏団があるんだよ」二人が観ているテレビの音に負けじと声を張る。「女の子の団員を探してるんだって。クシューシャにちょうどよくない？」

「こいつはダンスなんかできないだろ」ルースランが言った。

「できるって」アリーサが言い返す。「クシューシャ、来るだけ来てみなよ。べつに特別な才能なんかいらないから。うちは来る者拒まず」

ルースランが鼻で笑った。「ていうか、大学主催の舞踏団なんかあったのか？」ルースランはクシューシャと付き合いはじめる前に、街の大学に二年間通っていたことがある。まだルースランがチェガのゲーム仲間で、クシューシャが高校生だったころだ。大学は途中でやめてしまったが、エッソの公益企業で手堅い仕事に就き、いまでは排水管の工事をしたり、村を流れる川の朽ちかけた橋を修理したりしている。クシューシャの両親は、以前よりも、いまのルースランを気に入っていた。

「そこそこ前からあるけど、白人用じゃないから」アリーサが言った。「だから知らなかったんでしょ」

「ちょっと、アリーサ」クシューシャは横から言った。

「ルースランだよ。気にしてないよ」

「ああ、そっちか。ビートが激しいやつな」ルースランはクシューシャの両肩をつかんで軽く揺さぶり、ぱっと手をはなして立ちあがった。「おれはのけ者ってことか」

「めちゃくちゃ日焼けしないと無理だね」アリーサが言った。

ルースランは両足を開いてぐっと腰を落とし、両手を前に突きだした。「おれのダンスを見てないからだろ。見せてやるよ」ルースランは、クシューシャたちが子どものころから見てきた民族舞踊を真似て、床を踏みならしながら歩いた。こぶしを作って片面太鼓のストラップをつかむ仕草をし、もう片方の手を大きく振りあげて太鼓を叩く振りをする。

アリーサは飛びあがってルースランに加わった。両手を上にかざしている。ツイストを踊りながら頭を左右になめらかに動かし、少しずつ腰を落としていく。腰を大きく揺らし、両膝をそろえて左右に動かし、かかとを上げ、リズムに合わせてくるりと回る。アリーサがかけ声をあげて踊る横で、ルースランは足を踏みならして歩き回り、エウェン語をでたらめに真似て大声で歌った。クシューシャは笑った。自分が笑うことを、二人は期待している。ほんとうは居心地が悪かった。二人の軽やかな身のこなしも、二人が生み出す調和も——ルースランのよく鍛えられてすらりとした体、赤茶色の無精髭《ひげ》、彼と息を合わせるアリーサの自然な踊り方。二人はずっとむかしからパートナーだったように見えた。

クシューシャは、従姉妹の肘をつかんだ。そうとは気取られないように、さりげなくダンスを止める。「舞踏団もそんな感じなの？」

「まあね」アリーサはクシューシャと並んで布団にどすんと腰をおろした。「自分で見てみなよ」そう言ってルースランを見上げる。「お許しが出れば」

ルースランは腰を伸ばして立った。「どういう意味だよ」

「反対するんじゃないの？」。そう言った従姉妹をクシューシャは軽くにらんだが、アリーサはルースランから目をそらそうとしない。

「おれが決めることじゃない」ルースランはクシューシャに向きなおってたずねた。「やりたいのか？」

クシューシャは不意をつかれて焦りながら、ルースランの目つきから彼の真意を推し量ろうとした。「どうしよう。ルースランは——ううん、わたし、ふるさととのつながりがあったほうがいいかなって。村のことを忘れたりしないように」

「踊ってないと村のことを忘れるって？」ルースランは言った。「まったく。じゃ、やればいい。おれはおまえの親父じゃない。あれをやるなこれをやるなって口出ししたことなんかあるか？」

毎週月曜日と水曜日と金曜日の午後に、舞踏団は大学の音楽室に集合した。はじめて練習に参加したあと、クシューシャはルースランにこう報告した。「まあまあかな。恥ずかしかった」。アリーサはクシューシャを舞踏団の全員に紹介して握手をさせた。団員の数人は二人と同じ教育大学に通っていたが、坂の上の工科大学の学生も二人いた。ひとりの少年はまだ十年生（日本の高校二、三年生に相当）だった。

「男は何人いた?」ルースランはたずねた。

クシューシャは正確に答えるべきなのかわからなかった。「男女は半々だったと思うけど」。団員はすべて先住民族だ。エウェン人、コリヤーク人、イテリメン人、チュクチ人。黒い髪に茶色い瞳。

「ぼーっとしてちゃだめだぞ」ルースランは言った。「そいつら絶対、おれの先住民のお姫様に言い寄ってくる」

クシューシャをそんなふうにからかっても許される白人はルースランだけだ。小さいころから家族ぐるみの付き合いをしてきたのだから。アリーサと同じ年齢でこの街へ来た最初の週に、クシューシャは学生たちにばかにされたことがあった。「どこから来たの?」授業がはじまる前にひとりの学生にたずねられた。「エッソ……」クシューシャが言いかけたとき、べつの学生がかぶせるように言った。「トナカイの群れから」周囲の学生はどっと笑った。

クシューシャはいたたまれずに身を固くし、しばらくしてそっと片手で頬に触れた。紅潮した頬の上で、指先が小さく丸く冷たかった。

高校の卒業式では優秀な成績を修めた生徒として金メダルを受け取り、大学の会計学コースでは奨学金を得たクシューシャが、笑い者にされた。話し方のせいだろう。跳ねるような発音のせい——北部の話し方のせい。彼女の肌、髪の毛、つり上がった細い目のせい。彼らには、クシューシャがよそ者だとすぐにわかる。街の若者たちには。そして彼らは、クシューシャを同じ人間ではないかのように扱った。

村の者たちにとっては、クシューシャも兄のチェガも、未来の銀行家と写真家ではなく、トナカイの飼育民だった。彼らの家族はエッソでも指折りの遊牧民の一族で、食料と毛皮に事欠くことはなかった。祖父母と父親は家畜とともにツンドラで一年中暮らし、母親はクシューシャとチェガの学校がある時期だけは子どもたちとともにエッソに留まった。学期が終わると、家族全員で荒野へ行く。子どものころのクシューシャに夏休みは存在しなかった。家族と一緒に、どこまでも広がる放牧地で仕事をした。いっぽう村に住む白人の子どもたちは、通りでサッカーボールを蹴り、雨が降ると軒先に駆け込んだ。夏のエッソは美しかった。こぢんまりした家々は鮮やかな原色に塗られ、菜園には所狭しと野菜が植えられ、川には水が豊かに流れ、村を囲む山々は生い茂る緑で黒っぽく見えた。そうした景色をきれいだと思うようになったのは十七歳になってからだ。それまでクシューシャの夏は、遊牧民としての義務に支配されていた。何キロも何キロも馬の背に乗って揺られているうちに、脚は痛み、腰は悲鳴をあげる。蚊が服のなかにまで入り込み、布地に自分の血が染みを作る。凍るように冷たい川の水で大急ぎで体を洗う。チェガは妹をからかい、母親は不満をかかえ、祖母は口やかましく、男たちは昨年の肉の取引で稼げたはずの金のことや、今年返す予定の借金のことで言い争いをする。クシューシャは、本でもポップスでもテレビ番組でも、とにかく、草と丘と藪《やぶ》とトナカイの角と地平線しかない退屈な景色に変化をもたらしてくれるものを、心から恋しく思う。鉄臭く濃い味が口いっぱいに広がるトナカイの肉が、朝食にも、昼食にも、夕食にも、毎日、毎週、毎月、家に帰るまでつづく。

不潔で、感覚は麻痺《まひ》していく。遊牧用の野営地の悪臭は――煙と、肉と、カビのにおいだ――クシューシャにしつこくつきまとい、いつまでも取れないような気がした。

だが、クシューシャにはルースランがいる。ほかのことはどうでもよかった。クシューシャは毎日彼からのメールを気にして、授業が終わるとクラスメートたちからひとり離れ、二時間の長電話を楽しみにし、彼のことを考えながら眠りに落ちた。クシューシャの容姿も、訛《なま》りも、においも、ルースランは慣れている。ルースランのようには、誰もクシューシャを愛せない。

舞踏団の演出家のマルガリータ・アナートレヴナは小柄なコリヤーク人の女性で、いつもスカーフで髪の毛をまとめていた。伝統的な舞踏を教える彼女は、団員たちが伝統的な先住民族の暮らしをつづけているという前提で指示を出した。遊牧民のダンスのときには、男の団員たちに革紐《かわひも》を配り、彼らが腰を落として空を蹴り、革紐を空中でくるくる回す振り付けをはじめると、音楽よりも大きな声でどなった。「もっと高く！ そんなだらしないやり方じゃ獲物は捕まらない！」。ツンドラで暮らすクシューシャの父親とおじと祖父は、猛然と走り回るトナカイの群れのなかへ踏み入り、猛り狂った雄のトナカイに投げ縄をかけて地面にねじふせる。だが、舞踏団の青年たちのなかには、一度も投げ縄を使ったことがない者もいた。彼らの革紐は、その手のなかで頼りなくゆるんでいた。街の者だな。クシューシャの父親が見ていたらそう言ったはずだ。

だが、全員が街の暮らししか知らなかったわけではない。たとえば、従姉妹のアリーサと、エッソの近くの自治管区出身の女の子二人はちがう。チャンダーという名のパラナから来た大学院生もちがった。パラナは、エッソよりも北にあるオホーツク海のそばにある町だ。クシューシャの兄のチェガは、その町にある遊牧民の野営地でいまの彼女に出会った。工科大学に通っている青年は、遠いアチャイワヤムからはるばるこの街に来ていた。平板な顔に、いつも怒っているような表情を浮かべている。めったに口をきかないので、訛りを確かめる機会もなかった。

舞踏団に加わったことは、最高の体験でも最悪の体験でもあった。授業以外のことをルースランに話せるのが楽しいと思うのは、街に来てはじめてのことだった。たとえそれが、高校生の少年と、下手な投げ縄の話であったとしても。練習中はかならずアリーサのうしろに陣取り、従姉妹の動きを懸命に真似た。脚をそろえること。つま先は地面につけておくこと。かかとをあげること。膝を曲げること。太鼓と口琴の音楽はいつも少しうるさすぎたし、マルガリータ・アナートレヴナは練習のはじめから終わりまで、リズムを守りなさい、と甲高い声でどなりつづけた。ジーンズとセーターで踊っていると、クシューシャは少しずつ余計なことを忘れていった。意識が体に向けられる。呼吸に、筋肉に、体内を巡る血に。前を見ると、アリーサのオレンジと黒の髪の毛がリズミカルに揺れている。

だが、舞踏団に加わったことでクシューシャの規則正しい日々は失われ、事態は複雑になった。マルガリータ・アナートレヴナが携帯電話禁止の方針をとっていたので、クシューシャは練習のあいだ自分の携帯をかばんにしまっておくしかなかった。はじめの二週間は、練習のあとで携帯をチェックすると、画面が大量のメッセージで埋めつくされていた。〝何してる？〟〝緊急なんだ〟〝返信しないと……〟

難しいことはいくつもあった。ルースランのメッセージをすぐに読めないことも、すぐに返信ができないことも、スピーカーから音楽が流れはじめたらルースランの存在を頭から追い出し、音楽が止んだらふたたび呼び戻すことも、難しかった。振り付けを覚えるのも難しかった——マルガリータ・アナートレヴナは女の子の団員たちに、床に両膝をつき、ポニーテールの先がふくらはぎにつくまで背中を反らすように言った。男の子の団員たちは息を合わせて太鼓を叩く練習をはじめ、マルガリータ・アナートレヴナは、努力が足りないといって彼らを叱りつけた。夜になると、クシューシャもアリーサも寝室でシミー（ダンスの一種。肩や腰など体の一部をリズミカルに揺らす）を踊る練習をした。

それに、友だちを作るのも難しかった。アリーサは例によってやすやすと団員たちの中に溶け込んでいたが、クシューシャは、最後に友だちを作ったのがいつだったかさえ思い出せなかった。クシューシャが親しく付き合っているのは、幼いころから彼女のことを知っている人たちばかりだった。

それでもクシューシャは団員たちのことが好きだった。それぞれが知っていることには大きな差があったが――野生の動物を間近で見たことさえない者がいるかと思えば、大学に入るまでバスを見たことがない者もいた――クシューシャはこの数年のあいだにペトロパヴロフスクで出会った誰よりも彼らに親しみを覚えた。白人の若者たちには抱いたことのない共感を、彼らには抱くことができた。マルガリータ・アナートレヴナのことも好きだった。彼女はいつも、えさをねだるひな鳥みたいに元気よく発言しなさい、とクシューシャたちを励ます。ほかの誰かがこんな言い方をすれば失笑を買ったかもしれないが、マルガリータ・アナートレヴナの場合は説得力があった。それぞれのダンスには、古めかしい名前がついていた。自然崇拝において、神や自然をあらわす名前だ。マルガリータ・アナートレヴナは、団員たちに、どんなふうに動けば自然崇拝を表現できるのか教えた。そのためには、と彼女は言った。魚みたいに動けばいいの。両腕をうしろに引きなさい。体をよじりなさい。口を大きく開けなさい。もっと。もっと大きく。海の水をのみ干しなさい。

二人で踊るダンスでは、クシューシャはパラナからきたチャンダーとペアになった。男の子たちのなかでは彼が一番感じがよかった。賢く、古シベリア諸語に関する博士論文を書いている最中で、アナートレヴナが指示を出しているときは真剣に耳を傾けた。背が高く、動作はなめらかだった。初日にアリーサがクシューシャを全員に紹介して握手をさせたとき、なかには色目を使ってくる者もいた。「エウェンの女性はみんなきみみたいに美人なの？」ひとりはそんな軽口をたたいた。だがチャンダーは、出身はどこかたずね、うちに入ってくれてありがとう、と言っただけだった。

アリーサの相手は、アチャイワヤムから来た工科大学の学生だった。いかにもちぐはぐなペアだった。いつも無愛想で無口な彼と、話し好きが昂《こう》じてドイツ語と英語を学びはじめ、おしゃべりができる言語を増やそうとしているアリーサだ。時おりアリーサは、子どものころに習ったステップと、いま習っているステップをさりげなく混ぜることがあった。無口な青年はすぐに気づき、二人は言い合いをはじめる。彼がひとつ指摘をするたびに、アリーサは三つ言い返して応戦した。アリーサは、あいつには我慢ならないと言っていたが、クシューシャは従姉妹の言葉をあまり信じていなかった。子どもっぽい、しかし真剣な関心を寄せてくる相手ができて、アリーサは内心よろこんでいるように見えた。

だが、もしもクシューシャの相手がアチャイワヤムの青年だったら、いつも額にしわを寄せ、不機嫌そうに口をゆがめた彼とはとても踊れなかった。一方のチャンダーは、いつもクシューシャをリードしてくれた。あるダンスでは、女の子が立ち、男の子がその前でひざまずく振り付けがある。女の子が空をなでるような仕草でパートナーに手招きをすると、二人は身を寄せ合って頭を垂れる。チャンダーはこのダンスの音楽が流れる数分間のあいだも、はじめて会ったときに見せた穏やかな表情を崩さなかった。なめらかな額からまっすぐな眉まで、そして眉からぐっと上げたあごまで、動揺の色はわずかもにじんでいなかった。同じ振りを何度か繰り返すと、チャンダーは立ちあがった。ジーンズの膝が埃で白くなっていた。「クシューシャ、どんどん上達してるね」。クシューシャは振り付けのせいで息が切れていたが、彼の言葉にうなずいた。

「今日はどうだった?」ルースランがたずねた。

クシューシャは部屋の電気を消してシーツにくるまっていた。携帯電話を頬にのせ、両手は腹のなだらかな膨らみにのせている。むこうがわのアリーサのベッドは空《から》っぽだ。「大変だった。マルガリータ・アナートレヴナがアリーサをどなりつけて、一瞬わたし、アリーサもどなりかえすんじゃないかって思っちゃった。爆発しそうな顔してたから」。街は、ルースランが知れば蒼白になるだろうものであふれていた。数週間前に海岸で失踪したという二人の女の子の話、大学の掲示板に貼られた二人のクラス写真のコピー、丘陵地帯を探している市民の捜索隊、通りで出くわすと、先住民族のクシューシャに悪党を見るような視線を向けてくる警察官たち。ルースランには、クシューシャは安全だと思っていてほしかった。両親にも兄にも同じことを思ったので、家族との電話ではいつも当たり障《さわ》りのない話だけをした。彼らが心配しそうなことは黙っておく。授業の話とダンスの話。それ以外のことを、クシューシャは彼らに話さなかった。

授業が終わって練習がはじまるまでに一時間半あった。アリーサと舞踏団の数人はカフェへ行き、ケーキやポット入りの紅茶を注文して分け合っていたが、クシューシャにそんな贅沢をする余裕はない。たとえお金があったとしても、ルースランとクシューシャのあいだには、どこへ行ったか報告し合うという暗黙の了解がある。みんなでカフェに行ったと言えば質問攻めに遭うに決まっていた。代わりにクシューシャは早めに練習室へ行き、ドアの前に座って課題をしながら、マルガリータ・アナートレヴナが鍵を開けにくるのを待った。

ある十月の水曜日、チャンダーも早めにやってきた。広げたテキストの前でジャージをはいた脚が止まったのに気づいて顔をあげると、彼が立っていた。「何読んでるの？」

「たいした本じゃないよ」

チャンダーは、すらりとした手脚を折り曲げるようにしてクシューシャのとなりに腰を下ろした。二人のあいだに彼のかばんが置かれる。チャンダーは手を伸ばしてクシューシャのテキストを取った。「たいした本だよ」そう言って、テキストをためつすがめつする。「計量経済学」タイトルを読み上げてテキストをクシューシャに返し、自分もノートを取りだして勉強をはじめた。

チャンダーは漁師の一族に生まれた。彼の故郷では、冬にアザラシ猟へ、春にマダラ漁へ、夏にヒラメ漁へ、秋にはカニ漁へ行くという。「アナートレヴナが聞いたら、伝統的ねって言うだろうな」チャンダーは言った。

クシューシャは一度もカニを食べたことがなかった。チャンダーはタイル張りの壁に頭をもたせかけていた。いつものように、鍵のかかった練習室の外にいるのは二人だけだった。「今度町に戻ったら」チャンダーは言った。「少しカニを持ってくるよ」

彼のような友人ができたのははじめてだった。自然に、あっという間に、友だちになった。チャンダーは、小さいころから知っている人たちとも、教室で群れる学生たちともちがっていた。

練習中のチャンダーは誰に対しても礼儀正しい。マルガリータ・アナートレヴナは明らかに彼を気に入っていて、ほかの団員にはためらうことなく声を荒らげる彼女が、彼の振り付けを正すときだけはさりげなく注意した。だがチャンダーは、クシューシャ以外の団員たちとは少し距離を置いているようだった。マルガリータ・アナートレヴナが遊牧民のダンスの音楽をかけると、彼はクシューシャに目配せして革紐を少し持ち上げてみせる。クシューシャが苛立ち、そして笑ってしまうことを知っているのだ。こんなときクシューシャは、わたしたちは友だちなんだ、と思った。そう思うたびに驚きを覚え、胸が温かくなった。

クシューシャはカニを味見するのが楽しみだった。パラナの話をもっと聞きたかった。本当は生まれ故郷でずっと暮らしていたかったのか、家族はペトロパヴロフスクに来たことがあるのか、クシューシャの兄の彼女に会ったことがあるか。ノー、ノー、それもノー。チャンダーはクシューシャの質問をひとつずつ否定し、否定したあとに子ども時代の話をした。彼は、エッソの四百キロ北にあり、ペトロパヴロフスクの数分の一の人口しかなく、それでいて都会と同じくらい大きな集合住宅が立ち並ぶ町のことを、クシューシャに語ってきかせた。冬になると町は氷に閉じ込められ、風の吹きすさぶ大通りは海へまっすぐつづいているという。プルアン。チャンダーが話すコリヤーク語ではむかしのパラナをそう呼んでいたらしい。流れるもの、という意味だ。チャンダーはコリヤーク語は、子どものころから聞いて育った祖父母のエウェン語にくらべて、喉のずっと奥で発音されているように聞こえた。クシューシャがコリヤーク語の母音を口に出してみると、チャンダーは微笑んだ。

チャンダーはエッソの話もした。パラナからエッソへ南下する陸路は一月から三月のあいだしか通ることができないが、彼はクシューシャの村を訪れたことが何度もあった。ペトロパヴロフスクからパラナへ向かう飛行機は、天候が乱れるとエッソの小さな空港に緊急着陸するからだ。そのたびにチャンダーは、嵐がおさまるまで彼女の村に数日滞在した。クシューシャが、兄の撮った実家の写真を見せると、チャンダーは携帯電話を両手で持ち、写真を拡大してしげしげと眺めた。廊下は暖かかった。二人とも、床に敷いた自分の上着の上に座っていた。

「この家、覚えてるよ。猫飼ってる?」

クシューシャはまじまじとチャンダーを見た。「うん、むかし飼ってた」

「黒と白の猫だよね。覚えてるよ」

クシューシャは軽くのけぞった。「まさか、うそでしょ?」思わず、疑うような言い方になった。

「うそじゃない」きっぱりと言う。博士課程の院生は、みんなこんな話し方をするのだろうか。チャンダーは携帯の画面をタップして、写真を元の大きさに戻した。「青い家で、塀の上には黒と白の猫が一匹座ってた」

「家のなかにはわたしがいた」

「家のなかにはクシューシャがひとり座ってた」

カメラロールをスクロールしていくチャンダーのそばで、クシューシャは写真を説明した。「これは母さん。実家のキッチンで夕食を作ってて……母さんはこの写真が好きじゃない。ていうか、写真を撮られるのがきらい。自分は美人じゃないって思い込んでるから」。チャンダーは黙って首を横に振り、その言葉を否定した。クシューシャは彼の思慮深さが嬉しかった。写真には母親の横顔しか写っていないのだから、声に出してきっぱりと否定すれば不自然に響いただろう。画面をフリックして次の写真を出す。「これも実家。さっきの写真と同じ夜。これが母さんの作ったごはん」。チャンダーは、生真面目な表情で写真のなかの食卓と家具を見てから、次の写真を出した。

「これはルースラン」クシューシャは言った。

写真のルースランは白いTシャツ姿で、真面目くさったような、笑いをこらえているような顔がアップで写っている。その写真を撮ったとき、クシューシャは彼の膝の上に座っていた。クシューシャはチャンダーがそのことに気づきませんようにと祈り、頬が熱くなるのを感じながら、その写真のことなど忘れていたような表情を作った。

「かっこいいね」

チャンダーの感想はまたしても適切だった。居心地の悪さが消えていく。「うん、かっこいい」二人はそのあとも写真を見て過ごした。やがてマルガリータ・アナートレヴナが到着し、二人の頭の上で、練習室の鍵を開けた。


チャンダーもロシア人と付き合っていたことがあった。白人の女の子だ。学部生のころで、四年間つづいたという。「愛してた」チャンダーは言った。クシューシャは彼の横顔を、あごの輪郭を、高い頬骨を、低い鼻を見つめた。「だけど、彼女は頑固なところもあって、よくケンカした。彼女のほうが一年先に国際関係の学位を取って卒業したんだけど、仕事のためにカムチャツカ半島を離れると言った。だけど、ぼくは――」

「〝ヌムラン〟したかった？」クシューシャは言った。彼に教わった言葉だ。〝定住〟という意味だった。チャンダーは、クシューシャの祖父母がトナカイとともに遊牧していると聞くと、〝ノマド〟という言葉も教えてくれた。（チャンダーもエウェン語を教えてほしいと言った。だがクシューシャは、家族が話すエウェン語を聞き取ることはできたが、小学生のときにならったわずかな単語しかうまく発音できなかった。〝女の子〟と〝男の子〟を意味する〝アサトカン〟と〝ニャリカン〟。それに、〝ありがとう〟を意味する〝アラグダ〟。)

チャンダーはクシューシャのほうへ顔を向けた。黒い瞳が大きかった。「そのとおり。彼女についていくのは無理だったんだ」彼の声は、背筋をなぞる指先のように優しかった。チャンダーはふたたび顔を前に戻し、頭上の明かりが点々と反射するタイルの壁を見つめた。「卒業したら彼女の部屋で一緒に暮らすつもりだったんだけど、彼女は、わたしと暮らしはじめたらずっと移動をつづけることになるって繰り返すばっかりだった。はじめはペトロパヴロフスク、それからハバロフスク、韓国かどこか、それから、どこか未開の地。だから、考える時間がほしいと言った。そしたら彼女はこう言った。わかった、世界が終わるまで考えつづければ？　わたしたちはもう終わり。だからぼくも言った。わかった、そっちがその気なら仕方ない。ぼくは期末試験をすませて、実家に戻って父親の漁を手伝った。それからひと月半連絡しなかった。夏休みが終わるころに電話をかけてみたけど、一度もつながらなかった。たぶん、着信拒否されたんだと思う」チャンダーの睫毛はまっすぐで、短く、乾いていた。「彼女、どこに行ってたと思う？」

「わからない」

「オーストラリア」

「オーストラリア！」

「そう、オーストラリア。むこうの家庭で、住み込みで働いてたらしい。結局、彼女の友だちに聞いたんだ。その子が電話をかけてきて教えてくれた……そのときの会話は一生覚えてると思う。まだあっちにいるらしい。一番最後に聞いた話によれば結婚したみたいだ」

その女の子の振舞はクシューシャの理解を超えていた。ルースランと付き合いはじめたのは、クシューシャが大学に出願したあとだ。だが、もし出願前に関係がはじまっていれば、クシューシャはエッソを離れず、通信教育を選んだだろう。実際、大学一年生のあいだは退学することも考えていた。両親に奨学金を申請するよう強くすすめられたこと、クシューシャ本人にも大学を首席で卒業する夢があったこと、ルースランが彼女を見守ると約束したこと――ふるさとから遠く離れて暮らしている理由は、たったこれだけだ。なんにせよ、この暮らしも終わりが近い。卒業まであと一年半だった。

「オーストラリア」クシューシャは繰り返した。「いまでも会いたくなる?」

「いや。もうこりごりだよ」

「何が?　誰かと付き合うこと?」

「ああいう女の子たちが」チャンダーの静かな顔つき。薄い唇。うっすらと見える無精髭。「ロシア人たちが」

クシューシャのふるさとの人々も、時々似たようなことを口にした。クシューシャは後頭部をタイルの壁にぎゅっと押し付けた。「本気じゃないでしょ?」

「本気だよ」

「ちょっと決め付けすぎじゃないかな」

「ううん。クシューシャはあいつらの薄情さにまだ気づいてないんだ。白人は白人のことが一番かわいい」。クシューシャは、チャンダーがひと言付け加えるのを待った。ルースランはちがうけどね、と。だが彼は黙っていた。そのときクシューシャの中で、恋人のイメージが、味方をすべき男から、いつか自分を捨てるかもしれない男に変わった。きっとルースランは、彼女がルースランを捨てるよりも、ずっとたやすくクシューシャを捨てるだろう。しかし、チャンダーはいま、愛について話しているわけではなかった。「北部で何が起ころうと、誰も気にしない。同じことがここで起これればニュースになる。一九九八年に北部が燃料危機になったよね——覚えてる？　丸々一年もぼくたちは電気が使えなかった。パラナでは大勢の人が凍死した。でも、この辺の連中は、あのときは三カ月か四カ月は寒くて大変だったけど、あとは元どおりになったって言うんだ。凍死したのは先住民だけだったから」

クシューシャがその話を聞くのははじめてだった。燃料危機があったのは、ようやく物心がついたころのことだ。

「夏に行方不明になった女の子たちだってロシア人だ」チャンダーはつづけた。「メディアはずっとあの事件を報道してるよね。警官も女の子たちの母親もしょっちゅうテレビに出てるから、むかしから知ってるふるさとの人たちより顔を覚えてるくらいだ。でも、じゃあ、三年以上前に失踪したエウェンの女の子はどうなる？　誰があの子のことを報道した？　いまじゃ話題にさえならない」

「エッソの子のこと？」クシューシャはたずねた。「リリヤのこと？」

チャンダーは、はっと口をつぐんでから答えた。「知ってる子なんだね」

「ううん」クシューシャは言った。「よくは知らない。リリヤのお兄さんがうちの遊牧地で夏のあいだだけ働いてたことがあるんだけど、それだけ。どうしてリリヤを知ってるの？」

「いや、ぼくも知り合いじゃない」チャンダーの顔には、新たに気遣うような表情が浮かんでいた。「その子がいなくなった年の秋、飛行機でエッソの上を通ったときにそんな話を聞いただけ」

クシューシャが大学に入ったばかりのころ、その女の子は——リリヤ・ソロディコワは——失踪した。リリヤはクシューシャと同じ高校をほんの一年先に卒業したというのに、顔を合わせることはほとんどなかった。リリヤを何度かデートに誘っていた兄のチェガでさえ、二十歳になるころには彼女と連絡を取らなくなっていた。リリヤは学校の成績が悪かった。子どものように小柄で愛らしい容姿をして、人前に出るとはにかむような子だったが、クラスメートたちからは、男遊びが激しいと陰口をたたかれていた。金のために体を触らせるとも言われていた。エッソの少年たちは、リリヤが通り過ぎるとうしろから囃《はや》したてた。平日の夜に遅くまで起きているようなとき、クシューシャがふと窓から外を見ると、リリヤの小さな姿が村の陸上競技場へ消えていったことが何度かあった。

リリヤとクシューシャはまったくちがうタイプの二人だったが、リリヤが失踪してから何カ月も、クシューシャは両親からも兄からもルースランからも繰り返し忠告された。ひとりで出かけないように。自分の身は自分で守るように。誘惑されてもついていかないように。見知らぬ男とは口をきかないように。チェガは、リリヤは嫉妬で逆上した男に殺されたんだと断言した。ルースランが、二人の連絡を絶やさないこと、というルールを決めたのはそのころだ。

「本当は何があったんだろう」チャンダーがたずねた。

「逃げたんだと思う」

「ほんとに？　書き置きひとつなかったって聞いたよ。いきなりいなくなった、って」

「リリヤは……」クシューシャは言いよどんだ。「エッソのみんながリリヤのことを心配しはじめたとき、わたしはもう学生寮に引っ越したあとだった。だから、詳しいことはわからない。でも、リリヤはあの村で幸せじゃなかった。リリヤのお兄さんはわたしの祖父母とひと夏だけ働いてたんだけど、ちょっと変わった人だったの。お姉さんは、そのことがあったから、とっくに家を出てた。お父さんは亡くなっていて、お母さんは……とにかくリリヤには、あの村で生きていく理由があまりなかったってこと」クシューシャはチャンダーを見て少し笑った。「もしかしたら、リリヤもオーストラリアで住み込みのお手伝いさんになったのかも」

チャンダーは笑わなかった。「リリヤは逃げ出すようなタイプだった？」

「女の子が何か行動を起こしたら、あの子は行動するタイプだったってひとくくりにするの？」クシューシャは言った。肩をすくめる。「チャンダー、わたし、あの子のことは全然知らない。しゃべったこともないかもしれない」

「そうか。ただ、ぼくは、街のニュースを見るたびにリリヤのことを考えるんだ」

「それはわたしも一緒だよ」。同じ村に住んでいたころは噂に聞いてはすぐ忘れてしまう程度の存在だったリリヤが、この三年余りのクシューシャの生活を大きく変えた。絶え間ない連絡。決まった時間の電話。

リリヤには感謝しなければいけないのだろう。彼女がふるさとの暮らしを捨てていなければ、ルースランがこれほど献身的になったかどうか。

「村の警察はすぐにリリヤの捜索をあきらめただろう？　なのに街の警察は、行方不明の姉妹のために何度も捜索隊を派遣してる。このあたりの連中は、たいした進展なんかなくたって、あの子たちのことをいつも話題にしてる。街の中心部にいた白人の男、黒い車……そんな組み合わせはめずらしくもない」

チャンダーの言うとおりだった。この街の人間にとっては、リリヤなど存在していないに等しい。メディアの対応を見ていると、姉妹の失踪事件があった今年の夏に、はじめて〝行方不明〟という言葉が誕生したかのようだった。

だが、完全に忘れられることを望んだからこそ、リリヤは行方をくらましたのではないか。リリヤのことはよく知らなかったが、クシューシャは彼女の気持ちが理解できた。この先、生活がましになることはないという確信。檻《おり》のような家族。逃亡の計画をひそかに立てるほど追い詰められること。リリヤが感じていただろうことは、かつてのクシューシャが感じていたことだ。ルースランが彼女を選ぶまで。

チャンダーは、立てた両膝に両肘をのせていた。その声は低かった。「白人の男に黒い車なんて、いたるところで見かける」彼は言った。「ぼくの言いたいことわかるよね」。クシューシャにはわかっていた。チャンダーはルースランのことを悪く言っているわけではない。彼がいま話しているのはむかしの恋人のことでさえない。もっと別のことだ。ごくありふれた事実。ふるさとに根付いた痛みのこと。

クシューシャがいなければ、ひょっとするとチャンダーとルースランが友人になることもあり得たのだろうか。年はひとつしかちがわない。ルースランが二十七歳、チャンダーが二十六歳だ。ルースランは気が短く、気性が激しく、チャンダーは慎重だ。だが、同じ学校に通っていたり、同じ陸軍部隊に召集されたりしていれば、自然と親しくなっただろう。白人と、コリヤーク人。自分が属する場所を明確に知っている二人の青年たち。

クシューシャは、ひと月前もそうしたように、十一月の最後の金曜日の練習には行かなかった。ルースランが来る前に部屋を掃除するためだ。その週末、アリーサは友人の家に泊まることになっていた（「あんたたちの喘《あえ》ぎ声なんか聞きたくないし」アリーサはそう言って、クシューシャがうつむくと声をあげて笑った）。携帯から大音量で音楽を流しながら、クシューシャは両膝をついてバスタブの下を磨いていた。浴室中に人工的なオレンジのにおいが立ち込めていた。リノリウムに沈んだ膝と、汗ばんだ体の重みを意識しながら、ふいに、ある感覚がクシューシャをおそった。彼女は幸福だった。とても幸福だった。こんなに幸福なのは生まれてはじめてだった。

秋のあいだ、ささやかな喜びがひとつまたひとつとクシューシャのもとに訪れていた。そしていま、クシューシャはすべてを手に入れていた。恋人、新しいフラット、優秀な成績、才能、そして友人。

ルースランとの会話は、チャンダーとのそれとはちがう。二人は実家の近所に住む共通の知り合いのことを話し、共有する思い出を話し、相手に感じる欲望のことを話し、その欲望に従って体を重ねる。ルースランは、仕事の遅れや上司の長すぎる説教で苛立っていると、電話でクシューシャの落ち度を探す。どこにいた？　誰といた？　ほんとうか？　クシューシャは恋人の口調を思い出し、スポンジを持った手に力をこめた。オレンジのにおいが鼻をつく。恋人の小言は不快ではない。それは本当だ。ルースランに見守られていれば、クシューシャはいい人間になれる。だが、週に三日、練習の前の午後の時間は、心地よく過ぎた。ただ共感だけを示してくれる相手に、自分の考えを話すことができる。

二人がそばにいてくれてクシューシャは幸運だった。気まぐれなルースランと、黙って話を聞いてくれるチャンダー。何年も、エッソにルースランがいてくれるだけで十分だ——十二分だ、とクシューシャは訂正した——と思ってきたが、ペトロパヴロフスクでチャンダーに出会った。友人も居場所もない人がいるなかで、クシューシャは友人を二人、居場所を二つ、手に入れたのだ。

ルースランがフラットに到着したときには、すでに夜の十一時を回っていた。エッソを発つ前に、午前中いっぱいを使って水準測量をして、アスファルトを敷く準備をする必要があったのだという。二人は布団の上でセックスをした。熱を帯びた恋人の体、床に放られたままの彼のダッフルバッグ、洗剤の清潔なにおいが残った空気。クシューシャは新鮮な気持ちでルースランに触れた。

終わると、ルースランはクシューシャの耳元に口を寄せ、かすれた声でたずねた。「おれを待ってた今日はどんな一日だった？」

「完璧だった」

恋人はしげしげとクシューシャの顔を見た。「何をしてた？」

クシューシャは彼の脇腹に手を置き、その体を引きよせた。手のひらの下で、彼の肋骨《ろっこつ》がなめらかに動くのがわかった。「何も。何もしなかった」

二人は黙り込んだ。「何か踊ってくれよ」しばらくしてルースランが言った。先月来たときも彼は同じことを言った。クシューシャは恋人の胸に顔をうずめてうめいたが、立ちあがった。窓から射し込む月明かりが、彼女の裸体を照らした。ルースランは、よく見えるように、脇腹を下にして横になった。

　クシューシャは一番好きなダンスを選んだ。チャンダーがひざまずく振り付けのあるダンスだ。かがんで手招きをする。腰を左右に揺らしてシミーを踊る。指先で空気をつまむような仕草をする。ルースランのほうへかがみ込み、離れ、ステップを踏み、回転し、微笑む。ルースランはじっと見ていた。彼とベッドにいるとき、クシューシャはいつも気後れしてはにかむ。いま、クシューシャは白い月明かりに照らされながら、ためらうことなく踊った。彼に近づき、離れる。クシューシャの体は、川がよどみなく流れるように、次のステップからまた次のステップへとよどみなく動いた。美しい踊りだった。クシューシャにはそれがわかっていた。クシューシャは、パートナーなど必要ないかのように踊った。彼女ひとりで、なんの問題もないかのように。


　月曜日、練習室の前の廊下にいたクシューシャは、近づいてくるチャンダーに気づいて嬉しくなった。スニーカーにジーンズに、安っぽいワッフル織のシャツ——その出で立ちを見ると心が和んだ。「いると思った」チャンダーが言った。

「いるに決まってるでしょ?」待っているあいだは本を開いていたが、彼が近づいてくるとかばんにしまった。

「今日の練習は中止になったんだよ」彼の言葉を聞いて、クシューシャは手を止めた。「マルガリータ・アナートレヴナが金曜日に言ったんだ。アリーサに聞いてない?」

　クシューシャはかばんのファスナーに指をかけたまま答えた。「うん。週末は会わなかったから」この週末にアリーサからあった連絡は、ルースランとのデートはどうかとたずねるメール、そのあと送られてきた、キスとウィンクと笑顔の絵文字だけだった。

練習が中止になった。だが、ルースランには黙っておく。一度中止になったということは、いつ中止になってもおかしくないということだ。ルースランは練習が本当にあったのかどうか怪しむようになるばかりか、クシューシャの言うことまで逐一怪しむようになるだろう。クシューシャはかばんのファスナーを閉め、太ももに両手を置いた。

「何かあったの?」

「アナートレヴナに? いや、だいじょうぶ。病院の予約があるんだって」チャンダーはクシューシャのとなりに腰を下ろした。

クシューシャは彼のほうへ頭を傾けた。「練習がないのにどうして来たの?」

「きみがいると思って。週末はどうしてた?」

クシューシャはルースランが来たことを話した。二人で観た映画のこと、彼が話してくれたエッソのこと。セックスの部分は省いた。幸せな時間だったことも。いずれにせよ、チャンダーにはどちらもわかっていただろう。

「彼氏が帰るとき、寂しかったんじゃない?」チャンダーは言った。

「うん」考えて、クシューシャは付け加えた。「でも、前ほどじゃない」

少し前なら、そんな言葉はルースランに対する裏切りのように響いたかもしれない。だが、いまでは二人とも、クシューシャの言わんとすることを理解していた。以前のクシューシャは、フラットを離れ、電子レンジのタイマーを鳴らして身の潔白を証明できなくなることをこわがっていた。だが、最近のルースランは彼女のことを信頼し、クシューシャも前ほどは臆病ではなくなった。

「今度の練習に彼氏を連れてきなよ」チャンダーが言った。

クシューシャは笑った。「それはやめとく」

チャンダーが壁にもたれ、喉仏のなだらかな膨らみが見えた。二人は黙って座っていた。廊下のむこうから、暖房の風が吹き出す音が聞こえた。

「みんなクシューシャに会いたがってたよ」チャンダーは言った。「ぼくも会いたかった」

「わたしも会いたかったよ」

チャンダーが、まっすぐにクシューシャを見つめた。「聞きたいことがあるんだ」

「何？」ふいに不安になった。不安と好奇心が、海中に立つ砂柱のように混ざり合っていた。

「どうしてこの舞踏団に入った？」

「アリーサに誘われたから」

「それは聞いた。でも、アリーサの誘いなら断ることのほうが多いじゃないか。カフェに行こうって毎日のように誘われてるのに、一度も行ったことがない。どうしてダンスは断らなかった？」

たったひとつの答えを期待しているような口調だった。チャンダーの真剣なまなざしが、クシューシャの目から頰へ、頰から唇へと移っていった。不安と好奇心が彼女の胸のなかで激しい渦を作った。「わからない。たぶん……ううん、わからない」

「何かちがうことをはじめたかったんだよね」

「たぶん」クシューシャは言った。「そうかもしれない」

「変化がほしかった」チャンダーが、彼女のほうへ手を伸ばした。「ぼくも同じだった。こわがらないで」そう言いながら、太ももに置かれていたクシューシャの手を取る。

チャンダーが彼女の手を握った。たったそれだけのことだ。だがクシューシャは、心臓の鼓動が、壁に押し付けた背中から全身へ伝わっていくのを感じた。チャンダー。クシューシャの友だち。クシューシャは、握られた手を離されたくなかった。

週末はチャンダーのことを考えていた。裸で、さっきまで布団に寝そべっていた体でルースランのために踊りながら、クシューシャはチャンダーのことを考えていた。会いたかった、とも言った。あれは嘘ではなかった。

彼は友人で、同時に友人以上の何かだった。そうではなかったか。週に三日この廊下へ向かいながら、週に五日来られたらいいのにと願ってはいなかったか。二人の会話、彼がすぐそばに腰を下ろすこと。今日も、ここで彼に会いたいと願ってはいなかったか。

越えるべきではなかった一線を、二人はとうに越えていたのだ。彼女の指にチャンダーが指をからませた。「こわがらないで」また、彼は言った。手のひらを通じてクシューシャの鼓動に気づいたのかもしれない。

「こわくない」クシューシャは言った。こわいのは、彼のことではない。チャンダーは彼女にキスした。

小さいころクシューシャは、みんなで食事をしている最中に、ビニールのテーブルクロスのむこうにいるルースランを見つめ、自分は彼の恋人なんだという想像をしたり、子どもっぽい空想にふける自分を叱りつけたりしたものだった。隣人の——兄の友人の——日焼けした少年。そうした空想は卑しく、滑稽だった。当時でさえ、クシューシャはそのことに気づいていた。

高校を卒業した夏、あとひと月ほどでペトロパヴロフスクへ引っ越すというころになって、ルースランのクシューシャへの話し方が、友人の妹に対するそれとは変わりはじめた。ある夜ルースランは、どこに行くのかクシューシャにたずね、彼女が教えた場所まで迎えにきて、この子は門限があるからとクラスメートたちに断って彼女を連れ出し、家まで送り届けた。兄はその前の年から兵役を務めに行き、両親は二人とも馬に乗ってツンドラへ行き、小麦粉の袋と、日々を耐えるためのウォッカの大瓶とともに遊牧をしていた。クシューシャを守るのはルースランの役目になった。その役目を彼は真剣に果たした。二人はきしむ橋をわたり、羽目板張りの家々のそばを過ぎ、土埃の舞う通りを歩きつづけた。村は暗く、寂しげに見えた。とうとうルースランは、街灯の下でクシューシャにキスをした。きれいな女の子にするように、クシューシャの顔を両手ではさんだ。

交際がはじまってからの一カ月――やがてリリヤが姿を消すまでの数週間――クシューシャはそれが現実のことだと信じられなかった。現実にしてはあまりに素晴らしかった。ルースランが家に来て、彼のためにドアを開けるたび、クシューシャはほとんど息をのんだ。どこで会おうと、あの完璧な夜と同じ感動を覚えた。小さなころから見慣れた道に、彼と自分だけがいて、二人きりで街灯の明かりを浴びていたあの夜と。

クシューシャがエッソを離れると、ルースランはそれまで以上に彼女を恋しがった。一時間とおかずに様子をたずね、定期的に車で会いにきて、街で危険な目に遭わないように気を揉んだ。ルースランの恋人になったということが、クシューシャにはなかなか信じられなかった。献身的な恋人に見合う存在になろうと何年も努力したが、その甲斐はなかった。クシューシャは、彼の目から逃れられるちょっとした抜け道を見つけた。言い訳をした。言いつけに背いた。

長い時間が経つうちに、クシューシャは本性を現していった。だが、ほんとうのことがわかってよかったのかもしれない。クシューシャはリリヤが失踪したとき、自分はそんな人間ではないと恋人に誓ってみせた。だが、実際はそのとおりの人間だったのだ——ルースランが案じていたとおりの人間だった。裏切り者だった。

「会いたかった」チャンダーが耳元で言った。彼の髪が頬をかすめた。何週間も慎重に距離を取ってきた彼の体が、すぐそばにあった。「このあいだの金曜日は、きみが彼氏といるところを想像してた」彼はクシューシャのあごにキスし、鎖骨にキスし、彼女のあごを上げてキスをつづけた。彼女の首筋に頬を押しつける。クシューシャは、チャンダーの頭のうしろに置いた手に力をこめた。

何も変わらないように思えた。誰かに知られることもなかった。クシューシャとチャンダーはそれまでどおり過ごし、練習の一時間半前に廊下で会った。変化があったとすれば、話しながら互いの体に触れるようになったことだけだった。二人のあいだに秘密が生まれていった。「あのころ出会えてたらよかった」一度、チャンダーはそう言った。あのころというのは、クシューシャが高校生だったころのことだ。より正確には、クシューシャの人生にルースランが現れる前のことだった。だが、そんな時間は存在しない。

チャンダーのキスは優しかった。ルースランのキスは性急で、煙草の味がする。ルースランの朝のキスも、酒をのんだあとのキスも、口論をしたあとのアイロンを押し付けられたような熱いキスも、クシューシャはすべて知っている。いいときのキスも、悪いときのキスも。クシューシャはその全部を愛していた。だが、チャンダーのキスは優しい。いつも変わらない。やわらかなキスだ。ふっくらした唇、なめらかな歯の感触、彼の舌が彼女の舌を探し、やがて見つけ、安堵の息が漏れる。

クシューシャは時々、チャンダーに対する自分の愛情に確信が持てなくなった。ルースランを求める気持ちに比べれば、それはあまりにも頼りなかった。だが、あの、安心したようなため息だけは、確かに愛していた。あの吐息を感じると、クシューシャは強くなれた。

クシューシャは幸せだっただろうか。その答えはノーでもあり、イエスでもあった。以前覚えた幸福感は、いまではちがうものになっていた。十一月のあの日、懸命に浴室の床を磨いていた自分がいったいどんなことを感じていたのか、クシューシャはほとんど思い出せなかった。

思い出すことができるのは、別のことだ。むかしのことだ。学期最後の日に家に帰ると、かならず父親がいたこと。数カ月もトナカイの群れと荒野にいた父に再会できて大喜びしたこと。だが同時に、父の帰宅が何を意味するかもわかっていたこと。翌日になれば、父はクシューシャたち家族全員を連れて、トナカイの群れへ向かう。

初夏、遊牧民たちはトナカイを村の近くへ連れていき、村からほんの三十キロほどのところで——三百キロではなく——コケを食べさせる。それでも、群れの様子を見るには、馬に乗って平原と丘を何時間も走らなくてはならない。クシューシャが幼いうちは、両親は彼女の腰に縄を結わえて鞍《くら》に固定し、娘が雌馬のがっしりした背でまどろみはじめると、父親が大声で名前を呼んで起こした。毎日の決まった仕事をこなすあいだ、太陽が頭上の空を通っていった。十歳になると、自分で手綱を操れるようになった。馬は老い、その歩みはのろくなったが、ツンドラはむかしと変わらず、耳が痛くなるほど広大だった。

クシューシャは、ツンドラへ行く旅を恐れていた。両親は、トナカイの群れを探して平原を歩きながら、最後にはきまって口論をした。互いに罵り合い、父の飲酒を、祖父母の健康を、娘と息子の将来に望みが多くはないことを、トナカイの肉の市場の不景気を、トナカイがあまり子どもを産まないことを、質の悪い毛皮のことを、政府が助成金をしぶって遊牧民たちを排除しようとしていることを嘆いた。父親は毎朝、馬の背に荷物を積んで野営地を移動する支度を整え、母親は毎晩、肉の一番いい部分を夫のために取っておき、そんなふうにして両親は、どうにかひと夏のあいだ結婚生活を破綻させずにおく。だが、夏がはじまり、そして終わるまでに二人が重ねていく長い一日は、毎年少しずつ険悪になっていった。

クシューシャは、大学がはじまる前の夏、今年はツンドラには行けないと両親に告げた。学校がはじまる前に読んでおかなきゃいけないものがたくさんあるの、と。それまで一度もツンドラへ行くのを嫌がらなかったからか、二人は娘が家に残ることを許した。クシューシャは感謝し、そしてのちに驚いた。なぜなら、それが誰にも見張られることなく過ごした最後の夏になったからだ。やがて、夏はルースランの季節になった。

だがいま、三年後のペトロパヴロフスクでクシューシャは、あの最後の夏に自分が見逃したツンドラのことを思った。過ぎ去った日々に、荒野で見たもののことを思った。うっすらと青く光る夜の闇。乾いた黄色い景色がどこまでもつづく昼間。雨に打たれながら野営地を設営し、エウェン語の罵声を聞き流し、焼き取られた毛のにおいで吐き気を覚え、そうして荒野での夏を憎んでいたからこそ、その日々はクシューシャの人生のなかでひときわ鮮やかだった。同じことが繰り返された。父親が村に戻り、家族全員で出発し、ようやく到着すると、兄のチェガは男たちの仕事を割り当てられて動物の世話をし、クシューシャは祖母を手伝って炊事場に水を運び、トナカイたちは一晩で周辺の草を食べ尽くし、早朝にテントをたたんで荷物をまとめ、毎日野営地を移動し、馬の背に揺られ、トナカイたちが一年かけて草を食《は》む千キロの山道を、一族全員でたどりつづける。毎日の、毎年の単調な繰り返しは、執拗に、繰り返し傷口を開くことと似ていた。開いた傷口から、それらの夏はクシューシャのなかに入り込み、記憶の一部になった。

　家族はいくつかのテントに分かれて眠っていたが、祖母はクシューシャとチェガの寝床を、女たちが炊事をする場所に作った。夕食がすむと、祖母は炉の火に灰をかけ、そばに馬着《ばちゃく》を広げた。兄妹は、静寂のなかで唐突に二人きりになる。太陽は真夜中まで沈まなかったが、ユルト（主にモンゴルで使われるテントのこと。ゲルとも）のなかはいつも煙が漂って薄暗かった。クシューシャがチェガと馬着に横たわると、日中にかいた汗と、服の下でつぶれた新鮮な草のにおいがした。

　あるとき、クシューシャは真夜中に目を覚まし、どうしてだろうと不思議に思った。ユルトのてっぺんに開いた煙突穴からは月が見えた。すぐそばでは、まだぽっちゃりした少年だった兄が寝息を立てていた。

　炉のなかで、炭がはぜる音がした。クシューシャは寝返りをうって炉のほうを見た。火は完全に消えていたが、なぜかぱちぱちという音がつづいていた。クシューシャは混乱して黒い炭を見つめた。その音が、はっきりと大きくなっていく。一分ほどかかってようやくクシューシャは、音が炉から聞こえているわけではないことに気づいた。トナカイたちがユルトのそばを通っているのだ。

何か理由《わけ》があって、一族の男たちに率いられたトナカイの群れが、野営地のなかを通っているのだった。クシューシャを起こしたのは、帆布の薄い壁のすぐむこうで、八千もの蹄《ひづめ》が静かに大地を踏んでいる音だった。

なぜ子ども時代の記憶がよみがえってくるのだろう。考えるべきことはほかにたくさんある。課題、試験、兄の銀行勤めの彼女が世話してくれた、来年の夏のインターンシップのこと、ふるさとにいる人たちにかけなければならない電話のこと。罪悪感に耐えられれば、ルースランのこと――耐えかねるなら、チャンダーのこと。チャンダーはクシューシャを両腕に抱いていた。そのまま体を引き寄せ、肩で彼女の頭を支える。クシューシャの髪にそっと唇を押しあてる。

もしかすると、ダンスの練習が厳しくなってきたせいかもしれない。薪を運び、火の番をし、ユルトを組み立ててはたたんでいた過去の痛みが、つらい練習で思い起こされたのだ。あるいは、先住民族の若者たちと過ごすようになったせいだろうか。こんなに大勢の先住民族に会うのは、エッソを出てからはじめてだった。あるいは、遊牧民のダンスを踊っているからかもしれない。チャンダーは、投げ縄を手にすると間が抜けて見える。ああした道具は、クシューシャの父や祖父のものだ。

クシューシャは、家族を、動物たちを、乗馬の練習を、退屈な仕事を思い出した。隆起した広大な大地を思った。遠く離れた街で思い返すと、子ども時代は単純に見えるのだろう。恋人たちのキスを愛しながら、クシューシャは心のどこかで、過去へ戻れるなら戻りたいと願った。

クシューシャが、課題に手をつける気になれずにぼんやりギターを弾いていると、アリーサが帰ってきた。木曜日だ。練習はない。従姉妹は寒さで顔を赤くしていた。「つめて」アリーサが言って、布団に座っていたクシューシャは横にずれた。従姉妹が座ると二人の膝が触れあった。

アリーサの脚は氷のように冷えていた。冬が来たのだ。一週間前から雪が降りつづけ、部屋の窓から見える街は真っ白に染まっていた。音を消したテレビにゴロソフスカヤ姉妹のクラス写真が映り、それから、画面は下落する石油価格のグラフに切り替わった。

「どこにいるのかな」アリーサが言った。

クシューシャはギターの弦を二本弾いた。「誰が？」

「あの子たち。まだ生きてると思う？　どこかで生きてるのかな」

従姉妹の前でなら、クシューシャはこわがりな女の子の振りをする必要はない。「それはないと思う」

「時々、となりのフラットにいるのかもって想像しちゃうんだ。もう見つからないと思う？」

「見つかっても無事じゃないと思う。無事でいてほしいけど」失踪した姉妹はリリヤとはちがう。自力で家を出るには幼すぎる。「何をされたにしても、すぐに終わって苦しまずにすんでいればいいけど」

テレビの画面がふたたび切り替わり、天気予報が流れた——吹雪がつづくようだった。オーヴンの中ではロールキャベツが温められていた。豚肉と玉ねぎのにおいが部屋中に立ち込めている。

「最近どう？」アリーサがたずねた。

「順調だよ」クシューシャは反射的に答えた。答えたあと、それだけでは素っ気ないように感じて繰り返した。「順調」

「なんか、いつもと様子がちがう気がして」

「別に」ぶっきらぼうな返事にアリーサは笑い、クシューシャはギターを弾いたあとで痛む指先をこすった。「わたしのどこがいつもとちがう？」

「緊張してるっていうか。ルースランになんかされたのかなって」

クシューシャはギターのネックから目を上げた。「何も」

「そっか」

「ルースランは完璧だよ」

アリーサは、冗談めかして口をへの字に曲げた。「のろけちゃって」。タイミングよくクシューシャの携帯電話が振動する音がした。アリーサが電話を探し当て、画面に目を落としてクシューシャに渡す。

「もしもし」クシューシャが電話に出ると、従姉妹は立ちあがって寝室へ着替えに行った。「ううん、何も。はやく会いたい」クシューシャはルースランを安心させるために、Gメジャーのコードを軽く弾いた。「聞こえる？　わたしは家にいるよ。心配しないで」

舞踏団に入って以来、クシューシャはそれまでよりいい恋人になった。より我慢強く、献身的で、連絡もこまめになった。ルースランには見せられない一面ができるたび、チャンダーが首筋にキスするのを許すたび、クシューシャはルースランという人間をもっとよく理解するようになった。これまでどれだけ彼がクシューシャを大事にしてきたのかを理解した。だから、クシューシャはそれまで以上にメールをし、詮索をやめ、電話口で恋人の苛立ちを感じ取ると、言い訳をするのはやめて、ただ彼が落ち着くまでなだめつづけた。

「すばらしい知らせですよ」マルガリータ・アナートレヴナが言った。絹のスカーフが練習室の照明を受けて光っている。「大学がわたしたち舞踏団をウラジオストクに派遣してくれることになりました。今月末の〈東風民族祭〉に行けるんです。名誉あることですよ。とても光栄なことです。千人以上のお客さんの前で踊るんですから」マルガリータの声は高揚していた。彼女が言葉を切ると、団員たちはいっせいに拍手をした。熱を帯びた大きな拍手だった。「民族祭へ行くのは二年ぶりです」彼女の声は、興奮した団員たちのざわめきにかき消された。「チャンダー、あなたからも説明してちょうだい」

チャンダーは、立ちあがる前にクシューシャに目をやった。「最高のニュースだよ。先生が言ったとおり、去年は大学が援助してくれなかったんだ。民族祭は三日か四日あって――」

「十二月二十三日から二十六日までですよ」マルガリータ・アナートレヴナが横から言った。

「民族祭のあいだは、ダンスをして、ほかの舞踏団と交流して、街を観光する。みんなでホテルに滞在する」チャンダーはクシューシャを見てはいなかったが、彼女は最後の言葉が自分に向けられていることに気づいていた。「楽しいと思うよ」

アリーサが歓声をあげ、練習室はふたたび騒がしくなった。マルガリータ・アナートレヴナでさえ歯を見せて笑っていた。クシューシャはみんなに合わせて拍手をしながら戸惑っていた。公演があることはチャンダーから聞いていたが、クシューシャが想像していたのは、地元の病院を慰問するとか、学校の講堂で踊るとか、その程度のことだった。授業を休んで、飛行機に乗って、海を望む大都市まで行くことになろうとは思ってもみなかった。しかも、出発まで間もない……ルースランがなんと言うだろう。年末にクシューシャがエッソへ帰るので、今月はルースランが会いにくる予定はない。だが、知らない大都市で、ホテルに泊まり、彼が信頼してもいなければ、信頼するはずもない人たちと夜を過ごすと知れば、ルースランが黙っているわけがなかった。

クシューシャはひと言断って練習室を出ると、トイレでルースランに電話をかけた。「どうした？」恋人は電話に出ると言った。電話のむこうは、同僚の話し声や機械の音で騒がしかった。

クシューシャは東風民族祭の話をした。

「ウラジオストク？　まじかよ」

「わかってる。そうなの」

「名前までばかみたいじゃないか。東風ってなんだよ」

「わかってる」クシューシャは繰り返した。「でも、みんな大喜びしてる。アリーサなんて叫んでた」

「そりゃそうだろ。めちゃめちゃラッキーだぞ。ただでウラジオストクに旅行できるんだ。だからおれは、ダンスをやるのは賛成だって言ったんだよ。どれくらい行くんだ？」

「四日間」クシューシャは答えた。その声は、自分の耳にさえ憂鬱に響いた。ルースランが考え込むように舌を鳴らした。クシューシャが気の進まない振りをすると、恋人はかえって彼女を旅に行かせる気になるようだった。

だが、それがわかったところで、気持ちは沈むばかりだった。チャンダーとの一件があって以来、ルースランに恥じない恋人になろうと努めてきた。だが、そうした努力は――優しく質問し、なだめ、以前よりも頻繁に彼とエッソが何より大切だと伝えてきた――結局、クシューシャ自身に都合よく働いた。自分はずっと、こうなることを見越して動いていたのだろうか。

「太鼓にビートに東風か」ルースランが言った。「おまえたちが踊るところ観たかったよ」

クシューシャは手洗い場の並んだ鏡から顔をそむけた。泣き出しそうだった。「うん、観てほしかった」

ルースランには飛行機に乗るお金などない。どちらの家族にもそんな余裕がある者はいない。だからこそ、気楽に口にすることができた。みんな来られたらいいのに、と。そんなことをすれば彼らは破産すると知りながら。

次の練習がはじまる前、チャンダーは、苦しくなるほどクシューシャを強く抱きしめて言った。「夜はみんな街に出る。クシューシャが行かなくても変じゃない。だから、部屋にいて。ぼくは体調が悪いとか疲れたとか、調べ物があるとか、適当に言い訳する。それでクシューシャの部屋に行くよ」

「わかった」クシューシャは言った。キスだけですむはずがない。手のひらを置いたチャンダーの胸の筋肉が、興奮で張り詰めているのがわかった。

廊下では抱き合って過ごしたが、一旦練習がはじまると、二人は練習室の端と端にわかれて立った。この先待ち構えていることを考えると、クシューシャは臆病になった。マルガリータ・アナートレヴナが練習を週五回に増やすと告げたとき、クシューシャはチャンダーのほうを見ることができなかった。彼が、いや、練習室にいる全員が、クシューシャが何を想像しているか知っているような気がした——体を重ねた自分たちの姿を想像していることを知っているような気が。音楽が流れはじめた。チャンダーがクシューシャのほうへ進み出た。彼女は身をこわばらせた。

「次はいつルースランに会うの？」アリーサがたずねた。二人はそれぞれのベッドで横になっていた。練習室の廊下で過ごした時間を思い返していたクシューシャは、アリーサの声にはっと目を開けた。暗闇だけが見えた。

「年末に」

「会えなくてさびしい？」

「時々はね」罪悪感が湧いてくる。クシューシャは暗闇を見つめつづけた。

「戻る前に来てくれるかもよ」

「そんな時間はないかな」クシューシャが横を向くと、アリーサは携帯電話をいじっていた。画面の光のせいか、従姉妹はいっそう幼く見えた。キャンプファイヤーに見入っている子どものようだ。

「すぐに会えるんだし。心配しないでいいよ」

アリーサはまばたきした。また携帯をいじりはじめる。携帯のストラップが手の甲に垂れていた。

「心配してるのはそっちでしょ」

クシューシャは従姉妹のおせっかいが鬱陶《うっとう》しかった。上を向き、練習室の廊下であったことに意識を向ける。だが、望んだほどには集中できなかった。今日、チャンダーが彼女にどんなことを言ったか。どんなふうに触れたか。

ホテルではじめて一緒に過ごす夜はどんなふうになるだろう。チャンダーの我慢強さの陰で、その情熱は抑えきれないほど激しくなっていた。午後、二人きりの時間が終わりに近づくと、チャンダーはつらそうにクシューシャから手を離した。クシューシャがいいと言いさえすれば、明日にでもチャンダーは廊下で彼女の服をはぎとり、タイル張りの壁に彼女を押しつけるだろう。そう考えて、クシューシャは胸苦しさを覚えた。

処女を失ったのは、ルースランと付き合いはじめた夏、幼いころから使っているベッドの上だった。間違いを犯すことを恐れて、クシューシャは終わるまでほとんど身じろぎしなかった。終わるとルースランは、なんだか素っ気なかったなと言いながらブラジャーのホックを留め、キスをしてくれた。いまでは、ルースランに何をしてあげればいいか知っている。だが、チャンダーはもっとすばらしい何かを、息をのむような体験を期待しているのかもしれなかった。クシューシャの体に失望しないだろうか。クシューシャの体は、服を着ているときのほうがきれいに見える。そのことに、もうすぐチャンダーは気づいてしまう。

いや、ちがう。優しいチャンダーが、クシューシャの体を見て失望するはずがない。クシューシャは暗闇のなかで小さく口を開け、彼の顔を思い浮かべた。廊下の明かりに照らされた、茶色がかった黒い瞳。クシューシャへの憧れで弾んだ息。

公演が近づき、団員たちは衣装を着てほとんどの練習をこなすようになった。ジーンズの上から着る革のドレスは重く、すそから膝のあたりには赤い糸で四角い模様が刺繍《ししゅう》されていた。腰のあたりをぐるりと囲むビーズの円い模様からは、糸に通したビーズが何本も垂れ下がっている。両腕を上げると、胸に縫い付けられた毛皮があごの下まで引き上げられる。二週間もしないうちに、クシューシャたちは民族祭へ行く。戻って期末試験を受けたあと、すぐにクシューシャはバスに乗って北へ向かう。

その日々がこれからのクシューシャを決める。チャンダーと寝て、ルースランに会う。そのあいだに、自然とわかってくるはずだ――どちらを選ぶべきか。両方をつなぎ留めておく不実な時間はじきに終わる。

クシューシャはルースランといつまでも一緒にいたかった。だが、彼との関係はこの先どうなるのだろう。いまのところは電話で忠実な恋人の振りをつづけ、ルースランは何も気づいていない。だが、故郷の土を踏んだとたん、彼はクシューシャの裏切りを見抜くのではないか。仮にルースランが、この先ずっと裏切りに気づかなかったとしても――クシューシャは彼を愛しており、それは確かなことで、これまでもずっと愛してきたのだとしても、こんな裏切りのあとで、これからしようとしていることのあとで、自分には彼と一緒にいる権利があるのだろうか。


チャンダーには率直にすべてを話してきたので、クシューシャはいまの自分の気持ちも正直に打ち明けた。「ここを離れたらどうなるのかな。ウラジオストクに行ったあとのことだけじゃなくて、エッソに帰ったあとのこともよくわからなくて」

二人は廊下の床に足を組んで座っていた。チャンダーはクシューシャの手を取り、その甲に唇を押し当てた。

「もしかしたら――彼に会ったら――全部、元通りになるかもしれない」クシューシャが言うと、チャンダーはうなずいた。「そうなったら、この舞踏団はやめなくちゃ」

チャンダーが口を開くと、彼の声と温かな吐息が手の甲にこぼれた。「そうならない可能性だってちゃんとある」

「何も言えない。わからない」

クシューシャはチャンダーの顔を間近で見つめた。そばかすの散った頬、誠実そうな眉。チャンダーは笑い、小さく鼻を鳴らした。「考えるとつらくなる」チャンダーは言った。握られた手をふいに引っ張られ、クシューシャは彼の太ももの上に倒れ込んだ。「ホテルのベッドには、真っ白な、洗いたてのシーツが敷かれてる。マットレスは夢みたいにやわらかい。想像できる？　一緒に夢を見るんだよ」


アリーサが帰ってきたとき、クシューシャは電話をしていた。従姉妹は防寒用の帽子を脱ぎ、携帯電話を指差して小声でたずねた。「ルースラン？」。ほかに誰がいるだろう？　クシューシャはうなずいた。「よろしく言っといて」従姉妹はそう言うと、クシューシャに背を向けて玄関に鍵をかけた。

クシューシャは、着膨れした従姉妹の背中を眺めながら言った。「アリーサが、よろしくだって」。二人は、挨拶をし合うような間柄だっただろうか。ルースランはことあるごとに、おまえの従姉妹はどうかしてるよ、と言う。

「了解。それで、民族祭まであとどれくらいある？」アリーサはともかく、ルースランはいつもどおりだ。

「あと八日」舞踏団は次の金曜日に出発する。「民族祭の次の週には会えるね」

ルースランはため息をついた。肺の奥から吐き出した、重いため息だった。「とっとと終わるように願ってるよ」。クシューシャは目を閉じた。恋人は、自分が何を願っているのかわかっていない。クシューシャをどこへ送り出そうとしているか知らないのだ。

マルガリータ・アナートレヴナは手を叩いて団員たちを静かにさせた。「ペアになってちょうだい」。クシューシャは部屋の中央へ行った。振り返って確かめなくても、チャンダーの気配を感じた。唇にも頬にも、午後にされたやわらかいキスの感触がまだ残り、そこだけはまだ彼とつながっているような気がした。クシューシャは唇をきつく結び、彼がそばにくるのを待った。

「ぼくの相手がいません」アチャイワヤムから来た青年が言った。

「アリーサはどこ?」マルガリータ・アナートレヴナがどなった。チャンダーがクシューシャのとなりに来る。アチャイワヤムの青年は腕組みをした。

「練習の前にも見かけませんでした」団員の女の子が言った。

アナートレヴナがプレイヤーのボタンを乱暴に押し、音楽が少し流れてすぐに止まった。「どういうつもり? 民族祭まであと一週間だっていうのに! あなたたちにも責任がありますよ。クシューシャ!」。クシューシャは飛び上がった。「従姉妹はどこ?」

クシューシャの携帯電話はかばんのなかにあったが、電話をしましょうかと言えば火に油を注ぐことになる。練習中は携帯電話禁止! マルガリータ・アナートレヴナはそうどなるにちがいない。

クシューシャは仕方なく言った。「もう来ると思います」

マルガリータ・アナートレヴナは、腹立たしげにプレイヤーのボタンを押した。「位置につきなさい。〈鮭のダンス〉!」男の子たちが部屋の中心に集まった。クシューシャは女の子たちと一緒に定位置へ下がった。全員が衣装を身につけている。アリーサの位置をひとつ空けて並ぶと、マルガリータは、いいから詰めて立ちなさいと合図した。

クシューシャは、両手の指先を合わせ、胸の前で三角形を作った。音楽が流れ、男の子たちが太ももを高く上げて歩きながら、架空の川を渡りはじめる。埃っぽい床をにらんで鮭を探す。クシューシャはつま先をほぐしながら出番を待った。従姉妹のことが心配だった。体調が悪いのだろうか。授業にも行かなかったのだろうか。今週ずっと、二人の母親たちは、火曜日の市場崩壊のせいで家計が不安だというメールを何通も送ってきた。学費が払えなくなったのだろうか。エッソに呼び戻されたのだろうか。今朝クシューシャが大学へ行くとき、アリーサはまだ部屋にいた。

プレイヤーから、激しい太鼓の音が流れ出した。クシューシャはほかの女の子たちとともに両腕を上げ、前に進み出た。男の子たちが肩を並べて円陣を作り、女の子たちは泳ぐような仕草をしながら彼らを取り囲んでいく。男の子たちは振り返り、自分のパートナーを探す。アチャイワヤムから来た青年は宙をにらんでいた。

鮭を捕らえようとするチャンダーが、逃げるクシューシャの頭上で空をつかんだ。前かがみの姿勢のまま、くるくる回りながら次の位置へ向かう。ふと顔をあげた。マルガリータ・アナートレヴナが部屋のむこうを見ている。クシューシャはほっとした――アリーサだ。練習室の入り口で帽子を脱ぎ、オレンジ色のメッシュが入った髪を揺らしながら詫《わ》びるような仕草をしている。

アリーサのすぐうしろに、誰かがいた。アリーサが連れてきたらしい。

それはルースランだった。

クシューシャは、鮭のヒレのように伸ばしておくべき両手を、きゅっと握った。まさか浮気?

突拍子もない考えが胸をよぎった。アリーサと二人きりでいるなんて。だが、にこにこ笑っている従姉妹と恋人に、うしろめたそうな様子はない。アリーサはクシューシャの視線を捉え、ルースランを指差して声を出さずに口を動かし、両手を上げてひらひらと振った。この数日、二人が繰り返した質問を思い出す。最近どう？　出発はいつだ？　ルースランにはいつ会うの？　二人の考えていたことがようやくわかった。

アリーサはクシューシャのためにルースランを連れてきた。二人で計画を立てていたにちがいなかった。彼らはクシューシャが緊張しているのだと考え、ウラジオストクに来られないルースランは、出発前に彼女を驚かせようと、ここへ来ることにしたのだ。

プレイヤーからはシンセサイザーの演奏が大音量で流れている。クシューシャは女の子たちと一列に並んでくるりと回り、入り口に背を向ける姿勢になった。天井をあおぐ。リズムを刻む。クシューシャのなかには、凍てついた雪景色のように白くなめらかな、頑丈な骨があった。

両方と過ごす時間は、こうして終わった。その角度からはルースランとアリーサに見られる心配はないとわかっていても、チャンダーのほうを見る勇気はなかった。未来が決まる瞬間を、ずっと待っていた。その瞬間が訪れたいまになって、ようやくクシューシャは気づいた。彼らがそばにいてくれたこの数週間は、これまでで最良の時間だったのだ。最良だった。毎朝電話で起こしてくれるルースラン、ひっきりなしに携帯電話の画面に表示される新着メール、チャンダーと過ごす一時間半。だが、その時間には終わりが来た。

プレイヤーから流れ出る女性たちの声が、太鼓の音をかき消した。うなるような男性の低い声が混ざりはじめる。次のステップで、クシューシャはチャンダーのもとへ戻った。彼の顔を見る。もっと慎重になるべきだったと、あとになってクシューシャは悔やむことになる。だが、抗いようがなかった。見上げたチャンダーの目には、あまりにもむき出しの愛情が浮かんでいた。クシューシャを求めるあまり、その顔はゆがんでいた。

クシューシャは列から離れた。チャンダーに背を向けた。

入り口へ向かわなければと焦るあまり、左膝をひねった。自分と恋人を隔てる数メートルを、越えるべき距離を走る。ルースランとアリーサは、クシューシャが彼らの姿に困惑したとしても、ほんの一瞬なら訝《いぶか》しむこともないだろう。だが、その一瞬はとうに過ぎた。ルースランは、すでに怪しみはじめているはずだった。早くそばへ行かなくては。

恋人に駆けより、その首に両腕を巻きつける。恋人の体に力がこもり、両手が腰に回され、衣装のビーズが引っ張られるのを感じ、よく知った唇が自分の唇に触れたとき、クシューシャはただ、これで大丈夫だと思った。

恋人が耳元で何かささやいたが、音楽のせいで聞こえない。キスを返し、彼の頬に頬を寄せる。彼の腕に力がこもった。なぜすぐに駆け寄っていかなかったのか、その言い訳を考えるべきだった。だが、クシューシャの頭には記憶ばかりがよぎった——チャンダーと過ごした午後の時間、ルースランと過ごした週末の時間、ホテルにあるという清潔なベッドの話。二度と交わされることのないだろうチャンダーとの会話。投げ縄の練習をする団員の男の子たち。練習の初日に、大勢の見知らぬ人たちと握手をしたこと。渋滞のなかを車でクシューシャに会いにくるルースラン、通りで兄と一緒にサッカーをしていた少年のルースラン。互いに恋に落ちた夏。両親のこと——兄のこと——

彼らの変わらない愛情——村の生活。彼らが乗った馬。彼らがたどった山道。ツンドラで過ごした夜。もっと幼くて、勇敢で、ひとりで眠っていた日々のこと。彼女の世界が澄んでいて、煙と草のにおいがして、数千頭ものトナカイがすぐそばを通り過ぎていった夜のこと。

十二月三十一日

まだ八時だったが、ラダはすでに酔っていた。同じテーブルの人たちと二本目のウォッカを空けたところで、クリスティーナがキッチンに戻ってきた。歩いてくるクリスティーナは、携帯電話の広告板《ビルボード》のモデルのようだ。片手に持った携帯、ビキニ、ブロンド、短い前髪。「誰が来ると思う?」クリスティーナは音楽に負けない大声でたずねながら、滑り込むように長椅子に座った。ラダは、クリスティーナの足の下に消えたアルミ箔の飾りに気を取られていた。銀色に光る飾りはどこかへ行ってしまった。「マーシャが来るんだって!」

「誰だって?」テーブルのむこうにいた男が聞き返した。

「マーシャ!」クリスティーナは大声で答えた。表情が目まぐるしく変わる顔を嬉しそうに輝かせている。ウォッカのせいで唇が明るいピンク色だ。ラダは耳を疑った。「マーシャ・ザコトノワ」

「誰だよ」さっきの男が皮肉っぽく繰り返した。ちらほら笑い声があがった。

マーシャ。音楽がうるさかった。ラダは、さっさと酔っ払ってしまいたいと思ったのと同じくらい、急いで酔いを醒ましたくなった。テーブルに並んだ食べ物を検討する。ケーキ、塩漬け肉、三つ編みに組まれた塩気のあるチーズ、蝶結びにされたオレンジピール、積み上げられた紙パックのジュース、林檎——そうだ、林檎だ。ラダはテーブルクロスの上に手を伸ばし、林檎をひとつ取った。パーティーのために借りられたこの家は暑いくらいで、廊下の奥にあるサウナから漏れる熱気で至るところが結露していた。熱気のなか、林檎ははっとするほど冷たかった。ラダは林檎をももの上に置いた。「貸してごらん」となりで窮屈そうに座っていた青年は、そう言うなり、ラダの裸の太ももの上から林檎を取った。果物ナイフでするすると皮をむきはじめる。

ラダはクリスティーナに向き直ってたずねた。「ほんとに？ それって今夜の話？」

「そう、今夜」クリスティーナは答えた。「いやなの？」

「まさか。いやなわけないでしょ。なんでわたしがいやがるわけ？」

「よかった。もうこっちに向かってるって」誰かが新しいウォッカの瓶を開け、クリスティーナはおかわりをもらおうと自分のグラスを渡した。「実家からタクシーで来るって。空いてるベッドはないけどって言ったら、床で寝るからだいじょうぶだって」

「その子かわいい？」クリスティーナの従兄弟が言った。「おれのベッドなら空いてるけど」

「あんたはマーシャの好みじゃない」クリスティーナはそう言って、酒が注がれたグラスを受け取った。グラスを持ち上げてつづける。「乾杯する？」

となりの青年がラダに林檎を渡した。薄く切って芯を取ってある。ラダはひと切れ口に入れ、青年と一緒にグラスを上げた。胸のなかで、この一杯でおしまいにしようとつぶやく。「新しい年に」青年が言った。「明日もみんなが健康で幸福でありますように」

「みんながごちそうにありつけますように」クリスティーナの従兄弟が言って、テーブルに嚙みつく振りをした。となりに座っていた女の子がふざけて彼を押し、長椅子ががたんと揺れた。強い酒がラダの喉を灼《や》いた。もうひと切れ林檎をつまむ。テーブルを囲む人たちはそれぞれの相手と話しつづけている。強い酒のせいで、ラダは頭が働かなかった。

さっきのクリスティーナの口ぶりは、マーシャの好みのタイプなら知っているとでも言わんばかりだった。マーシャは……マーシャが二人と親しかったのは七年も前のことだ。大学に入ってからはろくに連絡を取っていない。二人とマーシャの友情は、大学に入る前の夏に終わったに等しい。マーシャは、名門のサンクトペテルブルク国立大学の奨学金を勝ち取った。マーシャが引っ越すまでの数週間、三人はいつも一緒に過ごし、ベッドに寝転んでコメディ映画を観て、大学生になっても毎日電話で話そうと約束した。だが、ちがう街の大学へ行ったあと、マーシャは二人の生活から徐々に姿を消した。はじめのうちはメールに返信をよこし、課題が大変で電話をする時間が取れないと言い訳をしていたが、そのうちぱたりと連絡が途絶えた。

一年生最後の試験が終わったころ、ラダとクリスティーナはマーシャの両親に誘われて、夏休みに帰省した彼女を迎えに空港へ行った。二人が到着ゲートで見つけたのは、以前より痩《や》せて、どこか近寄りがたい女の子だった。抱きしめようと腕を回すと、その子は体をこわばらせた。彼女は夏のあいだだけ帰ってきたが、この町で暮らすことは二度となかった。

それでおしまいだった。マーシャは夏のあいだ中二人のメールを無視した。二年生の前期がはじまるころ、二人は仕方なく、マーシャは新学期に備えてとっくに西部へ戻ったのだと推測した。二年目の冬休みが訪れ、二度目の夏休みも訪れ、そんなふうに大学の五年間は過ぎていき（ロシアの大学は機関によって五年制の場合がある）、そのあいだサンクトペテルブルクからはまるきり音沙汰がなかった。クリスティーナは連絡を取りつづけていたが、マーシャが応じるのはごく稀《まれ》なことだった。クリスティーナはオンラインでマーシャと通話し、そのなかで面白かった部分だけを切り取って友人たちに報告した。報告によれば、マーシャは大学を優秀な成績で卒業し、外資系の企業に就職して給料をユーロでもらい、ネフスキー大通りを少し南へ行ったところの高級アパートメントに友人と一緒に住んでいるという。いっぽうクリスティーナとラダは、地方の大学をどうにか卒業したあとも、実家で両親とともに暮らしている。クリスティーナは、家から十キロのところにあるスポーツ用品店で働き、ラダはアヴァチャ・ホテルの受付をしている。クリスティーナによると、マーシャが二人に会いにペトロパヴロフスクへ来るのは、〝現実的ではない〟らしい。わざわざ飛行機に乗るほどの価値はない、ということだ。マーシャがサンクトペテルブルクで借りている部屋のひと月の家賃は、二万八千ルーブルもするという。

こうしたささやかな情報を聞かされても、ラダは特に言うべきことがなかった。「へえ」クリスティーナが新しいニュースを披露すると、ラダはただそう言った。あるいは、「いいね」と。マーシャの暮らしぶりも、国の反対側で友人たちの物笑いの種にされる、独特で大人びた話し方も、ラダは羨ましいと思わなかった。〝あらあら、かわいいラダが嫉妬してる〟クリスティーナは嬉しそうに言った。彼女は、噂話の類《たぐい》にはどんなものでも飛びついた。連絡を取り合える相手ならいくらでもいるというのに、マーシャがあえてクリスティーナを選んだのは不思議としかいいようがなかった。いつも陰口をたたき、人の噂ばかりしているクリスティーナ。幼いころから友情を築いてきたのは、クリスティーナとマーシャではなかったはずだ。親しく、互いに愛情を与えあっていたのは、ラダとマーシャだった。

少なくとも、ラダはそう思っていた。マーシャには隠し事をしなかった。二人の家はとなり同士で、授業でもかならずとなり同士の席に座った。マーシャは面白い本を見つけると、はじめから終わりまでラダに読んで聞かせた。時々、その読み聞かせは数週間にもわたった。ラダはマーシャの寝室のカーペットに寝転び、ベッドの上にいる親友の静かな声に耳を傾けた。ラダはそんなふうにして、シャーロック・ホームズの声を聞いた。名探偵の言葉を、マーシャの声で。『ワトソン君、わたしは人の邪魔をしたくないんだよ』。それが二人の過ごし方だった。マーシャがこの土地を離れたとき、彼女はラダの与えた愛情も一緒に持ち去った。そして、愛を返しにくることはなかった。うそでしょ。ラダは林檎を食べながら、声に出さずにつぶやいた。マーシャが来る。ここに、いまから。

いや、そのほうがいいのかもしれない。いまマーシャと対面しておけば、二人が育ったこの町で、ふいに彼女と出くわしてぎょっとすることもない。じきに終わる今年のうちに挨拶をすませ、わだかまりをなくし、古い傷に別れを告げて新年を迎えればいい。

音楽が変わり、テンポの速い曲が流れはじめた。となりの青年がラダのグラスにウォッカを注いだ。「お酒はもう大丈夫」ラダはそう言って断った。

「了解」青年はすぐにグラスを自分のほうへ引き寄せた。

青年のうしろの窓ガラスは蒸気で曇り、星をおおい隠していた。そのせいで、窓のむこうには漆黒の闇夜が広がっているように思えた。車のライトも見えない。ラダはため息をついた。ここへ着いてすぐにサウナへ入ったせいで、肌がやわらかい。となりに座った青年のがっしりした太ももが彼女の太ももに押し付けられ、触れ合った部分がつるつる滑った。ラダは青年のほうに体を傾け、耳元ではっきりと言った。「ありがとう」

「どういたしまして」

青年は、汗と強い煙草のにおいがした。「もう一度名前を聞いてもいい？　誰の友だちだっけ？」ラダは訊いた。

青年はにこっと笑った。裸の胸板は広く、紫色のニキビ痕が点々と散っている。「イエゴール。トーリクの友だちだよ」。ラダがわからないと首を振ると、イエゴールは、テーブルのむこうにいる黒髪の青年を指差した。「トーリクの名付け親がおれのおじさん。ていうか、おれはおじさんに誘われて来た。もっと外へ出ろってせっつくんだよ」

「面白いね。うちの親は、もっと家にいろって思ってる」ラダは言った。ショットグラスを手に取り、にやっと笑う。「おじさんと暮らしてるの？」

「いや、ひとり暮らしだよ」

「ペトロパヴロフスクに？」

「いや、北部」

「そうだった。思い出した」名前を忘れていたのは、イエゴールが北部の人間に見えなかったからだ。だが、彼の車が家の前に入ってきたとき、誰かがイエゴールの住む村の話をしていた。きっとあれがトーリクだ。

「きみは誰の友だち？」

「クリスティーナ」それに、マーシャ。正確にはちがう——いや、あるいは。

マーシャがここへ来る。奇妙な気分だった。ラダはここにいる人たちのことをほとんど知らない。

知っているのは、クリスティーナと、彼女の彼氏と従兄弟、それに大学で同級生だった女の子が二人。ひとりは警察官の夫を連れてきていた。彼の顔は夕方のニュースで何度も見たことがある。警察官はいまテーブルのむこうの端に座り、食べ物を口に頬張ったまま地方の政治について持論を述べている。イエゴールも知り合いのひとりに数えていいだろう。こんなふうに、このパーティーには、友人と、友人の友人が集まっているのだった。このテーブルにいる九人のほかに、サウナに五人入っている。

子どものころのマーシャは、パーティーがあまり好きではなかった。彼女の十二歳の誕生日には、マーシャと、マーシャの母親と、ラダの三人で、アヴァチンスキー火山へハイキングに行った。あれはもう大昔のことだ。それでもラダは、あの日のことを細部まで覚えている……鮮やかに黄葉していたふもとの木々も、山頂の土の錆のような色も、水筒に詰めた水の鉄のような味も、自分たちの規則正しい足の動きも。ゴロソフスカヤ姉妹が失踪した夏以来、少女たちの写真を目にすると、ラダは自分が小さかったころのことを思い出した。マーシャと二人でカムチャツカ半島を歩きまわったときのことを。いまでも目を閉じれば、当時の体の感覚を思い出すことができる。胸も膨らんでいない子どもの体で、身軽に動いていたときのことを。先を行くマーシャは、とても小さかった。当時のマーシャが何より望んでいたのは、ラダと二人で過ごす時間だった。だが、彼女はサンクトペテルブルクへ行って変わった。とても変わった。

テーブルのみんなが大声で映画の話をしていたとき、タクシーが到着した。ヘッドライトがキッチンの窓を照らす。クリスティーナは飛び上がって玄関へ走った。残されたラダは、酔っ払って、緊張し、ほとんど裸にちかい自分の姿を急に意識した。まともな服に着替えておけばよかった。数年ぶりにマーシャと再会するというのに、なぜ水着を着ているのだろう。前髪は濡れたまま放っておいたせいで癖が出ている。ラダはそっと前髪をなでつけた。いまさらどうしようもない。誰も彼女の見た目など気にしていない。となりにいるイエゴールも感じよく接してくれる。ラダは太ももの下に両手を差し込み、玄関があるほうを見つめた。

「みんな、マーシャが来たよ」クリスティーナが言いながら戻ってきた。

「マーシェンカ、こちらはゾーヤ、コーリャ、トーリク、ワロージャ、イーラ、アンドゥーハ、イエゴール。忘れても大丈夫。また教えるから。で、われらがラダ」。ラダは立ちあがろうとしたが、テーブルと両脇に座った人にはさまれて身動きが取れない。仕方なく、身をかがめたまま腰を浮かせた。マーシャのそばへ行けたとしても、何ができただろう。自分のことなど忘れていた友人を抱きしめるべきだっただろうか。そんなことはできなかった。ラダは座り直した。マーシャは壁のそばにバックパックを置き、クリスティーナと並んで長椅子に腰かけた。

マーシャは以前より美しくなっていた。髪を肩のあたりで切りそろえ、肌はシャンパンのように淡い色をして、ブラジャーは着けていない。表情はむかしとまったく変わらない。まぶしそうな目つきに、きゅっと結んだ口元。ラダの母親は子どものころのマーシャを、ちいさいお母さん、と呼んだものだった。だが、当時はわざとらしく取り澄ましたようにみえた表情が、いまでは穏やかで自然なものに変わっていた。その体は手入れが行き届いているように見えた。

マーシャがテーブル越しに手を伸ばし、ラダの手に触れた。「久しぶり」。外気にさらされた指先は冷たかった。

「久しぶり」ラダは言った。胸のなかに懐かしいぬくもりが戻ってくる。

「どこから来たの？」誰かがたずねた。

マーシャは椅子の背にもたれ直した。「ペトロパヴロフスク」と彼女が答えるのと同時に、クリスティーナが「サンクトペテルブルク」と言った。

「先月、サンクトペテルブルクに行ったよ」テーブルの端に座った女の子が言った。

「そうなんだ」マーシャが言う。懐かしい、不自然なほど低い声だ。言葉を紡ぎ出す彼女の歯は、きちんと並んだ真珠のように美しかった。マーシャが小学生だったころから、彼女の歯は小さく、愛らしく、人目を引いた。

「そこで何をしてるんですか？」警察官がたずねた。

「プログラマーなんです」

「いい街だったけど」さっきの女の子が口をはさんだ。「あそこじゃ暮らせない。騒がしくって」

「お客さんにお酒を注いでよ」クリスティーナが言った。廊下の奥から騒がしい声が聞こえてきた。サウナのドアが開いたようだ。誰かが、音をひとつずつ引き延ばすようにして歌をうたっている。イエゴールが、サウナから戻ってくる一団のためにショットグラスを用意した。

パーティーはつづいた。ラダはテーブルのむこうへ何度も視線をやった。マーシャと一緒に新年を祝ったのは、十七歳のときが最後だ。みんなでクラブへ行った。クリスティーナはダンスフロアで男の子にキスし、ラダはトイレで吐き、遊び疲れると帰りのタクシーを拾い、マーシャが後部座席の真ん中に座った。こめかみがずきずき痛む頭をマーシャの肩にもたせかけると、ひんやりして気持ちが落ち着いた。午前三時だというのに街の歩道は大勢の人で混み合い、タクシーのフロントガラスから見える夜空には、何度も何度も花火が散った。

ラダはマーシャと目を合わせた。「水着持ってきた？」

「かばんに入ってる」マーシャが言った。

「ひと汗流すか」イエゴールが言った。サウナから出てきたばかりの一団が――体は汗に濡れ、喉はからからで――壁ぎわに寄って道を開け、イエゴールは窮屈そうに体を縮めて廊下へ向かった。ラダもあとにつづく。床が濡れていた。キッチンの入り口に立ってほかの人たちを先に通しながら、マーシャがバックパックからオレンジ色のビキニを取り出すのを確かめる。それから廊下の奥へ行った。

サウナと廊下は、蒸気で曇ったガラス戸でへだてられていた。イエゴール、クリスティーナ、クリスティーナの彼氏と従兄弟が順になかへ入る。ラダのうしろには、知らない女の子がひとりいた。空気は木の味がした。ガラス戸を開けると熱気が顔を打った。息をしようと唾をのむと、無数の熱い木片をのみ込んだような感覚におそわれた。

一行が熱いベンチに並んで腰かけるあいだ、クリスティーナの彼氏が柄杓《ひしゃく》でストーヴに水をかけた。濃い蒸気が立ち上り、ラダたちの全身を包みながら肺を満たした。マーシャが霧のなかに入ってくる。ラダはその姿に目を凝らした。

「毎年、冬休みに家を借りるの？」マーシャはベンチに腰かけるとたずねた。

「おれの友だちは毎年借りてる」クリスティーナの彼氏が言った。「コスチャってやつ。痩せっぽちの。でも、自分で借りるのははじめてかな。いい感じだろ？」

「うん、気持ちがいい」マーシャはそう言いながら、ベンチの側面から両脚を離そうと座り直した。クリスティーナがイエゴールに声をかけた。「こういうのははじめてなんじゃない？」

「時間があれば街のサウナに行くけど、一年の最後に入るのははじめてかな」

クリスティーナの従兄弟が笑った。「だと思った。北部だもんな。パーティーなんかないんだろ?」イエゴールは肩を丸め、膝の上に両肘をのせた。背中一面に赤い吹き出物ができている。「村に遊び相手なんかいるのか?」従兄弟はつづけて言った。

「失礼なこと言わないでよ」クリスティーナが割って入った。

「運転は嫌いじゃないし」イエゴールが言った。「ここに来れば楽しく過ごせるから」

マーシャは、蒸気のなかでうつむいていた。ラダは彼女に声をかけた。「いつから帰ってたの?」

マーシャが顔をあげる。「昨日の朝」

ラダの知らない女の子が、「わたし無理」と言ってベンチから床に下りた。肌がピンクと白のまだらになっている。女の子がドアを開けて外へ出ていくと、涼しい空気がサウナに流れ込んできた。クリスティーナの従兄弟が、マーシャのとなりに移動した。ラダは太ももをつつかれるのを感じた――クリスティーナが、マーシャたちのほうを指差して合図している。彼女の従兄弟はラダたちよりいくつか年上だ。彼も子どものころにマーシャと会っているはずだが、本の虫だった女の子のことなど覚えていないのだろう。明るい色のビキニ、温かみのある象牙色の肌、ボブに切った揺れる髪。洗練された女性になったマーシャは、子ども時代をはるか遠くに置いてきたようだった。

イエゴールがラダの耳元で言った。「もっと熱くする?」がっしりした腕を汗が伝っている。

「まかせる」ラダも小声で返した。

イエゴールはベンチを下り、柄杓でバケツの水をすくった。彼女のほうは見なかったが、ラダのためにしているらしかった。

自分のために動くイエゴールを見ていると、ラダは奇妙な満足感を覚えた。彼は魅力的ではない。残念ながら。だが、彼のたくましい肩やしまりのない腹を眺めながら、ラダはその青年を好きになることにした。イエゴールは、父親のようにも、おじのようにも、学校で整列したとき彼女の前に並ぶ大勢の同級生たちのようにも見えた。その親しみやすさのためなら、欠点にはいくらでも目をつぶることができた。

サンクトペテルブルクの男たちはもっとちがうのだろう。もっと洒落ているのだろうか。だが、北部から来た、孤独で、速いペースで酒をのみ、女の子の世話を焼き、八時間運転してパーティーにやってくるイエゴールのような男には、カムチャツカ半島のこの街でしか出会わない。イエゴールが住んでいるのは、半島のなかでもとりわけ貧しい地域だ。彼が柄杓の水をストーヴにかけると、サウナの温度は急激に上がった。

イエゴールが戻ってきて、ラダのすぐとなりに腰かけた。濡れた膝が触れ合う。クリスティーナが、無言で彼女の太ももをつついた。サウナのなかにいる若者たちは二人組になっていた——二人、別の二人、また別の二人。クリスティーナの従兄弟が低い声でマーシャに話しかけ、彼女は声を聞き取ろうと彼のほうへ体を傾けた。マーシャの肩甲骨のあいだを、汗が伝い落ちていった。

イエゴールの膝がラダの膝に押し付けられた。狭いキッチンで否応なく身を寄せ合っていたときとは状況がちがう。ラダに好意があることを伝えようとしている。ラダが望みさえすれば、すぐにでも彼と寝ることができるのだろう。

たぶん、ラダは彼と寝る。イエゴールは野暮ったく、どこか独りよがりだが、ラダのために林檎をむいてくれた。一夜の相手としては悪くない。ラダはそう考えると、相手の膝に自分の膝を押し付けた。

いい夜だった。マーシャが帰ってきたのだ。再会は、思っていたよりもいいものだった。ラダは、きっと自分は彼女の前で気後れするだろうと思っていた。だが、帰ってきたマーシャには見覚えがあった。変わってはいたが、彼女のことは知っている。彼女の声、彼女の美しい口、風変わりな癖。ラダは、ほろ酔いの頭を無理やり働かせ、状況を検討した。間違いない。すべてうまくいっている。

そしていまマーシャは、ラダが、彼女に対する欲望を隠そうともしない男と一緒にいるところに居合わせている。ラダもマーシャも、学校に通っているあいだは男の子とキスしたことさえない――してみようとも思わなかった。いまでは二人とも大人の女性で、節度を守りさえすれば、なんでもしたいことができるのだ。

「マーシェンカ、家族は元気?」クリスティーナがたずねた。

マーシャが顔をあげる。目元の皮膚が、熱気のせいでつっぱっていた。「元気だよ。普通かな」

ラダは、イエゴールと膝を触れ合わせている部分が熱くなってきたのを感じていた。「ワーニャは?」マーシャにたずねる。

「彼氏?」従兄弟が口をはさんだ。

「弟」マーシャは言った。「あの子も元気」にこっと笑い、蒸気のなかで真っ白な歯を見せた。「今年、高校を卒業するの」

「うそ!」ラダは声をあげた。

「ウラジオストクの大学に出願するって。起業家になるんだって言ってる」。あの小さな男の子は、ラダたちがおもてへ行くといつもついてきて、遊んでいる彼女たちを眺めていた。マーシャの両親が夜に出かけているとき、みんなでおばけの話を聞かせると、怯《おび》えて漏らしてしまったこともある。あの子が、いまや会社経営の仕方を学ぼうとしている。

「すごいね」クリスティーナが言った。額にかかった前髪をかきあげる。前髪がないと、頬骨と唇がやたらに目立った。「あんたたち、二人ともすごいよ。世界を股にかけちゃって」

「国際人ってやつか？」従兄弟が言った。

「さあ」マーシャは言った。「ちがうよ。たぶん」

「カムチャツカの暮らしが懐かしくなったりしない？」従兄弟がたずねると、マーシャは首を横に振った。「カムチャツカの男は？」

「別に」

「まだいい男と出会ってないんだな」

クリスティーナが、またラダの脚をつついた。蒸気のせいで、体中の血が頭に集まってくるようだった。マーシャが不愉快な気分になっているのは、背中を――きれいな背中を見ればわかる。むきだしで、こわばった、なめらかな背中。ラダはこう言ってやりたかった。マーシャ、年末なんだし、気楽にかまえて触らせてあげなよ。今夜はラダもイエゴールと同じベッドへ行くのだ。マーシャ、いいから身をゆだねて。もう一度わたしたちの仲間になって。

壁からも蒸気が立ち昇っていた。クリスティーナがベンチから滑り下りた。肩が汗で光っている。

「外の空気が吸いたい」

マーシャもすばやく立ちあがった。ラダも立ちあがったが、立ちくらみがして、視界の端が一瞬暗くなった。男の子たちがあとにつづく。先を行くクリスティーナは、サウナから騒がしい廊下へ出た。

玄関のドアを開けた瞬間、クリスティーナは寒さに悲鳴をあげた。まだ真夜中ではないが、空は黒く、黒かった。無数の星がまたたいていた。クリスティーナの恋人が彼女を凍ったセメントの階段に押し出すと、そのあとから全員が競うように外へ出た。キッチンからにぎやかな話し声が聞こえてくる。ひときわ大きいのは巡査長だという男の声だ。ドアが閉まると、屋内の騒がしさはほとんど聞こえなくなった。

心の準備をして外に出たというのに、外気を浴びてもラダは何も感じなかった。寒さを感じないほど、サウナの熱気が体に残っている。澄みきった空気と、地面に降りた水晶のような霜を見るかぎり、気温は氷点下まで下がっていた。熱気で感覚がおかしくなっているのだろう。腰のあたりに手が置かれた。自分の両腕に目を落とすと湯気が立っている。

背後のイエゴールがかがみ込み、ラダの耳に唇を当てた。「すごく小柄だよね」ほめ言葉のつもりだろう。「これでも立派な大人なんだけど」ラダは言って、彼の手のひらに体重をあずけた。

「でも小さいよ。身長は何センチ?」

「一メートルと五十五センチ」本当は一メートルと五十四センチだ。

手のひらが背中に移動した。「エッソには来たことある? おれが連れていってあげる」

うしろにいる誰かが二人にぶつかってきた。階段の反対側からマーシャの声がした。「やめて」

「いいだろ」クリスティーナの従兄弟が言った。「何がだめなんだよ」。マーシャは、彼らから離れていた。従兄弟が苛立たしげに両手を上げる。

「興味ないから」マーシャは静かに言った。親愛なるシャーロック・ホームズ、と読み上げたあの声で。

従兄弟は両手を下ろした。クリスティーナに似て背が高く、彼女によく似たふくれっつらをしている。とがらせた口が芝居じみていた。「ふざけんなよ、レズ」

その声には深い怒りがこもっていた。あたりが静まり返る。ふいに、ラダは寒気を覚えた。凍えそうに寒い。

「マーシャにそういうこと言わないで」クリスティーナが言った。

「レズビアンだったら、なに？」マーシャが言った。「わたしはあんたみたいな変態とはちがう」

階段から雪混じりの砂利に下り、別の一団のほうへ行く。若者たちは静まり返っていた。クリスティーナはうなだれている。

従兄弟は、くだらねえと言い捨て、家のなかへ戻っていった。

二人の青年があとにつづいた。イエゴールは最後まで残っていたが、彼もなかに戻った。残ったのは彼女たちだけだった――ラダとマーシャ。クリスティーナ。むかしのように。

マーシャは階段の端に腰を下ろした。ビキニのお尻の部分にしわがよる。「冷たいからよしなよ」クリスティーナが言った。「不妊症になるよ」

マーシャは返事をしない。

私道の入り口を車が一台横切った。ヘッドライトが木々を照らしだす。こんな夜更けからパーティーへ出かけるのだろうか。「あいつのことは気にしないで」クリスティーナはそう言うと家に入っていった。

玄関のドアが閉まる。残ったのは二人だけだ。ラダは階段に座った。セメントが太ももの裏を引っかく。

「ほんと、気にしないでいいよ」ラダはマーシャに言った。「だいじょうぶ?」

マーシャはまっすぐ前を見ていた。組んだ両腕を太ももに置いている。私道にはパーティーに来た者たちの車が並んでいた。「ここにはうんざり」マーシャが言った。

「クリスティーナの従兄弟がばかなだけ。帰ったりしないで」

マーシャは、氷の張った庭のほうをあごでしゃくった。「ちがう、ここ。この土地にはうんざり。カムチャツカ半島のこと」

夜がラダの肺を冷たい空気で満たしていた。「戻ってきたばっかりなのに」

「まあね」マーシャが言った。背筋をぴんと伸ばしている。彼女はいつもこんなふうに座った。「帰ってこいって親に言われたから帰ってきたけど。でも、さっさとサンクトペテルブルクに戻ってくれって言われちゃった」

「うそでしょ?」

「今夜、そう言われたよ」

サウナの熱はとうに消えていた。マーシャの白い体には鳥肌が立っている。ラダは、その肌に触れたかった。その欲求は、抗いがたいほど強かった。友人に触れるのは、以前ならたやすいことだった。ここにいるマーシャは、ラダがよく知っている女性で、同時にまた、まったく知らない女性でもあった。

十二月三十一日

「でも、サンクトペテルブルクでうまくやってるんでしょ」ラダは言った。「でしょ？　クリスティーナが言ってたけど、順調だって——ずっと順調にやってるって」

「まあね」マーシャは両手を組んでそこに頭をのせ、ラダのほうを見た。「帰ったら新しい部屋を探さないと。ついこないだ彼女と別れちゃったから」

「そう」ラダは短く答えた。ルームメイト。クリスティーナは、マーシャはルームメイトと暮らしていると言っていた。

彼女。マーシャはなんて迂闊《うかつ》なのだろう。彼女がいたのだと、戸外で話してしまうなんて。壁一枚へだてたところに、知り合いが大勢座っているというのに。警察官もいる。警察官がすぐそこにいる。霜と、蒸気と、強い酒のせいか、怒りがふつふつと沸き、マーシャに触れたいというラダの切迫した気持ちは抑えがたいほど高まっていった。そっと触れるのではなく、金色の産毛におおわれたマーシャの腕に指先で触れるのではなく、彼女の手首をつかんで揺すぶってやりたかった。才気煥発《さいきかんぱつ》なマーシャ。奨学金に、工科大学の学位。完璧なマーシャ。グローバル企業で得た仕事。リッチなマーシャ。別の女性と暮らすための、二万八千ルーブルの家賃。マーシャは生まれてからずっと、特別な女の子として扱われてきた。だから、こんなふうに振る舞っても、自分だけは安全だと思っているのだろうか。

特別な女の子だろうと、世の中にはそんなことを気にも留めない人間がいる。特別だろうとなかろうと、彼らは相手に罰を与える。女性が同性の恋人と付き合っていれば、彼女がどれだけ聡明だろうと、彼らは警察に通報する。獲物を見つければ、警察はチャンスを逃さず傷つける。同性愛者がオホーツク沿岸で焼き殺されたのは、ほんの二年前のことだ。マーシャは十七歳で実家を出た——

―カムチャツカ半島での暮らしを思い出すとき、彼女の頭に浮かぶのはきっと、火山や、おいしいイクラや、雲を目指して岩がちな山道を登ったときのことだろう。かつてのマーシャやラダのように無邪気な女の子たちに、ついこのあいだ何があったか、彼女はまだ知らないのだ。あの子たちはその無邪気さのために殺された。無邪気な女の子は殺される。ゴロソフスカヤ姉妹は、二人で歩いていただけで標的になった。たった一度の過ちの代償は命だった。

世間が決めたとおりに振る舞わなければ、警戒を怠れば、女たちは標的になる。隙を見せてはいけない。マーシャが無邪気に同性の恋人を作ったことが、ラダには信じがたかった。そんなふうに生きていればきっと傷つく。ラダは言いたかった。命を奪われる。

外は静かだったが、明るい音楽がキッチンの窓からかすかに漏れていた。マーシャのような優等生が、なぜこれほど愚かなままでいられるのだろう。

ラダは言った。「そういうこと、ここじゃ言わないほうがいいよ」

マーシャは黙っていた。

「殺されるかもしれない。そういう生き方をするつもりなら、ここには戻ってきちゃだめ」

「そういう生き方って？　わたしは何も変わってない。わたしがどういう人間か一番よく知ってるくせに」

ラダは膝の上で組んだ両腕に頬をのせ、マーシャのほうを見た。ラダは怒るまいとした。「マーシェンカ。お願いだから言うとおりにして。してくれるよね？」

「できない」マーシャはそう言って微笑んだ。

美しい歯。組んだ両手にあずけた愛らしい顔。マーシャを見ると、彼女に焦がれる胸が痛んだ。

夜空一面に星がまたたいていた。冷気が骨の奥にまで染み込み、ラダは骨の髄が青く凍っているような感覚に陥った。少しして、ラダは口を開いた。「じゃあ、せめて、気をつけていてくれる？」

「ラダのために？」マーシャは言った。「ラダのためなら、なんだってするよ」

家のなかから、にぎやかな話し声が漏れ聞こえてきた。瓶がぶつかる音、笑い声。長時間ここに座っているのは危険だ。キッチンにいるクリスティーナの従兄弟が、暗がりにいる二人のことで下品な冗談を飛ばしはじめるかもしれない。だが、ラダはその場から離れがたかった。何年も待っていたのだ。友情のあまりにも多くの部分が永遠に失われたのだとしても、マーシャはまた、正直にラダと話をしている。まるで、まだ、互いが互いの人生において、かけがえのない相手であるかのように。

『親愛なる友よ』。親愛なる、最愛の友よ。

「約束して」ラダは言った。

「約束する」。だが、マーシャがこれまでいくつ約束を破ってきたのかは、神様だけが知っている。ラダは横にずれ、マーシャの肩に頭をもたせかけた。こめかみの下に、マーシャのひんやりとなめらかで優美な肩を感じる。「あんたのためなら、なんだってするよ」ラダは言った。「できることならなんだって」

「わかってる」マーシャは言った。「たくさん助けてくれるよね。前からそう」

二人の顔の前で、白い息が渦を描き、消えた。

「中に戻らなきゃ」ラダは言った。

マーシャがたずねた。「朝まで一緒にいてくれる?」。ラダは肩にもたれたままうなずいた。マーシャはつづけて言った。「こんなふうに。わざわざ聞くなんてばかみたい」

「そんなことないよ」

「ここで過ごす最後の夜だから」マーシャは言った。

イエゴールのような男の子なら、過去にも未来にもいくらでもいる。「一緒に座っとこう」ラダは言った。「簡単なことだから。ほんとに」

夜は窓のない広大な部屋だ。星は計り知れないほど遠くにある。澄んだ夜気のなか、ラダは酔いに抗おうとした。この時間を覚えておかなくては。この時間は、結局行くことのないだろうエッソでは絶対に作り得ないような記憶になる。この時間を一秒たりとも忘れてはいけない。たとえマーシャが、ラダの愛をどんなときも忘れずにいてくれるのだとしても、愛情だけで彼女を守りとおすことはできない。ハイキング、朗読、中庭で遊んだこと、ベッドで観た映画、そうした記憶の数々に、ラダはこの時間を付け加えた――友人の裸の肩、頑固さ。正直にしゃべってしまう愚かさ。真夜中、砂利の上に置いたつま先が白くなるような寒さのなかで座っていたこと。微笑んだ顔。美しいマーシャ。大人になってもなお子どもっぽい彼女のこと。迫りくる危険を平然と待ち構えている彼女のこと。

一月

一九四七年、ロズウェル事件。ツングースカ大爆発事件。トラヴィス・ウォルトン誘拐事件、サーソヴォ爆発事件、ペトロザヴォーツクの超常現象。沿岸地方の611高地で巨大な火の玉が爆発したというくつもの証言。一九八九年のヴォロネジ事件。

ナターシャがこうした超常現象の話を弟から聞かされるようになったのは、二人がまだ学校に通っていたころのことだった。エッソの図書館で衛星インターネット回線が使えるようになると、デニスは着々と情報を増やしていった。一九八六年の日航ジャンボ機UFO遭遇事件、チリのエル・ボスケ空軍基地、トルコのイェニケント捕虜収容所、ロンドン・オリンピックの開会式。国際宇宙ステーションの表面から採取された微生物。二〇一一年と二〇一二年、エルサレムの上空。二〇一三年、チェリャビンスクの上空を横切った火の玉。カムチャツカ半島の過疎地の上空を漂い、時々地上近くまで下りてきた紫色の光。

本当に宇宙人が地球を侵略しにくるようなことがあれば、ナターシャは手はじめに弟の記憶を消してくれと頼む。デニスは十五年前からUFOの目撃情報を集めはじめ、いまでは百科事典一冊分の知識を溜め込んでいる。それに加えて、知識を常に更新することも怠らない。年が明けてまだ四日だというのに、怪しげな事件について一から十までナターシャたちに話して聞かせ、ふたたび一からはじめようとしていた。ナターシャは、木苺の砂糖煮を添えたパンケーキの朝食を、家族のために作り終えたばかりだった。母親はオレンジの皮をむいている。

「エル・ボスケ空軍基地」デニスが言った。

ナターシャは、ナイフとフォークを持ち換えた。弟のほうは見ない。弟と母親がペトロパヴロフスクにあるナターシャの集合住宅に到着したのは十二月三十一日の午後で、あと一週間は滞在することになっている。苛立ちを小出しにしておかなくては、最後まで持ちこたえられない。だが、それは困難だった。新年を祝うパーティーも終わってしまったいま、弟をつかんで思いっきり揺さぶってやりたいという衝動を紛らすものは何もない。パンケーキに精神を集中させてみたが、気持ちのささくれはごまかしようがなかった。

「UFOは七カ所のカメラに映ってたんだ」

「らしいね、もう聞いた」ナターシャは皿をにらんだまま言った。

「国防大臣が、真っ昼間に目撃したんだよ。飛行物体が――」

「飛行物体が基地のジェット機を追いかけてきた」ナターシャは弟の言葉を暗唱した。「もう聞いたって言ったよね」

母親が、冷たい手をナターシャの手に重ねた。オレンジの香りがふわりと漂う。「やめなさい」そう言って、ナターシャの子どもたちに向き直った。「あなたたちは、こういうことしないわね？人の話を途中で遮っちゃいけませんよ」

ナターシャは顔を赤らめた。「ママ」

母親は娘の手からその手を離し、孫娘に向かってつづけた。「ユルカ、あなたはお友だちに失礼なことしないわね?」。ナターシャの小柄な娘は、椅子の上で背筋を伸ばした。「じゃ、お行儀のわるいお母さんのことは忘れましょ。最近はどんな本を読んでるの? 去年はどんな本が一番面白かった?」

「ユルカはめちゃくちゃ読んでるよ。読みすぎてタイトルを全部思い出せないくらい」息子が言った。ナターシャは、パンケーキのかけらにフォークを突き刺した。三十一歳になっても、博士号を取得しても、母親からの小言はつづくのだ。家族が訪ねてくるたびに、ナターシャは十代の少女に戻った。休暇がはじまってチョコレートを食べすぎたせいで、額にはニキビがぽつぽつできている。今朝は、吹き出物を隠すために髪の毛の分け目を変えなくてはならなかった。鏡を見なくても髪の毛がまとまっていないのがわかる。

「『荒野の呼び声』」ユルカが言った。「おばあちゃん《バブーリャ》はもう読んだ?」

ナターシャの母親は頬杖をつき、興味津々といった表情を作っている。「ジャック・ロンドンね。もちろん読みましたよ」

「レフは読んでないんだよ」

「うるせえな」。ナターシャは息子の悪態を聞き咎《とが》めてナイフとフォークを乱暴に置き、ナターシャの母親は静かにしなさいと叱りつけ、そして、ふいに、いつもの朝の静寂が戻ってきた。

少なくともナターシャの子どもたちは、変わり者のデニス叔父さんには慣れっこになっていた。レフもユルカも休暇のたびに叔父と過ごし、いまでは祖母の教えが体に染み付いている。聞き流し、話題を変え、相手にしない。パーティーの興奮は去り、映画は観てしまい、贈り物の包みは開けてしまったが、子どもたちはまだ、デニスにちょっかいを出すほどには退屈していなかった。デニスは、ナターシャのむかいの席で、自分のパンケーキを少しずつ食べている。チェリャビンスクの火の玉の話をする最高のタイミングをうかがっているのだ。間違いない。

ナターシャが、自分しか関心のないことを長々と話しつづけたことがあっただろうか。タラ科の魚類の生息個体数に関する自分の研究のことを。一度もない。なぜ弟は、延々としゃべりつづけても咎められないのだろう。ナターシャは母親を問い詰めたかった。

子どものころの弟になら、喜んで娘と息子を会わせた。そのころから弟は内気でこだわりが強かったが、上空のことより地上のことに関心があった。子どものころは、一緒に――三人で一緒に――楽しい夏休みを過ごした。ナターシャとデニスは、村の公共プールの温かな緑色の水に、互いの頭を沈めてふざけた。妹はプールサイドに座り、はしゃいで歓声をあげていた。

いま、デニスはUFOに取り憑《つ》かれ、リリヤは失踪し、ナターシャは家族との朝食を切り抜けるだけで息も絶え絶えになっている。

ナターシャは咳《せき》払いして言った。「話を遮ったりしてごめん」

「UFOの動画はネットでも観られるんだ」デニスは言った。「みんなで観ようか」

ナターシャはティーカップを口元に持っていき、カップのふちから母親を見て、両眉を上げてみせた。母親は言った。「せっかくの休暇をパソコンの前で過ごしたりしませんよ。レフ、あなたの番。最近は何を読んでるの？」

デニスが宇宙人に心を奪われたのは、九年生のときだ。学校から帰ると、宇宙人の侵略を描いた映画を観て過ごすようになった。宿題がなければ、ナターシャも弟とソファに座り、リリヤを膝にのせ、ワイヤーに吊られた厚紙の宇宙船を見てくすくす笑った。安っぽいシーンになると、デニスも声をあげて笑ったものだ。宇宙に興味を持ちはじめたばかりのころの弟には、まだ、普通の生活をしようとする意思があった。

だが、あの弟はもういない。レフとユルカが知っているのは、変わってしまったデニス、変わってしまった家族、ナターシャが子ども時代を過ごした平和な世界とはちがう世界だ。それでも、子どもたちの休暇をもう少しましなものにしてやることはできる。彼らには、変わり者の叔父や、シャンパンののみすぎで三日つづけて頭痛に苦しむ自意識過剰な母親よりましな何かが必要だった。

「今日は何をしたい？」ナターシャはたずねた。

「馬に乗りたい」ユルカが言う。

レフはため息をついた。「冬なんだから無理に決まってるだろ」ユルカが言い返した。「できるもん」レフが応戦する。「無理だって」ナターシャは、二人をなだめて「しーっ」と言った。子どもたちは抑えた声で言い合いをつづけた。母親を見ると、黙ってナターシャを見つめ返してきた。エッソの家族がこの街へ来るたび、ナターシャは母親としての自信を失った。

そもそもがばかげているのだ。姉の務めも娘の務めもろくに果たしていないナターシャが、学校でも職場でも二人の子どもからも頼りにされているということが。母親がきっぱりと言った。「スケートはどう？」

ナターシャがスポーツ施設の正面に車を停めようとしているとき、デニスがまたはじめようとした。「二〇〇八年、イェニケント――」

「ちょっと待って」ナターシャは肩越しに弟を振りむいた。「集中させて」。これは夫の車だ。ユーリはいまも海にいる。年が明けて丸一日が過ぎたころ、夫は国際日付変更線を少し過ぎたあたりの港で、新年を祝っている自分の写真を送ってきた。ビール片手にウインクをしたセルフィーだ。ナターシャはお返しに、中指を立てたセルフィーを送りつけた。立てつづけにナイトランプのそばで自分の顔を撮り、それも送信した。レンズに近づいたナターシャの唇と頬は、ランプの温かな光に照らされて、暗い金色に光っていた。二人の結婚の物語には、愛が少しと、怒りが少しと、たくさんの海があった。

ギアを替え、ユーリがいつも聞いているだろうエンジンの大きな音を聞きながら、ナターシャは駐車場に車を停めた。母親は、前に停まった車のバンパーを見つめていた。後部座席でデニスが言った。「イェニケント」

「ちょっと待ってってば」ナターシャはシートベルトを外しながら答えたが、あとで続きを聞くつもりはなかった。

だが、いったん車を降りてみると、あれほどほしかった沈黙が気になりはじめた。子どもたちは少し先を走っている。弟は黙り込んでいた。ナターシャと母親のとなりで、背中を丸めて歩いている。トルコの収容所の話をしてよ、と水を向けてやらなくては。弟のお気に入りの言い回しを使わせてやればいい。〝驚嘆すべき地球外生命体の姿が映っていたんだ〟。わかってはいたが気が進まない。

歩道の上に伸びた枝は霜におおわれていた。スケート場を囲む鉄の金網には雪が積もっている。

氷の上は、家族連れや、手をつないで何周も滑っている若いカップルで混み合っていた。「すごい混みよう。街で暮らす人の気が知れないわ」母親が言った。エウェン語を使っているので、子どもたちには何を話しているのかわからない。

ナターシャは、財布を探す振りをしてうつむいていた。自分もエウェン語で返す。「その嫌味、いつになったらやめるの？」。母親は鼻を鳴らした。

レジ係の頭上の料金表を見ると、貼られたテープの上に新しい料金が書かれている。ナターシャはテープに隠された数字が気になった。入場料は先月値下げされたが、結局いまの料金は値下げ前の倍近くに跳ね上がっている。母親のスケート靴のレンタル料を払い、ユルカの靴紐を結ぶ。ユルカは、がっしりした黒いスケート靴を履いた足で叔父のそばに行き、たずねた。「滑らないの？」。デニスは首を横に振った。「じゃあ、なんで来たの？」

「ちょっと、そんなこと言わないで」ナターシャはたしなめた。「デニス、ほんとに滑らなくていい？」。弟はまた首を横に振った。子どもたちはさっさと氷の上へ滑り出ていった。ナターシャは、弟にココアをすすめようかと考え、彼はもう立派な大人なのだからと思いとどまった。のみたければ自分で買いにいくだろう。ナターシャは靴紐を結び、滑りはじめた。

日航ジャンボ機UFO遭遇事件。611高地。それから、それから、それから。

スケート靴は、ナターシャの足首を心地よく包んでいた。片足で滑って人群のなかを抜け、ぽっかり開いた空間にたどりつくと、ナターシャはスケート場を見渡した。あそこにレフがいる。偶然会ったクラスメートたちと一緒だ。ユルカはナターシャの母親と手をつないでいる。デニスがいる。リンクの外でナターシャを見ている。弟に手を振る。リンクを見回してリリヤを探す。いつものように。万が一のために。見知らぬ顔たちのなかにリリヤを見つける瞬間を想像する。ナターシャの家からほんの数キロ離れた、このスケートリンクで。三年間妹を捜しつづけたあとで。だが、そこにリリヤはいない。

ナターシャは急に脱力した。手足が液体になったようだ。左足に体重をかけ、人混みのそばを滑って通り過ぎる。

二人だけが残された。ナターシャとデニスが。頭ではわかっているその事実を、彼女は頻繁に忘れ、人混みに入るたびに妹を探した。二人だけが残された。

ターンをして、デニスの猫背を探す。弟はリンクを囲む低い塀の上で頬杖をついていた。

午後の澄んだ外気が肌に心地よかった。太陽は、冷たい透明な円で、白い空にぽっかりと開いた穴のようだった。無心でループジャンプをしていると、夫から着信があった。夫の声はわずかに遅れて聞こえた。ナターシャは接続が安定するまで待った。

「いい写真をどうも」ユーリが言った。

ナターシャはにやっと笑った。「どういたしまして」

「みんなに見せたよ」

「一枚目？　二枚目？」

「二枚目……冗談だよ」ナターシャが騒ぎ出す前に、夫はすばやく訂正した。「子どもたちは？」

ナターシャはすぐに二人を見つけた。ユルカの毛糸の帽子に、レフの赤と灰色の上着。「元気。ケンカばっかりしてるけど、元気だよ」

「お母さんは助けてくれてる？」

「もちろん。あの人は完璧だから」

「完璧なのはきみだ」ユーリは言った。ナターシャは、反射的に額の吹き出物に指をやった。ユーリがつづける。「会いたいよ」

「じゃあ、潜水艦を引き返させて。いまスパルタクにいるの。一緒に滑ろう」

「それより、二人きりで温かいベッドに潜り込んでいたいかな」夫の言葉にナターシャは笑った。

ユーリが海上で働きはじめて十二年が経ったいま、二人は電話がうまくなった。電話は、窮屈な集合住宅の部屋で顔を突き合わせて暮らすより、ずっとよかった。家に帰ってくると、ユーリは退屈し、わずらわしい存在になる。海上勤務のあいだ、ユーリは最良の面しか見せない。別の面を見せる時間がないからだ。

離れていれば、誰でもよく見える。たまにしか会話をしなければ、相手が口にするどんな言葉も耳触りがいい。夫との電話が終わると、ナターシャはまた滑りはじめ、塀のそばにいる弟と、そのとなりで眼鏡を磨いている母親の前を通り過ぎた。すぐそばにいる者を愛するのは難しい。

リリヤはそのことを理解していた。だからこそ妹は去ったのだし、ナターシャはそれをわかっていた。ナターシャとユーリにしても、高校を卒業したあとに村を出たのは、身内の者たちと距離を置くためだった——ユーリのアルコール依存症の両親、ナターシャの頑固な母親、デニスの延々とつづく話。リリヤも同じことをしたにすぎない。ただ、彼女は遠くへ行ってしまった。カムチャツカ半島の外へ。前触れもなく。

リリヤが失踪したとき、ナターシャとユーリはすでに街で暮らしはじめていた。それまでのリリヤは、しょっちゅうメールを送ってきて、狭い村の噂話や、恋愛がらみのいざこざや、よりぬきのデニスの言葉を知らせてきたものだった。〝連中の母艦が、大気圏外から地球を監視してるんだ〟〝電波探知機が針みたいな形の宇宙船を何機も感知した〟。ナターシャは、子どもたちに会いにきてやって、とメールを送った。リリヤの返信はいつも似ていた。今度ね。今度行くから。みんなに会いたい。もうすぐ行くね。

妹は一度も来なかった。十九歳になる前の秋、リリヤはいなくなった。ティーンエイジャーがエッソから逃げ出したくなる理由を思いつかなかった母親は、警察へ行った。村の警察官たちは、一日か二日ほどリリヤを捜索することを承諾した。彼らは近隣を走るバスの運転手にリリヤの写真を見せ、周辺にある家を何軒か訪ねた。エッソの小さな警察署は、ペトロパヴロフスクの本部の末端機関としてしか機能していなかった。彼らは時おりモスクワから届く指令に従うだけで、行方不明者を捜索するような態勢は整っていなかった。ナターシャが自力でつづけた捜索のほうがよほど役に立っているように思えた。エッソの家を次々に訪ねてまわり、ペトロパヴロフスクの空港の保安検査場で聞き込みをし、何カ月ものあいだ妹にメールを送りつづけた。〝どこにいるの？　お願いだから返信して〟。だが、その努力も実を結ばなかった。

「リリヤは十八歳ですよね。高校も卒業した。その年ごろの女の子は、一箇所にじっとしていられないもんです」エッソの警察署長は、あのときナターシャの母親にそう言った。「世の中を見にいったんでしょう」

いまでは、もちろん、あの警察署長が正しかったのだとわかる。だが、当時のナターシャは彼の言葉に激怒した。世の中を見にいくためには、ペトロパヴロフスクを経由してカムチャツカ半島を出るしかない。この街に来ておきながら、ナターシャにさよならも言わなかったのだろうか。実家で何かがあったのでなければ、リリヤがナターシャを避けるはずがない。誰かのせいで――デニスだろうか――リリヤはいなくなったのだ。

あれから三年以上が過ぎた。四年が経とうと、五年、いや十年、いや七十年が過ぎようと、ナターシャは、妹がいなくなった直後のことを鮮明に覚えているだろう。リリヤがいなくなった、と母親が電話で知らせてきたあの日の朝、ナターシャは、夫と子どもたちを後部座席に乗せてペトロパヴロフスクからエッソまで運転し、途中、激しい吐き気を感じて車を降り、土の上で体を折り曲げた。リリヤがいなくなった。吐き気を覚えたのは激しい怒りのせいだった。実家に着くと、母親はトカゲのように目を泣き腫らしていた。デニスは、リリヤは家出したんじゃない、宇宙人にさらわれたんだ、と言った。弟が、上を――星がまたたく夜空のほうを指差した瞬間、ナターシャは彼の頰を平手で打った。

覚めない悪夢のような日々だった。あのときはまだ、リリヤの持ち物が――本も、しわくちゃの服も、家のあちこちにあった。まだ五歳と七歳だったナターシャの子どもたちは、居間で眠った。ナターシャはキッチンで、母親がつらそうにまばたきするのを見ていた。眼鏡の奥に、真っ赤に腫れたまぶたから突き出した睫毛《まつげ》が、やけにくっきりと見えた。ナターシャは、腰に置かれたユーリの手を感じていた。リリヤがいなくなったという電話があってから、夫は片時もナターシャから離れなかった。デニスが宇宙人の話をしたあの瞬間、ナターシャは座っていた椅子から腰を浮かせ、弟を力一杯なぐった。彼女は自分の平手打ちの音にたじろいだ。弟の頰は思っていたより硬かった。あごの骨と、食いしばった二列の歯の感触がした。

そのときのことを、ナターシャはいまでも深く後悔している。デニスはただ、反応の仕方をほかに知らなかったのだ。弟は心の底から、妹は夜空へさらわれていったと信じていた。正直に言えば、妹の運命を決した高校卒業後の数ヵ月のあいだ、リリヤが何をしていたのか、誰と行動をともにしていたのか、弟がもっと気をつけてくれていたら、と思わないでもなかった。だが、ナターシャに弟を責める権利はない。もっと頻繁に実家に帰っていれば。あるいは、もっとしつこく街に遊びにくるように誘っていれば——。だが、すべてはもう手遅れだ。時をさかのぼって妹を守ることはできない。

もう怒りは感じなかった。

怒りを感じていないことを自分自身に証明するかのように、ナターシャは母親と弟のそばへ滑っていった。「もっと温かい格好をしなさいってデニスに言ってたところ」母親が言った。「湾から風が吹きつけてくるんですもの。レフとユルカが冬休みいっぱい寝込むはめにならないといいけど」

「大丈夫、あの子たちは慣れてるから」ナターシャは言った。母親から少し顔をそむけ、そばを滑っていく子どもたちのほうを見る。スケート場のむこうの湾は銀の皿のようだ。「それに、今日は風も強くないし」

母親は、コートの襟元に巻いたマフラーに手をやった。「この辺が冷えるのよ。喉元にナイフを突きつけられてるみたい。いまは平気だと思っていても、こんな寒風にさらされてたら命が危ないわよ」ナターシャとユーリがペトロパヴロフスクに引っ越してから数年間、母親は街の治安について絶えずこぼしていた。だが、村のずさんな警察官と言い合いになってからは、別の問題をあげつらうようになった。街の天気だ。

ナターシャの母親が口にしないことは、弟が口にすることより残酷だった。母親は胸の内で最悪の仮説を立てていた。ゴロソフスカヤ姉妹が誘拐されたあと、ナターシャが電話で事件の話をすると、母親はこう言った。「やっとあなたにも現実が見えてきた？」

「どういう意味？」ナターシャは聞き返した。だが、聞くまでもなかった。受話器のむこうで母親は黙っていた。長い沈黙のあと、ナターシャは口を開いた。「誘拐事件のこと、もう知ってたんだ。こわいよね」

「ようやくこわいことだとわかってきたのね」母親は言った。「そのとおり。ひどい事件よ。村の郵便局にはその子たちの写真が貼ってある。でも、あなたにもわかったでしょう。こういうことは起こるものだって」

「こういうことって？」。母親には、リリヤが自分のもとから去ったことを認めるより、警察を軽蔑し、隣人を疑い、末の子はさらわれて殺されたのだと思うほうが、楽なのだ。ナターシャは言った。「あの子たちはまだ小さいでしょ。年上のほうの子だって、レフより一学年上なだけ。あの子たちは誘拐されたんだよ。リリヤとはちがう」

母親はため息をついた。受話器越しに聞く息の音はうるさい。「ユルカとレフが学校で要りそうなものを教えてちょうだい」母親はそう言って、つづけた。「あの女の子たちは殺されたの。わたしにはわかる。村で見かけるポスターには、誘拐だとはひと言も書いていないけど。ナータ、事件のことを話すのはやめなさい。だって、わたしたちに何ができる？　何もできないでしょう」

あれ以来、ナターシャは母親との会話でリリヤのことに触れるのをやめた。三年以上が経ったいまでさえ、母親が村長に何を言われたのか、スーパーのレジの列に並んでいるときに隣人がどんな噂をささやき合っているのか、たずねたことはない。レフとユルカはナターシャのそばを勢いよく通り過ぎ、体をひねってターンに備えていた。母親が口を開いて何か言いかけた。「あの手袋——」

ナターシャは片手をあげ、近づいてくる知人に挨拶した。「ごめん、ママ」エウェン語で短く謝り、ロシア語で声をかける。「明けましておめでとう！　ここで会えるなんてね。こっちは母のアーラ・イノケンチエヴナと、弟のデニス。こっちに遊びにきて——」

「エッソから来たんですよ」母親が横から言った。

「こちらはアンフィーサ。息子さんとレフが同じクラスなの」ナターシャはその隣人のことをほとんど知らなかった。どこか猫を思わせるブロンドの彼女とは、バスの停留所や時おりある学校の学芸会で立ち話をするだけだ。デニスは——ありがたいことに——ごく普通に振る舞った。アンフィーサと目を合わせ、挨拶をし、そのあとは口をつぐんでいた。

「こんなところで会えるなんてびっくり！」アンフィーサは言った。暖かそうな帽子から、くっきり描いたアーチ型の眉がのぞいている。「このところ、うちにこもりっきりになってたんだ。見て、あの子たち一緒に遊んでる」アンフィーサがあごでむこうをしゃくった。

振り返ると、息子は、六年生のクラスメートたちと一緒に滑っていた。ユルカは、頰を紅潮させながら、懸命に兄のあとを追っている。ナターシャは娘の名を呼んだが、ユルカは聞こえていないか、聞こえていない振りをしていた。

「ユーリは帰ってきた？」アンフィーサがたずねた。

「三月までは帰ってこないの」

「じゃあ、家族が来てくれてよかったじゃない」アンフィーサはナターシャの母親に微笑んだ。「ナターシャはしっかり者だし、何でもできるけど、にぎやかなほうがいいですよね。よくいらっしゃるんですか？」

「年末年始だけね。夏はこの子たちが来てくれるから」母親は答えた。「でも、年に一度で十分ですよ。仕事がたくさんありますから。むこうでは文化センターを運営してるんです。それに、ペトロパヴロフスクは忙《せわ》しなくって」

「ええ、わかります」アンフィーサは言った。「わたしも北部で育ちましたから」

ナターシャは驚いて隣人を見た。白い肌に、訛《なま》りのないしゃべり方。「知らなかった」

「実はそうなんだ。パラナの出身。ここに越してきたのはミーシャを産んでからだよ」

「街には近づかないほうがいいですよ」ふいにデニスが口を開いた。「小さい町で暮らすのが一番です。ロンドン・オリンピックのときなんか、宇宙船が会場を偵察にきたんです。写真にも写ってるんですから。空に光が三つ浮かんでたんです」

ナターシャは目を閉じた。足首を心地よく締め付けるスケート靴と、保温タイプのレギンスが太ももをぴったり包む感覚だけに意識を集中させる。ぼんやりした憂鬱な気分が、胸の奥で逃げ場をなくしていた。それは怒りではなかった。

目を開け、アンフィーサを見る。隣人は手を伸ばし、ナターシャの肘をそっと取った。「今週遊びにきて」アンフィーサは言った。「子どもたちを遊ばせとけば、一時間か二時間は静かな時間ができるでしょ」猫を思わせる笑顔には、かすかな、ようやく読み取れるような、秘密めかしたメッセージが浮かんでいた。〝ひとりじゃないから〟

アンフィーサの集合住宅は、ナターシャの家と同じ並びにあった。ほんの数軒となりだ。スケートへ出かけた二日後、レフはその建物の玄関に向かって大股で歩いていた。「もうちょっとゆっくり歩いて」ナターシャは息子の背中に呼びかけた。ユルカの手を取り、娘が道路に残った雪の小山を乗り越えるのを助ける。小脇にチョコレートの箱を抱えていた。ダーク、ミルク、ホワイトの渦巻き模様のチョコレートは、ひとつずつちがう貝殻の形をしている。

レフはアンフィーサの住む集合住宅の前を通り過ぎてしまい、ナターシャが呼ぶと引き返してきた。日曜日に電話番号を交換してから、アンフィーサとはメッセージのやりとりがつづいていた。はじめは、〝こんにちは〟や〝元気？〟といった挨拶だけ。やがて冗談を交わし、面白い画像を送り合うようになり、アンフィーサは、ソヴィエト・シャンパン（ソ連時代に開発され現在ものまれている安価なスパークリング・ワイン）の横で顔をしかめたセルフィーを送ってきた。レフと一緒に遊びにきたら？　とメッセージが届いたのは、今日の午後だ。ミーシャもわたしも遊び相手が必要なの、と。十五分後にナターシャは断りのメッセージを送った。〝家から脱出したいんだけど、娘がいるから〟。アンフィーサから来た返事は、ユルカも連れてさっさと来ちゃいなさいよ、というものだった。

ブザーの音がして、共用玄関の鍵が開いた。レフが階段を駆け上がる。あとからつづくナターシャには、息子たちの声が聞こえた。ナターシャとユルカが目的の階に着くと、アンフィーサはひとりで待っていた。クリーム色のセーターに、銀河の渦がプリントされたレギンスをはいている。「お兄ちゃんたちはミーシャの部屋だよ」アンフィーサはユルカに言った。「廊下を行って二つ目のドア」。娘はブーツと上着を脱ぎ捨て、廊下へ走っていった。二人になると、アンフィーサは言った。「これでよじ、と」

やかんが火にかけられ、二人はキッチンのテーブルに落ち着いた。二人のあいだにはチョコレートの箱がある。アンフィーサは、オウムガイのホワイトチョコレートをつまんだ。椅子の上に片膝を立てて座った彼女は、ティーンエイジャーのように見えた。目のまわりをラメ入りの濃い灰色のアイシャドーでふち取っている。「家族はあとどれくらいいるの?」

「十一日まで。あと少しだよ」

「少しじゃないでしょ」

「ほんと言うと、永遠みたいに長い」ナターシャは言った。「あなたからメッセージが届いた瞬間、大急ぎでレフに上着を着せたんだけど、急ぎすぎて袖をちょっと破っちゃった」

やかんの湯が沸きはじめた。廊下のむこうからは、軍隊用語のようなものを怒鳴っている息子たちの声が聞こえていた。アンフィーサはチョコレートを口に放りこみ、立ちあがってマグカップを二つ取った。「わかる。まじでわかる。こないだの年末年始は、はじめて実家に帰らなかったんだ」

「なんて言い訳したの?」

「ミーシャの音楽学校があるって言った。あとで、その学校の名前教えてあげる」。アンフィーサはキッチンカウンターで、二人分の紅茶をかき混ぜた。スプーンがマグカップに触れ、鈴のような音がする。セーターの裾から、黒っぽいレギンスに包まれた細い脚が突き出ている。「でも、その言い訳じゃ無理か。そっちの家族はここまで出てくるんだもんね」

ナターシャは、ランチョンマットの上に両腕を投げ出して突っ伏した。アンフィーサが紅茶を運んできた気配を感じ、顔をあげる。「ウイスキー、ちょっと入れといた」

どちらのマグカップにも、細い茶葉と一緒に、薄く切ったレモンが浮かんでいる。「ありがとう。あのね、冷血な恩知らずだなんて思ってほしくないんだけど」ナターシャは言った。「この一週間、最悪なの」少し考えて付け加える。「何年も前から、この時期は最悪」

「わたしにどう思われるかなんて気にしなくていいよ。わたしは生粋《きっすい》の恩知らずだから」アンフィーサは、マグカップから立ち上る湯気を吸い込んだ。「お昼ごはん食べた？　何か食べる？」

アンフィーサが、二人分のライスとフィッシュケーキを電子レンジで温めているあいだも、冷蔵庫から取り出したボウルからサラダを取り分けているあいだも、ナターシャは家族のちょっとした逸話を話した。言葉は驚くほどすらすらと出てきた。たとえば今朝は、レフが弟のＵＦＯの話を途中で遮り、「叔父さん、なんで普通にできないの？」とたずねた。デニスが顔を曇らせて黙り込むと、レフは重ねて聞いた。「ほら。それそれ。そういうのが変だよ」

アンフィーサは冷蔵庫の扉を閉めた。「弟さん、どういう話してたの？」

「この前聞いてたでしょ」

「ちょっとだけね」

ナターシャは背中を丸め、目を見開いた。「ロンドンで撮られた証拠写真には、正体不明の宇宙船が三機写ってた。宇宙船の光が、空に三つ並んでいたんだ」かすかな罪悪感が心を乱したが、楽しさのほうが勝った。

「もの真似うまいね」アンフィーサが言った。「もっとやってよ。弟さんはなんて言い返したの？」

「聞こえない振りしてた」

アンフィーサはテーブルに二人の食事を置いた。紙ナプキンとフォークを取ってくる。「残念。せっかくレフが鋭い質問したのにね」

「まあ、生意気だけどね。息子にはちゃんと謝らせた」ナターシャは言った。部屋中に、ディルとバターと鮭のにおいが立ち込めている。「でも、確かに鋭い。わたしも、弟の答えをちょっと聞いてみたかった」

「十一日までにわたしも遊びにいきたい。わたしが代わりに聞いてあげるよ」アンフィーサは座っていた椅子を引いてテーブルに寄せ、あごをくっと上げて、芝居がかった声で言った。「あなた、どうしてそんなふうになっちゃったんです？　やめてくださらない？」。ナターシャは声を出して笑いながら、新鮮な気持ちで、テーブルのむこうのアンフィーサの顔を見つめた。彼女はとても若く、そしてとても愛らしかった。とても――ほんの一瞬――リリヤに似ていた。

それまで、妹と彼女が似ていると感じたことはなかった。肌の色も髪の色もまったくちがううえに、アンフィーサのほうがずっと背が高い。だが、目の形や首の形がどことなく似ている。リリヤも、華奢《きゃしゃ》で、頬骨が目立ち、そしてふざけるのが好きだった。「アンフィーサって、歳はいくつ？」

「失礼だよ。二十六歳だけど」つんと上げていたあごを戻すと、リリヤの面影はゆっくりと消えていった。アンフィーサがマグカップを持ち上げたのを見て、ナターシャはウイスキーのことを思い出し、自分もマグを手に取った。「どうか、われわれの鋭い質問に答えが与えられますように」アンフィーサは芝居がかった調子で言った。

ナターシャはカップを持ち上げて乾杯した。

ウイスキー入りの紅茶は、じんわりと体に沁みわたった。松と蜂蜜の味がした。日の暮れた街路を歩き、雪を踏むサクサクという音を聞き、そばを走り過ぎる車を横目に見ながら、ナターシャは自由で、愛されていると感じた。ユルカとレフはとなりでおしゃべりをしている。太平洋の沖合では、ユーリが見張りと整備を交代しながら働いている。家族から解放されて気楽に過ごしている夫が羨ましいわけではなかった。孤独が平気な者はいない。ナターシャは、ウイスキーでぼんやりしながら、自分という人間がどんなふうに出来たのか、久しぶりに理解してもらったように感じていた。

夕食のあいだ、子どもたちは、ミーシャのゲーム機のことを祖母に話して聞かせた。レフは両手をあげ、〈コール・オブ・デューティ（戦争をテーマとしたビデオゲーム）〉の武器を構える真似をした。ナターシャは、ウイスキーの温もりが体に残っているのを感じながら、全員の皿にマッシュポテトをよそった。顔をあげると、デニスがじっと彼女を見ていた。ナターシャの心は平穏なままだった。アンフィーサの――適切な聞き役の――おかげだ。ナターシャは弟を見つめ返し、微笑んだ。

翌朝、ナターシャは母親と弟を車に乗せ、街のスキー場まで送っていった。ずいぶんむかしにペトロパヴロフスクへ移り住んだ又従姉妹が、クロスカントリー・スキーのコースを案内してくれることになっていた。車が停まると、助手席に座った母親は後部座席の子どもたちを振り返った。ナイロンとフリースの防寒着がかさかさと音を立てる。「ほんとにスキーをしたくない？」

「お友だちの家に行くんだってば」ナターシャは言った。

「またあのゲームをするの？　一日中テレビ画面を見てるなんて、よくないわよ。外の空気を吸わなくちゃ」

「ここの空気は体に毒だって言いつづけてたくせに」ナターシャは、母親の膝の上に手をのばし、助手席のドアを開けた。「じゃあね、ママ」

「体に毒なのは湾から吹いてくる風よ。ここのは山の空気でしょ」母親は体を半分外へ出したまま抗議した。後部座席のデニスも、雪靴を履いて車から降りる。

「四時に迎えにくるから」ナターシャは二人の背中に声をかけた。

アンフィーサのキッチンでウイスキーの支度が整うと、二人は男たちの話をした。ユーリと同様、ミーシャの父親も軍隊で働いている。アンフィーサは、寝室から家族のアルバムを持ってきた。彼がティーンエイジャーだったころの写真だ。短く刈り上げた髪、大きな耳、軍服の襟元からのぞいた細すぎる首。アンフィーサは、慎重な手つきでアルバムをめくった。どの写真にも、フィルム写真特有の黄色いもやがかかっている。「これがあなた？」ナターシャは、髪を三つ編みにして膝丈のスカートをはいた少女を指差した。「十五歳のわたし。そのくらいで妊娠したんだ」アンフィーサはそう言って、ナターシャによく見えるように、テーブルの上でアルバムの向きを変えた。

ひとりで子育てをすることについても話した。アンフィーサの両親はいまも結婚生活をつづけているが、夫と死別したナターシャの母親はたったひとりで子育てをした。「わたしは、文句なんか言っちゃいけないのかも……だって、完全にひとりってわけじゃないから。ユーリは、一年の半分はここで暮らしてるわけだし」ナターシャは言った。

アンフィーサは首を横に振った。「ナータ、冗談やめなよ。それって、ひとりで子育てしてるってことだよ。ユーリはいい人だけど、家をずっと空けてる男にナータみたいな子育てはできないって」。ナターシャはその言葉が気に入った。言葉そのものも、アンフィーサの言い方も。温かく、自信たっぷりで、妹が姉に話しかけるような口調だった。アンフィーサはつづけた。「ほんとにそう思うよ」

二人は仕事の話もした。ナターシャは、海洋研究所に所属する、数少ない博士号取得者のひとりだ。日中はほかの研究者たちと研究所で過ごし、来季の漁獲量制限を予測したり、博士論文の愚痴をこぼしあったりする。

「めちゃくちゃ頭いいんだね」アンフィーサは言った。今日はあまり化粧をしていない。ウイスキーのせいで、すでに頬が赤くなっている。

アンフィーサは、ペトロパヴロフスクの警察署で事務補助をしていた。「じゃあ、ゴロソフスカヤ姉妹が誘拐された事件にもくわしいんじゃない？」

アンフィーサは肩をすくめた。「みんなと同じだよ。つまり、ほとんど知らない」

「何それ、どういうこと？」。アンフィーサは黙って首を横に振ったが、ナターシャはつづけた。「あれからだいぶ経ったんだから、少しは捜査も進んだでしょ？」

「まあね」アンフィーサは紅茶をひと口のんだ。「街にある全部のガソリンスタンドの監視カメラを確認したんだよ。お姉ちゃんのほうの携帯電話も追跡しようとした――けど、成果はゼロ。廃車置場の車も全部調べた。そういう話、聞いたことある？　あ、あと、警察犬を使って死体も探した」

「うそでしょ」

「結局、見つかったのは酔っ払って寝てるじいさんばっかりで、奥さんのところに送っていかなきゃいけなかったんだって。あとは……警察が姉妹の父親を疑ってたって話は知ってる？　父親はモスクワに住んでるから、現地で取り調べをしたらしいよ。むこうの警察は、冗談か何かかと思ったらしいけど」

「犯人じゃなかったの？」

「犯人なわけがなかったの。娘たちには何年も会ってなかったし。扶養手当も払ってなかった。はじめは、父親が誰かに賄賂《わいろ》を渡して、自家用ジェットで誘拐したんだって言われてたんだよ。まあ、誰にも見られずにペトロパヴロフスクから脱出するなんて、どうせ不可能なんだけど」

「どうかな……」ナターシャは、街の外へ延びる、埃《ほこり》っぽく人気《ひとけ》のない道路のことを考えた。果てしないツンドラのことを。ナターシャの妹は、誰にも目撃されることなく、街を出ていったのだ。

「考えてもみてよ。姉妹が消えて四時間後には緊急速報が流れてた。そんな短時間で、どこまで行ける？　知らない子どもを二人も連れてるんだから、どこかの村に紛れ込むなんて無理。ほかのルートであの子たちを連れ去ろうとしたって、港か空港で絶対に気づかれる」

リリヤは、友だちの家に泊まりにいくと母親に言い置いて出掛けていき、その夜に失踪した。家族が気づいたときには、すでに二日が経っていた。妹は、ハンドバッグひとつで、静かにいなくなったのだ。あとになって、リリヤには、泊まりにいくほど仲のいい友人などいなかったことがわかった。外泊することはよくあったが、本当の行き先は妹だけが知っていた。「ほら、〝めちゃくちゃ頭いい〟のはそっちじゃない」ナターシャは言った。「そのとおりだと思う」

アンフィーサはにこっと笑った。「一番納得がいくのは、女の子たちは誘拐されたその日に死んでしまったって説だけ。母親が通報するよりも前に。巡査部長は、姉妹は湾で泳いでて溺れ死んだんだろうって思ってるみたい」

ナターシャは、テーブルの上に身を乗り出した。「でも、警察は誘拐犯がいるって考えてるんじゃなかった？　目撃者がいるんでしょ？」

「噂を信じると、そういうふうに考えちゃうんだよ。その、いわゆる目撃者だけど……男を見たって思ってるだけで、そいつは子どもといた気がするだけで、いい車に乗ってたはずだって言ってるだけ。ほんの三秒しか見てないのに。散歩してた犬のほうが、もうちょっとましな証言してくれると思う」

「じゃあ、その人は、結局、何も見てないってこと？」

「本人も、自分は大したものは目撃してないって認めてるしね。でも、姉妹の母親は統一ロシア党で働いてるんだ。だから、警察の幹部は、政府が介入してくるんじゃないかって、はじめからびくびくしてた。犯人探しのプレッシャーがすごいわけ。だから、危険な誘拐犯がいてくれなきゃ都合が悪い。それで、そういう犯人像をでっちあげたの」

ナターシャは、なるほどね、とつぶやいた。妄想で作り上げられた誘拐犯――母親に聞かせてやりたい話だった。「じゃあ、警察が流す情報は信用できないんだ。これからは、ちゃんとアンフィーサから話を聞くようにする」

「警察署で仕事してる女って感じがするでしょ？」アンフィーサは言った。「でも、警察署にいるときは、ずっとばかな振りしてるんだ。仕事を任されたくないから」アンフィーサは姿勢を正して座り直し、テーブルの上で両手を組み、あどけない表情を作った。ピンク色に紅潮した頬に、なめらかな額。いかにも無邪気そうに見える。

「サボりながらいい子の振りをしてるんだ。その要領のよさがあれば巡査部長にだってなれるよ」ナターシャは言った。アンフィーサは組んでいた両手をほどき、二つのマグカップに紅茶のおかわりを注いだ。

「ママ」ユルカの声がして、ナターシャは飛び上がった。アンフィーサが笑う。娘が、もじもじしながら、居間のカーペットとキッチンのタイルの境目に立っていた。

「どうしたの？」

「おうちに帰りたい」

「何かあった？」。ユルカは泣き出しそうだった。目に涙をにじませ、歯を食いしばっている。母親になって何年も経つというのに、ナターシャはいまでも、自分とユーリが、まったく異なる、それぞれに特別な二人の生き物を創り出したという事実に息をのむことがあった。母親になる予行練習をしているかのように九歳離れた妹の面倒を見ていたあいだも、ナターシャは似たような感慨にめまいを覚えたものだった。パン生地のような赤ん坊が、次第に、意志を持った子どもの輪郭を得ていくのだ。

最近のナターシャは、子どもたちが見せる意志に優しい目を向けようと努めていた。小さな子どもの聡明さ。自分自身でいようと譲らないこと。父親が死んだとき、リリヤはまだ五歳だった。弔《ちょう》問《もん》客のために父の遺体が居間に安置されていた数日間、妹はナターシャの膝の上に座って、いくつも質問をした。パパ、きゅうくつじゃない？　パパ、あたしたちのはなしが、きこえてる？　パパの目をあけたら、何がみえる？　「パパは死んだんだよ」ナターシャはそう言い聞かせたが、それは、妹の質問の答えにはなっていなかった。何時間も、ナターシャは、腕に抱いたリリヤの背骨と華奢な肩甲骨のあいだに頭をもたせかけて座っていた。両腕はリリヤの腰に回していた。小さな妹の体温が伝わってきた。妹の体には命がみなぎっていた。

「お兄ちゃんたちがケンカしてるの」ユルカは言った。

「お兄ちゃんたちはケンカするものなの」アンフィーサは言った。「気にしなくていいんだよ」

ユルカは母親の返事を待っていた。ナターシャはため息をついて立ちあがり、娘を抱き寄せた。

「レフに、帰る支度をしなさいって言ってきて」。ユルカは急いで走っていき、アンフィーサは紅茶をひと口のんだ。ふと思い立って、ナターシャは友人の頰にキスをした。ピンク色で、なめらかで、なでたくなるような頰だった。アンフィーサは彼女の手をつかみ、笑顔で見上げて手を離した。

家に戻ると、レフがきっぱりと言った。「おれ、ミーシャ嫌い」

ナターシャは、蛇口をひねってグラスに水を注いでいた。一時間で酔いを醒まして、母親と弟をスキー場へ迎えに行かなくては。「そういうこと言わないの」

「だって嫌いなんだもん。負けそうになったからって、ゲーム機の電源を落としたんだ。なのに、わざとじゃないとか言ってさ」

「わざとじゃなかったのかもよ」ナターシャは言った。

「ちがう。わざとだった。おれ、見てたもん」


木曜日、息子はアンフィーサの家には行かないと言った。「でも、むこうは楽しみにしてるのに」

「どうでもいい。ミーシャになんか会いたくない。ズルしやがって」

ナターシャたちは、テレビの前のソファに座っていた。番組を観ているのはユルカだけだ。母親は、肘掛け椅子で本を読む振りをしながら聞き耳を立てている。「ミーシャはがっかりすると思うけど」ナターシャは、小声で息子に言い聞かせた。大きくなったレフを抱えて連れていくわけにもいかない。息子が行きたくないといえば、ナターシャはあきらめるしかないのだ。

「じゃあレフ、今日の午後はおばあちゃんと遊ぶ？」母親がたずね、ナターシャは眉を寄せた。

ユーリのミニチュアのようなレフは――ふっくらした下唇、黒い眉――クッションに身を沈めた。

「やだ」

「ナータ、しかめっつらはやめてちょうだい」母親が言った。「みんなで一緒に過ごしましょう。わたしたちも、そうしょっちゅう街にくるわけじゃないし」子どもたちにわかるようにロシア語で話している。

「はいはい、わかった」ナターシャは言った。「わかった、わかった、わかった」アンフィーサとの息抜きの時間がふいになり、ひねくれた気分になっていた。ユルカは床に置いたクッションの上に寝そべり、テレビの音量を上げた。昼メロにしょっちゅう出ている赤毛の女優が映っている。

「じゃあ、みんな何がしたい？」母親が全員にたずねた。「冬休みもあと半分。クロスカントリーじゃなくて、丘の上でスキーをする？」

デニスが言った。「どこに行こうか」

「デニス、窓の外見たことないの？」ナターシャは言った。「ペトロパヴロフスクにスキーのできる丘があるわけないでしょ？」

デニスは、むっとしたようにあごを上げた。母親に向かって言う。「もう、母さんと子どもたちだけで出かければいいだろ」

母親はページの端をつまんで本をめくった。額にしわを寄せている。「デニス、そのくらいで怒らないの。ナターシャに悪気がないことくらいわかるでしょうに」

自分は、家族とともにこの家に閉じ込められているのだ。それは不穏な真実だった。会いたい人たちはそろいもそろって遠くにいる。いつの日か母親が死んでも、ナターシャが自由になることはない。心を許せる友だちはいない。夫はたまにしか帰ってこない。デニスの世話をし、彼が延々と繰り返す同じ話に耳を傾け、子どもたちが成長して家を出ていくまで小言を言いつづける。

レフがソファから少し身を乗り出した。「叔父さんが家にいるなら、おれも家にいる」

デニスはレフのほうに体を向けた。「トラヴィス・ウォルトンの話はしたかな?」。レフは肩をすくめた。「アメリカ人だ。トラヴィス・ウォルトンは、一九七五年にさらわれた。友人たちがその現場を見ていた。トラヴィスたちは、森のなかで金色の円盤を目撃したんだ。円盤はトラヴィス・ウォルトンを吸い上げ、彼は五日間戻ってこなかった。最終的に、トラヴィスはガソリンスタンドに戻された。帰ってきたトラヴィスは、灰色の〝彼ら〟に会ったと話した。そして、彼らは背が低く、大きな頭をしていたと言った」デニスは下まぶたを指差してつづけた。「白目のない、大きな茶色の眼をしていたらしい。人間の眼より五倍も大きかったという。トラヴィス・ウォルトンは、彼らは人の心が読めると言った」

ナターシャはテレビの画面をにらんでいた。

「そんなの作り話だって」息子は言った。

「レフ」ナターシャの母親がたしなめる。

「いいや、実話だよ。トラヴィス・ウォルトンは、ウソ発見器にも引っかからなかったんだから」デニスは言った。「普通、彼らは人里には降りてこない。でも、害のなさそうな人間がいて、近くにほかの人間がいなければ話はちがう。ぼくも、そういう状況で彼らを見た。ツンドラで。トナカイの群れの世話をしてたときにね。リリヤがいなくなったのは、その次の年だった」

「いい加減にして」ナターシャは言った。思っていたよりも大きな声が出た。「レフ、ミーシャたちは、わたしたちが来るのを待ってるの。行きたくないなら家にいなさい。でも、お友だちを傷つけたってことは覚えておきなさいよ」。息子は不服そうな顔をした。ナターシャも、ミーシャが息子の〝お友だち〟ではないことはわかっている。だが、かまわず立ちあがった。「ユルカ?」

娘は床の上で頬杖をついていた。「あたしもおうちにいる」

「そう」ナターシャは言った。「好きにしなさい」玄関へ行き、コートをつかむ。壁のむこうから、耳障りなテレビの音が聞こえてきた。

「待ちなさい」母親がエウェン語で呼びかけてきた。子ども時代を思い出させる言葉を聞くのは、もううんざりだった。

本当に宇宙人がやってきたのなら、彼らが連れ去ったのはデニスだったはずだ。リリヤではない。あるいは、自分はそう願っていたのではないか。弟が別の惑星へ行きますように、と。「すぐ戻るから」ナターシャはロシア語でどなり返した。自分たちはもう子どもではない。温かい水のなかで幸福に泳いでいた時間は過去のものだ。ナターシャとデニスの絆はとうに損なわれた。

デニスは子どもたちに宇宙船の話をしたがっている。話せばいい。話して、どうなるか見ればいい。

「デニスは、自分が宇宙からのお客さんを出迎えたって言ってるの」ナターシャはアンフィーサに言った。隣人は両眉を上げた。これから行くという連絡もせず、レフも連れず、いきなりひとりで現れたナターシャを見たときも、これほど驚いた顔はしなかった。ここへ来るまでの短い距離を歩きながら、ナターシャはアンフィーサに連絡するかわりに、圏外にあってつながらないユーリの携帯に電話をかけていた。夫はカナダの沖合にいるはずだ。潜水艦が予定どおりに到着すれば、日曜日に電話をくれるだろう。それまでは、留守番電話のもったいぶった音声案内で我慢するしかない。おかけになった電話番号にはおつなぎできません。しばらくして、もう一度おかけ直しください。

アンフィーサは、食卓に肘をつき、握ったこぶしで頭を支えていた。ウイスキーがたっぷり注がれた紅茶は、すぐにのめるほどぬるかった。「弟は一度だけ、トナカイの世話をする仕事をしたの」ナターシャは当時のことを説明した。二十代のデニスが、次々に仕事をクビになっていたころのこと。保育士や、料理人や、レジ係として働いたが、どの仕事も短命に終わった。しかし、それも村の学校で夜間警備員として雇われるまでのことだ。その前に母親は、近くに住む遊牧民の一家に頼んで、トナカイの世話係の見習いとして弟を雇ってもらった。デニスは、文句も言わずにその仕事をはじめた。雇い主の一家がエッソに立ち寄る六月に出発し、九月になると、日焼けした顔で帰ってきた。

同じ年の秋、レフは幼稚園に入り、リリヤは高校の最終学年になった。デニスが帰ってきた週、リリヤはナターシャに電話をかけてきて、お兄ちゃん、地球外生命体に会ったんだって、と言った。受話器越しに聞こえる妹の声は、笑みをふくんでいた。デニスは、トナカイの群れとともにツンドラにいたある晩、頭上でひらめく紫色の光を見たという。光を見た瞬間、デニスは体が動かなくなった。トナカイたちは、静かに草を食《は》みつづけていた。光はぐんぐん膨れあがってデニスの視界を埋めつくした。ふと気づいたときには、宇宙からの侵入者が、デニスのすぐそばの地面に降り立っていた。彼らはデニスの両腕をなでた。テレパシーで会話をしているようだった。釘付けになっているあいだにトナカイたちが逃げ出してしまうかもしれない、とデニスが恐れていると、彼らは、心配しなくていいと言った。おまえの麻痺《まひ》状態はすぐに解ける、ほかの遊牧民たちは彼らのトナカイとともに野営地へ戻り、すでに眠っている、と。

草が夜風にそよぐ音がした。体高が一メートルに満たない小さなトナカイたちが、寄り添いながらうずくまる。やわらかな黒い地面が広がっていくように見えた。世界はあまりにも静かで、デニスには自分の息の音が聞こえた。星が弧を描いて流れていた。

「気が利《き》く宇宙人じゃない」ナターシャは言った。

リリヤは声をあげて笑った。あの電話で、妹にもっといろいろなことを聞いていればよかったのだ。刻々と近づいていた家出の計画に気づくべきだった。だが当時は、デニスのことを別にすれば、家族の問題など何もないように思えた。二人はそれから、リリヤのクラスメートのことを話した。高校を卒業したあと、誰が大学へ進学するのか。リリヤは、自分も進学を考えているけれど、卒業してすぐにではないと話した。ペトロパヴロフスクにも遊びにいくね、と。その十一ヵ月後、妹は姿を消した。

妹の失踪で実家に帰ったとき、ナターシャははじめて、デニス本人から宇宙人の話を聞いた。詳細はリリヤに聞いていたとおりだった——紫色の光、従順なトナカイ、頭のなかで聞こえた宇宙人の声。家族が集まったその晩、デニスはナターシャと母親にそのときのことを話して聞かせた。弟は落ち着きを失っていた。呼吸も浅かった。弟の話は、リリヤに聞いていた話とは結末が異なっていた。「彼らは、またぼくを迎えにくるって言った。だけど、かわりにリリヤを連れていったんだ」デニスは言った。「リリヤは、宇宙人に連れていかれたんだよ」そう言って夜空を指差した。「リリヤは帰ってくる」弟は鮮明な夢の記憶を頼りに、そう約束した。弟にも、半島に住む誰にも、守ることのできない約束だった。

「そんなわけないじゃん」アンフィーサは、頭をぶるっと振った。「ほんとは何があったの？」

「妹は逃げたの」ナターシャはそこで黙った。アンフィーサはつづきを待った。「はじめは、何があったのかわからなかった。妹はバスを使っていなかったし、車は持っていなかったし、そもそも、村を永遠に出ていくなんて聞いたこともなかったから。でも、少しずつ理解した」

二人は黙って座っていた。松の香りのする湯気のせいか、キッチンは息苦しかった。「妹には秘密があった」ナターシャはつづけた。「わたしの知らない男の子たちと付き合ってたみたい。妹がいなくなったあと、あの子の噂をはじめて知ったの。村の人たちは、いずれこうなると思ってたみたい」。ユーリでさえ、ナターシャの腰に腕を回して慰めながら、近隣の者たちと同じことを考えていた。

「訳知り顔はやめてほしいよね」アンフィーサは言った。「後出しだったらなんでも言える。無視しなよ」

「でも、みんなが正しいんだと思う。そうじゃない？　家出するには理由があるんだから」ナターシャはマグカップを両手で包み込んだ。「でも、母はその噂を信じてない。母は、リリヤはゴロソフスカヤ姉妹と同じ目に遭ったと思ってる——殺されたんだ、って」

「あの子たちに何があったにしても、リリヤの件とは関係ないよ」

「母も弟も、それが理解できない」ナターシャは言った。「リリヤはさらわれたんじゃない。自分の意志で出ていった。だって、誰があの弟との暮らしに耐えられる？　存在しないものの話を延々と聞かされるんだから。あんな話を聞きつづけていたら——理由なんてそれだけで十分——、誰だって秘密を作りたくなるでしょう？　誰だって逃げ出したくなるでしょう？」

少し間を置いて、アンフィーサは言った。「紅茶をのんで」コンロからやかんを取り、ナターシャのマグカップにお湯を注いだ。

ナターシャは隣人を見上げた。「わかってくれてありがとう」心からそう思っていた。

アンフィーサは手を伸ばし、ナターシャの手首を握った。彼女の手のひらは、あたたかく、やわらかかった。二人のあいだには、銀色に光るやかんが置かれていた。アンフィーサの手がナターシャの怒りを和らげていった。

「家族に病気の人がいるって、けっこうキツいね」アンフィーサが言った。「デニスはどっち？　一級精神障害者？　二級？」

ナターシャは、ぽかんと口を開けた。首を横に振る。「どっちでもない——デニスは、ちがう」驚きで言葉が見つからない。アンフィーサは、デニスが精神障害者の規定に当てはまり、障害者手当をもらっていると決めつけている。デニスが病人だと思っている。「弟は病気じゃない」

「うそ」アンフィーサは言った。「てっきり……だって、働けないって言ってたじゃん」

「働けるよ。いまも働いてる」

「でも、デニスは病気だって話をずっとしてたよね？　おかしいところがあるって」

「そんな言い方やめて。弟はおかしくなんかない。変わってるだけ。それだけだよ」

「変わってるどころじゃないって」アンフィーサは、まだナターシャの手首を離さなかった。「自分でそう言ってたくせに。一緒に暮らすのは苦痛だって。妹が出ていったのもしょうがないって」

はやく――はやく、はやく、はやく――はやく手首を離してほしい。はやく。間違いなく自分が口にしたそれらの言葉は、アンフィーサに繰り返されると、寒気がするほど残酷に響いた。その言葉は、弟と妹をグロテスクな諷刺画にした。アンフィーサは何もわかっていない。記憶がよみがえってくる。それは、吐き気が込み上げてくることに似ていた。よみがえったのはリリヤの記憶ではない。妹の賢さや、活発さのことではない。リリヤが失踪したあと、村の者たちがナターシャの家に立ち寄り、消えた妹の噂話をしていったときのことだ。彼らがナターシャと子どもたちを抱きしめたこと、涙に濡れた顔を彼女の頬に押し付けてきたこと。家庭の問題を値踏みされたこと。独りよがりな批判にさらされたこと。

ナターシャは握られていた手を引いた。紅茶の味にも飽き飽きしていた。「そろそろ帰ろうかな」

「やだ、怒らないでよ」

「ちょっと長居しちゃったみたい。家族が待ってるから」

アンフィーサは不服そうな顔をして言った。「わかった」。この状況を招いたのは自分だ。家から逃げ出して愚痴をこぼしていれば、隣人が家族について好き勝手なことを言うのも当然だった。だが、これ以上アンフィーサの顔を見ていたくなかった。彼女はリリヤに似ていない。リリヤはもっと若い。アンフィーサは、あごにも頬にも眉のまわりにも、ラメ入りのハイライトを入れている。魚を疑似餌《ルアー》でおびき寄せるように、彼女はナターシャをおびき寄せた。飲み友だちを手に入れるために、友情でナターシャを釣った。

アンフィーサは玄関までナターシャについてきた。「怒らせたならごめん」

ナターシャはブーツを履いた。「別に怒ってないよ。ただ、あと三日で家族は帰っちゃうから。会えるときは一緒に過ごしておかないと」コートを着込むと、ナターシャは隣人の顔をまっすぐに見て言った。「あなたとちがって、わたしは家族と過ごすのがけっこう好きなの」。アンフィーサは、獲物の隙をうかがう猫のような表情を崩さない。もっと手厳しいひと言を思いつけなかったことを、ナターシャは悔やんだ。いや、それにもまして、黙って帰らなかったことを早くも後悔していた。余計なことを言ってしまった。自分は後悔ばかりしている。怒りに任せたひと言は、だめ押しのように自分を傷つける。

出口へつづく階段は暗かった。夕日はすでに山のむこうに沈んでいた。

子どものころのデニスのことを、アンフィーサにはほとんど話さなかった。弟と村のプールで遊んだこと、弟が赤ん坊のリリヤにスプーンでオートミールを食べさせていたこと、三人で草を集め、隣家の牧場で飼われていた馬たちに食べさせたこと。二十代のころのデニスのことも話していない。あの夏、弟を雇ってくれた遊牧民の一家は、今後は手伝いが必要になることはなさそうだがと前置きしたうえで、デニスはひとりで立派にトナカイの群れを世話してくれたと言った。駐車場を歩きながら、ナターシャは罪悪感に唇を噛んだ。コートの前を閉めることも忘れていた。携帯電話を出して夫の番号を押す。耳障りな音声が流れた。おかけになった電話番号にはおつなぎできません。

いつもこうだ。おかけになった電話番号にはおつなぎできません。リリヤの携帯電話に、つながることのない電話を何千回とかけるたびに、これと同じ音声が流れた。ナターシャは携帯電話を雪の小山に投げつけた。白い雪に電話が横向きに刺さる。ナターシャは急いでしゃがみ込み、電話を拾い上げてホームボタンを押した——画面が表示される。手袋をしていない手のひらで、電話を繰り返しぬぐう。こんなふうに、何日も、何年も、ナターシャは一番愚かな選択肢を選びつづけてきた。

アンフィーサはリリヤではない。リリヤは優しく、賢く、自分の考えを胸に秘めておく思慮深さがあった。妹はモスクワに、あるいはサンクトペテルブルクに、あるいはルクセンブルクに住んでいる。ナターシャはヨーロッパにいる妹を想像するのが好きだった。想像のなかで、リリヤは洗練された大人の女性になっている。もしかすると、とうとう大学に入学したかもしれない。結婚したのかもしれない。子どもが一人、いや二人、いるのかもしれない。

ナターシャは自分に言い聞かせた。指先の感覚がなくなりつつあった。リリヤは世界中を旅している。そして、いつか家族のもとに帰ってくる。それまでは、あいだに入ってくれる妹に頼らずに、あの弟とうまくやっていかなくてはならない。

デニスは大丈夫だ。弟はまともで、ただ、そのまともさは人とちがう。妹が戻るまでは弟が唯一のきょうだいなのだから、優しく接し、拒絶せず、そばにいてくれることに感謝しなくては。

自宅の玄関の前で鍵を取り出していると、中から話し声が聞こえた。ドアを開けてなかに入る。居間をのぞくと、デニスとレフはまだソファに座っていた。ユルカも並んで座っている。子どもたちを弟と三人にしたのはナターシャの責任だ。

ナターシャは子どもたちに背を向け、しめったコートを壁にかけた。かじかんだ指が痛い。「おばあちゃんは？」子どもたちに聞く。

「親戚の人に会うって出ていったよ」ユルカが答えた。

「そう、よかった」苦心して優しい声を出した。

「でも、あたしたちはおうちにいたかったから」

ナターシャはキッチンへ行き、グラスに水を注いだ。居間へ戻り、肘掛け椅子に座る。顔が火照《ほて》っているのがわかった。「なんの話をしてたの？」

ユルカはデニスをちらっと見た。レフが答える。「べつに」

ナターシャは水をひと口のんだ。足元にグラスを置くと、椅子から身を乗り出してデニスの肩に片手を置いた。ナターシャを見上げた弟の顔に、驚きと、そして喜び——見間違いではありませんように——がよぎった。「ここにいるのもあと二日だよね。何かしたいことある？」

「外出は控えたほうがいい」デニスは言った。「ロンドンの事件を忘れないで。ペトロザヴォーツクのことも」

「わかってる」ナターシャは言った。

ユルカが言った。「ママ、叔父さんって宇宙人に会ったんだって」

ナターシャは弟の肩から手を離し、自分の額に触れた。「そうなんだ」

「それ、ほんと？」

ナターシャは、ほんの一瞬ためらった。「いいえ、本当じゃない」娘にそう答え、弟に向き直った。「デニス、ほんとは、あなたもわかってるよね」

弟は無表情だった。目を軽く閉じている。ナターシャの胸にあの感情がよみがえった。もう帰ってはこないだろう誰かを探し求めているときの、馴染《なじ》み深い悲しみが。

「ほらな、言ったろ」レフが妹に言った。ナターシャは弟を見つめていた。耳を傾けていた。ロズウェル事件。ツングースカ大爆発事件。チェリャビンスクの火の玉。エルサレム上空。ナターシャは弟が変わるまで待っている。彼女も変わる――最高の姉になる。いつか、この怒りを完全に手放すのだ。いま、ナターシャは怒りを感じなかった。ただ、デニスが語るべき別の言葉を聞きたかった。

二月

レヴミーラは目覚めたばかりの頭で、二月二十七日が来たのだと考えた。その日付は彼女に重くのしかかった。日付の重みを感じながら、彼女はゆっくりと、沈んだ気持ちで、服を着替え、キッチンへ行った。夫がコーヒーを沸かしていた。「おはよう」レヴミーラは言った。

「おはよう」アルチョームが答える。コンロの前で軽く丸めた背中を見て、レヴミーラは、彼も今日が何の日か覚えているのだとわかった。

朝食用のチーズとハムを出す。キッチンカウンターに皿を二枚並べているレヴミーラのとなりで、彼はそれぞれのカップにコーヒーを注いだ。鈴のような音を立てながら、彼女のカップに砂糖を入れてかき混ぜる。二人で過ごしてきた二十六年間はレヴミーラの人生の半分の長さにもなるが、彼女はいまだに、アルチョームの優しさにしょっちゅう不意を突かれる。彼ほど優しい男性はほかにいない。とはいえ、彼女は二人しか男性を知らなかった。

「よく眠れた?」彼が聞いた。

レヴミーラは肩をすくめ、出来上がったサンドイッチをテーブルに運んで椅子に座った。「今日は待機？」

「ああ、午後零時から午前零時まで」アルチョームはあと少しでほかの救急隊員と合流し、装備を身につけ、要請があり次第飛行機に乗り、山や、氷の洞窟や、沖合へ遭難者の救難へ行くのだが、もうしばらくは部屋着のTシャツ姿だ。まだ髭《ひげ》も剃《そ》っていない。彼のうしろの窓から、澄んだ空が見えた。

ゆうべは、夢も見ずにぐっすり眠った。グレブの夢も見なかった。あの事故があってから、何年も彼の夢を見た――グレブが、彼女が生まれ育った家に訪ねてくる夢。グレブが、彼女の誕生日に食事をごちそうしてくれる夢。グレブが、でこぼこした道を運転して、街のはずれにある黒っぽい砂浜へ連れていってくれる夢。夢のなかでレヴミーラは言った。「こんなの現実じゃない」。「わかってる」グレブはそう言ってギアを入れ替えた。レヴミーラは彼の手に触れようとしたが、運転の邪魔になることを恐れて思いとどまった。

「暖かくなりそうだね」アルチョームが言った。

レヴミーラは皿から目を上げた。「ほんとう？」

「零度近くまで上がる」

「やっぱりね。あなた、過ごしやすい日に自分のシフトを入れてるんでしょ。今日は日がな一日ピクニックでもして過ごすつもり？」

「ああ、雪のなかでアイスクリームをなめる。そのとおり。まあ、実際は昼休みきっかりに召集されて、ゲレンデの外に迷い出ちまって真っ黒に日焼けした、スキー初心者を助けにいくんだろうな」

「気をつけてね」そう言ったレヴミーラを、アルチョームは黙って見つめた。

「この気温じゃ、今年の冬は短そうだな」アルチョームは口を開いた。「リャホフスキー巡査長からさっきメールがあった。湾の氷が解けたら、救急隊のボートで姉妹を捜索してくれってさ」

サンドイッチを食べていたレヴミーラは、ふいに口の渇きを覚えた。「あの人、わたしが連絡しても絶対に返信をくれないのに」

「おれも、あの件についてもう一度問い合わせてみた。返信はなかったよ」

「嫌なやつ」

アルチョームはにやっと笑った。笑うと顔のしわが深くなる。

「巡査長に、アーラの娘のことは話した？」

「全部話したよ。実にお役所っぽい返事だった――巡査部長に伺ったところ、その件で湾の捜索をするには政府の許可が必要です、だとさ」

レヴミーラは、食べかけのサンドイッチを置いた。何カ月も前から、ペトロパヴロフスクの救急隊は警察を手伝い、ゴロソフスカヤ姉妹の捜索をつづけてきた。普段のアルチョームの仕事はいつもすぐに終わる。火山で遭難した登山者たちを助け、湖の薄い氷が割れて立ち往生したスノーモービルを助け出し、渦潮に巻き込まれた漁師たちを助ける。だが、姉妹の捜索はいつまでもつづいた。秋になると、アルチョームは有志の民間人で捜索隊を組み、街中を回って姉妹を探した。寒さが厳しくなると、彼が家でレヴミーラに話すのは、警察からほんの時おり入ってくる情報だけになった。

警察は見事なまでに一丸となり、小さな、白い、二つの遺体を見つけることに全力を投じている。姉妹の捜索は、街にはびこる様々な悪事から――汚職、飲酒運転、卑劣な放火――市民の目をそらす格好の話題になっていた。北部のティーンエイジャーがひとり失踪したくらいで、リャホフスキー巡査長がアルチョームからのメールにかかずらうわけがない。巡査長の貴重な時間は、凍った湾に捜索ボートを出すための手配に奪われてしまったのだろう。

冬の休暇のあいだ、エッソから訪ねてきた又従姉妹のアーラは、失踪した末の娘の話を何度も繰り返した。最初にアーラがその話題を出したのは、一緒にクロスカントリー・スキーを楽しみ、その余韻に浸りながらスキー場のカフェに落ち着いたときだった。レヴミーラは、彼女の話を聞きながら、カッテージチーズパイを三つに切り分けた。アーラはこめかみを揉みながら話しつづけ、アーラの息子は、客がカフェの入り口の前で地面を蹴り、長靴の雪を落としているのを眺めていた。

レヴミーラは、いなくなったアーラの娘に会ったことがない。又従姉妹は年に一度だけ孫に会いに街に来て、そのたびに、沈んだ調子でレヴミーラに連絡をよこす。彼女に会うのは、義務のようなものだった。両親が死んだあと、レヴミーラはエッソへ帰るのをやめた。帰る理由がなくなったからだ。年に一度、又従姉妹が悲しい近況報告をするたびに、自分の選択は間違っていなかったのだと思った。

「警察はリリヤのことをまだ調べてないの?」レヴミーラはたずねた。又従姉妹は黙って首を横に振った。「内務省も非常事態省も、ロシア人姉妹の捜索はずっとつづけてるのに」

「わたしたちとはちがうのよ」アーラは答えた。

「驚きはしないけど」

「秋にナターシャからの電話で聞いたけど、あの姉妹は誘拐されたんだってね」アーラは言った。

「リリヤがいなくなったときも、犯人を探してくださいって警察に頼み込んだのに。エッソの警察官が何をしたかって、リリヤには彼氏が何人もいたって噂を村中に広めただけ。あの子はそんな子じゃないのに。リリヤを好きな子はたくさんいたけど、でも……」アーラは眼鏡の奥で目を閉じた。涙をこらえて小鼻が膨らんでいた。

レヴミーラは、しばらく黙って座っていた。アーラの息子は、切り分けられたパイを一切れ食べた。「アルチョームに頼んで、こっちの警察に訴えてもらいましょうか」レヴミーラは口を開いて言った。「警察には何人か知り合いがいるから。少なくとも捜査を開始してくれるだろうし。捜査記録も残してくれるはず」。又従姉妹の表情は沈んだままだった。

レヴミーラは、構わず自分で情報をいくつか集め、警察に連絡をした。リリヤは小柄で、ゴロソフスカヤ姉妹ほど幼くはないにしても、まだ子どもだった。アルチョームはレヴミーラにリャホフスキー巡査長の電話番号を伝え、自分でも巡査長に、リリヤの卒業式の写真を添付したメールを送った。だが、どちらの連絡にも返信はなかった。意外でもなかった。リリヤは、三年も前に失踪し、エウェン人で、彼女の母親は何者でもない。

街の警察官に頼ればいいなどと、アーラに言うべきではなかったのだ。言った結果がこれだ――悲しみは終わらない。娘が行方不明になって以来、又従姉妹の頬はやつれていた。それは、レヴミーラがあまりにも見慣れた表情だった。

「リャホフスキーがメールを無視したのはちっとも不思議じゃない」レヴミーラは朝食をとりながら言った。「先住民のおばさんを助けるくらいなら、警察はいっそ――」彼女は言いかけて口をつぐみ、アルチョームから目をそらした。

いっそ死んだほうがましだと思ってるのよ、と言いかけたのだった。今日がどんな日だったか、危うところで思い出した。

「努力するのは警察の義務だよ」アルチョームは言ったが、レヴミーラは首を横に振った。アルチョームはつづけた。「最近、リャホフスキー巡査長は、市民の意見を頑なに聞こうとしない。去年の秋だったかな、その件で巡査部長から叱責されたんだ。だが、市井《しせい》の声を聴くのが警察の仕事だからな。職務の何たるかを理解するにはまだ若いんだろう」

レヴミーラはコーヒーをすすった。おいしかった。甘くておいしいコーヒーだった。自分にこんな幸福はもったいない。気晴らしをすることも、会話を楽しむことも、自分にはもったいない。あれから長い時間が過ぎたいまでさえ、自分が朝に目を覚ますことも、おしゃべりをすることも、淹れたてのコーヒーをのむことも、道理に外れているように思えた。グレブは、そのすべてができないのだ。

レヴミーラは席を立った。「そろそろ行かないと」。アルチョームはコンロの上の時計を見た。

レヴミーラは洗面台へ行き、歯を磨いた。鏡のなかには出勤用の服を着た自分がいる。

又従姉妹の失踪した娘は、グレブと出会ったころのレヴミーラと同じくらいの歳だったはずだ。当時は、毎日がまぶしいほど輝いていた。十七歳でペトロパヴロフスクに引っ越してきたとき、街は、建設用の足場と、兵士と、磨き上げられたレーニン像であふれていた。大学がはじまった最初の日に、レヴミーラはグレブに出会った。当時の彼女はいまよりほっそりとして、日に焼け、エッソの共産主義青年団の特使だった。グレブは、政府のプロパガンダのポスターから抜け出してきたかのように、ハンサムで聡明だった。教室の明かりの下でグレブがふと振り向き、レヴミーラには、眉を寄せた彼の顔が見えた。

あのころのレヴミーラは、いかに幸運で、いかに愚かだったことか。当時の一番深刻な悩みでさえ、いまの彼女にとっては取るに足りないほどささやかなものだ。一学期がひと月過ぎたころ、学生寮に小包が届いた。何も入っていないかのように軽い箱だった。開けてみると、中には乾いた松ぼっくりがたくさん入っていた。父親が拾い集め、三百キロ南にいる娘に郵便で送ってくれたのだ。箱はふるさとのにおいがした。森、土、両親のちくちくする服。レヴミーラは、松ぼっくりを振って種を出し、口に入れて噛み、声をあげて泣いた。それが、十七歳の彼女が一番孤独だったときだ——小包を送ってくれた家族を恋しがっていたときが。

その日の午後、レヴミーラは松ぼっくりを教室へ持っていき、通路のむこうに座っていたグレブに渡した。二人は卒業を待たずに結婚した。そのときレヴミーラは世界を手にしたが、まだほんの子どもだった。

レヴミーラはアイラインを引いた。毎年この日は、グレブのことを思い返すようにしていた——彼の我慢強さ、彼の魅力。授業が終わると、グレブはレヴミーラの机のとなりまで来て、彼女が帰る支度をするのを待った。レヴミーラは、彼の気配を頭上に感じるのが幸福で、わざと時間をかけて教科書をまとめたものだった。一度、友人たちと公園へ出かけたとき、グレブがひざまずいてレヴミーラの靴紐を結んでくれたことがあった。優しいグレブ。驚かせてくれたグレブ。彼の指は、彼女の指より少し長く、少し細かった。その週末、ついに彼の妻になったレヴミーラは、彼が母親と暮らす家に引っ越した。グレブはお祝いに、桶に入った二リットルのイクラを買って帰ってきた。二人は、イクラを桶からスプーンですくって食べた。塩気のある粒が、歯のあいだで弾けた。そのときのことは決して忘れない。

キッチンでは、アルチョームが皿を洗っていた。食器がシンクに触れる音がする。何年経っても、グレブとの時間は――結んでくれた靴紐、桶いっぱいのイクラ――当時のままに思い出される。だが、グレブとの思い出以外のことが、レヴミーラの気持ちとは裏腹に、その存在を強め、大きくした。グレブがくれた手紙やレコードはスーツケースに入れられ、彼女のクローゼットにしまわれた。レヴミーラは白衣を着て働き、グレブが二度と見ることのない家のなかを整え、ふたたび結婚し、二度目の結婚はとても長くつづいたので、誰かが彼女に「あなたの夫」と言うとき、それが誰のことを指《さ》すのか確かめる必要もなくなった。

レヴミーラはキッチンに戻り、アルチョームにキスした。「いってきます」

アルチョームは手を拭きながら玄関までついてきた。スリッパを履いた足で立ち、レヴミーラがヒールを履くのを待つ。準備ができた彼女に、アルチョームがコートを手渡す。ウール地で、厚い裏地が付いたコートだ。「昼食を一緒にするかい？」

「そっちが忙しくなければね。召集されたら教えてちょうだい」

「もちろん」アルチョームは言った。彼はいつもそう言うのだ。レヴミーラは、またアルチョームにキスした。彼の唇はやわらかく、温かく、生きている者のそれだった。彼がこれほど優しくしてくれるのは適切ではない。今日のレヴミーラは、彼にほとんど関心を払っていないのだから。何もかもが適切ではなかった。

体を離すと、アルチョームがキスのあいだも目を開けていたのがわかった。レヴミーラの顔に、知り合ったころの彼女の面影を見て取ったにちがいなかった――打ちのめされた女の面影を。

レヴミーラは、小さなかばんを肩にかけた。「だいじょうぶかい？」アルチョームがたずねる。

「ええ、だいじょうぶ」レヴミーラは答えた。大丈夫でなくてはならなかった。

だが、バス停までのたった四ブロックの道のりを、彼女は途方に暮れながら歩いた。空は洗われたように青かった。ゆるんだ氷が足の下で割れる。建物の壁には、寄せられた雪が小山になっていた。事故があった朝、グレブの母親は寝間着姿で二人の寝室に入ってきた。カーテンの隙間から、陽の光が射し込んでいた。グレブは一時間ほど前に仕事へ出かけていた。レヴミーラは起き上がり、自分の重みで薄いマットレスが揺れるのを感じた。マットレス越しに、骨のように硬いベッドフレームの感触がした。「お母さん、何かあったの？」レヴミーラは言った。自分が口にしたこのひと言が、その後いつまでもレヴミーラの頭から離れなかった。何度も何度も繰り返しよみがえった。たずねるべきではなかったのだ。ヴェラ・ワシーリエヴナの顔つきをみれば、答えは明らかだったのだから。

何があったのか悟ると、レヴミーラは叫んだ。グレブが寝ていたほうのベッドのシーツは、まだ彼のにおいがしていた。だが、それもやがて消えるのだ。彼の服はクローゼットにかかっていた。タンスの上には子どものころにもらったトロフィーや、少年団から授与されたメダルや、卒業証書が飾ってあった。

葬儀場にはグレブの写真が何枚もあった。閉じられた棺が空《から》っぽであるということと、そこに入っているべきだったものが、どちらもレヴミーラを苦しめた。彼女が十歳のとき、祖父が死んだ。遺体は実家に三日間置かれ、レヴミーラは祖父の肌に触れることができた。厚紙のようにこわばった肌は、彼女を怯《おび》えさせもし、慰めもした。だが、グレブは、シートベルトを着けていない状態で交通事故に遭った。彼の遺体は、埋葬まで遺体安置所に置いておかれることになっていた。遺体の一部が失われていたのだろう。レヴミーラは本当のところを知らなかった。知ろうともしなかった。体が損なわれたグレブを想像すれば、自分は正気ではいられないとわかっていた。

ヴェラ・ワシーリエヴナは、エッソでレヴミーラの家族がしていたように、家中の鏡に布をかけた（ロシア正教会の習わし）。だが、グレブは老人ではなかった。まだ二十二歳だった。穢れてなどいなかった。「あなたはわたしの娘よ。もう、わたしにはあなたしかいない」ヴェラ・ワシーリエヴナはそう言ったが、グレブがはじめてレヴミーラを家に連れてきたとき、彼女は、息子が先住民の女と付き合っていると知って嘆き悲しんだものだった。二人はグレブの墓に、ひとつかみの土を投げ入れた。耐え難い時間だった。義母の体は震えていた。レヴミーラは、その肩に腕を回してやるべきだとわかっていたが、どうしてもできなかった。かわりに、土に汚れた両手を組んで握りしめた。目に映るものはすべて、グレブがいるべき世界の模倣だった。

レヴミーラは、友人の部屋に引っ越した。正気を保つためには前に進むしかなく、結婚の贈り物も、二人で使っていた食器も、グレブの目に映った彼女の服も処分し、とうとう、二人の生活の断片は、留め金付きの小さなかばんひとつに収まった。大学を卒業し、仕事を見つけ、日々の支払いをし、夕食の支度をした。ゴルバチョフが、解放と変化について演説するのをテレビで見た。そうしたすべてをこなしながら、レヴミーラは叫んでいた。叫びつづけていた。心のなかでは、レヴミーラはいまも二十一歳と十カ月と二日で、時刻は朝の七時を少し過ぎたばかりで、グレブはその一時間前まで彼女のとなりで眠っていた。

レヴミーラはバスに乗り、治療優先度判定《トリアージ》をする看護師用のデスクに、朝八時ごろに到着した。夜勤の看護師が、手短に仕事の引継ぎをした。空いているベッドの数、入っている診療予約の数、夜のうちに仕入れたちょっとした噂話。レヴミーラは椅子の背にコートをかけ、うなずきながら聞いた。受付の前の壁ぎわには、患者が二人だけ座っていた。受付と言っても廊下と変わらない。緑色に塗られた狭い廊下だ。金銭的に余裕のある患者は、民間の診療所へ行き、待合室に座ることができる。夜勤の看護師が帰ると、レヴミーラは、症状を聞くために患者のひとりをデスクに呼んだ。男が口を開いたとたん、アルコールの強いにおいが鼻をついた。「席に戻ってください」レヴミーラは言って、もうひとりの患者を呼んだ。書類を確認し、診察のため二階へ案内する。

午前中、患者は引きも切らずにやってきた。放射線治療を受けている横柄なワレンチナ・ニコラエヴナ。盲腸が破裂しそうになっていた十代の患者。スノーボードで脚を骨折した患者は、車椅子でエレベーターに乗った。上着の袖には雪が付いていた。レヴミーラは、そのひとりひとりに応対した。ある患者はレントゲン室に、別の患者は超音波室に、また別の患者は手術室へ連れていった。医者たちが内線をかけてきて、処方箋の指示を出した。レヴミーラは医者に内線をかけ、診察の状況を問い合わせた。ある患者は、クロスボウの矢が右肩を貫通していたので、レヴミーラは男に左手で書類を記入させ、診察室に案内した。

廊下の患者が一人か二人までに減ってくると、レヴミーラはデスクを片付ける余裕ができた。ホッチキスと縦長の手帳を、きちんと並べて置く。考え事を整理し、ひと息つく。アルチョームから届いたメールには、召集がかかり、山へ救難にいくことになったと書かれていた。レヴミーラは、幸運を祈ってる、と返信した。玄関のむこうの道路は、太陽に照らされていた。空気に、確かに春の気配があった。やがて研修生が下りてきて、昼休みを取るレヴミーラと交代した。

休憩室で、レヴミーラは雑誌を一冊手に取った。だが、ページをめくるでもなく、昼食のスープの上で雑誌を持ったまま、ある夏の一日のことを思い返していた。大学を卒業する前の年のことだ。その日、レヴミーラとグレブは結婚した。グレブはスーツを着て、レヴミーラは低いヒールの質素な靴を履いた。髪は三つ編みにして、肩の上に垂らした。誓いの言葉を口にしたあと、グレブがどんなふうにレヴミーラを抱きしめたか――彼女は、いますぐに二人の子どもを授かりたい、と願った。

だが、妊娠しなかったのは、おそらく幸運だったのだろう。赤ん坊を抱いてグレブの葬式に出ていれば――そのあと、彼女はどうなっていただろう。何をしでかしていただろう?

何年もあとになって、アルチョームが子どもを作れない体だとわかったとき、レヴミーラはすでに、新しい報せに驚くような年齢ではなくなっていた。その事実は、失われたたくさんのもののひとつに過ぎなかった。いずれにしても、カムチャツカ半島はもう、家族を育むような場所ではない。又従姉妹の人生には、消えた娘の残した穴が、埋めようもなく開いている。レヴミーラが子ども時代を過ごしたコミュニティはその結びつきを失い、いとも簡単に忘れられ、消えてしまう場所になった。両親がレヴミーラを育てたのは、安全な家庭、のどかな村、良識ある隣人、息づくエヴェンの文化、偉大な業績を残した社会主義国家が、まだ存在していたときだった。その国家は崩壊した。国家があった場所には、何も残らなかった。

レヴミーラは、冷めかけたスープをかき混ぜた。現代化された暮らしのなかで、彼女とグレブのような恋人たちは消えていった。十年後、レヴミーラは同じ婚姻登記所へ戻ることになった。アルチョームと訪れた建物は一度目の結婚と同じものだったが、部屋はちがい、立会人もちがい、二人の結婚を認めた法律は、ちがう国家のものだった。新婚時代にグレブと訪れた場所は――キスをした街のベーリング像や、聖ニコラウス丘の頂上――落書きやゴミが目立つようになっていた。大学でさえ変わった。毎年秋学期がはじまるたびに、レヴミーラは学生のカルテを取りに大学へ立ち寄る。はじめてカルテを取りにいったとき、グレブと出会った教室へ足を運んでみると、そこには見知らぬ学生がひしめいていた。

グレブは死に、それから間もなくして、ソビエト連邦も死んだ。レヴミーラの祖国、若々しかった顔、人生の行き着く先、すべてが変わった。病院で働きはじめてから、彼女は大勢の患者を診療室へ案内し、そのうちの少なからぬ患者が亡くなった。レヴミーラは、いまでは死についてよく知っていた。最後に息を吐き、体が痙攣《けいれん》し、静寂が訪れる。両親も同じようにして死んだ。レヴミーラは二人に会いたかった。ずっと前に彼女は、自分を置いていなくなった人々を恋しがることには、抗いようがないのだと知った。たくさんの、とてもたくさんの人がいなくなった。ヴェラ・ワシーリエヴナもいなくなった。だが、完璧な存在のままいなくなったのは、グレブだけだった。彼の死は彼女に衝撃を与え、その後、何年経とうと、衝撃が和らぐことはなかった。

グレブと一緒に死んでいれば、すべてがもっと簡単だった。そのほうがよかった、と言うつもりはない。ただ――もっと簡単だった。自分もあの車に乗っていれば。そんな想像を何度しただろう。デスクに戻り、レヴミーラはそのことを考えつづけた。彼の車、あの道路、夜明け前の凍てつくように冷たい空気。二人の結婚、抱きしめてくれた彼の両腕、生まれていたかもしれない二人の小さな男の子。あるいは、小さな女の子。二月二十七日。起きているあいだでさえ、レヴミーラは夢を見つづけた。

そのとき、携帯電話が振動した。画面に表示されたのは、アルチョームと同じ救急隊の男性の妻の名だった。レヴミーラは、患者から見えないように身をかがめ、電話に出た。「もしもし、イナ？」

一瞬、沈黙があった。イナの声がする。「悪いことが起きたの」

レヴミーラのまわりでは、順番を待っている患者たちが抑えた声で話し、ため息をつき、呻き声をあげていた。彼女はデスクに額をつけていた。なめらかで、冷たい。レヴミーラはその姿勢のままじっとしていた。次の言葉を待った。

「無線が入ったのよ。ずっと連絡しようとしてたみたい。あなたに。アルチョームが大変なことになったの」イナが言った。「レヴァ、本当に気の毒だわ。本当に。本当に本当に残念だわ」イナの声がつづいた。

岩、と聞こえた。アルチョームの頭、と。直撃した。苦しまずにすんだ。医療隊は蘇生《そせい》を試みた。彼はすでに息をしていない。一瞬の出来事だった、とイナは言った。

椅子の上で体を折り曲げたまま、レヴミーラは自分が着ている看護師の制服を見た。膝に巻いた綿のサポーターに目を落とす。「わからない」口を開いて、言葉を出した。

また、岩、と聞こえた。救難作業。スキーをして遭難した者がいた。遭難者は見つかった。そのとき、岩が落ちてきた。アルチョームの頭に。苦しまずにすんだ。事故だった。頭蓋骨。彼の首の曲線、あご、今朝、彼女を見ていた彼の顔、そのうしろのうっすらと曇ったガラス窓。

「ええ。わかった」レヴミーラは言った。

電話を切る。誰かが近づいてくる気配がしたが、手を軽く振って追いやった。アルチョームがどこにいるのか聞き忘れていた。電話をかけ直すべきだろうか。携帯電話のロックを解除し、着信履歴に残ったイナという文字を見る。こんなことはばかげている。夫にメールをしなくては。レヴミーラはゆっくりと文字を打った。イナがなんと言っていたか、アルチョームに知らせなくては。アルチョームが大変なことになった。イナはそう言った。だが、自分に見せてもらえれば、軽傷だと判断するはずだ。少し弱っているだけです、と。疲労しているだけです。生きてさえいれば、そう判断する。

顔をあげると、イナがデスクの前に立っていた。コンピューターの時計を見る。いつの間にか長い時間が経っていた。

「家まで送るわ」イナが言った。目が赤くなっている。「みんなはまだ山にいるから」

「わかった」レヴミーラは言った。「そうでしょうね」

イナがどこかへ消えた。誰かに肩を叩かれる。研修生が、あとは引き継ぎます、と言っている。また、イナがふいに現れた。レヴミーラは、コートを忘れずに手に取った。二人で外へ出る。アルチョームが死んだ。

レヴミーラは、イナの車に乗り込み、シートベルトを締めようとした。なかなか締まらない。両手の感覚がおかしい。指先に、関節に、神経を集中させる。シートベルトをつかんだ指の爪が羊皮紙のような色をしている。

グレブの事故があって以来、レヴミーラは自動車を憎んだ。これからは岩も憎まなくては。岩と、雪を。携帯電話が震える音。砂糖を入れてかき混ぜたコーヒー。キッチンに漂う朝食のにおい。レヴミーラは、自分は強いと思ってきた。だが、そうではなかった。自分は強くない。もう強くない。彼がいないのだ。

イナが、運転席でエンジンをかけ、頬を拭った。フロントガラスのむこうを見ている。彼女が動くと、上着がかさかさ音を立てた。「この天気のせいよ」イナが言った。「氷がゆるんでいて。雪崩が起きやすかった」

レヴミーラは、ももの上に置いた両手を握っていた。握っていないと勝手に動くのだった。通風口から冷気が吹き付けてくる。二月二十七日。

「運命だから」声に出して言った。

イナはハンドルに目を落としたまま、鼻をすすった。「え?」

窓の外に視線をやり、駐車場の端に積み上げられた、黒く汚れた雪を見た。雪解け水がアスファルトの上を細く流れている。太陽は空の高いところにあった。岩のことを考えた。アルチョームの頭。苦しまずにすんだ。週末の午後、レヴミーラとアルチョームはソファの上で昼寝をし、脚をからませて顔を寄せ合っていた。彼の息が頬にかかった。目を覚ましたアルチョームは、体勢は苦しくないかとたずねた。それから、新聞の見出しや、通貨切り下げや、議会の決議や、ゴロソフスカヤ姉妹のことを話した。「わたしが誘拐犯なら」レヴミーラは言った。「二人を北部に連れていく。警察は先住民の村なんて無視してるんだから。自宅の庭に、真っ昼間に、誰にも気づかれずに、死体を埋めてみせる」

アルチョームは、小じわの寄ったレヴミーラの下まぶたにキスして言った。「恐ろしくも聡明なわが妻よ」

二人の結婚に死を持ち込んだのはレヴミーラだ。彼女が、彼に死をもたらした。レヴミーラは車窓から外を見たまま静かに言った。「私たちは苦しむ運命だから」。はじめから、こうなることは覚悟しておくべきだった。彼女はアルチョームに――類稀《たぐいまれ》なる男性に――出会い、死刑を言い渡したのだ。

駐車場がうしろへ遠ざかっていき、ほかの車が増えはじめ、市バスがバス停のある路傍に寄り、信号が青に変わった。イナは、映画館の前を通って遠回りをしていたが、レヴミーラは黙っていた。道路の両脇に寄せられた雪が、波のようにうねっている。玄関の前で、レヴミーラは鍵束を出した。イナが鍵を取り、ドアを開けた。それくらい自分でできる。レヴミーラは言いたかった。全部わかってる。前にもやったことあるんだから。だがレヴミーラは、何も言わず、イナのあとから家に入った。

イナはレヴミーラより年下だったが、断りもなくキッチンへ行ってやかんを火にかけた。ここは自分が仕切ると決めたらしい。彼女にとっては容易《たやす》いことだろう――愛する男が生きているのだから。

「ちょっと失礼」そう言ったレヴミーラの声は、思っていたより礼儀正しく響いた。携帯電話を持って浴室へ行き、アルチョームの姉に電話をかける。

「うそでしょう」義姉はそう言うと泣き出した。規則的で、すがるような、痛々しい泣き声だった。レヴミーラは電話を持った手に力をこめた。訃報《ふほう》を聞いてから、自分はまだ泣いていない。だが、耳をふさぐわけにもいかない。「弟にはもう会ったの？」義姉がたずねた。

「いいえ」レヴミーラは、捜索がどのように進むか知っていた。「いま、救急隊が山を下りているところです。下山は、とても――大変なんです。先に救出した人を下ろすんです。何時間もかかると思います」

「何かの間違いじゃないの?」

洗面台には、アルチョームの髭がぱらぱらと落ちていた。レヴミーラが家を出たあと、髭を剃ったのだ。この世界は、人が苦しむように出来ている。「間違いじゃないんです」レヴミーラが言うと、義姉の泣き声は激しくなった。

イナがキッチンにいたので、レヴミーラは電話が終わると寝室へ行ってドアを閉めた。ベッドをおおった毛布の上に、アルチョームの枕がある。触れると、やわらかかった。サイドテーブルには、彼が読んでいた本があった。水の入ったグラスも置いてある――レヴミーラは、グラスを取って水をのんだ。

空になったグラスを、いつもアルチョームが寝るほうの毛布の上に置き、その傍に本も置いた。グラスと本が、軽く毛布に沈む。サイドテーブルの引き出しを開けると、ポケットナイフと、予備のサングラスと、ビタミンDのサプリメントが入っていた。レヴミーラは、それらをすべて毛布の上に置いた。彼の持ち物が並んでいるのを見ると、気分がよかった。いくらでも並べられる。ほかにやるべきこともない。タンスへ行き、アルチョームのセーターを、ズボンを、白いTシャツを、くたびれたブリーフを取り出した。玄関で最後に見たアルチョームは、部屋着を着ていた。紺色のジャージのズボンに、着古したTシャツ。レヴミーラは、洗濯かごのなかからその部屋着を取ってきた。何を着て職場へ行ったかは知らないが、すぐにわかるだろう。

レヴミーラは、アルチョームの遺体を見たかった。

ベッドの上にできたアルチョームの持ち物の山は、小さすぎるように思えた。追加するものを探しにクローゼットへ行く。

アルチョームの物を集めなくては。記憶を貯蔵しておかなくては。アルチョームに出会ったときレヴミーラは二十九歳で、すでに母親になっていた同窓生たちとはちがって、まだ若く、仕事と、葬られた過去のほかには何も持っていなかった。会う人はみな、レヴミーラをこわがった。だが、アルチョームだけは動じなかった。レヴミーラはあるパーティーで、友だちの友だちだった彼を紹介されたのだった。バイアスロンの選手としてモスクワ郊外で訓練を受けていたアルチョームは、その後カムチャツカへ戻ってきていた。あまりに長いあいだ実りのない競争をつづけた彼は、引き締まった体と、公平な心と、強さを手にしていた。

出会ってひと月も経たないうちに、二人はセックスをした。彼らはアルチョームの暗い寝室にいた。彼の両親は外出中で、姉は壁一枚隔てたところにいた。レヴミーラは、彼の服を脱がせた。膝も肩も、厚い筋肉におおわれていた。レヴミーラは、筋肉に沿って指を滑らせた。彼の胸に触れると、心臓の鼓動を感じた。抑制されたアスリートの心臓は、激しく脈打っていた。彼の呼吸は浅く、全身に気持ちの昂ぶりが表れていた。

クローゼットの吊り棒を強く握ったまま、レヴミーラは泣き出した。最後にセックスをしたのは水曜日だった。今日は日曜日だ。

あのとき、アルチョームはどんなふうにレヴミーラを愛したのだったか。なぜこれほど長いあいだ、彼女のそばで生き長らえてくれたのか。結婚して何カ月ものあいだ、レヴミーラはアルチョームをほれぼれと眺めたものだった。彼の長い脚、彼の優しさ。そして、あるとき突然、彼女は彼に恋をした。二人は一緒にバスに乗っていた。その日の雪は、過去の大雪を思い出させ、そしてまた、これほどの大雪は二度とないだろうと思うような降り方だった。大量の雪が視界を埋めつくし、バスの運転手は毎日の習慣だけを頼りに運転しているようだった。降りるバス停から三ブロック手前のところに差し掛かると、アルチョームはふいにレヴミーラに向き直り、彼女のコートの襟を立て、あごの下までジッパーを閉めた。帽子をかぶせて眉の上まで引き下げ、両手首に指を滑らせて手袋と袖口のあいだに隙間がないか確かめた。それから彼女の手を握り、また前を向いた。しっかりとくるまれたレヴミーラは思った。自分は生きているのだ。ようやく生き返ったのだ。体中の血が、熱くたぎるのがわかった。

レヴミーラは、暖かさと、興奮と、不安を覚えてじっと座っていた。これから、驚嘆すべきことが自分を待っているのだという確信があった。空気に触れているのは、目の周りのわずかな皮膚だけだった。窓の外の世界は、新鮮で、清潔に見えた。何かを約束しているかのように。グレブが死んだあと、レヴミーラは、いつも、いつも、いつも独りだった。だが、混み合ったバスの固いシートの上で、突然、自分に寄り添ってくれる存在を発見したのだった。上着の襟の陰で、レヴミーラは喜びとともに息を吸った。アルチョーム。

彼女の夫。彼女を救出してくれた人。彼は自分の務めを果たした。これから、レヴミーラは彼なしで前へ進んでいくしかない。レヴミーラは顔を拭き、キッチンへ行った。彼女が入っていくと、イナが立ちあがった。片手に携帯電話を握ったまま、「救急隊がこっちに向かってるみたい」と言った。

「わかった」レヴミーラは言った。水切りかごから、アルチョームのマグカップと皿を取る。

浴室へ行き、アルチョームの歯ブラシと、剃刀と、コロンを取った。それから、彼が使っていた化粧水を取る。そのすべてを彼女は毛布の上に置いた。

この二十六年間のほとんどは、アルチョームの優しさ、二人の仕事、食事のときの会話、互いへの気遣いで成り立っていた。この国がばらばらになっていくのを見ながら、自分とアルチョームだけは、いつまでも正しい存在でいるだろうと信じていた。だが、それは間違いだった。アルチョームの十二時間の勤務時間、レヴミーラの病院での仕事、リリヤ捜索の警察への嘆願書――こうしたすべては、過去に取り残された者のすることだった。役に立たないものだった。結局、二人は誰のことも守れなかったのだから。

クローゼットに戻ると、グレブのスーツケースを出し、持ち上げて毛布の上に置いた。大きなケースが、アルチョームの物を下敷きにしている。指を痛めながら固い留め金を外し、ケースを開ける。中には、存在を忘れていた物と、忘れようのない物が入っていた。夫の物は、こうしてそばに置いておかなくては。彼らの物だけが、レヴミーラに残されたすべてなのだ。グレブがくれた手紙。色あせたレコードのジャケット。冬用の帽子、パスポート。レヴミーラは、古いスーツケースの中身をすべて出すと、スーツケースを毛布の上に置き、自分もベッドに上がった。

ブーツ、ベルト、書類、マフラー。グレブが事故に遭ったあと、レヴミーラは、自分もじきに死ぬのだと思った。あるいは、自分も死んだのだと思った。あの日、グレブはいなくなり、レヴミーラは、悲しみという名の重力に引きずられるようにして、彼の記憶をいつまでも追った。だが、レヴミーラは生きる。生きなくてはならない。彼女がしてきたのはそういうことだった。ほかの者たちが生きられなかったときに、彼女は生きた。そこに喜びがないのだとしても。

三月

キッチンが水浸しになり、彼とひと言も話さない三日間を過ごしたあと、ナージャはミラを連れて、エッソの小さな空港からパラナ行きの飛行機に乗った。横一列に並んだシートを二人だけで使うことができた。五歳のミラは、飛行機に乗っているあいだ、スライスしたキュウリをかじりながら、胸の大きな女の人の絵を描いた。ノートに大きな円を二つ描いて笑い、そのそばにまた円を描いて笑い、唇をきゅっとひき結んで集中しながら、さらに大きな円を描いた。娘の頭の上からノートをのぞき込み、ナージャは言った。「男の人は描かないの？」

急いでミラは、さっきよりも大きな人間をもうひとり描いた。胸のところに小さな点を二つ描く。

「描きなさいって言ったわけじゃないよ」ナージャは言った。

ミラはペンを握り直し、二つの点のまわりに、それぞれ円を描いた。「上手だね」ナージャはそう言って、窓から白い大地を見下ろした。

エッソの中心部の山岳地帯は、すでに遠くうしろにあった。ナージャは数日かけて、機長に賄賂《わいろ》を渡してかき口説き、ペトロパヴロフスクを発ったあと吹雪でエッソに足止めされていた双発ターボプロップ旅客機に娘とともに乗せてもらい、ぶじ目的地まで連れていってもらうことに成功したのだった。チェガは村に残してきた。三年前から三人で住んでいた、賃貸のあばら家も残してきた。先日新たに壊れたラジエーターのパイプと、くるぶしのあたりまで浸水した黄色いタイル張りの床も残してきた。ナージャが最後にチェガに言った言葉──火曜日の「大家に電話して」という言葉──と、今朝、食卓の上の凍った蜂蜜の瓶の下に滑り込ませた手紙も残してきた。

これから、娘とともに再出発するのだ。ナージャはミラの背中に腕を回した。「ねえミラ、今週おうちであったこと、おじいちゃんとおばあちゃんには内緒にしとこうか。わかった?」

ミラは、また円を描いていた。「うん、わかった」

「じゃあ、ママがおじいちゃんの役をやるからね。こんにちは、ミラ。最近、何か面白いことはあったかい?」

「なんにも!」ミラは言った。「でも、こないだパイプがこわれちゃって、おうちのなかにスケートリンクができたの」

ナージャは一拍置いて言った。「そのことは内緒にしておこうって言ったよね?」

「ないしょにしとかなきゃいけないのは、ママとパパがいっつもケンカしてることかとおもった」

「そう、それも内緒にしといてね。全部、内緒」ナージャは、ミラの肩に置いた手にきゅっと力をこめ、娘から腕を離してシートに深くもたれた。前のシートの背に両膝を押し当てる。

ミラがうっかりすべてを話してしまっても、気にする必要はない。ひと月かふた月するころには、生活もいまよりずっと良くなっているだろうし、そうすれば両親に嘘をつく必要はなくなる。別れを告げてきたもののことで言葉を無駄にするかわりに、ナージャは携帯電話のロックを解除し、音楽アプリでリアーナのアルバムを出すと、イヤホンの片方を耳に押し込んだ。「ほら、ミラ」。娘が顔を傾けてナージャを見上げる。ナージャは、もう片方のイヤホンを娘のやわらかな耳に押し込み、音楽を流した。

飛行機は東からパラナに着陸した。パラナはコリヤーク管区の行政の中心地だが、上空から見た故郷はみすぼらしかった。道路は灰色にぼやけ、集合住宅の建物は崩れかけ、海のすぐそばには木造の家が建ち並んでいた。ミラとともにパラナの南方にあるエッソへ引っ越して以来、ここへ戻ってくるのははじめてだ。上空から見たかぎり、新しい建物は見当たらなかった。

両親は空港まで迎えに来ていた。どちらも、近況はたずねてこなかった。母親がこう言っただけだった。「チェガが一緒じゃない理由は聞かないでおくわ」

「仕事が忙しいんだって」ナージャは言った。「新聞社はもう辞めて——いまは結婚式とかイベントの仕事をしてる」それは彼が来なかった理由ではなかったが、すくなくとも事実ではあった。

「ああ、きっと休みが必要なのね。わかるわ。おまえと一緒に暮らすのは楽じゃないから」

「そんなふうに育てたのは誰?」ナージャはつぶやいた。耳の遠い母親は娘の言葉には気づかず、降りてくる乗客に知り合いがいないか目を凝らしていた。父親が身をかがめ、ミラの頬を両手ではさんだ。

ミラは新しいコートを着ていた。鮮やかな紫色で、新年のために買ったものだ。ロシア貯蓄銀行《スベルバンク》のおかげだ。ナージャがそこで働いているおかげで、故郷までの二人分の旅費をまかなうことができた。七週間の有給休暇。チェガとは、その休暇を使ってソチで夏休みを過ごそうと話していた。だが、パイプが破裂し、無益な言い争いが終わり、ナージャが「家庭の問題」と呼んだ事柄について上司と長時間話し合ったあと、休暇の予定は完全に変わっていた。

いま、ナージャとミラには七週間の時間がある。休暇が終わるころには五月だ。二人にぴったりの住まいを見つけるには十分な時間だった。パラナに住むつもりは、もちろんない。ペトロパヴロフスクも無理だ。チェガの妹が、そこで大学に通っている。本土のどこか――カザンあたりだろうか――か、ヨーロッパへ移ってもいい。イスタンブールだろうか。ロンドンだろうか。チェガという足かせがなければ、ナージャとミラは世界中のどこへでも行けるのだ。スベルバンクは世界中に支店がある。

ナージャは車の助手席に乗り、父親とミラは後部座席に座った。母親はハンドルに体を寄せて座り、まだ誰かを探すような目つきで前をにらんでいる。だが、フロントガラスのむこうには、霜におおわれた自動車しか見えない。

「ママ、ちゃんと見えてる?」ナージャはたずねた。返事はない。体をひねり、父親に問いかけた。「母さん、見えてるの?」

「もちろん」父親は言った。「ここまで運転してきたのは母さんだぞ」

ナージャは、父親の毛糸の帽子と、母と同じように白濁した目をじっと見た。それから、後部座席に手を伸ばし、ミラのシートベルトを締めた。母親は車を発進させて自動車の列のあいだを抜け、空港の駐車場をあとにした。「パパ、わたし一月に昇進したんだよ」ナージャは言った。「銀行のマネージャーになった。月給が二千ルーブル以上も上がったんだ」

「これだけルーブルの価値が下落してるんだから、それっぽっち上がっても仕方がないな」父親は言った。「母さんの年金じゃパンも買えん」

「援助しようか？」ナージャがたずねると、父親は怪訝《けげん》そうな顔をした。実家を離れて長い時間が経っていた。ナージャは父の癖を忘れていたのだ。父親は、はじめは金の話で不平を言い、すみやかに別の話題に移り、今度は政治や、役人や、議会にはびこる汚職のことで愚痴をこぼす。変化を求めているわけではない。ナージャは深呼吸をした。「変なこと言ってごめん。最近、何かあった？」

「話すようなことはないな。雪解けがはじまった。そっちは――」

「チェガはどうしてる？」母親が横からたずねた。

「元気だよ」。母親は黙っている。「元気だってば！」ナージャは声を大きくした。「変わりなくやってる！」。今度は、母親は黙って首を横に振った。おだんごに結った髪が、頭の上で左右に揺れる。両肩はハンドルの上で動かない。

生まれ育ったパラナで過ごした最後の年は、チェガと付き合いはじめた最初の年でもあった。チェガは兵役を終え、パラナの漁場にひと月だけ働きにきていた。だが、ナージャに出会うとチェガは滞在を延ばした。ナージャの両親は、チェガをひと目で気に入った。人当たりがよく、自分たちと同じ先住民族で、故郷こそちがうが、自分たちの村とよく似た村の出身で、つまり彼は白人文化に染まりきっていないということで、よそ者ではないということなのだった。あの子は信用できる、あの子には才能がある。両親はそう言った。毎晩、ミラが口を開けて眠ると、ナージャとチェガは、洗いたてのシーツの上で静かに愛し合った。二人のとなりで、ミラは身動きひとつしなかった。

ナージャよりひと月若いだけのチェガは、彼女と同じように大きな夢があった。そして、父親になりたいと願っていた。ナージャにミラという娘がいることを喜び、すでにおしゃべりをはじめていたミラは、父親と呼べる人を求めていた。チェガはまた、三人で一緒に暮らす未来のことを盛んに口にした。彼の話すエッソは、カムチャツカで一番美しい村で、文様を刻んだ丸太小屋が立ち並び、山の空気は林檎のように新鮮だった。エッソに戻ったあと、チェガは毎晩電話をかけてきた。そして、おれたちの家を見つけたんだ、と言った。ただの仮住まいだけど、寝室が二つあって、暖かい。ここに住みながら、大通り沿いに家族が増えても住める家を探そう。ナージャは、自分とミラの飛行機代を貯めるあいだ、パラナを歩くたびに、素晴らしい生活が自分たちを待っているのだという期待で胸をふくらませた。ここにあるのは、崩れかけた建物と、塗料が剝《は》がれかけたソ連時代の壁画と、煤《すす》に汚れた大きな煙突と、繕《つくろ》った魚網と、つながれたボートと、彼女の顔を覚えてもいない元彼たちと、むずかるミラを見かけて忍び笑いをもらす同級生だけだ。だが、飛行機に乗ってむこうへ行けば、チェガがいる。

だが、エッソに着いたナージャとミラを待っていたのは、崩れかけたあばら家だった。ただの仮住まいだろ。チェガは火曜日の朝も、水浸しの床に立ち、あのときと同じ言葉をどなった。この三年間、チェガはあばら家がゆっくりと崩壊していくのを見ながら、その言葉を何度となく口にした。去年の秋、ナージャは住宅ローンのことを勤め先に相談した。それからひと月、ナージャとチェガはローンのことをめぐって言い争いをつづけた。ローンはだめだ、借金はしない。チェガはさらにこう言った。「おれたちはアメリカ人じゃない。クレジットで買い物なんかしない」。いい加減にしてよ、とナージャは叫んだ。クレジットで借金しなきゃ、このボロ家から出られないのに。だが、チェガの考えは変わらなかった。ナージャは別の方法に訴えることにした。チェガの両親には、長年のトナカイの遊牧で貯めた金がある。チェガの妹は奨学金をもらって大学へ行っていたので、貯金は手付かずのままになっていた。冬になってラジエーターが水漏れするようになると、チェガには黙って彼の母親のもとへ行き、貯金で援助をしてもらえないかたずねた。「あんたの世代は、いつだって欲しい物があるね」チェガの母親は言った。「欲が深いんだよ。あんたは本当に満足するかい？　泣きついて貸してもらった金で家を買ったら、それであんたは満足なのかい？」

ナージャは、泣きついたわけではなかった。だが、いま思えば、チェガの母親は正しかったのかもしれない。エッソに、彼女を満足させるものはなかったのだから。

チェガが二人を呼び寄せた村は、彼女たちがあとにしてきた村によく似ていた。ナージャとミラは新年の休暇のあいだ、彼の妹とその恋人と一緒に、何日もエッソの公共温水プールで過ごさなくてはならなかった。ナージャは、自分とチェガが歩み寄るための案をいくつも考えた。「入場料を払って、清潔な民間のプールに行かない？」「わたしたちだけで過ごさない？」「ルースランは呼ばないで、ミラがなついてるクシューシャだけ誘わない？」。だが、そのすべてをチェガははねつけた。結局彼女たちは公共プールで泳ぎ、汗をかき、硫黄のにおいをかぎ、藻が生えてぬるぬるしたセメント造りの水底で足を滑らせた。

チェガとルースラン――彼の妹の下品な恋人だ――は、プールに泳ぎにきた村人たちを不躾《ぶしつけ》に観察して、勝手な分析を加えた。あいつは頭のねじが外れてる。あいつは太り過ぎだ。あいつは浮気者だ。チェガの妹のクシューシャは、プールのふちに頭をあずけて目をつぶっていた。一度、プールの反対側から、ひとりの青年が手を振ってきたことがあった。そのとき、ミラはふいに水に潜り、ナージャは娘に小言を言った。「髪を濡らさないでよ、ミラ。風邪を引いちゃうでしょ」。手を伸ばしてタオルを取る。肩越しに振り返り、チェガに声をかけた。「あの人、あなたに挨拶してるみたいだけど」。チェガは青年のほうをちらりと見たが、挨拶を返さなかった。ルースランは、青年を見ると声をあげて笑った。

「挨拶しないでいいの？」ナージャは言った。

「イエゴール・グサコフ」ルースランが言った。「チェガの同級生だよな」

「あいつはヤバい」チェガが言った。「変人なんだ」

ナージャは恋人の言葉を聞いて、自分も水に潜りたくなった。プールのむこうにいる青年は確かに人気者には見えないが――ぽっちゃりした体つきで、ひとりで座っている――悪人にも見えなかった。対するチェガは、育てると決めたはずの子どもの世話も放り出している。ミラが頭に巻いたタオルを取ってしまい、濡れた髪が冷えてしまったことにも気づいていない。そして、ルースランの下品さは野良犬といい勝負だ。

「かわいそうじゃないの？」クシューシャが言った。頰が汗で光っている。

「全然」チェガは言った。「あいつ、ガキのころ、猫を何匹もいじめてたんだぞ」

「カエルでしょ」クシューシャが言う。「それも、一度だけ」彼女は、いつものごとく慎重だった。放埒《ほうらつ》な兄とちがって、妹は常に落ち着きを失わない。

「カエルいじめのときはみんなで見物してたろ。あいつは隠れて猫もいじめてたんだよ。リリヤ・ソロディコワに直接聞いたんだ。あいつ、六年生のとき、毎週のようにリリヤの家の前に猫の死骸を置いていってたんだ。リリヤの母親は近所の連中に苦情を言って回ったらしいぞ。誰かが殺鼠剤を大量に撒《ま》いたと思って」

「おまえ、あのリリヤと仲良しだったのか」ルースランは含みのある言い方をして、クシューシャの肌に鼻を押し付けた。クシューシャがそっぽを向くと、ルースランはチェガに向き直った。「リリヤのとこに行って、イエゴールのことをどう思ってるのか聞こうぜ」

「リリヤが殺されたって噂は知ってるだろ?」チェガは言った。「ほんと最低だな」

ルースランは、貧弱な胸を張って言い返した。「最低なのはおまえだろ」

「二人とも最低」クシューシャが割って入った。「話題を変えて」

ナージャは、こうしたすべてにうんざりしていた。身内同士の言い合いや、意地の張り合いや、何年も前に家を出た女の子を巡る意地の悪い噂を聞きたければ、パラナでも聞くことはできるのだ。そしてパラナには、壊れていないラジエーターと、剝がれていない壁紙もある。ナージャの母親は、五階建ての集合住宅が立ち並ぶ通りを運転していた。半世紀前に建てられたそれらの建物は、エッソの愛らしい丸太小屋に比べれば見劣りするかもしれない。だが、そこに住む人々はなかで家族と食事ができ、氷の張った床を踏む必要もない。

チェガは、美しいエッソに集合住宅はふさわしくないんだと言っていた。ここはカムチャツカのスイスなんだ、と。彼に何がわかるのだろう。チェガもナージャも、ロシアから出たことさえないというのに。

家に着くと、ナージャの母親は昼食に魚のスープを出した。家族の皿の中身がわずかに減ると、おかわりがあるから遠慮しないでちょうだいよ、と繰り返した。ミラが自分の皿を押しやると、母親は押し戻した。「もういらない」ミラは言った。

「え?」母親が聞き返す。

「もういらない、いらない、いらない、だって!」ナージャは大声で言った。

母親は舌をちっちっと鳴らしながら、皿の残りを鍋に戻した。茹《ゆ》だったジャガイモが鍋のなかに落ち、ぱしゃ、ぱしゃ、と音を立てた。キッチンカウンターの端では、古いマヨネーズの瓶に植えられた玉ねぎが芽を出していた。「母親のあんたが食べないからだよ。お手本になってあげなきゃだめじゃないか」

ナージャは頬が熱くなるのを感じた。「食欲がないのは来る途中で食べたからだよ」

「え？」

「来る途中で食べたから」

「いいや、そうじゃないね」母親はゆずらなかった。

ナージャは、家族が視界に入らないように、うつむいて顔のまわりに髪を垂らした。「パパ、母さんはなんで補聴器使ってないわけ？」

「おまえの母さんは最高の女性だよ」父親は質問には答えず、そう言ってスプーンを口に運んだ。

鼻の奥がつんとするのを感じて、ナージャははっと顔をあげた。泣くつもりはない。ばかばかしい。だが、父親のいまの言葉は、彼女が一番好きなチェガを思い出させた。ミラに話しかけながらナージャを褒めるときのチェガを――〝おまえのママは面白いなあ。あんなママで、おれたちラッキーだったよな〟。何気ないときに、彼女への愛情を伝えようとするチェガを。

少し感傷的になっているのだろう。相手を罰するために何日も無視し合い、心が弱っているのだ。ミラが保育園をやめる手つづきや、貨幣計数機からしばらく離れるために職場のシフトを調整したことで、疲れているのだろう。

家のあちこちが壊れ、修理に追われることにも疲れていた。エッソの人々が二人のことをどう思っているかは想像するしかない。あそこのチェガ・アドゥカノフってやつは、あばら家に住んでいて、水道管を修理する金もないらしい。いや、村の人たちは、チェガには〝金がない〟とさえ思わないはずだ。彼らはこう思う。あいつは水道管が壊れたって気にもかけないんだろう。ああいうタイプの男はよくいるんだ。先住民で、酒ばかりのんで、仕事中はまともに見えるが家に帰ると豹変《ひょうへん》する。女と暮らしてるくせに、結婚するほどの責任感はない。別の男との子どもを世話して殊勝に見えるが、その子が凍えようとおかまいなしなんだ、と。酒こそのまないが、チェガが言われているらしい陰口はおおむね正しかった。そしてナージャは、エッソでまで勝手な噂を立てられることにも疲れていた。

これからのひと月半は、そもそもなぜチェガに惹《ひ》かれたのかを見つめ直す時間になるだろう。高校を卒業したあと、もし、あと数日でも長く実家で暮らし、もし、初めて彼女を口説いてきた男の子どもをみごもっていなかったとしたら、自分はほんとうに、生まれた村よりさらに小さな村で、自分と自分の子どもを、不潔な公共プールでのダブルデートへ連れていくような男と暮らすことになっていただろうか。

昼食の皿を片付けると、ナージャは居間でスーツケースを開いた。ミラの持ち物はどれも小さく、ラインストーンがちりばめられている。「ミラはほんとに強い子だね」ナージャは娘に言った。ミラはナージャの首に両腕をからめ、太ももの上にもたれかかってきた。娘はスープのにおいがした――ディル、黒胡椒、レモン。ナージャは、娘をぎゅっと抱きしめた。

そんな質問はするべきではないとわかっていたが、我慢できなかった。「パパのこと、恋しくないよね?」娘の頬に唇を寄せてたずねた。

ミラは少しのあいだ黙っていたが、ふいにナージャの肩に顔をうずめた。鼻をすする音がした。もう一度聞こえ、またもう一度聞こえた。ナージャが娘を泣かせたのだ。

「ミラ、ママのあひるさん」ナージャは言った。「ごめん。ごめんね」ナージャは、そうすれば涙が止まるとでも思っているかのように、娘を抱きしめた腕に力をこめた。号泣する前に泣きやませたかった。

「パパはこないの？」ミラがたずねた。苦しそうな声だ。ナージャは娘の体に回した腕から力を抜いた。

「パパはおうちにいるよ。覚えてるでしょ？　ママたちは、しばらく、おじいちゃんとおばあちゃんと過ごすの」。ミラのすすり泣きが激しくなった。しゃくりあげながら、やだやだと繰り返している。ナージャは、どうにか言い聞かせようとした。「パパがキッチンをこわしちゃったの覚えてる？　だから、おうちに残って修理しなくちゃいけないんだよ」。ミラを動揺させたのはナージャだ。彼女がチェガの話題を出したのだ。だが、ナージャは、娘に苛立ちを覚えはじめた。火曜日のことを覚えてない？　娘を問い詰めてやりたい衝動に駆られた。おうちが冷たい水でびしょ濡れになったでしょう？　壁にまで霜が付いてたことも——通りがかった小学生たちの付添いの大人が、気の毒そうな顔をしてたことも——パパが言い訳ばかりして、被害者みたいに振る舞ってたことも、覚えてない？　こんなときくらい、どっちの味方なのかはっきりしてくれない？

ナージャは、娘のふっくらした頰に鼻を押しつけた。「アニメ観よっか」。効果はてきめんだった。涙も鼻水もあっという間に引っ込む。チェブラーシカはどんな悲嘆も癒すのだ。

ミラは、泣いてむくんだ顔のまま、ソファの上でナージャにくっついて両膝を抱えた。娘がいまいる場所は、この家で暮らしていたころのナージャが眠り、宿題をし、自由になる日を夢見た場所だった。いまナージャは、母親として、銀行員として、その場所に戻ってきた。ナージャとミラは、ノートパソコンの画面上を跳ね回るアニメの動物たちを一緒に眺めた。窓から射し込む光が、ゆっくりと淡くなっていった。

携帯電話が震え、ナージャはそっと居間を出た。しんとした廊下で画面を見ると、チェガの顔写真が表示されている。ナージャは、「拒否」を押した。振動は止んだが、チェガの顔は画面に残っていた。南の地方の夏の終わりの日射しに、うしろから照らされたチェガの顔。チェガの笑顔。チェガの存在は胸をうずかせた。肋骨《ろっこつ》のあいだに鈍い痛みを覚える。

画面が一瞬暗くなり、また明るくなった。二度目の着信だ。交わされるだろう会話は簡単に予想がつく。あのときなぜああしなかったのか、あの約束はまだなのか、あのときなぜあんなことをしたのか、相手を責める質問だけがいつまでもつづくのだ。ナージャは、また「拒否」を押し、メッセージアプリのチェガとのチャットを開いてテキストを打った。〝パラナにいる。そのうち、こっちから連絡する〟

着信も返信もない。ナージャは、目が痛くなるまで携帯電話の画面を見つめつづけた。居間から、チェブラーシカの「青い列車の歌」がかすかに聞こえてきた。

エッソのほったて小屋を思い出しなさい。ナージャは自分に命じた。着替えをするとき、ミラの息が白く曇っていたことも。チェガが、運動用の短パン姿で氷のように冷たい水のなかに立つと、その樽のような体が不格好に見えたことも。考えてはだめ。ナージャはまた命じた。ベッドでのチェガの荒い息遣いを。チェガがミラのために毎朝用意するトーストとジャムを。チェガが最近の仕事をパソコンで見せてくれるとき、肩に感じる彼の息を。今日、仕事から帰ってきた彼が、家族がいなくなっていることを知って、顔を曇らせただろうことを。

また、携帯電話が震えた。胸がうずき、電話に出たいという衝動にナージャは身をよじった。だが、画面に表示されたのは知らない番号だった。新しいSIMカードを買ったのだろうか。チェガ、やるじゃない。ナージャは胸のなかでつぶやき、深呼吸をして電話に出た。「なんなの？」

一瞬、沈黙があった。聞こえてきた男の声を、ナージャは覚えていなかった。「ナージャ？」

自分の勘違いに気づいたナージャは、額に手を当てた。「もしもし？　ごめんなさい。もしもし」

「スラヴァ・ビシュコフだよ」

「うそでしょ？」

「おれの番号はもう消したんだな」

「そっちが消してなかったことのほうが驚きだけど」

「ナージャ、そんなことはどうだっていいだろ。さて。久しぶりの故郷はどうだ？」。ナージャは眉を寄せた。母親が、彼女の帰郷を近所に触れ回ったのだろうか。「おれのおばさんがおまえを空港で見かけたんだよ。この町で隠し事はできない」

「そうだね。忘れてた」

「心配するな。おれがまた思い出させてやるよ」

「それはどうも。楽しく過ごしてるよ――わたしも娘も」娘という単語を、もしかしたら必要以上に強く発音したかもしれない。ナージャは、スラヴァののんびりした口調が癇《かん》に障《さわ》っていた。彼と付き合いはじめたころ、ナージャはすでに妊娠していた。彼女のお腹が目に見えて大きくなってくると、スラヴァはあっさり彼女のもとを去ったのだった。

「おれのこと、娘に話した？」

ナージャは笑った。「まさか」

「まだ小さいから、すてきな恋の話は理解できないか」。ナージャは返事をしなかった。「そのお嬢さん、ココアは好きかな」

「うん、すてきな元恋人さん。好きだよ」

「お嬢さんとお嬢さんのママは、パラナで一番のカフェに行きたいかな」

パラナで唯一のカフェだ。「残念だけど、お嬢さんは行けない。おばあちゃんたちとの約束があるから」

「お嬢さんのママは？」

まだチェガから返信はない。「お嬢さんのママは」ナージャは言った。「行けるよ」


翌朝ナージャは、仕事へ行く父親が玄関のドアを閉めた音でミラとともに目を覚まし、シーツをたたみ、ソファのクッションを並べ直し、朝食の皿を洗ったあと、スベルバンクの極東地方支店に電話をかけて、海外転勤について問い合わせた。部長はモスクワにある本店の電話番号を教えてくれたが、時差のため、本店が開くのは九時間後だった。ミラはナージャの膝の上に座ってお絵描きをしていた。ナージャは娘の手をつついてペンを借り、ノートのすみに電話番号をメモした。この番号が二人の運命を変えるのだ。

電話を切ると、ミラにペンを返した。娘は、ナージャが書いた数字の8の下側の丸のなかに、何か落書きをした。「だめだよ」ナージャはたしなめ、何も書いていない次のページをめくった。母親に声をかける。「今日、車を借りてもいい?」

母親の曖昧な表情を見て、ナージャはミラの背中にもたれるようにして前にかがみ、大声で繰返した。「今日、車を借りてもいい?」

「どこに行くんだい」

「外に」

母親は口をゆがめただけで何も言わなかった。「ありがと」不満そうな表情の母親にそれだけ言うと、ナージャはソファから立った。壁のフックにかかった鍵束をつかむ。フックのとなりには、スターリンの肖像画がかかっていた。

「ママ、あたしもいきたい」ミラは、ナージャがコートをはおるあいだ、彼女のかばんをしっかりつかんでいた。

「ミラのことが大好きなおばあちゃんが許してくれないよ。すぐ戻ってくるからね。いい子にしてて」ナージャはそう言って家を出た。

外は、冷気に肺をつかまれるような寒さだった。オホーツク海からの風が、通りという通りに黒い氷を敷きつめ、なめらかに磨き上げていた。ほんの数年しか住んでいないというのに、ナージャはエッソの風景に慣れていたらしい。清潔でやわらかい、純白のまま積もった雪、みせかけの平穏さ。裏庭の、柵で区切られた菜園。娘と散歩に出ると、近隣で飼われている馬がミラの手のひらに鼻面をこすりつけてきたものだった。それに比べると、広い海に面したパラナは荒々しかった。

いまなら、この荒々しさを好きになれるかもしれない。引っ越す前に選択肢を検討し、給与を受け取り、ヨーロッパで借りる部屋の家主に電話をかけなければ。車に乗り込むと、エンジンが温まるのを待ちながら、しばらくパラナに滞在するのはどうだろうかと考えた。それの何が悪いだろう。自分が一角《ひとかど》の人間になったことを、町に知らせるのだ。海辺のこの町に、少しのあいだ留まって。

ナージャがカフェに着いたとき、スラヴァはすでにテーブルで待っていた。五年ぶりに会うスラヴァは、まずまずの見た目だった。可もなく不可もなくだ。ナージャは、自分がそう思えたことが嬉しかった。年齢が、彼の口元と額にしわを刻んでいた。両目のあたりが一際日に焼けている——スノーモービルに乗るようになったのだろう。そして、彼の髪はうしろが不自然に長かった。チェガの髪は、毎月ナージャが、浴室でバリカンを使って刈っている。

ナージャは自分に言い聞かせた。チェガのことを考えるのはやめにしよう。前に進むのだ。今朝、ナージャは浴室の鏡で自分の顔をしげしげと眺め、自分はきれいだ、少なくとも以前ほどは醜くない、と思った。ミラを産んで以来、立つときの姿勢がわずかに変わった——骨盤の位置が変わったからだ——が、傍目にわかるほどではない。着ている物も、むかしより質がいい。

ナージャはさっさと席に座った。スラヴァは彼女のために椅子を引こうと立ち、間に合わなかったことをごまかすようにナージャの頬にキスをした。「お姫様、たくさんの夏とたくさんの冬を越え、ようやく会えたな」

「久しぶり。紅茶でいいよね？」ナージャが言うと、スラヴァはウェイターを呼んだ。「仕事はいいの？」ナージャはたずねた。

「夜勤なんだ。普通だったらこの時間は寝てるよ。紅茶を二つ」スラヴァが注文した。

「ひとつはレモンを添えて」ナージャが言うと、ウェイターの少年はうなずいた。

「それで、どうしてた?」スラヴァがたずねる。

ナージャは、テーブルの下で両手を広げた。スラヴァと別れてから、ナージャは十八歳になり、出産し、チェガに恋をし、エッソに引っ越し、銀行で働きはじめ、家事を切り盛りしてきた。婚約もした。少なくとも、結婚について何度も話し合った。「そっちからどうぞ」ナージャは言った。

スラヴァは笑った。「もう話したよ。夜勤で働いてる。ほかには特に。少しだけ結婚してた。お母さんにもう聞いたかな。でも、もう離婚した。彼女のことは知らないよな。ちょうど入れ違いでこの町に来たから」

ナージャが嘔吐するほど泣いたのは、後にも先にもスラヴァに捨てられたときだけだ。十代のある時期、ナージャはいまのミラよりも幼稚だった。大きくなっていくお腹も、心を慰めてはくれなかった。ナージャの心臓は壊れそうにもろくなり、その鼓動は、噴火寸前の火山のように、何かのきっかけで危険なほど激しくなるのだった。スラヴァが彼女の人生に現れたのは、そういう時期だった。

結婚していたと聞くと、ナージャの胸はちくりと痛んだ。たとえ、襟足の毛が長すぎる男のことだとしても。人生で一度、たった一度でいいから、誰かに心から愛されてみたかった。他人が入り込む隙もないくらいに。

「エッソでは彼氏と暮らしてるんだ」ナージャは言った。「幸せにやってるよ。カメラマンなの」

ウェイターがグラスを運んできたので、ナージャは話をやめて紅茶をかき混ぜた。

ふと目をあげると、スラヴァがじっと自分を見ていた。「まじで、会いに来てくれて嬉しいよ」

「まあね」どう返すべきかわからなかった。

スラヴァは、湯気の立つ紅茶をのんだ。「お母さんは元気にしてる？」

ナージャは眉を寄せ、彼のほうへ身を乗り出した。「え？」

「お母さんは……ああ、了解」スラヴァは声をあげて笑った。たったそれだけのことで、その低い笑い声を聞いただけで、ナージャの胸の奥で眠っていた何かが目を覚ました。ナージャは彼から目をそらした。

「相変わらずだよ」ナージャは言った。「前よりひどいかな」

「おれたちだってそうだろ？」

「わたしはちがう。成長した」

スラヴァは、グラスのふちからナージャに笑いかけた。

ナージャは、彼の気取った店の選び方を微笑ましく思った――カフェ。彼女の知っているスラヴァは、安いビールともっと安いウォッカしかのまなかった。当時のスラヴァは、前はエスプレッソだってのんでたじゃないかと誰かに暴露されようものなら、相手を殴り倒していたかもしれない。あのころのナージャは、スラヴァのそんなふうに斜に構えたところが好きだった。評判の悪いリリヤ・ソロディコワと付き合っていたらしいチェガと同じく、十代のナージャにも、若者らしく何かにこだわりすぎたことや、可愛らしく空《から》回りしていた時期があったのだ。

だが、ナージャは成長した。自分より年下の女の子たちでさえ――信じられないことに――そろそろ大学を卒業する。大学を出れば大人の仲間入りだ。子どもが一人いるナージャは、十分すぎるほど大人なのだった。

「子どもは元気？」スラヴァがちょうど娘のことを話題にしたので、ナージャははっとした。心が読めるなら、彼の襟足のことを考えるのはやめなければ。
「かわいいよ。もう五歳。そっちこそ子どもはいるの？」
「さあ」スラヴァはにやっとした。「その子に会ってみたいな」
「どうかな」ナージャは曖昧ににごし、話題を変えた。彼の両親と兄弟のことをたずね、彼が、このところ罠を仕掛けて捕まえているという獲物のことをたずねた。スラヴァが微笑むと、見慣れた歯がのぞく。上の前歯二本のあいだに隙間があるので、門のように見える。ナージャは、快い懐かしさに身をまかせた。やがて、二人の紅茶のグラスは空になった。

だがナージャは、車のなかでひとりになるとほっと息をついた。スラヴァのそばにいると、誰かに痛々しいほど依存していた自分を思い出す。チェガは、家族も古い友人もいるエッソに帰ると、学校時代の思い出を好んで語った。だがナージャは、過去の思い出に浸りたいとは思えなかった。

地元の噂の的。他人に――男たちに甘えて幸せになろうとしていた若い女。ようやくナージャが自分の過ちに気づきはじめたのは、ミラの父親が彼女のもとを去り、よろめくように、ふらふらと、スラヴァのベッドに転がり込んだあとのことだった。ナージャは、スラヴァのベッドから永遠に出たくなかった。その恋も終わると、自分は死ぬのだと真剣に考えた。

ナージャは十七歳で、妊娠四カ月で、無益に終わった二度の恋愛をした。両親が彼らの寝室でテレビを観ているあいだ、枕カバーのなかに頭を入れてすすり泣いた。繰り返し自分にたずねた。どうすれば前に進める？

やがて、彼女はその問いの答えを得た。前に進む方法を知った。チェガのことも、その広い心も、もっと広い未来への展望も愛してはいたが、ナージャの人生に本物の喜びを与えたのは、上がっていく給料、十分な食事、水漏れを起こさないラジエーターのパイプだった。

ナージャの車が実家の近くの通りに入っていくと、あたりの飼い犬たちが頭をあげた。犬たちは、フェンスの支柱の根元にできた氷のくぼみに座っている。実家の前の路傍に車を停め、エンジンを切ると、子どもの泣き声が聞こえた。コートの分厚い生地に包まれた腕でかばんを抱え、車を降りる。思ったとおりだ。ミラの声だ。「可愛いお嬢さんはどこ?」ナージャは家に入りながら呼びかけた。

「ママ!」ミラが、涙で顔をくしゃくしゃにさせながら、廊下の角から走り出してきた。

「猫ちゃん、ただいま」ナージャは言った。「子猫ちゃん、ママが帰ったよ。おじいちゃんとおばあちゃんをいじめたりしなかった?」。ミラは首を横に振った。娘は自分で髪をほどき、結び直したようだった。朝食の前にナージャがきれいな三つ編みにしていた髪は、上下がばらばらな二つ結びになっている。あちこちから黒い髪の毛が突き出していた。ナージャは娘の手をにぎった。「ほんとはいじめてたでしょ」

「こっちにいるぞ」ナージャの父親の声がした。

ミラがナージャを引っ張って、両親の寝室へ連れていった。テレビの音が聞こえてくる。両親はベッドに腰かけていた。母親は、すでに一度繕った靴下の小山をわきに置き、新たにできた穴をかがっていた。大きな音でニュースが流れている。サッカー欧州選手権の予選結果、ウクライナ東部で停戦が要求されたこと、ウクライナのドネツクとルガンスク人民共和国のあいだでふたたび電車が走るようになったこと。「よかった。ほんとうによかったです」電車で通勤しているウクライナ人が、インタビューに答えている。テレビの光が、ナージャの両親の足元に敷かれたフリースの毛布をちらちら照らしていた。

五年後も、いや、半世紀後でさえも、両親はこの部屋でまったく同じように過ごしているのではないか。ナージャは娘のほうへかがみ込んで言った。「ミラのノート、ママのスーツケースの外側のポケットに入ってるよ。取ってきたら?」。ミラがいなくなると、ナージャは携帯電話を確認した。着信はない。チェガは夜になるまでかけてこないつもりらしい。

ミラが、乳房をいくつも描いたノートを持って戻ってきた。「キッチンのテーブルの引き出しにペンが入ってるよ」。母親が顔を上げ、物問いたげな表情で彼女を見たが、ナージャは無視した。黙ってラグの上に座り、娘が戻ってくるのを待った。

もうすぐ、ナージャは自分のテレビを手に入れるだろう。ミラには大きな窓のある子ども部屋を与えよう。新しいきれいな靴下も買おう。ヨーロッパ製の既製品を。たくさん買って、両親にも送ってやろう。ミラが笑っている顔の絵を描き、その目や、頬や、口に花を描き加えているあいだ、ナージャは娘の髪を指で梳《す》いた。やがて、頭上から父親のいびきが聞こえてきた。小さく、平和な音だった。

その日の午後は、そんなふうにして過ぎていった。静かな、それでいて騒々しい午後だった。五時まであと数分になったとき、ナージャは携帯電話に充電器を挿し、キッチンへ行って夕食の支度を手伝った。バターで炒めたマカロニと魚がこの日の夕食だった。父親は、湯気の立ち込める居間で、ミラと遊んでいた。夕食がはじまると、母親は、ナージャが子どものころによくそうしていたように、食べ物を全員に取り分けた。ミラはマカロニを手づかみで食べ、ナージャは娘の手の甲を叩いてやめさせなければならなかった。

チェガを恋しく思うことはなかった。ミラも自分も過不足なく過ごしている。充電器に挿した携帯電話を取りにいくと、チェガから二度着信があった。ナージャは、自分たちは順調だと知らせてやることにした。

最初の呼び出し音でチェガは電話に出た。「おい、どういうつもりだよ」

ナージャは携帯電話を持ち、もう片方の手を二の腕の下に差し込んだ。「元気だよ。聞いてくれてありがとう」。会話をするのはほぼ一週間ぶりだ。だが、チェガはナージャの声を聞いても特に嬉しそうではない。

「まじで実家にいるのか？」

「ほかに行くあてがあると思う？」

「飛行機代、いくらかかった？」

「そんなことどうだっていいでしょ。二万五千ルーブルだったけど」手持ちの現金をほぼすべて使った。チェガは喉の奥から、怒ったガチョウのような、クゥッという声を漏らした。「ミラの分は半額ですんだ。それと、有給休暇を全部取ったから。あんたとどこかへ行くことはどうせないだろうから。そうでしょ？　夏休みの計画は白紙だよね？」

「本当に自分勝手だな。夏休みは家族で過ごすもんだろ。なんで白紙なんだよ」

「さあ、わたしだって知りたいよ」。あたりには食べたばかりの魚のにおいが漂い、五十センチ先の両親のタンスの上には額縁に入った自分の卒業写真があり、そしてナージャはあらためて、明け方に水浸しになった家の、あの澄みきった寒さをふたたびその身に感じていた。あの朝、ナージャはチェガのうしろを付いていった。彼は素足で、ナージャはゴム長靴を履いて、汚れた水のなかを歩いていった。ミラはチェガに抱かれていた。ミラが彼の肩にしがみついていたので、チェガは娘を救出したヒーローか何かのように見えた。ナージャは二人のうしろから、チェガの首筋を見ていた。自分がまっすぐに刈りそろえた、チェガの襟足を。それから、開け放たれた入り口が長方形に切り取った、白い外の景色を。はやくも集まってきて、何があったのかとたずねてくる野次馬たちの影を。「国を横断する旅なんて、わたしたちには分不相応だよ。雨風しのぐ家さえ満足にないのに」

「うちは雨も風もしのげるじゃないか」。今度はナージャが、苛立ちのあまりうめき声を漏らす番だった。「いい加減にしろよ」チェガは言った。「全部おまえのためだったんだぞ」

「よく言うよ！」

「おれがいなかったら、おまえはいまも実家で母親とケンカばかりしてただろうし、ミラを食わせるためにくだらない仕事をしてたにきまってる。パラナの火力発電所で石炭を運ぶとかな」

「くたばれ」ナージャが吐き捨てると、チェガはいよいよ早口でまくしたてた。女が罵り言葉をひとつ使えば、男はその倍の激しさで応戦するのだ。「エッソに連れていかれてわたしが感謝してるって？　実の母親とケンカするかわりに、あんたの母親とケンカできるから？」

「おれの母さんを悪く言うな」

「そっちこそ」

「よくも……」チェガは黙り込んだ。ふたたび口を開くと、さっきよりもゆっくりと、言葉を選びながら話しはじめた。「おれがどう思ったかわかるか？　おまえの短い書き置きを見つける前に、おれが何を考えてたと思う？　おまえたち二人に何かあったんだと思ったんだ。殺されたか何かしたんだって」
「頭おかしいんじゃない？」
「ミラの写真を持って村をまわって、この子を見なかったか聞こうと思ったんだぞ。おまえが二万五千ルーブルも払っておれにくれたのは、そういう贈り物だったんだよ。おまえだってリリヤの話を覚えてるだろ？」

そのひと言で、チェガの欠点が、一気に思い出された。彼の安っぽさ、彼の頑固さ、他人の人生にやたらと首をつっこもうとするところ。彼の妹でさえ、兄の性格についてナージャに釘を刺した。一月のある日、公共プールから上がったあと、木造の更衣室で水着の肩紐を下ろしながら、ナージャはクシューシャにたずねた。「チェガって、リリヤと付き合ったりしてた？」。クシューシャは首を横に振った。「じゃあ、どうしてしょっちゅう彼女の話をするの？」

クシューシャは、目を伏せたままジーンズをはいていた。冬休みに大学から村へ帰ってきたクシューシャは、ダンスの練習で脚がひきしまり、厳しい勉強のせいで——少なくともナージャはそう思っていた——いつも口を引き結んでいた。クシューシャほど頭の回転が速いと、疲れることも多いにちがいない。だが、それほど可能性にあふれた女の子が、ルースランのそばでは小さくなっているのだった。クシューシャは言った。「お兄ちゃんは波乱が好きなの。リリヤの失踪みたいな事件が好きなだけ。リリヤは家出したんだって認めるより、いろんな仮説を立てて楽しみたいんだよ」クシューシャは、水着を小さな手提げにしまった。「本当のことを教えてあげようか？」

ナージャはうなずいた。

クシューシャは、ミラの耳を両手でふさいでから言った。「リリヤって軽い子だったの」クシューシャは、ナージャが見たこともないくらい険しい顔をしていた。「優しい子だったけど、手当たり次第に男の子と寝てた。お兄ちゃんは、別にリリヤに恋してたわけじゃない。ただ、他人の噂をするのが好きなだけ。リリヤのことならいくらでも勝手なことが言えるでしょ。だって、もうここにはいないんだから」

軽い子、とクシューシャは言った。ナージャは、猫殺しだという青年の噂をチェガがしていたとき、青年と自分を似た者同士のように感じ、そして深い屈辱を覚えた。チェガが、あまりに性急に、あまりに情熱的にナージャに夢中になったのは――彼女の波乱に富んだ生活を愛したからではないのか。二人が出会ったのはナージャがまだ高校生のときだが、彼女はすでにシングルマザーとしてミラの世話をしていた。そうしてチェガは、ナージャをかき口説くようにして、ミラとともにエッソへ連れていった。自分が面倒を見ると誓って。幸せを約束して。それもこれもすべて、ナージャがかつてのリリヤを思わせたからではないのか。いなくなったリリヤの代わりに、ナージャを連れてきたのではないか。

「覚えてるよ」ナージャは言った。考えるより先に声が出た。別の着信を知らせる音が鳴り、ナージャは携帯電話を耳から離して画面を見た。「チェガ、あんたの言うとおり。ミラとわたしって、あんたのお気に入りのリリヤと同じなんだよ。これ以上あんたと暮らすくらいなら、リリヤみたいに殺されたほうがまし」。また、着信音。チェガはいまにも怒鳴り出しそうだ。「じゃあね。別の電話がかかってきた」ナージャは言った。

「スラヴァ?」次の電話に出たナージャは、思っていたより大きな声が出た。

「もしもし。何してた?」

ナージャは呼吸が落ち着くのを待ってから答えた。「べつに」

「そっちに遊びにいこうかな」スラヴァが言った。

五年前は、そのひと言がナージャの胸のなかで花火のように弾けたものだ。だが、あの花火もいまではずいぶんささやかなものになった。「ううん、やめて。もう遅いし。ミラはそろそろ寝る時間だよ」

「いや、だいじょうぶだって。今日も言ったけど、ミラに会いたいんだ」

誰もいない部屋で、ナージャは黙って首を横に振った。

「ずっと考えてたんだけど――ほら、あのころはおれたちも若かっただろ」。ナージャは返事をしなかった。タンスの上に飾られた写真立てのなかから、高校生の自分がにやにや笑いかけてくる。

「……それで、いまならミラの父親になれるかもしれないと思った」

「無理だよ」ナージャは言った。

「無理?」

「無理」

「なんでだよ」

「だって、父親はあんたじゃなかったんだもん。もちろん、これからもちがう。最初にあんたと寝たときには、生理が三週間も遅れてた」。ミラの父親は年上の既婚者だった。あの男は、海辺に停めた車のなかでセックスしたときは優しかったが、生理が来ないと話すと、それきり電話に出なくなった。だから、ナージャはスラヴァのもとへ行ったのだ。彼が、起こってしまったことを取り消してくれるかもしれないと期待して。

スラヴァは黙り込み、やがて言った。「なるほどな。その事実は変わらない――けど、おれは、あのときおまえのそばにいた。いまだって、ずっとそばにいてやれば良かったと思ってる」

「でも、いなかった」ナージャは言った。

「ガキだったんだ。ばかなことしたと思ってる。だけど、おれも大人になった。家族がほしいんだ。頼むよ。おれが犯した過ちのせいで、おまえの小さな娘を罰したりしないでくれ」

この台詞を、スラヴァは何度も練習したのだろう。「いい加減にして」ナージャは言った。「今夜はもうやめにしない？　あんたは余計なこと考えないでいいから」。スラヴァがつづけようとしているのはわかったが、ナージャは電話を切った。

あまりのばからしさに笑い出しそうだった。いや、叫び出しそうだった。妊娠検査薬が陽性になったときも、似たような気持ちになったものだ。ばからしい。ばからしい。わめき散らしてやりたい。スラヴァからまた着信があったが、ナージャは「拒否」をタップして着信音を止めた。彼の声も、彼の言葉も、彼の提案も（「おれたちも若かっただろ」）、ナージャの気持ちを激しく乱した。

何よりつらいのは、乱れた気持ちのやり場がないことだった。チェガに電話をかけ直すわけにもいかない。ミラには当然ながら話せない。学生のころから、気の置けない友人はひとりもいない。娘というものは、こういうことを母親に相談するのだろうか。だが、ナージャはちがう、母親のしわだらけの耳に口を寄せ、スラヴァとの会話を大声で繰り返すところを想像するだけで気が重くなる。

　ナージャはふいに笑った。大きな、皮肉っぽい笑い声だった。母親がどこまで把握していたかはわからない。イワン・ボリソヴィッチとの不倫、スラヴァと付き合っていた情緒不安定な数ヵ月、真夜中に思い悩んでいたこと、みごもり、大きくなっていく腹。どれくらいのことが、日々の雑音に紛れてしまっていたのか。赤ん坊についてまともに話し合ったことさえない。妊娠中期に入ると、両親はごく当たり前のように、自分たちの考えを述べるようになった。資本主義社会で子どもを育てることがどれだけ厳しいか、家族を持つ者にとって共産主義がどれだけありがたかったか、妊娠中は両手を頭より高く上げないことがどれだけ大切か。

　ナージャの過ちを誰もが知っていながら、その過ちに触れる者はいなかった。ナージャが分娩室に運ばれたとき、母親は娘の大きなお腹から頑なに目をそらした。出産が終わったあとも、あなたならいい母親になる、といったような励ましは一切口にしなかった。両親の世代は、自分たちの知恵を子どもの世代に伝えようとするものだ。しかしナージャの母親は、看護師や、同室の妊婦や、ナージャの食事や、うぬぼれや、怠惰に、文句をつけるだけだった。

　あれから何も変わっていない。ナージャが居間へ戻ると、母親が眉間に深いしわを寄せて言った。

「どこにいたの？　母親に寝床の用意を任せっきりにして」。母親はこわばった腰を曲げ、クッションのむこうへ手を伸ばしてシーツの端をなでつけた。ナージャはミラを抱き上げた。娘が、あたたかい脚を腰のまわりにからませてくる。

「ママ、自分でやるってば」ナージャは声をかけた。ミラを両腕に抱いたままソファの上にあがり、母親を押しのけるようにしてクッションのそばのシーツを整える。「十分くらい待てないわけ？」

母親には聞こえないことを承知で、ナージャはつぶやいた。

母親は、しばらく二人のそばにとどまっていた。ナージャは母親を無視して、ミラがくすくす笑いだすまで首筋にキスをした。最愛の娘。誰もがナージャに何か言いたがる。疑いを口にし、小声でつぶやく。だが、この娘を見るがいい――ミラの長い脚を、丸いお腹を、小さな爪を、生え際のやわらかな髪の毛を。ふっくらした頬が目立つ横顔を。口の両はしが頬に隠れる笑顔を。ナージャがミラにしてきたことを見るがいい。これからミラにしてやるだろうことを見るがいい。


翌朝、ナージャはスベルバンクの本店に電話をかけた。オフィスは閉まっていたが、メニューを読み上げる録音のメッセージを聞くと、母音を強調するそのモスクワ訛《なま》りが、何かを保証してくれているように思えた。そのあと、ナージャは極東地方支店に電話をかけ、メールを書くため、本店のメールアドレスを問い合わせた。日中は両親に連れられ、ソ連時代に作られた文化施設で上演される、おとぎ話の人形劇を観にいった。四人並んで、客席の木のベンチに座った。劇場の照明が消え、幕が上がった。張り子の人形、人形たちのフリルの付いた衣装。黒子たちが両手を上げ、カエルと、キツネと、オンドリが宙を飛んだ。

「映画を観ようか」ナージャは、劇が終わると娘に言った。両親に説明する。「エッソには映画館がないから」

母親は眉を寄せた。「うちにもビデオがあるじゃないか」

「待ってなくていいよ」ナージャは言った。「終わったら歩いて帰る」

映画館は劇場の上の階にあった。ミラと二人で上がってみると、その階は電気がついていなかった。たちまちミラがべそをかきはじめる。「まだ早いから、映画館はやってないんだった」ナージャは言った。「ごめんごめん。忘れてた」。下の階に戻ると、ベリーのパイを売っている売店があったので、ナージャはルーブル紙幣を一枚出して二つ買った。

ナージャとミラは、ベリーの果汁で手をべたべたにさせながら廊下を歩き、壁に描かれた絵をながめた。携帯電話が振動し、画面にスラヴァの番号が表示される。ナージャは通話を拒否して、ミラと手をつないだ。

廊下の壁画のなかでは、オオカミの毛皮をかぶった男たちが輪になって踊っている。子どものころ、ナージャも両親に連れられてこの施設に来たものだった。「ミラ、あしたはおじいちゃんに釣りに連れていってもらおうか。ミラくらいの歳のとき、ママも釣りにいってたんだよ」

ミラはつないだ手に力をこめた。「つりってたのしい？」

引き潮のときに立ち込めるくさった魚のにおい。どこまでも広がる平板な海面。釣り針にえさをつける父親、その腕に細い跡を残しながら伝い落ちていく魚の血。「うん、楽しいよ」ナージャは言った。

「あたし、イルカをつろっと。でも、たべないよ」ミラはそう言って、きっぱりと首を横に振った。

「いっしょにくらすの」

「いい考えだね」ナージャは娘の手をきゅっと握り返した。「じゃあ、みんなで暮らすおうちを見つけようね」

「あたしとママとパパのおうち？」

「ミラとママとイルカさんのおうち」ナージャは言った。「海辺におうちを買ったら、イルカさんが好きなときに遊びにこられるでしょ？　すてきなお風呂場があるおうちにしようか。そこに大きいバスタブを置いて、イルカさんが泳げるようにしよう」

ロビーに行くと、ナージャは娘のコートのジッパーを上げ、自分もコートのベルトを閉めた。二人で一緒に、おもての冷気のなかへ飛び込んでいく。雪混じりの風が吹き付け、外気にさらされた肌が目の細かい砂やすりでこすられているようだった。

見慣れた白いハッチバックが、歩道のそばに停まっていた。訝《いぶか》しく思いながらナージャが近づくと、助手席で父親がうたた寝をしていた。ナージャに気づいた母親が二人に向かってうなずき、ハンドルから片手を離して振った。

ナージャは娘を抱き上げて後部座席に乗せ、自分もあとから乗り込んだ。「歩いて帰るって言ったでしょ」ナージャは言った。車のなかは魚の塩漬けのようなにおいがした。父親がはっと目を覚ます。

「こんなに寒いんだよ。ミラが風邪を引くじゃないの」母親が言った。「ちょっとは考えなさい」

「この子は大丈夫だよ。暖かくしてるんだから」

父親が振り向き、後部座席へ手を伸ばして、ミラの紫色のコートの袖に触れた。「こういう最近のコートはな、中国製なんだ。ひどい代物だぞ」

ナージャはまた、いつかのように鼻の奥がつんとした。「そんなことないって。パパ、これはちゃんとしたコートだよ。仕立てもいいんだから」。父親は黙って首を横に振った。

ナージャは、ミラのコートの袖に手を置いた。美しい袖に。生地の上で手を滑らせ、ミラの汗ばんだ手をにぎる。シートの背にもたれ、涙がこぼれないように目を見開いた。

手に入れても、手に入れても、あんたたちは満足しない。チェガの母親はそう言ってナージャを責めた。親世代がとうに手に入れた様々なもの――年金、結婚、友情、歴史、子どもたちには分不相応だと思っているもの、圧倒的に優位な立ち場――の恩恵は棚にあげて。

「なんの映画を観たんだい」母親が運転席からたずねた。

「共産主義の殺人エイリアン」ナージャは答えた。どのみち、両親は聞いていなかった。

ナージャはその夜、チェガからの電話にもスラヴァからの電話にも出なかった。二人と話す気力はなかった。ソファの上でミラに子グマの物語を読み聞かせ、娘がうとうとしはじめると腕に抱き、寝息が聞こえてくるのを待った。明日は二人で図書館へ行く。毎日忙しくしていれば、次の住処はおのずとわかってくるだろう。そんなふうに過ごす時間も楽しいはずだった。なぜなら、二人にはお互いがいるのだから。それは何よりも大切なことだった。永遠に、ナージャとミラは一緒だ。


ナージャは、自分の心臓の激しい鼓動で目を覚ました。誰かが玄関のドアを叩いている。真夜中の居間はうっすらと銀色がかり、光と影が縞模様を作っていた。ミラは、クッションとソファの背もたれのあいだで、うつぶせになって寝ていた。男がどなっている。廊下からナージャの父親の足音がした。

居間のドアを開けると、スラヴァと驚いた顔の両親がいた。両親はパジャマ姿だ。アルコールのにおいで、スラヴァが酔っているのがわかった。廊下の明かりがまぶしい。スラヴァの顔は赤かった。その赤い顔と、呂律《ろれつ》の回っていない話し方が、たちまち高校時代の記憶をよみがえらせた。

ナージャは廊下に出て居間のドアを閉めた。「何してるの？」声を抑えて言った。「帰って！」

「ナージャ、いったい――」父親が口を開いた。

「パパ、ごめん」

「おまえに聞きたいことがあるんだよ」スラヴァが言った。

ナージャは天井をあおいだ。もう夜中の二時を回っているはずだ。「メールっていう便利なものがあるんだけど、知らない？」

母親はくたびれたパジャマを着て、昼間より小さく見える。母親はナージャの背後から顔をのぞかせ、スラヴァをじろじろ見た。「あれ、スラヴァ・ビシュコフだろ？　こんな時間に何しにきたんだい」

「起こしたりして悪かった」スラヴァは言った。不自然なほど明瞭な口調だった。「話が――」

「あんたの弟を知ってるよ」母親が遮った。

スラヴァが戸惑ったようにナージャの母親を見る。ナージャは彼を追い出す仕草をしながら言った。「もうたくさん！　帰って！」

「ナージャ、なんで聞いてくれないんだ。一度くらい話を聞いてくれ」スラヴァは言った。「おれはずっと――いや、ただ、考えてたんだ。おれの家で一緒に暮らそう。嫁はもう――あの家はおれのものだ。おれしか住んでない。だから、おまえとおまえの娘はうちに住めばいい。好きなだけいてくれ。おまえは最後に会ったときからちっとも変わってない」スラヴァの声は不必要なほど大きかった。「うちに来いよ。おれたちの娘も連れてこい」

「娘？　ミラのこと？」母親が声をあげた。ナージャは母親の顔を見た。

「ミラは――」ナージャは言いかけてやめた。「帰って。帰ってよ、帰れ」両親を押しのけ、スラヴァの目の前に立つ。レモンとウォッカのいやなにおいがした。自分のにおいで息が詰まってしまえばいい。ナージャは胸のなかで毒づいた。スラヴァとの距離の近さが不快だった。レモンと酒と、冷たい外気のにおい。「ミラはあんたの子じゃない」。スラヴァは帰ろうとしない。

ナージャは話しつづけた。大声でまくしたてた。「あんたに会ったときはもう妊娠してたって言ったでしょ。覚えてない？　それとものみすぎて忘れた？」。カフェで見た笑みが、またスラヴァの顔に浮かんだ。「あんたはただの遊びだった」ナージャは止まらなかった。「つまらない遊び相手。わたしがあんただったら、恥ずかしくてうちには来られないけど」

スラヴァは鼻で笑った。ずっと前から彼を傷つけてやりたかった。彼を嫉妬させ、後悔させたかった。だが、スラヴァの冷笑を見ても喜びは覚えなかった。スラヴァが言った。「おれがおまえだったら、恥ずかしくてこの町には帰ってこられなかったけどな」

父親は、玄関のドアに片手を置いたまましばらくじっとしていたが、やがて鍵を閉めた。床には泥混じりの雪が点々と落ちている。酒のにおいも残っていた。スラヴァはいなくなった。「ほんとうにごめん」ナージャはまた謝った。父親は彼女を見ようともしない。パジャマ代わりの黒いスウェットパンツ姿だ。口が少し開いている。呆《あき》れたように。

ナージャは静寂のなかで震えていた。両親が彼女を見ようとしてくれさえすれば――彼女はもうわがままな子どもではない。彼女は銀行で働いている。彼女は毎朝美しい村のなかを歩いて、娘を保育園へ送っていく。彼女はふしだらな女ではない。彼女はスラヴァのものではなく、誰のものでもない。彼女はずっと、過去から自由になり、過去の過ちから自由になろうと懸命になってきた。

「もう寝なさい」父親が言った。母親は壁に片手をつきながら夫のあとを追い、寝室へ行った。

ここへ帰ってきたのは間違いだったのだ。間違いだった。パラナにいると、ナージャは一番嫌いな――一番弱い自分になり、その弱さを敏感に感じとる者たちは彼女を見下した。五年前、チェガも彼女の弱さを感じとったのだ。にもかかわらず、ナージャは貯金をはたいて飛行機のチケットを買い、わざわざパラナへ戻ってきた。

ナージャにできるのは、居間へ戻ることだけだった。自己嫌悪のあまり食いしばった歯が痛かった。細心の注意を払いながら、静かに居間のドアを閉める。廊下からもれた細い光が、ミラを照らした。いまの騒ぎで起きなかったはずはないが、娘は目をつぶっていた。起きているにせよ眠っているにせよ、これ以上娘を動揺させたくなかった。

ナージャはミラの背中に片手を置いた。淡い月明かりの下で、娘の背中が上下している。「ごめんね」ナージャは小声で言った。頭痛がしていた。背中から手を離し、娘のとなりで横になる。モスクワに電話をかけようと、携帯電話を取り出した。

「おうちにかえりたい」ミラの声がした。

「ママもだよ」ナージャは言った。「いま、新しいおうちを探してるからね」

「ちがう」ミラは言った。「おうち。パパのところ」

あのパパは本当のパパじゃないんだよ。そんな言葉が口元まで出かかった。だが、ナージャは黙って、娘の完璧な、口を引き結んだ顔を見つめた。

子どものころも、ナージャはこのソファで眠った。母親は夜更けに時々、洗濯がすんでたたんだ衣類を両手いっぱいに抱えて居間へ入ってきて、タンスにしまった。何か言いたそうな表情をしながら、口を開くことはなかった。あんなに口うるさく小言を言いつづけていたのに、まだ何か言い足りないことがあるのだろうかと思いながら、ナージャはきまって寝た振りをした。あのときのナージャは、いまのミラと同じ表情をしていたにちがいない。若く、ふっくらとした頬、ひそめた眉、結んだ口。純粋な反抗。

妊娠がわかった数年前のあのとき、ナージャは、いい人間になろうと自分に誓った。あのころのナージャはいい人間ではなかったし、なりかたもわからなかった。ミラをこの家に、この町に、消化しきれない思いが残った故郷に連れてきたが、ここに留まれないことは明らかだった。だが、どこへ行けばいい？　外国だろうか？　どの国へ？　移動にかかる費用をどう工面しよう？　ひと月分かふた月分の給料が振り込まれたくらいでは、ほかに頼る相手のいないナージャはどこへ行くこともできない。カムチャツカを出れば知り合いはいない。ナージャはいまも、孤独な子どものまま、追い詰められたティーンエイジャーのまま、空想ばかりしながら居間のソファで眠っている。

どこへ行こうと、ナージャは自分から逃れられない。だが、ミラはどんな人間にもなれる。両親に励まされ、大学へ行き、科学者になり、夫を見つけ、家を買うかもしれない。もしかしたらロンドンで暮らすかもしれない。あるいは、本物のスイスで。あるいは、スイスのように美しい村で子ども時代を過ごし、よそへ移ってもいい。世界のどこへ行こうと、ミラにはひとつの確信がある。誰かが――母親が――自分を誰よりも愛している、という確信が。

ミラは、睫毛《まつげ》が見えなくなるくらい、きつく目を閉じていた。ナージャは携帯電話の連絡先を開いた。娘に話しかけたナージャの声は、いつもより高く、か細かった。「じゃあ、おうちに帰ろう」ナージャは言った。

エッソに帰る。なぜなら、ナージャの生きる喜びは、娘だから。この幼い子の未来だから。ナージャの心のなかには固くこわばった部分があるが、その隙間は、いつもミラのために開かれている。ナージャは考えた。ゆっくりと腐蝕し、やがて水が噴き出すパイプのことを。少しずつ削られ、小さくなり、やがて水にさらわれていく黒い石のことを。

四月

男たちはすでに仕事にかかっていた。ゾーヤはキッチンのベランダに立ち、煙草を吸いながら彼らを眺めた。男たちは、通りのむこうで建設中の、コンクリート造りの建物の窓に見え隠れしている。四階から見下ろすと、男たちはゾーヤの指くらいの大きさしかない。だが、彼女には彼らの細部まで見える。泥だらけの長靴も、つなぎの作業服の襟にかかった黒髪のつやも、男たちの、力強く、ゾーヤのそれとはちがう歩き方も。

いきなり現れた夫がベランダのガラス戸をこつこつ叩き、ゾーヤは飛び上がった。「何してるんだ?」夫が言った。

ゾーヤは煙草を揉み消した。「別に」

コーリャはネクタイを締めているところだ。警察官の制服を着ていると、とたんに貫禄が出る。目玉焼きを食べていたさっきの夫とは別人のようだ。部屋に戻ってドアを閉め、夫の清潔な服に触れた。肩章《けんしょう》を両手でなでる。「かっこいい」

「そりゃどうも」夫は嬉しそうに言った。

彼が使った歯磨き粉のにおいが、二人のあいだで光の粒のように舞った。ゾーヤがつま先立ちになってキスしようとすると、コーリャは顔をそむけた。「煙草臭いぞ」。ゾーヤは夫から一歩下がった。子どもが生まれて以来、夫はゾーヤが煙草を吸うのを嫌うようになった。だがゾーヤは、煙草の箱が手元にあるかぎり、夫の小言は気にしない。

ペトロパヴロフスクの空は灰色がかったピンク色に染まっていた。コーリャの朝六時からの勤務時間まで、あと三十分ある。ゾーヤは数カ月前から育児休暇を取っているが、夫と一緒に起きる習慣はつづけていた。夫の朝食を作り、出勤する彼を見送る。こうしていると、二人で出勤の支度をしているように思えた。ゾーヤも、これから街の仕事場まで出かけていくかのようだった。

コーリャは着替えをすませて出発した。「今日もがんばってね」ゾーヤは言った。玄関のドアが閉まって夫が見えなくなると、頭は冴え、心は虚ろになった。母乳をあげたばかりのサーシャは、あと二時間は目を覚まさない。しばらくはゾーヤの時間だ。

ゾーヤと彼らの時間だ。

だが、ベランダへ急ぐことはしない。それくらいの自制心はある。ゾーヤは夫の朝食の皿を洗った。電気ケトルのスイッチを押し、カップに紅茶を作り、携帯電話を片手に座り、SNSに上がっているペットや結婚式や休暇の写真を眺めた。同僚のひとりは、エコツーリスト向けに、氷におおわれたカムチャツカの市街地を通るルートについて投稿していた。

ゾーヤは携帯電話を置いた。家の近所から離れたのは、サーシャの生まれた日が最後だ。テーブルのむこうに目をやると、キッチンの壁紙に描かれた、棕梠《しゅろ》の葉の茂みが目に入った。

ゾーヤは箱を振って煙草を出し、ベランダのガラスの引き戸を開けた。

　男たちが工事に使っていた通路は無くなっていた。彼らは、ウズベキスタンから、キルギスから、タジキスタンから集まってきて、通りの向こうのむき出しのドア枠をくぐっていく。手袋をした手で、コンクリートの抜け殻のような建物を少しずつ作っていく。彼らは建物のまわりに巡らせた通路を解体し、すでに足場を組み立てていた。敷地の端には、廃材とトタン屋根の小屋がある。五人の作業員たちは、数時間おきにその小屋のなかへ駆け込んでいった。全員が到着したときや、短い休憩でお茶をのむとき、昼食を取るとき、ひと息入れるとき、一日の仕事が終わるとき。夫の帰りが仕事で遅くなる日は、作業員たちが小屋のドアをしばらく開け放しにし、作業着から服に着替えてぞろぞろ外へ出てくるところを見ることができた。最後の作業員は、外に出て戸締りをする。小屋も、建設中の建物も、ゾーヤも、明朝彼らが戻ってくるまでそこに取り残される。

　ゾーヤは煙草を吸った。男たちが互いに近づいては離れる。発電機がうなり、ガラガラと音を立てる。

　むき出しの両腕に触れる空気は新鮮で冷たい。解けかけた雪が通りに縞模様を作っている。四キロくだれば、街が四方へ広がっている。街の建物はまだ暗がりに沈み、駐車場はがらんとして、修船ドックに生き物の気配はしない。去年の初秋、産休がまだはじまっていなかったころ、ゾーヤはこのベランダに立って、何台も走っていくパトカーの青く点滅するランプを眺めていた。そして、コーリャが、ゴロソフスカヤ姉妹を、はるかむこうの崖の上で見つけたのかもしれないと夢想した。そうすれば、夫は有名人になってテレビに出るようになり、巡査部長に――いや、もしかすると警部補に昇進するかもしれない。職場では、同僚たちが事件の話を聞こうとゾーヤのまわりに集まったものだった。やがて、青いランプは通りから姿を消し、雪が降りはじめ、捜索は中止され、サーシャが生まれた。

このところ、ゾーヤの想像力はもっと身近な光景に向けられている。通りのむこうでは、男たちが攪拌《かくはん》したコンクリートのバケツを重たげに運んでいた。先月は、クレーンを使って、床や、壁や、天井に厚板を張る作業をしていた。彼らはいま、もっと細かい作業を進めている。コンクリートを流し込んで階段を作り、作業用の枠を外していく。首を曲げ、作業に集中している。彼らを見下ろしながら、ゾーヤも同じ角度に首を曲げた。

はるかむこうの海の上で、太陽が白く輝いていた。吸殻を手すりのむこうに捨てると、ゾーヤは中に戻って手を洗い、指先のにおいをかいだ。煙草のにおいが染み付いている——だが、だからどうだというのだろう？　これが自分のにおいだ。ゾーヤは歯を磨き、香水をつけ、化粧をはじめた。学校や仕事へ出かける朝そうしていたように、念入りに。ファンデーションとコンシーラーを塗り、シェーディングで陰影をつけ、ペンシルで眉を描く。ブロンドの髪全体にワックスをなじませ、フィッシュテールの編み込みでひとつにまとめた。バスローブの襟元から上のゾーヤは、新妻のように美しく見えた。

去年の十一月まで、ゾーヤは毎日小ぎれいな服を着て公園のなかのオフィスへ車で出勤し、環境教育部門の同僚たちに挨拶して、その日の仕事をはじめた。公園の管理人がオフィスに立ち寄り、密猟者を捕まえたと自慢していくこともあった。あるいは、映画の製作者がドイツから電話をかけてきて、保護区での撮影許可を申請してきたこともあった。あるいは、所長がふいに遠方への出張を告げ、調査部門、保護部門、教育部門、観光部門の職員全員がコンピューターの電源を落とし、それぞれの車で空港へ急ぎ、ヘリコプターに乗って、間欠泉《ゲイゼル》渓谷や、クロノツコエ湖へ向かったこともあった。

だがいま、完璧な化粧が終わったゾーヤは、キッチンへ行ってカウンターを拭きあげた。玄関へ行き、靴を並べる。サーシャが目を覚まし、いつになっても見慣れない世界に驚いて泣き出すと、彼女に乳をのませた。「よく眠れた？」ゾーヤは娘に話しかけた。「こわい夢を見なかった？」。サーシャの小さな口が力強く乳房を吸い、母乳をのむ。キッチンの壁紙には、熱帯の棕櫚の葉叢《はむら》が閉じ込められ、凍りついたように動かない。

十一時になると、ゾーヤは夫に電話をした。電話はつながらなかった。それを了承の代わりにして、ゾーヤは二階に住むタチアナ・ユリエヴナに電話をかけ、サーシャをしばらく見ていてくれないかと頼んだ。「すぐに戻るから」ゾーヤは言った。「一時間で戻る」。スーパーに行きたいのだと説明したが、本当はその必要もなかった。タチアナ・ユリエヴナは、サーシャが大好きなのだ。隣人は、サーシャのためにスプーンや歌や計量カップでいろいろな遊びを作り出し、しょっちゅう──週に三回か四回──子守に来てくれ、ゾーヤがいくら道草に時間をかけて帰宅しようと、いっこうに気にする様子を見せなかった。

ふいに、一日がはじまった。ゾーヤは急いで服を着替え──サテンのボタンダウンシャツ、黒いジーンズ、光沢のあるベルト、高いヒールのブーツ──玄関に立ってタチアナを待った。外の空気を待ちかねて、肺がうずうずしている。サーシャの泣き声がした。ゾーヤはブーツを力任せに引っ張って脱ぎ、シャツのボタンを外してサーシャを抱き上げ、乳をのませた。サーシャは、母親のサテンの袖に頭をあずけた。ゾーヤと同じ色の目をしている。淡い水色は、どこか氷河のようだ。表情のない目は、溺死した少女のそれのようだった。ゾーヤは娘の額にキスし、不吉な考えを頭から追いやった。

ドアをノックする音がした。「こんにちは、わたしのサーシャ」タチアナ・ユリエヴナは、ゾーヤがドアを開けると甘い声で言った。

「一時間で戻るから」ゾーヤは約束した。ブーツを履き直し、共用廊下へ出る。

これで、何でもしたいことができる――何でもだ。ゾーヤは集合住宅の共用玄関を出て、冷たい日の光を浴びた。細身のブーツがふくらはぎをぴったり包んでいた。心が浮き立ち、肌がぴんと張っている気がする。通りのむこうに目をやると、作業員たちの姿は建物のなかに隠れて見えなかった。ゾーヤは、玄関の位置にぽっかり開いた縦長の空間の前まで歩いていった。そこで足を止め、煙草の箱を取り出す。外に出て間もないというのに、もう指先がかじかみ、うまく動かなかった。ゾーヤはライターを何度かカチカチいわせたが、火はつかなかった。

建物のなかからは、機械音が聞こえていた。早く着きすぎたのだ。当てが外れたことに苛立ちながら、ゾーヤは煙草を箱に戻した。作業員たちの休憩時間はまだのようだ。

スーパーへ向かうしかない。ゾーヤは気落ちしたまま歩いていった。会計をすませて時計を見る――昼の十二時まで、あと少しある。店を出て左へ曲がり家へ戻るかわりに、ゾーヤはその通りの端まで歩いていった。大理石の階段を上ると、そこは街の教会の中庭だ。金色の円屋根の教会は、新しいコインのように光っている。ゾーヤはベンチに腰かけて携帯電話を出し、年末に会った、サンクトペテルブルクに住んでいるという女の子の横顔の写真を眺めた。

知り合いが休暇のために借りた家で出会ったその子のことを、夫は哀れんでいた。あの女の子は生真面目で、よそよそしいと言ってもよく、男を寄せつけようとせず、挨拶もしないで早朝に帰っていった。「おれと出会ってなかったら、おまえもああいう行き遅れになってたかもな」コーリャはゾーヤに耳打ちした。あれから九日後、ゾーヤの陣痛がはじまった。

婚期も気にせず、世界を旅している彼女。彼女の引き締まったウエスト、オレンジ色のビキニ。ゾーヤは携帯をロックして目を閉じた。

別の人生を生きることもできるのだ。まだ間に合う。バスに乗って公園のオフィスへ行き、昼休みの同僚たちを驚かせればいい。オフィスは、紙と古着と漂白剤の懐かしいにおいがするだろう。環境教育部門の同僚たちはゾーヤの頬にキスして、所長は彼女と固い握手をするだろう。みんながこう言うだろう。ゾーヤ！　すごいタイミング！　今日の出張、ちょうど席がひとつ空いてるんだよ！　クリュチェフスカヤ火山まで飛行機で行くのだろうか。それとも、南カムチャツカ保護区までヘリコプターで行くのだろうか。同僚たちは、むかしと同じようにゾーヤに接してくれる。彼らといると、ゾーヤは、大学を卒業したばかりで、公園で案内係をしていたころの自分に戻ることができる。若く、まだ重荷を背負っていなかったころの自分に。

だが、ゾーヤに、オフィスへ行って帰ってくるだけの時間はない。ほかのことをする時間もない。会えば彼らは、近況を聞かせて、子どもの写真を見せてと言うだろう。だが、何を見せればいい？表情のない赤ん坊の写真を？　半年ものあいだ、ゾーヤは家のなかだけで過ごしてきた。彼らに話すべきことなどあるだろうか。

それならひとりでできることをしてもいい。街へ行き、海辺の屋台でソーセージを買って、浜辺に座って食べる。海は凪《な》ぎ、遠くの山々では、濃い青と、淡い青と、白が重なり合っているだろう。切り絵のように。足の裏にはごつごつした岩を感じるだろう。高校生のころは、海辺をあてもなく歩いたものだった。友だちと遅くまで海辺で過ごし、浜辺で酒をのみ、まっすぐな水平線や、走っていく夜行船を眺めた。だが、もしも夫があのあたりを通りかかり、ゾーヤを見つけたら？　ほかのことをしてもいい……なぜ、タチアナ・ユリエヴナに、三時間は戻れそうにないと言わなかったのだろう。一時間はあまりに短すぎる。一日でも、一週間でも短すぎる。そうだ、サンクトペテルブルクへ引っ越してしまってもいいのだ。この生活から逃げ出せばいい。この生活を捨ててしまえばいい。

だが、彼女はそうしない。正確には、できない。母乳で張った乳房がうずいている。逃げられない。

ゾーヤは白い息を吐いた。いまの集合住宅に越してきたとき、この教会にはまだ、建設用の足場が組まれていた。中庭には砂利が敷かれていただけで、木々は植わっていなかった。彼女は十九歳で、母親の新しい恋人が、ゾーヤにあの部屋を買い与えたのだった。恋人とゾーヤの母親が二人きりで暮らせるように。それは、コーリャと出会う前のことだ。彼と二人であの部屋を修繕する前のことだ——そのころ、壁紙は染みだらけで、コンロのひとつは火がつかず、洗濯機はあまりに激しく揺れるので、途中でプラグがコンセントから抜けてしまった。ゾーヤはそうしたすべてが気に入っていた。大学へ行く日の朝はよく、家を出る前に、部屋から部屋へ歩いて回ったものだった。ただ、眺めるために。何でもできそうな気がした。

あれからいろいろなことが変わった。ゾーヤは携帯電話で時刻を確かめ、食料品の入った袋を手に取った。

教会の中庭の階段を下りきる前に、作業員たちの姿が見えた。湿った土の上に置いた板に立ち、湯気の立つ紅茶をすすっている。うそでしょ――どきりとする。ちょうど短い昼休みを取っているところらしい。ゾーヤはゆっくりと彼らのほうへ歩いていった。この時間をできるだけ引き延ばそうと、歩幅を調整する。彼女が男たちのそばへ近づくと、彼らは会話をやめた。ゾーヤを見る。

ひとりが言った。「こんにちは、お嬢さん」その男は、いつも口のなかで話す。訛《なま》りのせいか、ただの挨拶がみだらに響く。

ゾーヤの目、鼻、喉の奥、体のいたるところ、肋骨《ろっこつ》と男たちのあいだには、糸のような緊張が張り巡らされていた。彼らはすぐそこにいる。緊張の糸が張り詰める。ゾーヤはごくりと唾をのんだ。「こんにちは」前を見たまま返事をする。もうすぐ彼らのそばを通り過ぎる。ゾーヤの挨拶に対する返事は聞こえない。ゾーヤは頭をまっすぐに起こし、買い物袋を両腕でしっかり抱きしめ、集合住宅の玄関から中へ入った。

寒く暗い共用玄関で、ゾーヤは再びひとりになった。いま、もしもほかの部屋の住人がそばを通り過ぎ、張り詰めたゾーヤの体に少しでも触れたら、弦をつまびくように音が鳴りそうだった。たった二言――移民の男たちのたった二言が、ゾーヤをこんなふうにしたのだった。

関節が固まってしまったように膝が動かない。首がこわばっている。無意識に歯を食いしばっていた。言えずじまいだった千もの言葉が頭に浮かんでくる。壁にぐったりともたれ、心臓の鼓動に耳を傾ける。あなたがほしい。暗闇のなかで、心臓の音はそう聞こえた。あたりに人気《ひとけ》はない。

ゾーヤは階段を上りながら気持ちを落ち着かせ、奔放な空想を両手のなかで握りつぶした――おとなしくしてなさい。タチアナ・ユリエヴナは、赤ん坊を両腕に抱いてゾーヤを出迎えた。「ねえサーシェンカ、ママが帰ってくるのわかってたものねえ。窓から見てたのよ」

ゾーヤはブーツを脱ぎながら顔をあげなかった。「そう？」買い物袋をキッチンへ運ぶ。タチアナは娘を抱いたままついてきた。

「あの男たちに何か言われなかった？」タチアナ・ユリエヴナがたずねた。

ゾーヤは手際よく食料品をしまっていった。冷蔵庫のドアの陰に隠れながら答える。「誰のこと？　べつに何も」

「あの移民たちよ。危ないわよねえ。誰か見張っててくれればいいのに」タチアナ・ユリエヴナは言った。「今朝のニュースで知ったんだけど、警察が湾で死体を発見したらしいわよ」

ゾーヤは冷蔵庫のドアを閉め、隣人を見た。「ゴロソフスカヤ姉妹のどっちかだったとか？」。青いランプ、ボート、岩場に打ちつけられた、子どものぐったりした体。

「ニュースでは、たぶん大人の遺体だろうって。でも、どうだか。わたしにはほかの情報源があるしね」タチアナ・ユリエヴナは片目をつぶってみせた。ゾーヤは食料品の整理に戻った。「コーリャはなんて言ってる？　容疑者は見つかったって？」

「わたし、捜査が再開されてたのも知らなかった」ゾーヤは言った。「コーリャは何も言わないし」

「そりゃあ、ちっちゃな天使がいるから忙しいわよねえ」タチアナ・ユリエヴナはサーシャを腕のなかで上下に揺らし、それにつられて彼女の声も弾んだ。「今度自分で聞いてみるわ。おもてにいる連中が、もしかして……姉妹をさらった犯人だったりしてね。あなたは小さかったから、ソ連崩壊前のことは覚えてないんでしょう。でも、カムチャツカ半島によそ者が来るようになってから、いろんな事件が起こるようになったのよ」

「あの人たちはただの作業員だよ」ゾーヤは言った。「小児性愛者じゃない」

「素性も知れない連中よ。だいたい、何かから逃げてきたから、よその国で働いてるわけでしょう？　ゾーヤ、あなたも気をつけなさいよ。若い女性なんだから、何をされるかわかったもんじゃない」

ゾーヤは隣人に背を向けて野菜を洗った。移民たちが危険だということは、ゾーヤにもよくわかっている——彼らは子どもを傷つけるような真似はしない。だが彼らは、彼女の目を奪い、彼女を変え、どんどん縮んでいく彼女の人生を、暗く力強いものにした。

どこかよその場所からここへ来たという事実は、ゾーヤの移民たちへの憧れを強めるばかりだった。彼らのむさくるしさ、彼らの無知。彼らがほとんど話さないこと。大学生だったころ、バスのシートに座った彼女を見下ろした彼らの目つき。隣人の言うことは正しい——ここは彼らの国ではない。彼らには失うものがない。ゾーヤはあの小屋に入ってみたかった。汗と、泥と、ガソリンのにおいがするだろう。壁には白人の女の写真が鋲《びょう》で留めてあるかもしれない。彼女は男たちの真ん中で、唯一の白人の女として立つ。ゾーヤは知りたかった。若い女である自分に、彼らが一体何をするのか。それが知りたくてたまらない。彼女の手も、彼女の口も、それを強く求めている。煙草を吸いたくてたまらないときのように。

タチアナ・ユリエヴナは話しつづけた。ゾーヤは冷蔵庫から、チーズとキュウリとトマトを取り出した。すべてを薄く切って平皿に並べる。ゾーヤが二つのカップに紅茶を注いでいるあいだ、タチアナ・ユリエヴナは膝の上にのせたサーシャを片腕で抱いたまま、空いた手で軽食をつまんだ。

「でも、コーリャがいるからわたしたちは安全ね。ゾーヤ、あなたは知らないでしょうけど、前はこの集合住宅も、わたしたちみたいなきちんとした人ばかりだったのよ。本物のロシア人だけが住んでいた。国中がそうだったの。よそ者はひとりもいなかった。同じ理想を掲げて団結して、偉大な国家を信頼していた。いまとは全然ちがう時代だったのよ。すばらしい時代だったんですから」年老いた女は、話しているあいだ、平皿に目を落としていた。眉は薄く、口元はしまりがなく、茶色くなった下の歯は、引き潮のときの海岸のようだった。赤ん坊は指をしゃぶっている。タチアナ・ユリエヴナは、腹が満たされるまで昔話をつづけるだろう。それから、コーリャのことをたずね、彼の仕事ぶりを称え、最後にもう一度赤ん坊を抱きしめ、自分の部屋へ帰っていくだろう。これが週に三度、ときには四度。それがゾーヤの生活だった。

ゾーヤは薄く切ったキュウリを口に入れた。嚙むと、青臭い味が舌の上にあふれた。

午後の時間が過ぎていき、ゾーヤはふたたびひとりになった。サーシャはベビーベッドで眠っている。棕梠の葉の模様のキッチンで、ゾーヤは二枚の牛タンの塊肉をきれいに洗い、沸騰した湯のなかにそっと沈めた。ニンニク、玉ねぎ、砂糖、セロリを入れる。鍋に蓋をする。牛タンが煮えているあいだ、ニンジンを切った。窓が湯気で白く曇る。職場の公園は——虹のかかる川も、煙の立ち昇る火山の噴気孔も——別の宇宙のように遠かった。夏になると、同僚の職員たちとともに公園を歩いてまわったものだった。あちこちにある湖では、大量の鮭が水飛沫《みずしぶき》を上げて泳いでいた。クマが鮭を食い散らしたあとには、赤い魚卵が散らばっていた。ああした不穏で美しい光景を、あと何年経てば見られるのだろう。

ゾーヤは心が漂い出していくのにまかせた。心は階段を漂い下りていった。

赤ん坊は眠っている。鍋は火にかかっている。室内の空気は糊のように肌にまとわりつき、壁は細かい水滴におおわれている。早くこの建物から出ようと急ぎながら、ゾーヤはどの階にも人気《ひとけ》がないことに気づく。つかんだ手すりは、剝《は》がれかけた塗料でざらついている。青色、灰色、黄色。

ボタンを押して玄関のロックを解除し、日差しのなかへ飛び出していく。

午後の空気は、緑がかった太陽の光に洗われて新鮮だ。街は、花のつぼみのように、いまにも開こうとしている。百メートル先の教会のむこうでは車の往来が激しいが、その通りには一台も車が走っていない。建設中の建物に近づくと、作業員たちが軽く会釈《えしゃく》する。彼らはゾーヤをあの小屋へ連れていく。彼らは、古い体のなかから彼女を助け出す。ゾーヤを生まれ変わらせる。

ゾーヤは牛タンから皮を取り除き、野菜に塩をふり、サラダにドレッシングをかけ、パンを薄く切った。サーシャが目を覚ますと、キッチンで乳をのませながら携帯電話でSNSを開き、投稿された画像を次々にスクロールしていった。コーリャは五時半に帰ってくるはずだ。予定していたその時刻から十五分が過ぎても、夫は帰ってこなかった。娘がぐずりはじめる。ゾーヤは娘を肩の上に抱き上げ、部屋から部屋へと歩きまわった――あひるの模様の壁紙を貼ったサーシャの部屋、埃《ほこり》を丹念に払ったテレビのある夫婦の寝室、浴室へ入り、浴室を出て、また最初から繰り返す。

夫が玄関の鍵を開ける音がしたのは、七時十分前だった。コーリャは仕事仲間を連れていた。警察官が二人と、事務補助をしている女性の一人だ。四人は足音を立て、大声で話しながら入ってきた。「ちょっと、こんなに大きくなって！」事務員の女性が、ゾーヤに抱かれた赤ん坊を見て歓声をあげる。ゾーヤは、こんばんはと言った。客の視線が痛かった。食卓にそろった夕食の皿やフォーク、コンロで煮えている肉、ぐずっている赤ん坊。彼らの目に、ゾーヤは取るに足りない女として映っているはずだった。ゾーヤが日中していたことが、好奇の目にさらされている。コーリャはわざわざ三人も客を連れてきて、ゾーヤがどれだけ自分を待ちわびていたか見せようとしたのだろうか。夫の帰りを待つしかすることがない女なのだと教えるつもりだったのだろうか。今日、ゾーヤは逃げ出していたかもしれないというのに、彼らはそんなことも知らない。火山の上を飛行機で飛んでいったかもしれないというのに、サンクトペテルブルクに引っ越していたかもしれないというのに。

コーリャは上着を脱いだ。事務員の女性が両手を差し出してきたので、ゾーヤは――恥ずかしさのあまり泣きそうになりながら――抱いていた赤ん坊を渡した。そっとキッチンに下がり、夕食用の皿を手早く片付ける。

客たちがブーツを玄関で脱いでいるうちに、ゾーヤはウォッカを一瓶と、ショットグラスを五つと、午後のお茶で余った軽食の皿を食卓へ運んだ。「もてなし上手だな」それを見て夫が言った。ゾーヤは顔をあげ、夫のキスを受けた。酒をのんだあとの甘ったるいにおいがした。「女王様、酒を注いでくれるか?」。ゾーヤはグラスにウォッカを注いだ。

「女王様」夫の同僚が言った。「今日、そこにいる王様が何をしでかしたか聞きましたか?」。別の同僚が忍び笑いをもらした。「戒告書をもらったんですよ」

「あーあ、フェージャ。そんなこと言っちゃ、奥さんの気分が台無しでしょ」事務員の女性が言った。「そういうことは黙っててあげなきゃ」制服に包まれた彼女の腕のなかで、赤ん坊がむずかって身をよじった。

ゾーヤは夫に向き直った。「何があったの?」

夫は笑った。朝はパリッとしていた襟にしわが寄っている。「今朝、捜索隊が湾から遺体を引き上げたんだ。エフゲーニー・パヴロヴィッチは、ゴロソフスカヤ姉妹の一人を発見したと言って、おれたちをねぎらった。だが、おれは言ってやった。失礼ながら巡査部長、こんなにでかい死体を発見してお喜びになるんでしたら、いますぐトドの死骸でも探してきましょうか」

事務員の女性は胸を張り、巡査部長の声色を真似てみせた。「死体ってもんは水のなかで膨張するんだ。そんなことも知らないのかね?」。フェージャともうひとりの警官は声をあげて笑った。

「ああ、部長はそう言ってた。水死体は一メートルも膨張するんだってな」コーリャは言った。

「だから、十二歳の女の子が、中年の漁師くらいのでかさに膨らんでもおかしくないらしい」

「上司にそんな口のきき方をしていいの?」ゾーヤは言った。「むこうが間違ってるにしても、一緒に働く上司なんだし、もっと敬意を……」

客たちはゾーヤに構わずショットグラスに手をのばした。「われらが巡査部長に乾杯」事務員の女性が言った。片手に赤ん坊を抱き、もう片方の手に酒のグラスを持っている。「それから、コーリャにも乾杯。警察官としての素晴らしい功績に」

コーリャがゾーヤにグラスを渡した。「おれの成功に」ゾーヤを見たまま言う。かすれた声だ。全員がグラスを空けた。ゾーヤものんだ。喉の奥でウォッカが弾ける。

フェージャが言った。「コーリャ、おれがそのうちおまえに表彰状をやるよ」。食卓の上で五人分のショットグラスを集め、二杯目の酒を注ぐ。「おまえが正しいからな。湾をさらったって意味がない。いまごろ姉妹の遺体はフィジーあたりを漂ってるさ」

「その推理に乾杯」もうひとりの警察官が言った。

ゾーヤは首を横に振った。「そんな乾杯、不謹慎じゃない?」

コーリャは妻の言葉を無視してグラスを掲げ、乾杯して一気にのみ干した。口元をぬぐう。「そう、意味がない。そもそも姉妹は湾で溺れたりしてないんだよ。どこかへ連れ去られたんだ」

「またその話？」事務員の女性が言った。「邪魔するなって」もうひとりの警官が言うと、女性は言い返した。「何よジーマ！」

「絶対に連れ去られたんだと思う」ゾーヤも言った。夫がうなずく。赤ん坊が泣きはじめた。「目撃者だっているんでしょう？」

フェージャが、ふっと冷ややかな笑みを浮かべた。「もしかして、目撃者ってあの女性のことですか？」

「だって、彼女が何かを目撃したのは確かなんだから」ゾーヤは言った。この事件に熱中し、興奮していた夫の姿をよく覚えていた――子どもが二人、大柄な男が一人、磨き上げられた黒い車が一台。夫は目撃者の話をゾーヤに教えた。その女性が、犯人に洗車のコツを教えてもらいたい、と軽口を叩いていたことも。

「二人は犯人に半島から連れ出された」コーリャはつづけた。「姉妹の痕跡がいっこうに見つからないのはそのせいだ。生きていようと死んでいようと。車庫に隠されてるわけでも、森に埋められてるわけでも、湾に浮いてるわけでもない。あの姉妹は半島からいなくなった。おれは何カ月も前から巡査部長にそう訴えてきたんだ」

フェージャが酒の瓶を取り、全員のグラスに注いだ。トクトク、という音がつづく。「仮におまえの推理どおりだとして、仮に被害者たちが本土のどこかで殺されたのだとして、それがどうした？　あの水死体を姉妹の片方だってことにすればいい。奥さんの言うとおりだ。上司に口答えするな。じゃないと、また去年の秋みたいなことに――」

「うるさい」コーリャは言った。テーブルの端で事務員がくすくす笑う。

「モスクワの捜査で赤っ恥かいたことを覚えてるなら」フェージャは言った。「これからはもうちょっと賢くなって、思いつきは胸に秘めとくんだな」

「聞いたか？」ジーマは前にかがみ、事務員のほっそりした腰をつねった。その手が頭に当たり、赤ん坊はぐずりはじめた。

コーリャは苛立っていた。ゾーヤは片手を軽く振って、すすめられたグラスを断った。「おまえのくれる表彰状には、そういうことが書かれてるのか」コーリャは言った。「お行儀よくだんまりを決め込んでいたことをここに称するって？」

「ほかに何を表彰すればいい？」フェージャは言った。「まぼろしの誘拐犯を追いかけたことか？何年も街でスピード違反を取り締まってたことか？」

サーシャが本格的に泣きはじめた。コーリャが泣き声に負けじと大声になる。ゾーヤは事務員から赤ん坊を受け取った。女が、親しい友人のように微笑みかけてくる。ゾーヤは客にひと言断って寝室へ行った。

赤ん坊は乳を欲しがらなかったので、ゾーヤはしばらく寝室のなかを歩いた。少しずつ、口をゆがめて泣いていた赤ん坊は落ち着いていった。あの声の荒らげ方を見るかぎり、コーリャは真夜中過ぎまでベッドに来ないはずだ。ゾーヤは、オレンジ色の羽根布団に娘を寝かせ、自分も横になった。赤ん坊は腹這《はらば》いになって、首と、両腕と、両脚を浮かせてハイハイのような動きをしたが、どこへ行くこともできない。

「それじゃ進まないよ」ゾーヤは言った。サーシャは動きを止めない。ゾーヤは、ふっくらした娘の手足が動くのを眺めていた。ふと、赤ん坊は目をまん丸に見開いてゾーヤを見た。娘の背中に片手を置くと、温かなくぼみに手のひらがぴたりとおさまった。「サーシャ。サーシェンカ。あんたがおしゃべりできたらいいのにねえ」

姉妹はさらわれたのだ。彼女たちの遺体は、どこかそう遠くないところにある。以前のコーリャはゾーヤにしょっちゅう仕事の話をしたが、サーシャが生まれて以来、ゾーヤは好奇心というものを失った。食欲もなくなった。それまでは、姉妹の失踪について様々な仮説を立て、それを夫に話したものだった。男は姉妹を誘拐して車で西へ行き、オホーツク海沿岸の村まで連れていったにちがいない、と。そして、地下の貯蔵庫に生きたまま閉じ込めた。普段から近所付き合いのなかった男のすることは誰にも気づかれない。男の車がガソリンスタンドの監視カメラに映っていないのは、燃料をトランクに積んでいたからだ。彼女のこうした仮説は、長いあいだ放っておかれたために、ゆっくりと分裂していった。残ったのはイメージの断片だけだった――真新しい車、子どものふっくらした顔、水に浮かぶ小さな体。それらはゾーヤの心をかき乱した。

乱れた心は、快楽を想像すれば落ち着いた。客がさっさとウォッカをのみ干して、早く夜が終わるといいのだが。職場用の顔になった夫と話すのはあまり好きではないが、家に客が来ると、きまって夫はゾーヤに優しくなる。酔ったコーリャを見ると、ゾーヤは大学を卒業するまでの数カ月を思い出した。パーティーへ行き、男友だちと遊びの恋をし、結局最後はコーリャとともにこのシーツにくるまった。ゾーヤは赤ん坊をあおむけにし、その小さな顔を片手で包み込んだ。

コーリャと出会ったのは、スピード違反で彼に捕まったときだ。当時はまだリャホフスキー巡査長ではなくリャホフスキー巡査で、交通違反の取り締まりをしていた。ゾーヤはコムソモリスカヤ広場を猛スピードで運転していた。二十歳で、大学四年生がはじまる前の夏だった。アルバイトを終えて一度部屋へ帰り、それから友人の誕生日会へ出かける予定だった。コーリャは二十四歳で、年齢よりずっと年上に見えた。ゾーヤが車道脇の砂利に車を停めると、コーリャはサングラスの奥から彼女を眺めた。ファンデーションの下の頰が熱かった。コーリャは背が高く、肩幅が広く、表情がほとんど変わらなかった。窓枠に片手をついて寄りかかり、ゾーヤを見下ろしていた。ゾーヤは、とても急いでいて、これから約束があるのだと訴えた。コーリャのうしろを、車が次々と走り過ぎていった。やがて彼は言った。「わかった。行っていいぞ」。違反切符は切られなかった。

翌週、車で家に帰っている途中、バックミラーにパトカーの青いランプが映った。ゾーヤは、心臓をどきどきいわせ、両手に汗をかきながら車を路傍に寄せた。スピードは守っていたはずだ。少なくとも、自分ではそう思っていた。緊張しながら待っていると、警察官が助手席のドアを開け、するりと中へ乗り込んできた。彼はサングラスを取った。そして、微笑んだ。

半年後、コーリャはゾーヤの部屋に引っ越してきた。二人は、ゾーヤの最終試験から数週間後に結婚した。すでにゾーヤは、公園のオフィスで正職員として働いていた。結婚式のあとに出勤すると、同僚たちが次々に彼女の席までやってきて、マグカップに注いだシャンパンで祝ってくれた。所長は、カップの中身はミルクティーだと信じている振りをした。ゾーヤと夫は、しばらく幸福に暮らした。妊娠がわかると、夫は彼女を抱きしめて両頰にキスした。ゾーヤは泣き出した。夫はなぜ泣くのかたずねなかった。いま、コーリャはゾーヤの車で警察署へ行き、帰ってくる。そのあいだゾーヤは家に居る。この先も、長いあいだ、家に居つづける。少なくとも二年、とコーリャは言っていた。赤ん坊のためだ、と。あれから長い時間が経ち、いまでは、彼と二度目に会ったときの胸の高鳴りも、めったに思い出さない。彼が助手席に滑り込んできたときのこと。制服に包まれた、見覚えのない男の体。あのときのコーリャは、とても大人びて、自信にあふれ、やがて彼女が結婚生活をともにすることになる男の姿は、その陰に隠れていた。

そろそろ客のもとに戻ったほうがよさそうだった。サーシャを抱いて薄暗い廊下を歩いていくと、彼らの声が聞こえてきた。口論がつづいている。誰かが言った。「法に触れるじゃないか」

ゾーヤは娘を抱いた腕に力をこめた。勤務時間は終わっている。作業員たちはすでに帰った――だが、もしかすると、客のひとりがベランダへ出て、帰っていく作業員を見かけ、ベランダに落ちていたゾーヤの煙草の灰にも気づき、彼女が何をしていたか気づいてしまったのではないだろうか。

ゾーヤはキッチンの入り口に立った。「時間の無駄だったよ」夫が言っていた。「通報を受けて行ってみたのに、誰も事情を話そうとしなかった」

「通報したのは別のやつだったんだろ」フェージャが言った。

「別のやつ？　誰があんなものに興味を持つ？　ペンキと五千ルーブル分のガソリンだぞ。あの連中はおれの前で突っ立って、おれたちは無関係ですって顔をしてた」コーリャはつづけた。「かと思ったら、ネズミみたいに一目散に逃げ出したんだ」

コンクリートを運ぶ、背の低い危険な男たち。輝く黒い髪。あの訛り。彼らが発する言葉をひとつ聞くだけで、ゾーヤは何時間も満たされた。一日中でも満たされた。一日中ひとりで過ごさなくてはいけないのなら、彼らと過ごして何が悪い？　通りを越えてむこうへ行き、建設途中の建物のそばで、冷たい空気を吸いながら。

サーシャが腕のなかで身をよじった。ゾーヤは赤ん坊をあやそうと、顔の前で小さく手を振った。ゾーヤは義務感にかられてたずねた。「何を話してるの？」

「別に」夫は言った。

「破壊行為《ヴァンダリズム》の話」事務員の女性が言った。

フェージャが横から訂正した。「いやいや、ガキのいたずらです。建設現場の落書きとかね。瓶を割ったり、工具を盗んだり」

「どこで？」ゾーヤはたずねた。

「どこだっていいだろ」夫は全員のグラスに酒を注ぎながら言ったあと、口調を和らげてつづけた。「中心地から八キロ地点だ」。図書館と火山研究所があるあたりだった。ここからは遠い。

ゾーヤは、八キロ地点で働く作業員の姿を想像した。彼らは通りのむこうの作業員に似ているようでちがう。頼りなく、子どものいたずらも防げない。「それで——」ゾーヤが言いかけたのと同時に、ジーマが口を開いた。「おれたちの——」ジーマは口をつぐみ、上げていたグラスを下ろした。ゾーヤは、お先にどうぞと手を振った。「おれたちの長い勤務時間に乾杯。それから、おれとこいつの長く熱い夜にも乾杯」

「仲良くやってそうで何よりだ」全員がウォッカに口をつけたあと、フェージャが言った。

「あんたたちクソだよ」事務員の女性は言った。

「そんな言葉使うなって」ジーマは手のひらで女性の口をふさいだ。テーブルを見回して説明する。「アンフィーサが怒ってるのは、長く熱いのは夜だけじゃないって反論したいんです。おれの恋人は朝も元気いっぱいなんで」

「あんたってほんと紳士だよね」アンフィーサは、口を押さえられたまま言った。フェージャが空いたグラスに酒を注ぐ。「ほんと上品。男の鑑《かがみ》だよ」

「それで――」ゾーヤは夫にたずねた。「建設現場のいたずらはどうなったの？」

「別に。打つ手なし」

「ねえ、勇敢な王子様」アンフィーサがジーマに話しかけている。「あたしにそんな口きいていいの？　二人の夜が短くなっていいわけ？」

「いいさ。昼休みもあるからな」ジーマは言った。フェージャが鼻を鳴らす。「おれのアンフィーサは二十四時間体制の女なんだ」

　ゾーヤは重ねて夫に言った。「でも、何か盗まれてたら？　工具がなくなってたら？　犯人を捕まえなきゃいけないんじゃない？」

「何なんだよ、急に」夫は言った。夫は、出会ったときのくたびれた警官の顔になっていた。ゾーヤの車の外に立っていた男。助手席に滑り込んできた、何を考えているのかわからない男。「おれの仕事に指図するつもりか？　おれがおまえの仕事に指図したことがあったか？　家に引きこもってろ、ぶくぶく太れ、赤ん坊の世話にかまけてろ、って？」

「コーリャ」ジーマの声がした。

「ふざけんなよ」夫はうつむいてつぶやいた。

　そんなことはゾーヤの仕事ではない。あるいは、そんなことがゾーヤの仕事であるはずがない。家族のために作った夕食は、コンロの上で手付かずになっている。ゾーヤに何ができるか、夫は知らないのだ。窓のむこうには、人気《ひとけ》のない建設現場がある。建設現場の地面は雪混じりのぬかるみで、その向かいの四階の部屋で、ゾーヤは自分の子どもを腕に抱き、他人と一緒にテーブルを囲み、明日が来るのを待っている。

ベッドへ来ると、コーリャは優しくなった。短く刈り込んだ髪がゾーヤのあごをかすめた。「許してくれるよな?」コーリャにたずねられ、ゾーヤは曖昧に相槌を打った。「あいつら、おれをガキ扱いするんだ……巡査長に昇進できたと思ったら、あんな事件を押し付けて能なし呼ばわりしやがって」息が首筋にかかる。「失踪した姉妹のことなんか知らずにいたかった。そしたら、おまえともっと家にいられたのに」

ゾーヤはあおむけのまま暗闇を見つめていた。「機嫌を直してくれよ」コーリャが言った。「気にしないで」ゾーヤが言うと、コーリャは彼女をきつく抱きしめた。ゾーヤは夫の額にキスした。

こんにちは、お嬢さん。移民の男が挨拶をする。

男の声を聞くと、口に唾が湧く。ゾーヤも挨拶を返す。こんにちは。誰にも見られていないことを確かめる。小屋を指差して言う。あそこに連れていって。

小屋に入ると男を見つめたまま後ずさる。机にぶつかる。前を向いたまま机に両手をつき、体を持ち上げて腰かける。男は目をすがめ、彼女の体を眺めまわす。瞳が大きくなり、黒々と光る。たくましい両腕、歯を食いしばった口元。男のほうもその気になっている。薄い壁のむこうから、ほかの作業員たちの声が聞こえてくる。彼女は男に両腕を差し出す。

ゾーヤはずっと彼らを求めていた。ずっと求めながら、触れることはできなかった。あの作業員たちがここへ来る前は、別の男たちを求めた。それは、スーパーでカートを整理している男のこともあれば、生まれ育った街の通りで見かける清掃員のこともあった。ブロンドの青年とはじめて付き合うずっと前から、彼女は移民の男たちを目で追いつづけていた。夫のとなりで横になっているときでさえ、ゾーヤは彼らを求めた。だが、それはフェティシズムではない。もっと別の何かだ。彼女は家にこもって育児に専念できるような女ではなかった。彼女は、暗く、見慣れない、境界線の外にある何かに恋い焦がれた。

明日だ。明日は、三時間家を離れよう。もっともらしい言い訳を考えよう。病院へ行くことにすればいい。誰も気づかない。明日の午後、外出を終えて家に帰ったら、タチアナ・ユリエヴナには気分が優れないのだと言って浴室へ直行し、作業員たちの指のあとをシャワーと石鹼《せっけん》で洗い流そう。彼らの気配が流れていくのを惜しみながら、時間をかけて体を洗う。そうすれば、コーリャの妻と、サーシャの母親をどうにかつづけていける。死んだ少女たちの姿を思い描くこともしなくなる。過ちを犯したいと願うこともなくなる。明日が終われば、また、毎日をどうにかやり過ごしていける。

ゾーヤは空想にふけりながら眠りに落ちた。間欠泉の夢を見て、水の音で目を覚ました。夫がシャワーを浴びていた。キッチンへ行き、卵を茹《ゆ》で、パンを薄く切り、冷蔵庫の下の段からチーズを出す。部屋のなかには、焦げたフライパンのようなにおいが立ち込めていた。ベランダのむこうでは朝日が輝いている。

電気ケトルの湯がもう少しで沸きそうだった。浴室のドアが開き、寝室のドアが閉まる音がした。黄色っぽい朝の光が躍る灰色の空を横目に見ながら、ゾーヤは冷蔵庫の上から煙草の箱とライターを取り、ガラス戸を開けてベランダに出た。

朝の空気は冷たかった。男たちはもう集まっている。トタン屋根が地面に落ちている。そこは、あの粗末な小屋が立っているはずの場所だった。作業員たちが、屋根のまわりで円になって立っていた。ひとりは、手に上着を持っている。

男たちの足元には、煤《すす》に汚れた残骸が転がっていた。黒焦げになった板が数枚と、机の脚のような金属のかたまり。ゾーヤは理解した。あの小屋が焼け落ちたのだ。

箱を振って煙草を一本出し、乾いた紙の吸い口を唇にはさんで、ライターをカチッと鳴らす。火はつかない。震える手でライターを握り直し、ふたたびカチッと鳴らす。小さな火がぱっとつく。朝日はまだ昇っていない。さっき目にした黄色い光は、火事の名残りだったのだ。全焼した小屋と黒く焦げた地面から立ち昇った煙には、細かい金属の屑が混じっていて、それが、夜明け前の湾の光を反射していたのだった。

何かして。ゾーヤは祈るような思いで男たちを見つめた。罵ってもいい、物に八つ当たりをしてもいい、小屋を新しく作りはじめてもいい。そうすれば、ゾーヤは彼らと一緒に一日を立て直し、場所を変え、一緒に建設途中の薄暗い建物のなかへ入っていける。もし、彼らが何かしてくれるなら。だが、男たちは輪になったまま立ち尽くし、燃え残りの材木を見つめていた。

破壊行為《ヴァンダリズム》。ゆうべ、夫の同僚たちが話していた。工具の盗難、軽犯罪、放火。あの小屋は格好の標的だったのだろう。そして、通りのむこうにいるあの男たち――外国人労働者たち。ゾーヤの人生を変えてくれるはずの移民たち――は、何もできなかった。

ゾーヤは片手を上げ、くわえていた煙草を口から離した。煙草を持つ手から、いまにも力が抜けそうだった。男のひとりが――ベランダからは顔の見分けがつかない――尻ポケットに両手を入れた。パトカーがめったに通らない道路に目をやる。男はふと、ゾーヤのほうを見上げた。

ゾーヤはガラス戸まで後ずさった。男たちの姿が見えなくなった。湯が沸いたころだ。朝食を作らなければコーリャが遅刻してしまう。腕を壁につけて離さないように気をつけながら、ゾーヤはベランダのむこうへ煙草を放った。両手を組んで強く握りしめる。平静を取り戻すのにかかった時間はほんの数分だった。心の準備ができると、ゾーヤはガラス戸を開けてキッチンのなかに戻った。

五月

オクサナは、ドアを見た瞬間に違和感を覚えた。外側の防犯ドアが、脱臼した指のように、廊下に向かって開いたままになっている。金属のドアの隙間から、白い明かりが細くもれていた。金属製の外扉も、繊維ガラス製の内扉も、開け放されていた。

オクサナは、部屋の手前の踊り場に立ち尽くした。自分の脈の音が聞こえる。ほかの部屋の二重扉はしっかり閉まっていた。自分の部屋を見上げたまま手すりを握りしめ、飼い犬の名を呼ぶ。「マリーシュ（小さい動物や子どもに対して用いられるロシア語）？」。静寂がつづいた。「マリーシュ？」オクサナは呼びながら階段を上りはじめた。駆け足になる。半開きになっていた外扉の取っ手を引っ張り、内扉を押し開けてなかへ入ると、部屋のなかは静かで、清潔で、そのすべてがオクサナの恐怖心をあおった。ノートパソコンはコーヒーテーブルの上に載っている。泥棒に入られたわけではない。

オクサナは、また犬の名を呼んだ。寝室へ行き、そこで愛犬が眠っていないか確かめ——「マリーシュ、出ておいで！」——居間へ戻り、キッチンをのぞき、浴室へ行った。マリーシュがバスタブの下に潜り込んでいないか確かめようと、床に両手と両膝をついた。鋭い痛みを覚えて手のひらを見ると、使わなかった部屋の鍵を、指にかけて持ったままだった。鍵をポケットに押し込み、両肘を床について腹這《はらば》いになる。マリーシュはいなかった。

愛犬は逃げたのだ。この集合住宅の共用玄関は、開け放されているか閉め切られているかのどちらかで、この数ヵ月はずっと開けっ放しになっていた。冬のあいだは雪が吹き込み、床の上でくるぶしの深さにまで積もった。逃げ出すマリーシュを遮るものは何もなかった。どこへでも行けた。オクサナは急いで廊下へ出ると階段を駆けおりた。「マリーシュ、マリーシュ」大声で呼ぶ。階段は春の光に照らされて、冷たく青く光っていた。五階の彼女の部屋のドアは、犬が戻ってきたときのために開けておいた。オクサナは大急ぎで共用玄関へ走り、ついさっきまでいた外の世界へふたたび飛び出した。

立ち止まって恐怖を鎮める時間はなかったので、オクサナはそのまま、その恐怖に駆り立てられるように走りつづけた。日中の緊張も、十年前からつづけてきた火山堆積物研究所での仕事の悩みも、恐怖にのみ込まれたように消え去っていた。オクサナは、子どものようにがむしゃらに走った。集合住宅からつづく坂道を下っていく。公園を目指していた。毎朝オクサナは、火山研究所へ出勤する前に、マリーシュを連れてその公園へ行く。その時間、街はまだ暗闇に沈み、人気《ひとけ》がないのでマリーシュのリードを外してやることができる。オクサナは祈るような思いで、建物のあいだの路地を確かめながら走りつづけた。電線、ゴミ袋、早くも生えはじめた春の雑草。道路のあちこちに目を配りながら、オクサナは、自分が発見してしまうかもしれないものに怯《おび》えて吐き気を覚えた。公園のむこうには果物やパンや花を売る屋台がずらりと並び、そのせいで、このあたりの道路は車の往来が激しかった。いつもトラックが走っていた。オクサナは無我夢中で走りつづけた。どうかマリーシュがいますように。

なぜ、今日の昼休み、マックスに部屋の鍵を貸したりしたのだろう。なぜ、家へ立ち寄ることを許したのだろう。オクサナは、二人分の昼食のトレイが載った、染みのついたプラスチックのテーブルで、マックスに細かく指示を出し――「外の扉は鍵を三度まわさないと閉まらないから」はっきりとそう伝えたはずだ――彼が午後に鍵を返しにデスクへ来たときも確認した。「だいじょうぶだった？」たしか、そういうことを聞いた。頭が混乱して細かいことまでは思い出せない。息も切れている。「マックス、書類は見つかった？　何も問題なかった？」。はっきり覚えているのは、マックスがにこっと笑ってうなずき、硫化鉱に関するくだらない質問をしてきたことだ。彼は、部屋のドアを二枚とも開け放してきたことについては、ひと言も触れなかった。そしてマリーシュはいなくなってしまった。

胸のなかで、心臓が別の生き物のように暴れていた。オクサナは、マックスのほら話や楽観的な物の見方を面白いとは思っても、彼を信頼したことは一度もない。それなのに、今日の昼間はなぜ、そのことを忘れてしまったのだろう。よりによって、マックスみたいな男を信頼してしまうとは。去年の秋、元夫はマックスとカーチャと夕食を一緒にするたび、呆《あき》れて天井をあおいだものだった。「ボルダリングジムのみんなでカトマンズに旅行しようかって話が出てるんだ」ある日、マックスは彼女たちにそう言った。「一緒に来なよ。エベレストに登ってみたいって思ったことあるだろ？」。彼のとなりに座っていたカーチャでさえ、それを聞くといたたまれないような顔になった。研究所の話になると、マックスは勘違いとしか思えないようなことを語った。彼は、自分がいずれは副研究所長になり、所を監督し、ゆくゆくはロシア科学アカデミー（ロシア連邦すべての学術研究機関をまとめる最高学術組織）のトップになると思っているようだった。「ロマノヴィッチに聞いたんだけど、おれってあと数カ月で昇進できるんだって。一度昇進したら、あとはどんどん上に行くだけだって言われた」

オクサナの元夫はマックスから離れた席を選んで座っていた。「じゃ、遠慮なく昇進するといい」アントンの言い方には棘《とげ》があった。

誰かがあのとき、半年後、アントンは彼女のもとを去るが、マックスとカーチャの仲はまだつづいていて、二人が夕食を一緒にするために家に来て、マックスはそのとき書類を忘れて帰り、オクサナは長い付き合いのカーチャを信頼していたので、その恋人の大ばか者のこともうっかり信用して鍵を渡してしまうと予言してくれていれば、オクサナはその夜、デザートに出したアイスクリームに毒を盛っていただろう。

小さな公園には小学生が数人と年配の女性が二人いるだけで、マリーシュの姿はなかった。遠くからでも愛犬がいないことはわかった。死角になりそうな場所はなく、鉄棒やロープやタイヤの遊具が少しあるだけだ。オクサナは、念のため公園を見て回った。「マリーシュ」激しく鼓動する心臓のせいで、その声は消え入りそうなほど弱々しかった。

公園を一周すると、太り気味の老いた女たちに近づいてたずねた。「あの、犬を見かけなかった?」。片方の女は、オクサナのスカートからのぞいた膝を非難がましい目つきでにらみつけた。「白い犬、見なかった?」オクサナはそう言いながら、両手でマリーシュの大きさを示した。「サモエド犬なんだけど。大きくてきれいな犬。犬ぞり用の犬種で、すごく清潔で、栄養状態もいいし、健康な犬なの」

「見なかったわ」女のひとりが言った。

「野良犬なんか、いちいち気にしてられないからね」もう片方の女が言った。

「野良犬なんかじゃない」オクサナは言った。激しい怒りで全身の血が沸騰し、逆流しはじめたような感覚におそわれる。両足は根が生えたように動かなかったが、両手がわなないた。

嫌味な女を張り倒したかった。野良犬。野良犬。この女が一秒でもその太った腹から目をあげてマリーシュを見ていれば、そんな言葉は頭をよぎりさえしなかっただろう。

オクサナは、失踪事件の目撃者になったことがある。そのときの経験から、どんなものが人の目をとらえるか知っていた。十カ月前、オクサナの目を引いたのは、磨き上げられた一台の車だった。離婚したいまは、通りですれちがう幸福そうな女と、人目もはばからずいちゃつく恋人たちに目が行く。すばらしく目敏《めざと》い人間でなくとも、自分の日常の外にあるものがあれば興味を持つものだ。

胸の前で腕を組み、オクサナは女たちに背を向けて声を張り上げた。「マリーシュ！」。似たような外観の集合住宅が視界を埋め尽くしていた。背後から子どもたちの忍び笑いが聞こえた。オクサナは左へ曲がり、大通りを走りはじめた。

やがてオクサナは、コロリョフ通りをむこうへ渡った。野良犬が、何度も繰り返し彼女の期待を裏切った。オクサナは汗だくだった。汗が背中を伝い落ち、ベルトを濡らした。愛犬はどこにもいなかった。カーチャに電話をかける。電話がつながるなり、オクサナは言った。「マックスいる？　マリーシュを連れてない？」。カーチャの声が受話器から遠ざかった。オクサナはどなった。「あいつ、うちの玄関のドアを開けっ放しにしていったんだよ！」

マックスが電話に出た。「犬のこと？　でも――」

「ドアが両方とも開いてた！　何考えてんの？　ばか！　ドアが両方とも開いてたんだよ！」ここ

で泣き出すほどオクサナは弱くないが、声がうわずっていた。「マリーシュが逃げ出すって思わなかった？　どういう神経してるわけ？」

「オクサナ、落ち着いて。なんて言ったらいいか――」むこうから、カーチャの声が聞こえた。

「おれ――鍵のかけ方がわからなかったけど、ドアはしっかり閉めといたよ。ちゃんと閉めたつもりだったんだけど。あのドアって勝手に開いちゃうのか？　マリーシュ、おれが帰るときは部屋のなかにいたのに」

オクサナは足元の地面をにらんだ。「もういない」

カーチャの声が小さく聞こえた。「オクサナにどこにいるのか聞いて」

「どこにいる？」マックスが言った。「おれ、どうすればいい？」

オクサナは返事をしなかった。二人は何もわかっていない。アントンでさえ、オクサナとマリーシュの絆を完全には理解していなかった。オクサナがいずれ元夫となる男に出会ったとき、マリーシュは二歳で、彼が家を出て行ったときには七歳になっていた。二カ月ほど前、このところ心待ちにするようになったアントンからの電話で――夜半過ぎの電話、新しい彼女はすでに眠っているだろう時間にかかってくる電話――オクサナは彼に言った。「今日、マリーシュがキツネを捕まえそうになってさ。森に走り込んでいったと思ったら、赤い毛を口にくわえて戻ってきたんだ」

「あいつが何をくわえてこようが、興味ないね」アントンは言った。低く抑えた声に、耳を愛撫されているようだった。「いいから、おまえのほうはどうなのか聞かせてくれ」

オクサナの宝を彼女と同じだけ大事に思う者はいなかったが、愛犬へのアントンの無関心だけは、彼女に対する愛のように感じられた。毎晩、眠るマリーシュのそばで、オクサナは元夫の声を聞いた。アントンは、いまでもおまえのことが誰よりも恋しいと言った。別の女と夜を過ごそうと、彼の舌も歯もオクサナを恋しがっている、と。アントンは数週間おきに部屋に来て、その言葉が事実だと証明してみせた。愛犬は、元夫が来たことを祝福して、彼の膝の上に白い頭をあずけた。二人が寝室へ行くと、ドアのむこうから、嬉しそうに弾むマリーシュの息の音が聞こえた。

オクサナは通りをうろつく野良犬たちを眺めた。電話越しに二人が言い合う声が聞こえ、カーチャがふたたび電話に出た。「迎えにいく」友人は言った。「一緒にマリーシュを探そう」

「別にいい」オクサナは言った。カーチャのため息が聞こえる。そっけない返事を責められたように感じて、オクサナは言い直した。「わたしとあんたの車で、二手に分かれて探したほうが効率いいから」

「ううん、迎えにいく。運転をわたしにまかせたほうが、集中してマリーシュを探せるでしょ?」

「わかった」オクサナはしぶしぶ言った。すぐそばをトラックが走り過ぎ、オクサナはその大きすぎる車体を視界に入れないように目を閉じた。「ていうか、この辺を歩いてたら、すぐに見つかるかもしれない」

「うん。そうだと思う」カーチャは言った。

マックスは、カーチャの背後で意味のないことをしゃべりつづけていた。電話が切れた。

八年前、同僚のひとりが、一枚の写真を持って研究所に出勤してきた。写真のなかには四匹の子犬が並んで写り、どの子犬も白クマの赤ちゃんのようにやわらかそうで、眠たげな目をしていた。オクサナはその日、何度も何度も同僚のデスクへ行って写真を見せてもらった。「一匹もらえる?」とうとうオクサナは、帰り支度をしていた同僚に言った。同僚は、その晩、オクサナの家にマリーシュを連れてきた。

オクサナは、子犬がおもちゃにしてしまった上等な靴をあきらめて処分し、暗い色の服は着なくなった。子犬の真っ白な毛が目立つからだ。だめでしょう、と両手で子犬の顔をはさんで叱ってみたが、オクサナはそうしたささやかな不自由を愛した。そうした不自由のために生きていた。マリーシュが一緒なら、彼女は――一人っ子として育ち、ソファベッドに寝そべってとなりの部屋の母親が立てる物音に耳を澄ましていた彼女、自分の顔色をうかがう友人と付き合い、自分との約束を破る恋人と付き合う彼女、長いあいだ妻として選ばれず、結婚したときには、子どもを産むには年齢がいきすぎていると告げられた彼女、自分自身とさえ決してわかり合えない彼女は、孤独を感じずにすんだ。

オクサナとマリーシュは、一緒に公園へ行き、街へ行き、近所の森へ行き、足をのばして山へ行った。彼女たちの脚は、同じだけ頑健になった。アントンが現れ、やがて去ると、オクサナは、マリーシュが小さかったころの習慣を取り戻した。ベッドの片側で眠り、もう片側ではマリーシュが眠る。深夜、銀色がかった闇のなかで目を覚ますと、慰めを求めて、マリーシュのほうを向いて横になった。向き合って横たわる二人は、一組の括弧のようだった。毛布の上のマリーシュは、脚を投げ出して眠っていた。オクサナは手を伸ばし、肉球のあいだに生えたやわらかな毛に触れた。マリーシュは触れられた足を体に引き寄せ、顔をあげて鼻をくんくんいわせ、安心すると、オクサナのほうを向いたまま眠りに落ちた。

犬を世界一愛することは、オクサナにとってありふれたことになった。ほかに誰を愛せただろう。

太陽が傾いていくなか、オクサナは、果物の屋台の売り子たちにマリーシュの姿形を説明した。

背後には、路傍に並んだ車の列、荷台のあるトラック、人々の声が反響する集合住宅のロビーがあった。そのあたりの建物の共用玄関も、オクサナの住む建物と同じように開け放たれていた――マリーシュは、混乱して別の建物に駆け込んでしまったのだろうか。もし怪我をしていたら……オクサナは道端の大きなゴミ箱を覗き込んだ。口がからからに渇いていた。息絶えたマリーシュの体が、ゴミ箱に投げ入れられているかもしれないのだ。集合住宅の並ぶ区画が終わり、オクサナは森に入った。木々に囲まれた小道を歩く。「マリーシュ」。自分の足音だけが聞こえた。

この一年、困難が訪れるたびに、マリーシュはオクサナを救った。アントンが彼女を裏切ったときも、家を出ていったときも、ふたたび連絡をしてくるようになったときも、マリーシュはそばですべてを見ていた。ロシアのルーブルが下落し、研究所の資金が凍結され、そのせいで野外調査ができなくなり、二年前からつづけてきたカルクアルカリ岩の研究をやめなくてはならなくなったときも、オクサナは犬の散歩があるからと断って車に逃げこみ、運転をしながらハンドルに悔しさをぶつけた。

連れ去られようとしていたゴロソフスカヤ姉妹のそばを、運悪く通りかかったときも。その日の夜、姉妹のクラス写真をテレビで見たときも。ソファの上ではっとし、「わたし、この子たちを見た」とつぶやき、元夫が「何を見たって?」と聞き返し、もう一度、今度は大声で、「わたし、この子たちを見た」と叫んだときも。胸のなかではやり場のない激しい感情が暴れていた。彼女は、事件を未然に防げたかもしれない唯一の目撃者だった。そしてまた、姉妹を助けられるかもしれない唯一の目撃者でもあった。オクサナは警察署に電話をかけ、警察官が彼女を迎えにくるあいだ、アントンは彼女のそばで、きみは正しいことをしているんだと繰り返し、姉妹はもちろんぶじに決まっている、と言った。マリーシュは、二人のそばで嬉しそうに駆け回っていた。

警察官に事情聴取をされたあとも、彼女がした誘拐犯の描写――ほとんど役に立たなかった。見知らぬ男をひと目見ただけなのだ――が、まるで手がかりであるかのように街中で話題にされているときも、ニュース番組に出た市の役人たちが、姉妹はかならず救出されると断言するのを見ているときも、同僚や友人が、おまえのせいで姉妹は失踪したのだと言わんばかりに、よそよそしい態度をとるようになったときも、あの子たちがいなくなったのは自分のせいなのだろうかと自分に問いかけているときも、いいやちがうと自分に言い聞かせているときも、マリーシュはオクサナの足元で寝そべり、この世界は申し分ないと信じているようだった。

オクサナは携帯電話に手を伸ばした。一瞬、リャホフスキー巡査長に電話をかけようかと心が揺れた。だが、十カ月ものあいだ姉妹を見つけられていない男が、今夜のうちに犬を見つけ出せるとも思えなかった。

森のなかは暗くなっていった。森を抜け、明かりの消えた街中に出る。携帯電話が振動した。カーチャだ。

友人の車が路傍に停まると、オクサナは後部座席に乗り込んだ。マックスは助手席にいる。すまなそうに目を見開き、マックスは言った。「オクサナ、ほんとにごめん。ほんとに申し訳なかった。おれも何があったかわからないんだ」

「わからない?」オクサナは言った。「じゃあ教えてあげる。あんたのせいでマリーシュがいなくなったんだよ」

「その、気づけなかったって言おうとしたんだ」。車はでこぼこの道を走っていった。カーチャの片手はギアに、マックスの片手はカーチャの太ももに置かれている。オクサナの嫌いな光景だ。仲睦まじい恋人たち、苦しみを分かち合う恋人たち。なぜ彼らが二人で来るのを許してしまったのだろう。自立して、強くなって、母親のようなお人好しにならないように、オクサナは慎重に生きてきた。それなのに、自分を傷つける者をいつの間にか引き寄せてしまうのだった。

オクサナは窓に額を押し付けた。「どこに行けばいい？」カーチャがたずねる。

「クロスカントリー・スキー場。今年の冬はよく一緒に行ったから」オクサナは窓の外に目を凝らした。「暗くなってきてよかった」車内を振り返って言う。「あの子がいたらすぐわかる」

マリーシュが逃げたのは、夫と同じくマックスがそばにいるのを嫌ったせいかもしれない。マックスのほら話、カーチャの笑い声、オクサナの家に侵入してきた二人の気配。スキー場のそばのがらんとした駐車場をひと回りしながら、オクサナたちは、雪が解けはじめたスキーコースや、どこまでもつづく森に目を凝らした。オクサナは窓を開けて大声でマリーシュの名を呼んだ。森は静かだった。

去年の八月、リャホフスキー巡査長は、警察署で事情聴取をしている数時間のあいだ、オクサナが誘拐犯の特徴をまったく覚えていないことに繰り返し落胆を見せた。「もう一度考えてくれ。もう一度、はじめから思い出してみろ。子どもたちが知らない男の車に乗り込むのを見てたのに、足を止めもしなかったのか？」

「犯人が子どもたちの知り合いじゃないなんて、わかるわけないでしょ？」オクサナは言った。「不審者には見えなかったし」

リャホフスキーは眉間にしわを寄せた。オクサナには、彼が制服を着て警察ごっこをしている子どものように見えた。「上の者たちが証言を必要としてる」リャホフスキーは言った。「些細な記憶でいい。細かいことでいい。何か気になったことがあるだろう?」。オクサナは黙って巡査長を見た。「捜査の邪魔をしたいのか?」リャホフスキーは言った。「普段から思い出す努力をしてくれないか」

「事件のことを考えるのなんか簡単だしね」オクサナは言った。自分で言った皮肉が舌の上で苦かった。

オクサナが目撃しなかったものは、長い長いリストになる。オクサナができなかった無数のこと。カーチャは彼女の指示に従って大通りへ車を戻し、環状交差点を回って街の中心へ向かった。そのあいだマックスは、マリーシュの午後の様子を二人に話した。マリーシュが、いつもと変わらないどころか甘えているようにさえ見えたこと。マックスの手のにおいをかいで何も持っていないことを確かめると、寝室へ行って腹這いになったこと。そのあいだに彼は、ゆうべ忘れていった書類を集めたこと。「マリーシュは、ちょっと冒険をしたくなったんだよ」マックスは言った。「くたびれたら帰ってくるって」。オクサナは歩道から目を離さなかった。沈黙のあと、マックスはまた話しはじめた。「今日の午後さ、ロマノヴィッチが――」

「お願いだから、わたしに話しかけないで」オクサナが言うと、マックスは黙った。

図書館の低い建物を通り過ぎ、金色の円屋根がある教会を通り過ぎ、教育大学を通り過ぎた。レニングラツカヤとポグラニチナヤの交差点にある、実物大の戦車の記念碑のそばで、カーチャは少しスピードを落とした。戦車の大砲の先には、夕闇におおわれた空が広がっていた。バス停のたわんだ屋根を見るたび、オクサナはその下にマリーシュの死体が転がっていないか目を凝らした。去年の夏からバス停の壁にガムテープで貼られている行方不明者のポスターは、雨雪にさらされてくたびれていた。オクサナはようやく、ゴロソフスカヤ姉妹の母親の気持ちが本当に理解できた。なぜなら、どのバス停にもマリーシュの姿はなかったからだ。マリーシュはどこにもいなかった。

　オクサナは窓を開けてマリーシュの名前を呼んだ。時々、子どもたちがどなり返してきた。車は南へ向かって走りつづけ、金属の車庫の列を、発光するコンテナ・ターミナルのそばを通り過ぎた。三日月形のペトロパヴロフスクの街を端から端まで走るには、一時間以上かかった。カーチャとマックスは、声を抑えて何か話していた。ザヴォイコに着くと、それまでつづいていた丘陵地帯は崖に変わり、その先には黒い海だけがあった。カーチャはそこで引き返した。

　オクサナの頭には、泥のなかで血だらけになっているマリーシュの姿が浮かんでいた。その姿は消えそうとしても消えなかった。まわりに対向車が増えてくると、相手のヘッドライトが愛犬の真っ白な姿を照らし出すのではないかと思った。車道がすいてくると、変わり果てた姿のマリーシュがいるであろう場所を、ひとつひとつ想像した。

　自分の身は自分で守れるものだと思ってきた。警察官であれ、親であれ、友人であれ、勝手に自分の領分へ踏み込んでくることのないように、心に壁を作り、むやみに感情をおもてに出さないように気を付ける。大学院で学位を取り、いい仕事に就く。外貨で貯金し、期日どおりに請求書の支払いをする。同僚に個人的なことを聞かれても答えない。人よりよく働く。運動をする。小ぎれいな身なりをする。神経をナイフのようにとがらせていれば、周囲の者たちはそれを慎重に扱うようになる。これで安全だと思い、だがそう思った瞬間、自分がどれだけ無防備に、会う人すべてを信頼してしまっていたか気づくのだ。

結婚した男でさえ、彼女を危険にさらした。忘れたくても忘れられない去年の六月の日曜日、オクサナとアントンは、郊外の小さな丘のふもとに車を停め、頂上の空き地まで登っていった。座って息を整えていると、アントンがマリーシュのむこうへ枝を放った。マリーシュははしゃぎ、黒い唇をよだれでぬらして走っていった。アントンの声を聞くともなしに聞いていたオクサナは、ふいに、夫が何をしようとしているのか気づいた。オクサナが顔をあげたのと同時に、夫が崖のむこうへ二本目の枝を放り、マリーシュがそれを追って走りはじめた。オクサナは悲鳴をあげた。すべてが見えた――一心に駆けていくマリーシュの美しい姿、地面を蹴って空中で弧を描くマリーシュの姿、やがて消えてしまうだろうマリーシュの姿、自分にはそれを止めようがないこと、マリーシュがいなくなるのをただ見ているしかないだろうこと。自分の悲鳴が体を引き裂いた。最悪の事態に備えて覚悟を決めていたオクサナは、マリーシュが枝を追いかけるのをあきらめ、アントンのもとへ駆け戻っていったことがにわかには信じられなかった。無意識に、地面に両手をついていた。呆然として開いた口から、うめき声がもれた。

マリーシュは、静かに、生気にあふれて、次の枝を投げてもらおうと夫を見上げていた。オクサナはマリーシュの首に両腕を回して抱きしめた。興奮と、外の空気と、オクサナ自身のにおいがした。「頭おかしいんじゃないの?」オクサナはアントンを見上げて叫んだ。

「落ち着けよ」夫は言った。「崖から飛び降りるわけないだろ」

オクサナの脳裏には、マリーシュが崖のむこうへ落ちていく姿が焼き付いていた。「この子はあんたを信頼してるんだよ」

「犬はオオカミの子孫だぞ。わかるか? こいつの祖父母はツンドラを生き抜いてきたんだ。おれやおまえとは比べものにならないくらい、生きる力があるんだ」。オクサナはマリーシュの脇腹に顔を埋めた。「なあオクサナ、ちょっとふざけただけじゃないか」。アントンの言葉を聞いてオクサナはまた叫んだ。「全然笑えない」

午後、停めた車まで戻っていく二人は、ばらばらに歩いていた。オクサナが十メートルほど先を歩き、夫も距離を保ったままうしろをついてくる。このころは、並んで歩くことのほうがめずらしかった。マリーシュは、二人のあいだを行ったり来たりしていた。オクサナに駆け寄ってきたかと思うと、また夫のほうへ戻っていく。何百回目かにマリーシュが走り寄ってくると、オクサナは愛犬を抱きしめて言った。「一緒にいて」。夫からはかなり離れていたので、むこうの足音も聞こえなかった。マリーシュの体が小刻みに震えているのがわかった。マリーシュは、震えながら少しだけその場に留まっていたが、次の瞬間にはアントンを探しに駆け出していき、二人はやがて、牧羊犬に追い立てられるようにして、並んで歩きはじめた。

悲しいことなら、あの日曜の午後の前にもたくさんあった。学校に通っていたころ、休み時間にクラスメートの男の子を罵倒したせいで、三カ月間クラスの全員に無視されていたこと。母親が、休みのたびにアルバムを取り出し、父親の写真を見せてきたこと。オクサナにとっての父親は、アフガニスタンに派兵された見知らぬ青年でしかない。大学三年生のときに奨学金の受給資格を失ったこと。母親が本土へ引っ越したあと、ベッドから出られなくなったこと。避妊をやめても子どもを授かれなかったこと。アントンの携帯に別の女とのメールを見つけたこと。だが、それらは長い悲しみであって、一瞬の悲しみではなかった。あらゆる感情が取り除かれ、たった一瞬に蒸留された強い悲しみを覚えたのは、あのときがはじめてだった——虚空へ向かって飛んでいく枝。それを一心に追っていくマリーシュ。

カーチャがハンドルを切って角を曲がった。車窓をいくつもの路地が流れていく。縁石、そこに停まった何台もの車、がらんとした交差点。倒壊した家、ひしめき合うように並んだプレハブの建物。若者たちは家路につきはじめ、入れ替わるように、酔っぱらった老人たちの姿が目立ちはじめた。丘のあちこちで、集合住宅の明かりが灯っていた。

マリーシュの姿を探しながら、オクサナはカムチャツカ半島のありのままの姿を見ていた。誘拐犯のすぐそばを通り過ぎた八月のあの日は、暖かく、街の空気は、塩と砂糖と油とイーストの香ばしいにおいがした。あの日の朝、アントンはひざまずき、女とのことを謝った。あのとき夫は、たった一度きりのことだと言った。オクサナは彼を許した。仕事を終えて家にマリーシュを迎えに行き、海辺を散歩しようと街まで運転しながら、オクサナの気持ちは明るかった。希望を感じていた。マリーシュにリードをつけて車を降りたオクサナは、駐車場でさえ美しいと思った。太陽はまぶしく輝き、洗い立てのボンネットの上で日射しが躍っていた。近くでは、妖精のような顔の二人の少女が、大きな車の革のシートに座ろうとしていた。オクサナは、世界はすばらしい場所だと信じて疑わなかった。

あの女の子たちはいなくなった。アントンもいなくなった。オクサナの気づかないうちに、彼らはみんな消えていた。子どもたちを殺したあの丸顔の男が、いま旗を振ってカーチャの車を止めたとしても、オクサナは犯人だとは気づかない。気づくはずがない。彼によく似た男は、この醜い街にいくらでもいる。自分が見ているものの正体に気づくのは、いつも手遅れになってからだった。

最後にリャホフスキー巡査長と話したのは、彼が電話をかけてきて、警察は捜査を縮小する予定だと告げたときだった。「うそでしょ？」オクサナは言った。「なんで？　本当に？」あのときはまだ、愛犬の温かくふわふわした肩に片手を置き、安らぎを得ることができた。オクサナは、リャホフスキーに電話をしようかと考えた。愛犬の捜索を手伝ってもらうためではなく、わたしにもわかったと伝えるために。

オクサナにもわかったのだ。希望を持つ理由はなくなった。窓の外では、建物の輪郭が夜ににじんでいた。

昼間のアドレナリンは尽きていた。カーチャは、オクサナの家の近くの環状交差点を回り込みながら、バックミラーをのぞいて言った。「もう遅いから、マリーシュはどこかで休んでるはず。わたしたちもそうしよう」

カーチャは、オクサナの住む集合住宅がある通りへ曲がり、道路のいたるところに空いた穴を避けながら車を進めた。マックスが言った。「帰ったら、踊り場でマリーシュが丸くなってるかもな」

空き瓶、車の銀のホイール、一階の窓。白く光るこれらのものが、一瞬マリーシュに見え、何度もオクサナの期待を裏切った。

「マックスと一緒に泊まっていこうか？」カーチャが言った。

「いい」オクサナは言った。

「遠慮してない？」

オクサナは、こわばった顔に何の表情も浮かべずに言った。「全然」

車は、揺れながら坂を下っていった。オクサナの膝の上で、携帯電話が振動した。手に取って画面を一瞥《いちべつ》し、通話を拒否する。マックスが助手席から振り返り、邪魔が入ったことを咎《とが》めるように両眉を上げて言った。「いまのアントン？　あいつ、まだ電話してくるのか？」

「ねえ、わたしにそういう質問ができるって本気で思ってる？」オクサナは言った。「わたし、車のなかから愛犬の死体を探してるあいだ、あんたに聞きたいことが山ほど頭に浮かんでたんだよね」

「おれはただ――」

「あんまりいじめないでよ」カーチャが、まぬけな恋人をかばって口をはさんだ。

「これでも優しくしてるつもりだけど」オクサナは言った。

「わかってあげて。マックスは失敗したの。確かにひどい失敗だった。でも、償いたいと思ってる」

オクサナはカーチャの横顔に向かって言った。「わかってるよ。完璧に」

車がオクサナの家の前で停まった。立ち並んだ建物のなかで、ドアが壊れて閉まらない共用玄関が、すきっ歯のように見えた。オクサナは車を降りてドアを閉め、また開けた。車内灯がカーチャとマックスを照らす。最悪な客。二人の裏切り者。二人は、部屋に寄っていってと誘われるのを期待しているような顔で、オクサナが口を開くのを待っていた。

「わたしたちの関係が何だったにせよ、これでおしまいだから」オクサナは言った。「カーチャ、二度とメールしてこないで。マックス、あんたとは二度とランチをしない」

「ちょっと待てよ」マックスが言った。「失敗したのはおれだろ。悪いのはおれだ。頼むよ、カーチャは助けにきただけじゃないか。カーチャまで悪いみたいに言わないでくれ」

「聞こえなかった？」オクサナは言った。「それとも理解できなかった？」

マックスは、ぽかんと口を開けたままカーチャを振り返った。カーチャは手袋をした両手でハンドルを握りしめている。マックスはまたオクサナに向き直った。「本気で言ってるのか？　おれがランチ仲間を失うのは仕方ない。でも、カーチャまで十五年来の友だちを失わなきゃいけないのか？」

「あんたがうちに来たのはカーチャのせい。これ以上あんたの失敗で人生をかき乱されたくない」

「よくそこまでひどいことが言えるよね」カーチャが言った。伏せた目に影が落ちている。オクサナは鼻で笑った。カーチャはつづけた。「言いすぎだよ。わたしたちは、あんたを助けにきたんだよ。動揺してるのはわかるよ。でも、ちょっとでも思いやりがあったら、わたしたちも努力してるってことがわかると思うけど」

「助けにきた？」オクサナは言った。「あんたの彼氏に愛犬を殺されたことを感謝しろって？」

カーチャはギアを入れた。エンジン音が聞こえはじめた。「マリーシュは上にいると思う。ひとりになりたいみたいだからもう帰るよ。ていうか、こんなに遅くまで外にいたなんて信じられない」

「そう、わたしはひとりになる」オクサナは言った。「あんたたちのせいでひとりになったんだよ。あんたの言うとおり。どうもありがとう」

階段は暗かった。踊り場には誰もいない。オクサナの家の外扉は半開きのままだった。

オクサナは二重扉の玄関から静かに中へ入り、呼びかけた。「マリーシュ？」。愛犬の姿はない。

オクサナは両手を胸に押し当てた。何かの罰のように、携帯電話が肋骨《ろっこつ》に当たって痛かった。二重扉の片方は踊り場に向かって開き、もう片方は部屋のなかに向かって開いている。ほかの部屋は寝静まっていた。オクサナは居間に立ち尽くし、こぶしを胸に押し当てたまま自分を責めた。不注意だった。慎重であれと何年も自分に言い聞かせてきたというのに、オクサナはそのあいだ注意を怠りつづけ、その結果がこれだ。目を閉じたまま世界を見ていた。幸せな気持ちで、姉妹を殺した男のすぐそばを通り過ぎた。いずれいなくなる犬に、無防備なほど愛情を注ぎすぎた。

あの日、マリーシュが崖から飛び下りていればよかったのだ。オクサナが、自分の手で崖のむこうに枝を投げていればよかった。去年の八月、事情聴取がはじまったばかりのころ、失踪した姉妹の母親がオクサナと話すために警察署を訪ねてきた。打ちひしがれた母親との会話から何ヵ月も過ぎたいまになって、オクサナはようやく、なぜ母親が自分に会いにきたか理解した。愚かさから自分を絶望に追いやることは耐え難くつらい。愚かな者たちは、鍵の壊れたドアをそのままにしていたせいで、あるいは我が子をひとりにしたせいで、戻ってきたときに、自分が何より大切にしていたものが消えているのを知る。それに耐えられないのなら。その手で破壊してしまいなさい。目撃者になりなさい。自分の人生が崩壊していく、その瞬間の。

六月

火事で焼けた森が再生するには七十年かかる。車窓からは、黒いすじ模様の走る山々が見えた。この山道がマリーナを街の外へ導くのだ。黒く焦げた土から、枝のない木々が突き出していた。前のシートでは、エヴァとペーチャが、オーストラリアのホラー映画の結末をめぐって議論していた。確信にあふれたエヴァのほうが優勢のようだった。ペーチャは少し前から沈黙し、穴だらけの道路を慎重に運転していた。彼がギアを低速に入れると、エヴァは助手席から振り返り、マリーナを味方につけようとして言った。「あの結末って幻想だと思うの。長い夢っていうか。そう思わない？」

「その映画は観てないから」マリーナは言った。

エヴァは不満そうに口をすぼめた。「でも、わたしたちの話聞いてたでしょ？　幻想だったっていう解釈が一番しっくりこない？」

マリーナは首を横に振った。「さあ」。そのとき、いつもの息苦しさがおそってきた。

ペーチャは速度を上げながら、妻をちらっと見た。「観てないって言ってるじゃないか。しつこいぞ」。エヴァはため息をつき、何かつぶやいた。「心配ない」ペーチャは妻に返事をしながら、バックミラー越しにマリーナの様子を確かめた。マリーナは窓の外へ目を戻した。頭上では、雲に埋め尽くされた空が、どこまでも果てしなく広がっていた。枯れ果てた木々のあいだを延びる道は、墓からせりあがってきた骨のようにも見えた。

重苦しい感覚に胸が圧迫されていた。息ができない。マリーナは頭をシートにもたせかけ、膝の上で両手を組み合わせ、心のなかのパニックを起こしそうになっている部分を麻痺《まひ》させた。いまにも発作が起きそうだった――ホラー映画、化石のような森、骨、墓、殺人犯。

マリーナは、片手でみぞおちの上の骨を押した。心臓が痛い。左の乳房をはがして肋骨《ろっこつ》を取り外し、心臓をつかんで動きを止めることができるなら、マリーナはそうしたかった。発作は去年の八月にはじまった。二人の娘が行方不明になったときからだ。医者は不安を鎮める薬を処方した。薬は役に立たなかった。処方薬で子どもは帰ってこないのだから。

マリーナは友人の車の後部座席で溺れかけていた。鼻から息を吸い、無害な知識で頭を埋め尽くそうとした。森が再生するには七十年かかる。どこでこんなことを学んだのだろう。子どものころ……たぶん、祖父が教えてくれたのだ。小さいころは、週末のたびに家族みんなで祖父母の別荘《ダーチャ》へ遊びにいった。祖父はマリーナに、セイヨウネズとアメリカハイネズの見分け方を教え、果樹園に石灰を撒《ま》く方法を教え、樺《かば》の樹液を採るのに一番いい時期を教えてくれた。

肺に空気が戻ってきた。揺れる車のなかで、マリーナは事実をひとつひとつ数えた。森についてほかに知っていることはなかっただろうか。山の地層のことは？　いまは生活のために政府の宣伝組織で働いているが、ジャーナリストとして経験を積んできたマリーナは、むかしから情報収集が得意だった。友人の車は、エッソまでの三百十キロの悪路を、二百五十キロ走ってきた。あと一時間半でキャンプ場に到着する。今回のイベントに来る客はせいぜい二百人か三百人だ。主催者たちが党の新聞にプレス・リリースを出したので、現地取材をする必要はない。マリーナの担当編集者はことあるごとに――穏やかで繊細な男だった――機会を見つけて少し街を離れるといい、と彼女に言った。マリーナが、エヴァとペーチャに誘われた話をすると、彼は間髪をいれず、イベントを取材してきてほしいと言った。先週の終わり、彼女がやはり出張は気が進まないと話すと、彼はマリーナを自分のオフィスに呼んでドアを閉めた。「行ったほうがいい」もう一度、彼は繰り返した。「行今度はきっぱりとした声で、彼女のほうへかがみ込むようにしてしっかり目を合わせながら。「行ったほうがいい」。記事のためではない。マリーナにはわかっていた。宣伝組織の面々を安心させるためだ。編集者は、マリーナが悲しみに暮れて街を離れ、晴れやかな顔で戻ってくることを望んでいた。

北へつづく道路は、むかし、この森が火事になったあとに出来たものだ。マリーナの祖父母なら、火事のニュースを耳にしたことがあるかもしれない。それも事実のひとつに数えることができる。このあたりの木々はいまだに死んでいるように見えた。

「だいじょうぶ?」エヴァが助手席からたずねた。「お腹空いてない? 退屈してない?」

マリーナは少し前にかがんだ。シートベルトが、緊張でこわばった脇腹を締め付ける。「だいじょうぶ」

「わたし、ちょっと外に出たい」エヴァは言った。横を向いていたので、マリーナに話しかけたわけではないようだった。ペーチャは腕時計を確認し、車を路傍に寄せて停めた。エヴァは道路脇の砂利の上に降りると、ドアを勢いよく閉めた。ポニーテールを揺らしながらズボンのボタンを外してしゃがみ込む。マリーナは反対側の窓から外を見た。深い、みずみずしく湿った森が、マリーナの視界を埋め尽くした。原生林だ。

娘たちがもっと小さかったころ、ハイキングへ連れていったことがある。自宅から近いペトロパヴロフスクの南端へ出かけた。森はここより若く、日射しはいまより暖かかった。ソフィヤはとても小さかったので、マリーナは、はじめから終わりまで娘をバックパックに入れて運んだ。背中の重みが愛おしかった。ソフィヤの指が時々マリーナの腕に触れた。アリョーナは低木の葉をむしりながら歩いていた。アリョーナは五歳で、そのころはニンジンに夢中で、ほかには何も食べなかったので、マリーナはポリ袋にニンジンを詰めて持ってきていた。洗って皮をむき、娘が外で食べられるように。川に沿って歩く三人を、木々を透かして射し込む細い太陽の光が照らしていた。アリョーナがニンジンをかじる音、澄んだ小川のせせらぎ、マリーナの耳のうしろにかかる、ソフィヤの規則的な息。

マリーナは片手で胸を押さえた。呼吸が浅くなる。ペーチャは気づかない振りをしてくれた。助手席のドアが開き、ピーピーと音がした。「ありがと」エヴァはそう言うと、助手席の小物入れから除菌シートを取り出し、夫の頬にキスをした。車内に消毒用アルコールのにおいが立ち込めた。

十五キロほど走ったあたりで、雨が降りはじめた。小雨がちらついたかと思うと、たちまち雨脚が強くなった。前の座席から、キャンプ場にはマリーナに会わせたい女性がいるのだと話す二人の声が聞こえてきた。マリーナは携帯電話を確認した。圏外だ。警察は両親の電話番号を控えているので、捜査に進展があれば家族に連絡が行くだろう。だが、マリーナは電波の届かない場所に行くことが嫌いだった。電波はしょっちゅう途絶えた――海辺で、別荘《ダーチャ》で、街から空港までの直線道路で。娘たちが失踪して最初の数カ月、マリーナは携帯電話が使えなくなりそうな場所には決して行かなかった。家から職場、職場から家を車で往復するあいだでさえ、ハンドルの上に置かれた手には携帯電話が握りしめられていた。

巡査長に電話をかけ、週末のあいだキャンプ場へ出かけようと思うんですと伝えると、彼もこの小旅行を強くすすめた。「休暇が必要ですよ」巡査長は言った。

「仕事ですけど」

「だとしても、少しくらい自分の時間も取ってください」巡査長は声を落としてつづけた。「マリーナ・アレクサンドロヴナ、大規模な捜索はもう行われないんですよ」

マリーナはキャスター付きの椅子を転がしてデスクから離れ、座ったまま体を二つ折りにした。

「わかってます。でも、もし――」

「もし、新しい情報が入ってきたら、すぐに連絡しますから。われわれも手がかりを望んでいるんです」。マリーナは息ができなくなった。「とにかくキャンプへ行ってください。ご自分の人生を生きるんです。そろそろ前に進むときですよ」

巡査長は、図々しくも、手がかりを望んでいるなどと言ってのけた。だが、何カ月も一心不乱に街で起きた事件を調べつづけたのはマリーナだった。半島中の警察署に電話をかけて未解決の誘拐事件について問い合わせたのも、児童への性的虐待で投獄された犯罪者たちの記録を調べたのも、この事件を内務省に調査してもらえるように党の幹部に訴えたのも、マリーナだ。巡査長の言葉を聞いたマリーナは、警察は娘たちを本気で探そうとしたことなどあったのだろうかと考えた。こんな男が事件の担当者なら、娘たちが帰ってこないのも不思議ではない。マリーナは、いっそのことそのまま息絶えてしまいたかった。

「晴れるといいけど」エヴァは、小さな顔をあげて言った。「じゃないと、テントを張るのが大仕事になるから」

「すぐやむよ」ペーチャは言った。マリーナはかばんに携帯電話をしまった。窓を雨の滴が流れていく。マリーナは、表面張力のことを、化学組成のことを、学校でした科学実験のことを考えつづけた。ほかには何も考えない。最近のことは何も。

キャンプ場の柵の手前で車が停まったころ、雨はすでに上がっていた。濡れて光る草地には、無人の屋台が並んでいた。中央のステージにはパーテーションが一枚立てられ、そこにこう書かれていた。〈文化的少数民族の伝統的祭典へようこそ。新年おめでとう——ヌルゲネック（新年がはじまるとされるエウェン人の祝日のこと）〉

「新年おめでとう」マリーナはつぶやいた。六月の挨拶としては奇妙だ。

「パーティーは明日だけどね」エヴァが言った。ペーチャが運転席のドアを閉め、トランクから荷物を降ろしはじめる。

三人は両手で荷物を抱え、土の小道を通って森へ入った。人々の話し声が聞こえ、焼いた肉のにおいが漂ってきた。一台のオフロードカーが小道に停まっている。車のわきを通ってむこうに出ると、三十人ほどの人々が野外テーブルを囲んで夕食をとっていた。

「ほら、あの人」エヴァがマリーナに耳打ちして一歩前に出る。「アーラ・イノケンチエヴナ」エヴァが声をかけると、一団の真ん中にいた白髪の女性が顔をあげた。「久しぶりね」女性はフォークを置いてエヴァたちに手招きした。エヴァが近づいていくのを、咎《とが》めるような顔で待っている。「前はもっと早く来てなかった？」

「ええ、まあね。今年は友人が一緒だから」エヴァはうしろのマリーナを振り返りながら言った。「ジャーナリストなの。昨日は彼女が仕事だったから、今朝出発したのよ」

マリーナはその場にいる人たちに会釈《えしゃく》した。アーラ・イノケンチエヴナは表情を緩めた。「記事を書かれてるのね。街で働いてるの？　どこの新聞？」

「統一ロシア党の機関紙です」マリーナは答えた。

「うちからもプレス・リリースを送ったわよ」アーラ・イノケンチエヴナは言った。

マリーナはうなずいた。「ええ、知っています」。エヴァが横から言う。「ここのキャンプの話をしたら、ぜひ来てみたいって言ったから連れてきたの。北部に来たのは数年ぶりなんですって。党で働く前はいろんな記事を書いてたのよ。二〇〇三年には、彼女の書いた記事がカムチャツカ賞を受賞したの」

ペーチャがちらっとマリーナを見る。彼女は、二〇〇二年、と声を出さずに口を動かした。ペーチャは片目をつぶってみせた。

「夕食はすんだ？」アーラ・イノケンチエヴナが言った。「まだ？　あそこの大きいユルトのとなりにあなたたちのテントを張るといいわ」そう言って森の奥を指差した。「終わったら戻ってきて。食事を用意しておくから」。ほかの主催者たちと舞踏団の若者たちは、自分たちの会話に戻っていった。

エヴァは笑顔で振り返った。夕方の青い空気のなかで、その顔は輝いて見えた。見知らぬ人々の新年を祝福する心づもりができているようだった。

三人は雨に濡れた草地にテントを張った。マリーナは、ズボンの膝に雨水が染み込んでくるのを感じながらテントの紐をひっぱり、エヴァとペーチャが杭を打つ場所をめぐって言い合っているあいだ、黙って待っていた。野外テーブルに戻ると、三人分の茹《ゆ》でた肉とバターライスが用意してあった。舞踏団の若者たちの数は減っていたが、アーラ・イノケンチエヴナはまだ席に残っていた。彼女は、マリーナが食事をはじめるのを待ってたずねた。「このイベントの取材をするの？」

マリーナはうなずいた。やわらかい肉を嚙む。数メートルむこうでは、二人の少女が石鹼水を張ったたらいのなかで皿を洗っていた。

「わたしは、ここで文化センターを運営してるの。あなたたち、来るのがちょっと遅かったわね」アーラ・イノケンチエヴナは言った。「今日の午後はライブがあったのに」

マリーナは、口のなかのものをのみ込んでから言った。「間に合わなくて残念です」

「まあ、イベントの本番は明日だから。だいじょうぶ」アーラ・イノケンチエヴナは言った。眼鏡のレンズが、わずかに残った夕日を反射して、その奥の目を隠した。「賞を取ったっていう記事は何について書いたの？」

「密漁に関する連載です。南部の湖で横行していた鮭の密漁について書きました」

アーラ・イノケンチエヴナは軽くのけぞった。反射していた光が消え、ふたたびレンズが透明に戻る。「危ない仕事ね」

「ええ」マリーナは言った。危ない仕事だった。当時、密漁は組織的な犯罪として行われていた。

密漁者たちは、産卵のために上流へ上ってきた鮭を川という川で乱獲し、大量のイクラを闇取引に流した。カムチャツカ半島のいたるところでヒグマやワシが餓死し、国際環境団体は数十億ルーブルを費やして闇取引を撲滅しようとした。マリーナが川で取材をしたのは、そういう時期だった。真夜中、懐中電灯もつけず、決して声を出さず、ボートで川へ漕《こ》ぎ出していく。となりでは森林保護官がライフルを構えて座っていた。足元には緊急時のための大きな無線機があった。唇は乾き、心臓は激しく鼓動した。オールが波紋を広げていった。前から後ろからカエルの鳴き声がした。密漁者たちがいる地点に近づくと、腹を上にした鮭の死骸がいくつもそばを流れていった。どの鮭もエラから肛門まで切り裂かれ、月の光を浴びてきらきら光っていた。

　マリーナは出産を機にそうした取材からは離れた。アリョーナが歩きはじめるころには、危険な仕事への未練も消えていた。犯罪者を夜討ちにすることも、腹を裂かれた魚にも、武器を持った男たちにも。ソフィヤが生まれ、娘たちの父親が彼女のもとを去ると、マリーナは別の方法で家族を養っていくことにした。党のために嘘を書けば、日々の支払いができる。しばらくのあいだ、マリーナは、安全で、幸福で、完璧な家庭を守っていた。

　マリーナは席を立った。皿洗いをしている少女たちに自分の皿を渡し、食器の山から、すすぎ終わったマグカップをひとつ取る。炭火の上にかけられたやかんには湯が沸いていた。地面に置かれた深鍋には、脂身が白く固まった残り物の肉が入っていた。テーブルに戻ると、エヴァが、去年街で起こったことをアーラ・イノケンチエヴナに話しているところだった。マリーナはまた携帯電話を確かめた。ふと、テーブルの会話が止んだ。顔をあげると、アーラ・イノケンチエヴナがこちらをじっと見ている。エヴァが、マリーナの娘たちが失踪したことを話したのだ。

エヴァは友人の助けになろうと努めていた。先週旅の予定を立てたときにも、車に乗っていた今日の午後にも、主催者の女性も娘さんが失踪したのよ、とマリーナに言った。彼女たちには共通点があると言わんばかりの口ぶりだった。だが、アーラ・イノケンチエヴナの娘は、エッソからいなくなったときにはすでに高校を卒業していたという。その名前は公的記録に載ってさえいない。娘さんは家出してしまったんだって、とエヴァは言った。家出と誘拐はちがう。

マリーナは淹れたばかりの紅茶を捨て、マグカップを汚れた食器の山に置いた。「ありがとう」少女たちに声をかける。二人ともすでに大人の女性の腰付きをしていた。マリーナはテーブルに戻り、エヴァとペーチャに、疲れたので先に休んでいると伝えた。

「トイレはこの小道の先。小道を戻ってまっすぐ行くと川があるわ。体はそこで洗って」アーラ・イノケンチエヴナが言った。声の調子は変わっていない。マリーナが失踪した姉妹の母親だと知ると、たいていの人は口調を変える。しかし、アーラ・イノケンチエヴナの目つきは変わっていた。そこには紛れもない好奇心がのぞいていた。事件があったおよそ十一カ月前から、マリーナを見る人々の目には、詳しいことを聞きたい、もっと知りたいという期待が浮かんでいた。彼らは、マリーナの家庭に何が欠けていたのか知りたがった。好奇心が満たされると、心ゆくまで彼女を哀れむのだった。

マリーナは、布が擦れあう音を聞きながらテントに潜り込み、壁ぎわに寝袋を広げた。木の葉のざわめきは止むことなく聞こえていた。ドーム型の灰色の天井に、枝の黒い影が映っている。

大学生の舞踏団は、となりのテントに泊まっているようだった。若々しい声が風に乗って漂ってくる。太鼓の音と、けたたましい笑い声が聞こえた。ソフィヤも踊ることが好きだった。ソフィヤのほっそりした手足……ほんの赤ん坊だったころから、娘は脚の長さが目立っていた。テレビにバレエの舞台が映ると、ソフィヤはきまってバレリーナの真似をした。両腕を上げ、肘をしっかり突き出し、片膝を曲げる。顔をあげると、きれいな弧を描く眉と、無垢な唇が見えた。

マリーナは胸に置いたこぶしを握りしめた。寝返りを打ち、ナイロン地の壁のほうを向く。娘たちのことを考えずにはいられない。考えずにはいられず、そして考えはじめた瞬間、マリーナは戻ってくるのが困難なほど、空想に没入した。娘たちは帰ってくる。二人とも傷ひとつなく、怯《おび》えているがぶじに生きている。最後に見たときより少し髪が伸びている。最後に見たときと同じ服を着ている。三人は抱き合い、マリーナは娘たちの背中を、二人のくたびれたブラウスとTシャツの背を両手でなでる。娘たちの額に唇を押しつける。娘たちは、マリーナといつまでも安全に暮らす。

あるいは、空想がちがう方向へ漂い出していくこともあった。その空想のなかで、マリーナは娘たちの遺体を見ている。

前へ進むときです、と巡査長はマリーナに言った。自分の人生を生きてください、と。遺体になった娘たちのことを考えつづけながら、もう一年生き延びることは不可能だった。心臓の鼓動がうるさい。息が苦しい。首元に爪を立てて現実に戻る。娘たちの華奢《きゃしゃ》な首、体、娘たちに触る見知らぬ男の手、マリーナの娘たち。考えてはいけない。目を閉じ、声を出さずに大声で自分に命じる——

——落ち着きなさい。

落ち着きなさい。頭のなかにたくさんの事実をならべて、落ち着きなさい。

いま自分が入っている寝袋の耐寒温度は零度だということ。このテントはペーチャとエヴァの持ち物だということ。大人が四人まで入れるということ。子どものころは、もっとささやかなキャンプをした。父が持っていたキャンバス地とロープの軍用テントのなかで。父親はそのテントを、祖父母の家の裏庭の片隅に張ってくれた。マリーナは夏の夜のにおいをひとつずつ思い出した。初夏の草のにおい。新鮮な土のにおい。トマトの葉のつんとしたにおい。

マリーナの心臓の音をかき消すかのように、また太鼓の音がした。木の葉の擦れる音がする。まぶたの奥の闇に沈んだまま、マリーナは、知っているかぎりの事実をひとつずつ思い出した。

呼吸が戻ってきたころ、エヴァとペーチャの足音が近づいてきた。テントの入り口のファスナーが開く音がする。二人はしーっと言いながら、窮屈そうにテントのなかに入ってきた。酒の強いにおいがした。エヴァが笑い声をもらす。耳を澄ましていると、二人は寝袋を広げ、何箇所にも付いたファスナーに手こずっているようだった。ペーチャが何かささやくと、エヴァが答えた。「もう眠ってるって」。ペーチャは何も言わなかった。キスの音が一度聞こえ、もう一度聞こえたあと、彼らも寝袋に入った。

朝になると、マリーナはひとりで先にテントを出た。ほんの一時間前にのぼった太陽は、遠くの山並みの霧におおわれた木々の上で、ぼんやりと黄色く輝いていた。昨日降った雨が、地面からもやになって立ち昇っている。細かく冷たい水の粒がマリーナの肌を濡らした。川面にかがみ込んで歯磨き粉を吐き出し、白い泡が水にもまれながら流れていくのを目で追った。四月に警察が湾から引き揚げた遺体のことが頭に浮かんだ。警察が犯してきたたくさんの失敗、たくさんの取り違え。警察はマリーナを検死官のもとに呼んだが、彼らにもその遺体が彼女の娘ではないことはわかっていた。わかっていたのだ。彼らはただ、マリーナが自分たちを任務から解放してくれるのではないかと期待したのだった。足元のクモの巣で水滴が光っている。森の奥では小鳥たちがさえずっていた。

　トイレから帰る途中、テーブルのそばを通りかかった。テーブルには朝食用の紙ナプキンの束が置かれている。アーラ・イノケンチエヴナは、二人の女性と一緒に炉の前に立っていたが、マリーナに気づいて手を振った。「食べてらっしゃい」

　マリーナは、ポリ袋に入れた歯ブラシをきつく握りしめた。「だいじょうぶです。朝食なら持ってきてるんです。お邪魔になりますから」

「邪魔なんかじゃないわよ。招待してるの」

　一瞬迷ったあと、マリーナは小道からテーブルへ歩いていった。アーラ・イノケンチエヴナはうなずき、ほかの女性のほうへ向き直った。

　マリーナは、テーブルの厚い天板を指でなぞりながら三人に近づいていった。湿った風に乗って灰が漂ってくる。女性のひとりがプラスチックのカップを差し出した。「どうぞ」。マリーナは急いでカップを受け取った。ティーバッグが入っている。「はい」女性はそう言って、黒ずんだやかんから湯を注いだ。「眠れた?」

　この女性もアーラ・イノケンチエヴナも、抑揚の強い北部訛《なま》りがあった。「ええ」マリーナは言った。女性が調理に戻ると――米が牛乳のなかで煮えている――アーラ・イノケンチエヴナがマリーナに向き直った。質問攻めがはじまるのだ。

「きれいなところですね」マリーナは先手を打って言った。

「このあたりにはあまり来ない?」

「ええ。無理なんです。仕事がありますから」

「みんなそうよ」アーラ・イノケンチエヴナはそう言って、自分の言葉を取り消すように片手を振った。手の動きに合わせて灰が舞う。「でもまあ、こうして来たんだものね」

マリーナはカップを持ち直した。手のひらのやわらかい皮膚が、燃えているように熱い。しかしマリーナの体の残りの部分は、つめたく、こわばっていた。女性が鍋をかき混ぜると、米が牛乳のなかで渦を描いた。

「息子と娘の一人がもうすぐ到着するんですよ」アーラ・イノケンチエヴナが言った。子どもの話になった。とうとう核心に触れるつもりだ。

「おはよう」うしろの小道からエヴァの声がした。振り返ると、友人が手を振っていた。顔を洗ってきたようだった。

「よく眠れた?」アーラ・イノケンチエヴナが言った。

歩いてくるエヴァのあごには水滴がついていた。「夫はもうちょっとしたら起きてくるはず。朝が弱くて」マリーナに触れながらつづける。「わたしたちはちがうけど」。炉のそばの女性たちは会話に入ってこなかった。エヴァは今日の催し物のことを話し、最近終わったキャンプ場の工事のことを話し――アーラ・イノケンチエヴナが薪ストーヴのサウナを作ったのだ――半島の様々な事件のことを話した。エヴァの話は、ロシアに対する世界の批判にまで及んだ。下がってしまった債券格付け、ウクライナへの軍事介入。嘆くべきニュースは常にあった。

マリーナは紅茶をすすった。苦い。ティーバッグを浸しすぎたせいだ。

ペーチャが来ると、マリーナは夫婦を残してテーブルを離れた。粥が半分ほど盛られたボウルに添えられた、二人のスプーン。テーブルの下でくっついている二人の膝。マリーナはキャンプ場をゆっくり歩きはじめた。上着のポケットには、受賞歴のあるジャーナリストに声がかかった場合に備えて、ペンとメモ帳が入っている。テーブルが並んだ空き地から森へ入ると、いくつか目を引くものがあった。サウナ、缶詰がぎっしり並んだ小屋、小さなテント。あとにしてきた炊事場のほうから、かすかに話し声が聞こえてくる。遠くから音楽が聞こえる。森の奥へ向かって歩きつづけていると、高床式の小屋が見つかった。穀物庫だ。刻み目のついた丸太の梯子《はしご》が、地面と入り口をつないでいる。マリーナは梯子を上っていった。

木の床の上であおむけになり、草葺《ぶ》きの天井から舞い落ちてくる塵を眺めた。すぐそばを流れる川のせせらぎが聞こえる。これはどういう倉庫なのだろう。穀物を保管しておく場所だということは間違いないはずだが、いつの時代の、誰のための小屋なのだろうか。キャンプ場の見学ツアーがあるなら参加しなくては。ペトロパヴロフスクより北のことはほとんど知らない。マリーナが子どもだったころ、学校ではまだ先住民族の文化を教えていなかった。最近の学校は地方の歴史も教えている。アリョーナならこのあたりのことを知っているかもしれない。

娘たちはもう一年も学校へ行っていない。戻ってきたら新しいクラスに入れてやらなくては。自分は何をしているのだろう。昔を思い出すときくらい、娘たちの身に起こったことを頭から追いやっておけないのだろうか。

娘たちは帰ってくる。娘たちは帰ってこない。

最後に入ってきた情報によれば、アリョーナとソフィヤは街にいた。犬を連れた女性が、娘たちを街で見かけていた。だが警察は、その後の娘たちの行方を突き止められずにいる。警察は当初、彼女たちは誘拐されたと考えていたが、容疑者らしき男は見つからなかった。マリーナは娘たちの名前を呼びながら街を歩き回った。近所の家々を訪ねて回った。図書館員たちに助けを求め、子どもの行方不明事件に関する資料を徹底的に調べた。何の手がかりもつかめないまま四カ月が過ぎたころ、マリーナはモスクワにある非常事態省の本部に電話をかけ、応対に出た若い職員たちに、声をつまらせながら事件について説明し、彼らの言う名前や電話番号をいくつもメモしたが、そうした情報が役に立つことはなかった。

その後、ペトロパヴロフスクの警察は、マリーナと元夫を尋問した。この騒動のあいだ、アリョーナとソフィヤがどちらかの家に隠されていたとでも考えたようだった。そのあと警察は、娘さんたちは溺れたのでしょうと言った。今年の春、警察は湾にボートを出して遺体を探した。巡査部長は湾の捜索が終わったことを理由に挙げながら、先月から捜査の規模は縮小されたとマリーナに告げた。今後は、捜索隊が組まれることも、地元メディアから警察の声明が発表されることもない。巡査部長にその決定を聞かされたマリーナは、娘たちの水着を持って警察署へ行った。「あの子たちの水着はうちにありました」マリーナは、模様がプリントされたナイロン生地を巡査部長のデスクに置いて言った。「アリョーナとソフィヤが、服のまま泳いだと思いますか？　この冷夏に？　街の真ん中で、荒れてもいない海で、観光シーズンの真っ只中に、誰にも気づかれずに溺れたと？」

巡査部長はマリーナに椅子をすすめた。マリーナは水着をつかみ、膝の上で握りしめた。「わたしの考えを話します」巡査部長は言った。「誘拐があったことを示す証拠はまったく見つかりませんでした。陸地にはお嬢さんたちの痕跡が残っていないんです。わかっているのは、二人が海辺で姿を消したということだけです。溺れたと考えるのが妥当だと思いますが」

「目撃者の証言はどうなんです?」マリーナは言った。

巡査部長は首を横に振った。「われわれはもう、あの証言に信頼性があるとは考えていません」

その瞬間、マリーナを過呼吸の発作がおそった。助手のひとりに支えられながら、マリーナは椅子から立ちあがった。警察はあの証言を信じていない――だが、マリーナは信じていた。何年も取材で嘘つきたちを相手にしてきたマリーナには、人が本当のことを話していればそれとわかった。犬の散歩をしていた女性は、提供してくれた情報こそ少なかったが、正直だった。はじめてあの女性に会った日、マリーナが何を目撃したのかたずねると、彼女はこう答えた。黒い車に乗った男と、二人の女の子、と。

ちがう。あの日、アリョーナとソフィヤは、溺れたのではない。連れ去られたのだ。

その事実は、マリーナにはわかっていた。マリーナの肺を押しつぶした。こうした事件がどのような結末をたどるのか、マリーナにはわかっていた。党の機関紙に記事を書く彼女の仕事はおおむね平和なものだが(好調な電力網、修復された道路、記録的な数の市民が投票所へ出向いたこと)、過去の仕事や娘たちのための調査で学んだことから、マリーナは、報道の裏側で何が起こっているのかよく知っていた。世界中で起こっている誘拐事件。腐敗した警察組織。性暴力。児童虐待。子どもをねらった殺人事件。学校で撮ったアリョーナとソフィヤの写真は、機関紙の第一面に載った。二つの水滴のようによく似た顔、きれいに梳《と》かしつけられた髪。写真を見た瞬間、マリーナの頭にはおそろしい考えがいくつも浮かんだ。この子たちの頭部はどこにあるのだろう。この子たちの体は? どちらが先に犠牲になったのだろう。悲鳴をあげただろうか。

「あの子たち、死んだの?」マリーナは、警察に溺死の可能性について聞かされたあと、元夫にたずねた。彼は、娘たちがほんの赤ん坊のころ、職を求めてモスクワに引っ越していた。時差を考えれば、マリーナからの電話は多かれ少なかれ生活の支障になっているはずだった。だが、マリーナは電話をかけることをやめなかった。元夫との会話は心の慰めになった。なぜなら、彼らには同じだけ責任があったからだ。マリーナは、あの日娘たちのそばを離れるべきではなかった。そして元夫は、娘たちをカムチャツカに残して去るべきではなかった。マリーナは、危険な男には近づかないように教えておくべきだった。元夫は、どんな相手なら信頼できるのか教えておくべきだった。誘拐犯を別にすれば、元夫は、マリーナよりも強い罪の意識を覚えてしかるべき唯一の人間だった。

彼はしばらく沈黙したあとに言った。「わからない」

「そのとおり。だって、死んでいたらきっとわかる。感じるにきまってる――異変を。あの子たちが永遠にいなくなったことを感じるはず」

「もしかしたらね」

「そう思わない？」マリーナは答えがほしかった。同意か反対か、とにかく何か彼の意見を聞きたかった。これからどうすべきなのか教えてほしかった。

「わからない」元夫はまた言った。「おれは……おれもそう信じたい」慎重な言い方だった。深刻な状況になると、彼はきまってこういう口調になった。言い合いがつづくうちに口が重くなる。マリーナをなだめようとする。元夫が苦しんでいることはマリーナにもわかっている。だが、彼女ほどではない。彼女の苦しみのほうが大きい。結局のところ、過ちを犯したのはマリーナなのだから。責任は彼女にあるのだ。

元夫が言った。「もしかしたら、あの子たちはもうこの世にいないのかもしれない」。その瞬間マリーナは、彼が娘たちの代わりに死ぬことを願った。

地元の友人たちは、元夫よりもずっと懸命にマリーナを助けようとした。家から連れ出し、慎重に接した。街を離れるのは今回がはじめてではない。年末は両親とともに、氷におおわれた別荘《ダーチャ》へ出かけた。庭に打ち込まれた杭には、黒く枯れた蔓草《つるくさ》が巻きついていた。マリーナが真夜中にパニック発作を起こすと、母親は薬を取ってきて、蜂蜜入りの温かいウォッカをのませてくれた。三月のアリョーナの誕生日には、ぎこちない雰囲気のなかでふたたび家族が集まった。マリーナの母親は塞ぎ込み、いなくなった孫たちを思ってすすり泣いた。マリーナは、母親の泣き声を聞きながらケーキを切った。もうすぐソフィヤの誕生日が来る。

マリーナは確かに生き延びた。出勤し、筋書きの決まった記事を書き、同僚と雑談もした。招かれれば友人の家にも行った。警察に電話をかけて捜査の進捗をたずねた。だが、その日常が、彼女にこなせるすべてだった。時々、日常をこなすことにさえ限界を感じた。かつてのように何かに夢中になることはなくなった。以前のマリーナは話がうまく、ユーモアがあって、娘たちがいた。いまの彼女は――そのすべてを失った。アーラ・イノケンチエヴナは、子どもを失ったあとも、イベントを催すだけの気力がある。だがマリーナは、目的を失って途方に暮れていた。

森のむこうから、マリーナの名前を呼ぶ声がした。マリーナは胸に両手を当てたままじっとしていた。穀物庫の床板は、固く、ちくちくして、彼女をなじっているかのようだった。ソフィヤに最後に食べさせた朝食のことを考える。オートミールに牛乳とドライフルーツのベリーをかけたもの。皮をむいたオレンジをひとつ。テーブルの上にのぞいた娘の両肩は、磁器の紅茶茶碗のように、ふとしたはずみで砕けてしまいそうなほど華奢だった。

「マリーナ」ペーチャが大声で呼んでいた。声が近づいてくる。マリーナはため息をついて静かに待ちながら、ふと思った。探しにきたからには何か理由があるはずだ。警察から連絡があったのだろうか。いや、ちがう。そんなはずはない。否定しながら、しかしマリーナは起き上がった。

「ここにいるよ」大声で返事をする。

梯子の先が揺れているのが見える。穀物庫の入り口にペーチャの顔がのぞいた。「見つけたぞ」おどけて両眉をあげる。

その表情を見れば、緊急の知らせがあって来たわけではないことは明らかだった。だが、それでもマリーナはたずねた。「どうしたの？　何かあった？」

「いいや」ペーチャは言った。「すまないね」眉を寄せる。梯子を上りきり、穀物庫のなかへ入ってくる。「居心地のいい巣を見つけたじゃないか」

「カァ、カァ」マリーナはカラスの鳴き声を真似た。

ペーチャは振り返って川を眺めた。屋根にぶつからないように腰をかがめている。マリーナは、ペーチャのがっしりして丸みを帯びた背中を見ていた。もう一度あおむけになる。

「エヴァにきみを探してこいと頼まれてね。そろそろイベントがはじまるよ」

「わかった。すぐ行く」

「いろんな人と話してほしいんじゃないかな」。マリーナは、これには返事をしなかった。しばらくして、ペーチャは言った。「楽しい一日になると思うよ」

「ほんと」マリーナは答えた。「楽しみ」。本心ではなかった。

世界はやむことなくざわめいていた。川のせせらぎが二人の息の音をかき消した。ペーチャが身じろぎすると、床板がぎいと音を立てた。

「ぼくがここにいると、壊してしまいそうだ」ペーチャは言った。「むこうで待ってるよ」ペーチャが梯子を下りていくあいだ、マリーナは天井を見つめつづけていた。


会場には大勢の人が集まっていた。昨日は空《から》っぽだった屋台に、安っぽい土産物やポスターが所狭しと並んでいる。細い目の村人たちも、パーカーを着た十代の子どもたちも、青ざめたような顔に赤い鼻が目立つロシア人たちも、全身をブランド物のアウトドア・ファッションでかためたガイドたちも、大声で会話していた。アーラ・イノケンチエヴナは、スラックスにタートルネックという今朝の格好から、ビーズをあしらったトナカイ革の民族衣装に着替え、ステージ上のマイクに向かって話していた。

「文化省の支援に感謝いたします」。ステージ近くで拍手が起こる。アーラ・イノケンチエヴナの白い歯が、マイクの黒いスポンジの陰で輝いた。「お越しいただいた皆さまにも感謝申し上げます。エウェンの新年――ヌルゲネックに来てくださって、ありがとうございます」彼女の声は、ステージの両側のスピーカーから響いていた。「六月最後の今日、先住民族の方も、ロシア人の方も、海外からお越しの方も、みんなで夏至の太陽を祝福しましょう」

エヴァとペーチャの姿がステージのそばに見えた。エヴァの金色のポニーテールが、地元民の黒い頭のなかで目立っている。マリーナは人混みをかきわけて二人に近づき、ウインドブレーカーを着た彼女の細い腕をつかんだ。

「そろそろ、新しいお日さまが照ってくれると助かるでしょう？」アーラ・イノケンチエヴナは言った。足元の地面は前日の雨でまだぬかるんでいる。マリーナのとなりの女性がくすくす笑った。アーラ・イノケンチエヴナはつづけた。「今日は、国中からいらっしゃった先住民族のアーティストの方たちをお迎えしています。ご紹介しましょう」。突然、スピーカーから音楽が流れ出した。朝食のあと、森で耳にした音楽と同じだ。シンセサイザーの音色に、ビブラートのきいた女性の歌声。パーテーションのうしろからダンサーたちが一人ずつ登場し、足を踏み鳴らし、体を揺すった。

　マリーナはエヴァの耳元に口を寄せて言った。「どこかで今日の予定を確認できたりしない？」

　エヴァはダンサーたちから目を離さずに左を指差した。「食べ物の屋台に行ってみて」

　マリーナは人群をかきわけながら踏み固められた草の上を歩いていき、屋台の前の人だかりに加わった。屋台のなかでは、今朝炊事場で会った二人の女性が、スープを注いだ碗を料金と引き換えに渡していた。マリーナは手を振り、片方の女性の視線をとらえた。相手はマリーナのことを覚えていないようだった。「今日のプログラムをもらえる？」注文をどなる客たちに負けじと声を張る。数字や名前のようなささやかで無害な情報に集中すれば、マリーナはいつも自分自身を取り戻すことができた。女性はカウンターの端をあごで指《さ》した。積み重なったプラスチックの碗と乱雑に置かれたスプーンのむこうに、『ヌルゲネック』と題された小冊子が散らばっている。マリーナは冊子を一部取り、人混みの外に出た。

　屋台のあいだを歩きながら冊子に目を通す。このキャンプ場は、エウェン人の居住地を模して建てられたものらしい。それなら、あの穀物庫もエウェン人のそれを真似ているということだ。冊子には、このキャンプ場がいかに正確な時代考証に基づいて作られているか、長い文章で説明されていた。あるページには、観光客に人気だという民族舞踏団の写真が何枚も載っていた。写真の空は抜けるように青いが、マリーナの頭上では雨雲が垂れ込めている。

「アザラシの本革の帽子だよ」売り子の一人がマリーナに声をかけ、帽子を裏返して革の斑点を見せた。冊子の裏表紙には、今回のイベントの催し物が一覧になっていた。ダンスのあとは、伝統的な楽器を使ったコンサートがあり、先住民族の職人たちによる革細工の実演が一時間ほどある……

「すみません」いきなり、背後で男の声がした。

振り返ると、カメラののっぺりと黒いレンズがマリーナに向けられていた。カメラマンのとなりでは、ポロシャツを着た中年の男がレコーダーを手に立っている。「はい」マリーナは答えた。酸素が薄くなっていく。

「このイベントははじめてですか?」。マリーナはうなずき、次の質問を待った。この男は、マリーナが誰か知っているにちがいない。「イベントに参加されていかがですか?」。マリーナは無言で男を見つめた。「ぜひ感想を教えてください。どちらからいらっしゃいましたか?」

記者のとなりで、カメラマンがシャッターを切った。「写真はちょっと」マリーナは言った。ひしめきあう人々に背中を押されたが、マリーナは足に力をこめ、記者とのあいだの距離を慎重に保った。なぜこうなるのだろう? この半島は、どこへ行こうと報道関係者に出くわしてしまうほど狭く、それでいて、娘を二人とも失ってしまうほど広い。

記者はなおも質問をつづけた。「楽しんでますか?」

返事をする代わりに、マリーナはステージのほうを指差し、誰かの名前を呼んでいるかのように口を動かしながら手を振った。「友人が呼んでるので」。喉が締めつけられていく。誘拐事件のことを知っているかどうかはわからないが、記者の存在は否応なく事件の記憶を呼び覚ました。はやく逃げなくては。

彼らから不意打ちされるたびに、マリーナは消えたくなった。彼らは、娘たちは死んだのだと考えながら近づいてきて、マリーナを墓場へ追いやるのだ。マリーナの肺は押しつぶされ、口はからからに渇き、やがて視界が暗くなる。しかし、そうして追い詰められるたびに、マリーナは生き延びてきた。何度も。何度目であろうと。マリーナは記者の視線から逃れようと、人混みの奥へ奥へと歩きつづけた。

ようやくエヴァのもとに戻ったときには、激しい動悸《どうき》がしていた。何気なくマリーナを見たエヴァは顔色を変えた。「何かあったの？」

マリーナは黙ってかぶりを振った。ペーチャに親指を立ててみせる。夫婦は心配そうに彼女を見つめた。マリーナは、ようやく口がきけるようになった。「だいじょうぶ」

革細工の職人たちがステージに出てきた。工具を差したベルトを腰に巻き、大きめの黄色い長靴を履いている。「何かあったんでしょう」エヴァが言った。

「記者に呼び止められて」エヴァはあの男がそばにいないか四方を確かめた。「なんでもないの。イベントをどう思ったか聞かれただけ」マリーナは言った。手に持っていた小冊子を掲げてみせる。

「ほら、いいもの見つけた」

娘たちがいなくなった日。捜索隊が派遣された数週間。マリーナのもとに押し寄せ、コメントを求めたカメラマンと記者たち。エヴァとペーチャが冊子をめくっているそばで、マリーナは、あのとき鼻先に突きつけられたマイクの酸っぱいにおいを思い出していた。その悪臭を吸い込みながら、マリーナは娘たちの容姿を説明した。そのそばでは、捜索隊のボランティアたちが、ゴム長靴で歩きまわっていた。警察は湾にボートを出し、地引き網で海底をさらった。あちこちの建設用地では、娘たちの顔や、身長や、体重や、生年月日が載ったビラが、ベニヤ板の塀の隙間に差し込まれた。雪が降って警察が捜査網を再編するまでの数カ月、前の職場の同僚たちは、底無しの貪欲さで情報をほしがった。必死だったマリーナは、彼らが望むものをすべて与えた。何らかの手がかりを提供してもらうために、マリーナは夕方のニュース番組に出演し、涙ながらに視聴者に訴えかけた。彼女は報道陣に腹を裂かれた魚だった。傷口からは、血に濡れたはらわたがこぼれ落ちた。まもなくマリーナは薬を服《の》みはじめ、ほとんど話すことができなくなった。取材の応対は彼女の両親が引き継いだ。マリーナは口がきけず、理解できず、動けず、息ができなかった。

　革職人たちは、観衆のなかから男の子を一人選んでステージに招いた。少年の膝の上に皮を広げ、彼と観衆に、弓型の木に石をはめ込んだ道具を見せた。少年が道具で皮をこすろうとすると、木のはめ込み口から石が外れてステージに転がった。観衆から笑い声があがった。

　職人の一人が少年と席を代わり、皮の上でなめらかに道具を滑らせた。マリーナの鼓動はほとんど落ち着いていた。記者の姿は見えないが、会場のどこかにいるはずだ。次は誰につかまるのだろう。黒いカメラがいくつも見える。あれは報道関係者のものだろうか。観衆のなかに、数カ月前のニュース番組に出ていたマリーナの顔を覚えている者がいるかもしれない。これだから賑やかな場所には近寄りたくないのだ。ペトロパヴロフスクに戻ったら、編集者に伝えなければ――今後、公開イベントには行きません、と。どこへ行こうと、意識的にであれ無意識的にであれ、人々はマリーナの悲しみに引き寄せられてくる。マリーナが絶えず発している悲鳴に反応する。否応なしに近づいてくる。

太陽は雲の陰に隠れていた。空気は湿って重い。エヴァがマリーナの肩に触れ、右手にある丸太のベンチを指差した。三人はゆっくり草地を歩いていき、ベンチに腰かけた。

アーラ・イノケンチエヴナが、ゲームに参加したい者がいないか観衆に呼びかけた。手を上げて進み出たロシア人の女性に投げ縄を渡す。ステージの上ではダンサーの青年が、トナカイの頭蓋骨を結わえつけた棒を杖のように床に突いて寄りかかっていた。合図があると、青年は棒を振り、つややかな頭蓋骨を回転させた。頭蓋骨は、惑星のまわりを回る月のように、彼のまわりを回った。回る頭蓋骨を投げ縄で捕らえられれば挑戦者の勝ちだ。白人の女性はねらいを定め、ぎこちない仕草で投げ縄を投げた。マリーナはステージから目をそらし、森を眺めた。

音楽が頭のなかでわんわん響いた。観衆から、不満そうなやじがあがる。女性は立てつづけにねらいを外しているようだった。「楽しんでる？」ふいに声がした。

マリーナは目を上げた。祭礼用の民族衣装を着たアーラ・イノケンチエヴナが、三人を見下ろしていた。別の主催者がステージの進行役を引き継ぎ、二人目の挑戦者を募っていた。近くで見ると、アーラ・イノケンチエヴナのチュニックは伝統的な手法で仕立てられていることがわかった。革の表面に、石でなめした跡が残っている。「ええ」マリーナは答えた。

「今年はお客さんがたくさん集まったのね。こんな天気だっていうのに」エヴァが言った。

「天気は関係ないわよ。日光浴しようっていうんじゃないんだから。これはわたしたちの歴史を祝うためのお祭り」

マリーナは背筋を伸ばして座り直した。「すばらしい企画ですね。みんな楽しそうだし」

「あなたも楽しんでる？」アーラ・イノケンチエヴナはたずねた。

「わたしは少しくたびれました」マリーナは答えた。二人目の挑戦者がまた投げ縄に失敗したらしく、観衆がやじを飛ばしていた。

「まだお昼も食べてないしね」エヴァが言うと、ペーチャが立ちあがった。

「食べ物を買いにいくの？」アーラ・イノケンチエヴナがたずねた。「ステージの裏手に行ってみて。そこだと空いてるから」そう言うと、ペーチャの代わりに腰を下ろした。

ベンチは低く、座ると両膝が太ももより高くなる。マリーナは両腕で膝を抱えた。三人の女は並んで静かにステージを眺めた。ダンサーが頭蓋骨を回転させる速度を緩め、逆方向に回しはじめる。観衆がどっと歓声をあげた。

マリーナは、伝統的な衣装を着たアーラ・イノケンチエヴナを見ようと、わずかに上体をうしろへ傾けた。真剣な表情を、シャギーカットにした白髪が縁取っている。銀色に輝くイヤリングが、髪の毛のあいだに見え隠れしていた。このキャンプ場がエウェン人の居住地を真似て作られ、アーラ・イノケンチエヴナがそれを運営しているということは、彼女もエウェン人なのだろう。マリーナはそう結論づけた。彼女には北部で暮らす先住民族の見分けがつかない。エウェン人、チュクチ人、コリヤーク人、アリュート人。祖父母はよく、懐かしむような口調で、半島の先住民族がまとめてソ連に取り込まれ、彼らの土地が国有化されたときのことを、マリーナに語ったものだった。あのとき、大人は政府が振り分けた職場へ送られ、子どもたちは国の全寮制学校でマルクス・レーニン主義を教え込まれた。

ステージを眺めていたアーラ・イノケンチエヴナが、マリーナに向き直った。マリーナは視線をそらした。

「娘さんたちのことを聞いたわ」アーラ・イノケンチエヴナは言った。「エヴァが話してくれたの。上の娘からもあなたのことは聞いてたのよ。何カ月か前に。娘は街に住んでいるんだけど、しばらくあなたの娘さんたちのニュースを追っていたみたい」

彼女の声は低かった。

「警察の対応はどうだった?」マリーナは、自分の呼吸に神経を集中させた。

「まともに対応してくれた? 捜査はしばらくつづいたんでしょう?」アーラ・イノケンチエヴナはたずねた。マリーナは肩をすくめた。

エヴァは、捜査網が縮小されたことを話していないようだ。「捜査ならいまもしてくれています」マリーナは言った。

アーラ・イノケンチエヴナは、眉間にしわを寄せた。「よかったわね」

沈黙した二人のそばで、観衆が歓声をあげていた。

「エヴァから聞いたと思うけど、うちの娘も行方不明になったのよ」

「ええ」マリーナは言った。「十代のお嬢さんですよね」

彼女はマリーナの背後へ視線を泳がせた。顔がこわばっている。「もう十代じゃありませんよ。リリヤが失踪したのは十八歳のときだけど、あれは四年前のことだから」

「あなたのお嬢さんは家出をしたと聞きましたけど」

「村の警察がそう言っただけよ」アーラ・イノケンチエヴナは、またマリーナと視線を合わせた。

「警察は出まかせばかり。そうでしょう? わたしたちがうるさくせっつかないように、適当なことを言う」

マリーナはこの話をつづけたくなかった。アーラ・イノケンチエヴナの口ぶりは、二人が警察と同じ会話を交わしたとでも言わんばかりだ。

「あなたにひとつ聞きたいことがあるの」アーラ・イノケンチエヴナは言った。「ペトロパヴロフスクの警察のこと。ずいぶん熱心に捜査をしたと聞いたんだけど。何ヵ月も捜査をつづけたってね。たくさんの仮説を立てて、捜索隊を編成して、大勢の人に取り調べをしたって。ほんとうなの？」

「たくさんの仮説。まあ、そうでしたね。ええ」

「捜査に満足してる？」

「満足？」マリーナは言った。歓声とやじは止む気配がない。「ええ、これ以上ないくらい」

一瞬真顔になったあと、アーラ・イノケンチエヴナは口元に笑みを浮かべた。目元の表情は変わらない。「それは幸運ね。じゃあ、もうひとつ質問をさせて。質問というかお願いよ」

どこへ行こうと、たくさんの人がこんなふうにしてマリーナを消耗させた。

アーラ・イノケンチエヴナは深呼吸をして、イヤリングを揺らしながらうつむいた。「教えてちょうだい。どうすれば、警察にあれだけ熱心な捜査をさせることができたの？　賄賂《わいろ》を渡したんでしょう？」

「いいえ」マリーナは言った。

「いいえ、渡したに決まってる」アーラ・イノケンチエヴナは言った。「そうでないなら、どうして警察は捜査をつづけたの？　だいじょうぶ、気持ちはわかるわ。誰に渡したの？　いくら渡した？」

大勢の人がグロテスクな質問をした。憶測でものを言った。この一年で彼らと交わした会話のすべてが、長く、耐え難く、さながら土をすくっては穴へ放り込むシャベルのような規則正しさで、次から次へとマリーナをおそった。

「わたしはペトロパヴロフスクの役所に電話をかけたのよ」アーラ・イノケンチエヴナは言った。「ペトロパヴロフスクの警察署にも行った。警察は話を聞こうともしなかった。でも、あなたの話は聞いてくれたのよね。まともに応対してもらえたのよね」

　マリーナは片手で胸を押さえた。行方不明者の捜索に値段がついているのなら、その十倍の料金を、八月の時点で警察に支払ったことだろう。「何か思い違いをしてます」マリーナは言った。「警察はするべき仕事をしているだけです。わたしの娘たちの件にかぎらず」

「わたしは、母親としてあなたにたずねてるのよ」

「何をですか？　アーラ・イノケンチエヴナ、わたしはお力になれません」

「いいから、教えてちょうだい」アーラ・イノケンチエヴナの体は近すぎた。シャンプーと、化粧水と、朝食の焚《た》き火の灰のにおいがする。マリーナは息ができなかった。「お望みなら、わたしもあなたの力になるから。そうね、たとえば、記事になりそうな密漁者を知ってるのよ。あなたにだけ教えてあげる」

　マリーナは首を横に振った。「もう、ああいう仕事はしてないんです」

「そう？　じゃあ、何でも答えるから聞いてちょうだい」

　エヴァは口元に両手を当て、ステージに声援を送っていた。棒に結わえられたトナカイの頭蓋骨は、絶え間なく回転している。何でも、と彼女は言った。アーラ・イノケンチエヴナはどう答えるだろうか。あなたの娘が十三歳になった姿を、あるいは十五歳になった姿を、あるいは高校を卒業した姿を目にするのはどんな気分でしたか？　と、マリーナがたずねたら。あなたがもっといい親だったら、もっと注意していれば、もっと親としての自覚を持っていれば、娘はいまも一緒にいたのだと自分を責めつづけるのは——ただ自問するのではなく——どんな気分ですか？　どうすれば生きていけますか？

何でも？　マリーナはこのくだらない機会を、編集者が芸術欄に使うくだらない情報のために使うことにした。胸に置いたこぶしの温かさに神経を集中させる。「何がきっかけで文化センターを立ち上げたんですか？」マリーナはたずねた。

マリーナに詰め寄っていたアーラ・イノケンチエヴナがふいに体を離した。眼鏡の奥で目を伏せる。「先住民族のコミュニティが大切だからよ。記事に使ってもらってけっこう。街にはコミュニティの絆なんかないでしょう？」アーラ・イノケンチエヴナはステージの上でつづいているゲームに目をやった。マリーナも頭をまっすぐに起こし、ゲームに目を戻した。

ペーチャが、浅い容器に入った鮭のスープを三人分トレイに載せて戻ってきた。アーラ・イノケンチエヴナがベンチからどこうとしなかったので、彼は立ったまま食べ、マリーナとエヴァは、むりに会話をはじめようとはせずに、黙々とスープを口に運んだ。先住民族の少年が、ゲームに挑戦しようとステージに上がった。投げ縄をかまえて体を揺らし、タイミングを計っている。トナカイの頭蓋骨は宙を回りつづけている。マリーナの心には、食べているあいだも、容器とスプーンを地面に置いたあとでさえも、胸を踏みつけられているかのように、アーラ・イノケンチエヴナの存在が重くのしかかっていた。アーラ・イノケンチエヴナは、アリョーナとソフィヤを失った彼女を利用しようとしている。一度目は失敗したが、まだあきらめていないはずだ。

マリーナはうつむいた。登山靴に点々と泥がはねている。観衆から拍手が起こり、さっきの少年が投げ縄に成功したらしいことがわかった。

アーラ・イノケンチエヴナが、次に予定されている子ども向けの一時間のダンスマラソンを紹介しにいったので、空いたベンチにペーチャが腰を下ろした。エヴァが言った。「どうする？　大人向けのダンスマラソンに参加する？」

「一時間も？　わたしは無理」マリーナは言った。ステージの上では、子どもたちがふっくらした手足を動かして、舞踏団の動きを真似ていた。ひとりの幼い女の子は革製のチュニックを着て、額にはそろいの革紐《かわひも》まで巻いている。少女は両腕を振りながら体を揺らした。

「ううん、三時間」エヴァが言った。「大人向けのほうが長いの。ペーチャとわたしは参加しようと思ってるけど――あなた、やるでしょ？」ペーチャはうなずいた。「去年は最後まで踊りきったんだから。楽しかった。ちょっと考えてみて」

「わかった」マリーナがそう言いながら考えていたことは、祖母のスープのレシピや、子どものころ、父に教わった薪割りの方法だった。娘たちのためにしてやれなかったことをひとつひとつ数え上げてしまわないように。気を紛らすものを求めてあたりを見回すと、子どもたちが視界に入った。ステージの上から保護者たちに手を振り、笑い、バレリーナのように両腕を上げる女の子たちが。

マリーナはベンチから立ちあがった。「また戻ってくるから」友人たちに言い置いて、森へ向かって歩きはじめる。

森に入ると音楽は遠ざかり、低音だけが聞こえるようになった。テントが見えてくる。午後がゆっくりと過ぎていく。テントに置いていた携帯電話の画面を確かめ――電波は届いていない――上着のポケットに滑り込ませる。寝袋の上に横たわった。

テントの屋根に弱い雨が当たっていた。ぱらぱらという微かな音がする。音楽は雨音の邪魔にならないほど遠い。時々、娘たちはマリーナのベッドで寝たがった。ひとつのベッドに寝転んで、三人は夜更けまでおしゃべりをした。両側から聞こえる高く澄んだ声。腕にあずけられたソフィヤの頭の重み。アリョーナから漂う、光の粒のような歯磨き粉の香り。

表面張力のことを、マリーナは無理やり思い出した。水中における光の反射と屈折のことも。このまま崩れた天気がつづけば、雨に関する知識は底を突いてしまう。雨は軽いキスのような音を立てていつまでも降りつづいた。

やがてマリーナは時計を見て、子ども向けのダンスマラソンが終わったことを確認した。フードをかぶってテントから這《は》い出し、ナイロン生地の出入り口のファスナーを閉める。

会場へつづく小道をたどる。ステージには二人一組になった大人たちがいて、太鼓の音が響いていた。エヴァが頭を振り、ペーチャが足でリズムを刻んで踊っている。スピーカーから合唱団の歌声とカモメの鳴き声が流れていた。ステージの裏に回り込んだとき、マイクを使って話しているアーラ・イノケンチエヴナの声が聞こえてきた。「お上手ですね！　観客のみなさんはどうか拍手を」観衆が声援を送った。「さて、みなさん最後まで踊りきれるでしょうか？」アーラ・イノケンチエヴナが観客たちに問いかけた。返事は聞こえなかった。

マリーナは食べ物の屋台に近づいた。料理人のひとりが、黙って注文を待った。「何があります？」マリーナはたずねた。

「スープ」

「スープだけ？　魚のスープ？」

「魚のスープと、トナカイの血のスープ」。マリーナはポケットから紙幣を取り出した。「血のスープを」百ルーブル札を渡しながら言う。

マリーナは熱いプラスチックの碗を両手で包むように持ち、人混みを肩でかきわけながら歩いていった。ステージから二十メートルほど離れたところに、比較的空いている場所があった。夕方の空気に焚き火のにおいが混じっている。強い酒と、肉を焼くにおいもした。碗に目を落とすと、澄んだ茶色いスープの底に濃い色の血の滴が無数に溜まり、湖の底の小石のように見えた。ダンスマラソンを眺めながらスープをのむ。エヴァがステージの上から彼女に気づき、両腕を振った。マリーナもスプーンを持った手を上げた。

スープが残り少なくなると、マリーナは碗に口をつけてのみ干した。緑色の玉ねぎのかけらが喉を滑っていく。碗を持った手を下ろす。いつの間にか、物欲しそうな顔の記者が目の前に立っていた。「マリーナ・アレクサンドロヴナですか」

とたんに全身がこわばった。「ええ」

「ご友人から、あなたのことをうかがいました」。記者のうしろにはカメラマンがいる。十代にも見えるその若者は、両手でしっかりとカメラを持っていた。記者が言った。「お嬢さんたちの件、本当にお気の毒に思います」

「友人って？」マリーナにはわかっていた。もちろん、わかっていた。不意打ちで記者をよこしたのはアーラ・イノケンチエヴナだ。一日中マリーナに付きまとうだけでは飽き足らず、地元の人間まで差し向けてマリーナの悲劇を利用しようとしているらしい。

だが、記者は言った。「あの女性です――」ステージのほうを指差す。

「ああ」マリーナはうなずいた。エヴァだ。

「あの方が、何があったのか話してくれました。わたしは『ノーヴァヤ・ジーズニ』というエッソの新聞の記者です。購読者は四百五十人います。次の号にお嬢さんたちの情報を載せて、村に周知したいと思っているんです。お嬢さんたちの写真はいまお持ちですか？」

自分の心臓の鼓動が聞こえた。下腹に血液が集まってくる。いつまでもいつまでもつづくささやかな拷問。マリーナの人生を好転させてみせると信じて疑わない彼ら。「携帯電話に入ってます」マリーナは言った。「でもテントに置いてきました」碗にスプーンを入れて地面に置く。両手をポケットに入れた。「いいえ、ちがいました」指先が携帯電話に触れるのと同時に、マリーナは言った。「ここにあります。ポケットに入ってました」ゆっくり動けば、肺に残った酸素で切り抜けられるはずだ。

記者が言った。「録音しますから、ご自分の言葉で話してください。写真はありますね？」。マリーナはポケットから携帯電話を出した。「よかった。ありがとうございます」記者がカメラマンに合図すると、若者は獲物にねらいを定めるようにマリーナにカメラを向けた。

記者のレコーダーがマリーナの口元に近づけられた。テンポのいい音楽があたりに響きわたっている。「準備ができ次第話してください」記者は言った。

マリーナは携帯電話を持った手を首元に押し当てていた。鎖骨にガラスと金属が当たって痛い。手を下ろす。黒い、奇妙な目のようなレンズを見つめる。口を開き、息ができなくなる予感に怯えながら話しはじめた。

「娘たちの捜索にご協力をお願いします。アリョーナ・ゴロソフスカヤとソフィヤ・ゴロソフスカヤは、去年の八月にペトロパヴロフスク・カムチャツキー市の中心部で誘拐されました。八月四日です。アリョーナは十二歳になりました。胸のところに横縞が入った黄色いTシャツを着て、青いジーンズをはいていました。ソフィヤは八歳で、紫のブラウスとカーキ色のズボンを身につけていました。目撃者によれば、娘たちを連れ去った男は大柄で、黒か濃紺の大型車に乗り、車は手入れが行き届いていたということです。情報をお持ちの方は、エフゲーニー・パヴロヴィッチ・クーリク巡査部長の電話番号、２２７-４８-０６にご連絡くださるか、お近くの警察署までお知らせください」この説明も巡査部長の電話番号も、事件が発生した直後から暗記していた。カメラのレンズに映った自分は、井戸にはまった女のように見えた。

「写真を見せてもらえますか？」

マリーナは携帯のロックを解除してカメラロールをスクロールし、学校で撮った上の娘の写真を出してカメラマンのほうへ向けた。「アリョーナです」。シャッターが切られる。画面をフリックする。「こっちがソフィヤ」二人とも、明るい教室のなかで笑っていた。「情報を寄せてくださった方には謝礼を差し上げます。何かご存知の方は警察にご連絡ください」

カメラが、またマリーナの顔に向けられた。シャッターが切られる。記者がたずねた。「お嬢さんたちに伝えたいことはありますか？」ひと言ずつ明確に発音しているのは、あとで文字に書き起こすためだろう。それも彼女のためだ。彼女のためのささやかな記事。彼女のための会話。彼女が命と引き換えに書いてもらう、記事ひとつ分の活字。「どんな言葉を届けたいですか？」

「あなたたちを愛しているということを」マリーナは言った。まただ——肺が締めつけられる。胸が押しつぶされていく。「会いたくてたまりません。世界で一番あなたたちを愛していると伝えたいです」

「ありがとうございました。けっこうです」記者は言った。「本当にお気の毒です。われわれにできることなら何でもしますから」

マリーナは慎重に記者から離れ、口を閉じて鼻から息を吸った。だが、空気は肺に届かず、息苦しさがつづいた。

カメラマンが言った。「黒い車に乗ったでかい男が犯人だって言いました?」。マリーナはうなずいた。鼻から息を吸いつづけるには、うなずくだけで精一杯だった。カメラマンはつづけた。「トヨタの車ですか?」

「わかってるのは、黒い大型車ってだけなんだ」記者が言った。「黒か濃紺。そうですよね、マリーナ・アレクサンドロヴナ」

カメラマンはマリーナの顔から目を離さない。彼女が事件の被害者だと知ったとたん、人々は同じ表情を浮かべる――むき出しの好奇心を。「アーラ・イノケンチエヴナと話したほうがいいですよ」

「ええ、もう声をかけられました」

「あの人、何て言ってました?」

「何って――」声がつづかない。

「リリヤのこと、何か言ってました? 娘のことで何か言ってませんでした?」

記者が割って入り、青年をたしなめた。「もう話したと言ってるじゃないか」

この一年はこんなことの繰り返しだった。同僚たちはひっきりなしにデスクまで来てマリーナに話しかけ、かつての同級生たちはメールをよこし、両親の友人は、食料品店で彼女を見かけると通路のわきへ引っ張っていき、こうすれば娘たちを見つけられるとアドバイスした。そのあいだ巡査長は、捜査でわかったことは何もない、今後も期待できない、と言いつづけた。あなたの推理ではわたしを救えない——若者にそう言ってやるだけの酸素はもう残っていなかった。

「記事は来週の土曜日の号に掲載されます」記者が言った。「もしかすると、お嬢さんたちは北へ連れてこられたのかもしれません。今回の記事で捜査が進展するかもしれませんよ」。マリーナは息を吸おうと上を向いた。「だいじょうぶですか？」記者の声がする。「マリーナ・アレクサンドロヴナ？」

自分の心臓の鼓動がやかましい。去年の秋にはじまった兆候があらわれている。不安が限界に達した徴《しるし》だ。視界の端がじわじわと黒くなる。世界が暗くなっていく。マリーナは何か——とにかく何か別のことを考えようとした。大学で使っていた南京錠の番号。自分とエヴァのロッカーの番号。ワイルド・ガーリックを採りにいくのに一番いい時期。娘たちが生まれる前のこと。ほんの一瞬でも娘たちの存在を忘れるための何か。

暗闇が薄れていった。頭を戻すと、踊っている人々の姿が見えた。マリーナの腕のそばに、触れていいものかためらっている記者の手があった。

マリーナは踵《きびす》を返した。会場の人波を縫っていき、どうにか森にたどり着いた。音楽はいつまでもついてきた。観衆のやじが高くなり、低くなる。酔っぱらいの声が混ざりつつあった。マリーナは口を開けて空気をのみ込んだ。また視界の端がぼやけている。森のなかは一段と薄暗かった。

事実がある——娘たちが生きて見つかる可能性は、統計学的に考えればかぎりなく低いということ。捜索隊が何度組まれようと、情報を求める記事を何度新聞の一面に出そうと、娘たちがどこへ連れていかれたのであれ、二人は永遠にそこにいる。マリーナは無知ではない。行方不明になった子どもが帰ってくる可能性がもっとも高いのは、失踪から一時間以内だ。それ以降、ぶじに再会できる可能性は刻々と低くなっていく。失踪から二十四時間経っても発見されない場合、行方不明の子どもはほぼ確実に死んでいる。娘たちがいなくなって三日後、警察は、救出ではなく遺体の捜索について話すようになった。あれから、長い時間が、長い日々が過ぎた。

マリーナは娘たちを永遠に失ったのだ。彼女たちには二度と会えない。

テントにたどり着いたマリーナは、かがんで出入り口のファスナーを開け、携帯電話を床に放った。寝袋の上で電話が何度か弾む。上体を起こそうとしたマリーナは、動けないことに気づいた。動けない。

娘たちは死んだ。何カ月も前に死んだ。マリーナが何をしようと救えなかった。

重い太鼓の音が響いていた。胸がつぶれそうだった。「マリーナ」うしろでペーチャの声がした。背中に手が置かれる。「マリーナ。深呼吸だ。深呼吸」ペーチャは彼女がそろそろと体勢を戻すまで、その体を支えていた。マリーナの両肩に手を置く。「落ち着いて」。親しい友人の顔。彼女が強くいられないときに、強くいてくれるペーチャ。「マリーナ、深呼吸だ。ぼくを見てごらん」。マリーナは言われたとおりにした。ペーチャは唇を小さなOの形にすぼめ、ゆっくりと息を吸った。口元から力を抜く。息を吐く。「一緒にやってごらん」。肺は燃えるように熱く、喉は裂けそうに痛かった。マリーナは唇をすぼめ、酸素を吸い込み、吐き出した。「もっとゆっくり。こんなふうに」ペーチャは言った。会場からマリーナのあとを追ってきたのだろう。彼女のせいでダンスマラソンをあきらめたのだ。マリーナは、ペーチャの唇の動きに意識を集中させた。「いいぞ」ペーチャは、マリーナの呼吸が戻りはじめると、そう言って彼女を抱きしめた。鼻が彼の胸に押し当てられる。マリーナは横を向き、ペーチャの胸に頭をあずけた。両手は二人の体のあいだにはさまっていた。教わったとおりに呼吸をつづける。

しばらくするとペーチャがたずねた。「気分はどう？」。マリーナはうなずいた。「座れる？」。またうなずいて膝を折り、ペーチャに支えられながらテントの床に腰を下ろすと、両足は外の草地に置いた。となりにペーチャが座る。友人の体の快い重みで、ふわりと風が起こった。肩にのせられたソフィヤの頭の重みを思い出す。生まれた直後の娘たちを両腕に抱いたときのこと。彼女たちの温もり。この十一カ月のあいだマリーナはあまりにも寂しかった。いずれ自分は気が触れるのだろう。

ペーチャが立ちあがった。マリーナは木立を見つめていた。彼がマリーナの肩に手を置く。耳の下のなめらかな部分に。「だいじょうぶ？」。顔をあげると、ペーチャは唇をOの形にしてみせた。マリーナもそれを真似た。「このまま深呼吸をつづけるんだよ。エヴァが心配するから、そろそろぼくは戻る」ペーチャは言った。

歯のあいだから冷たい空気を吸いながら、マリーナは友人の背中を見送った。結婚式で青いスーツを着ていたペーチャを思い出す。あのころより、彼は体重も白髪も増えた。知り合ったころからずっと、ペーチャは礼儀正しく、良識があった。何が起ころうと取り乱さなかった。マリーナもそうありたかった。森に背を向ける。口を動かす。どこか右のほうから、勢いよく流れる川の音が聞こえた。

テントに近づいてくる足音に気づき、マリーナは腰をひねって音のするほうを見た。あのカメラマンが、カメラを首から下げたままこちらへ歩いてくる。

「悪いけど、帰ってちょうだい」マリーナはそう言うと、唇をOの形にしてうつむき、頭を低くした。

カメラマンは、テントの前の濡れた草の上にしゃがんだ。「すみません。お邪魔はしたくないんです。でも、犯人は手入れの行き届いた車に乗った男だって言ってましたよね。それ、トヨタの黒いサーフだった可能性はないですか？」


カメラマンは、エッソのはずれに住んでいるある男の特徴が、マリーナの話した犯人像に近いのだと話した。「そいつは変わり者なんです」カメラマンは言った。低い声で、早口にしゃべった。北部の訛りがある。「イエゴール・グサコフって男で、ひとりで暮らしてます。時々泊まりがけでペトロパヴロフスクに行ってるし、いつも愛車を磨き上げてるんです」

「車をよく手入れしてて、時々街に出かける人ならいくらでもいるでしょう」

「そいつの車、トヨタの黒いサーフなんです。あのでかいSUVです」

マリーナは、一瞬、沈黙した。「変わり者って、どういう意味？」

カメラマンはしゃがんだまま足の位置を変えた。「おれたち同級生だったんですけど、あいつはいつもひとりで、周りもそれをかわいそうに思ってたんです。でも、あいつは、周囲の同情を利用するようなところがあった」

マリーナは目を落としたまま話を聞いていた。カメラマンのブーツは、靴底より上の革の部分にまで雨水が浸み込んでいた。

青年は話をつづけた。彼によると、イエゴールはアーラ・イノケンチエヴナの娘のことが好きで、それは彼女が失踪する数年前からのことだった。「あれは、片思いとかそういうレベルじゃなかった。むしろ執着に近かった。高校のとき、リリヤからよくあいつの話を聞いてたんです」

マリーナは目をあげて青年を見た。彼は、マリーナをじっと見て返事を待っていた。

「リリヤは家出したんだよね。そうじゃなかった？」

「そう言ってる人もいます。でも、家出じゃないと思ってる人もいるんです」

「あなたは、家出ではなかったと思ってるんだ」

カメラマンは言葉を探して少し沈黙した。「アーラ・イノケンチエヴナは、リリヤの容姿について何か話してましたか？」。マリーナは首を横に振った。「リリヤはあなたの娘さんたちより年上です。でも、小柄なんです。幼く見えるし。失踪したときは十八歳だったけど、もっと年下に見えました。おれ……あいつはやっぱり、何かされたんじゃないかと思ってるんです。家出だと考えることもできるけど、こんなに長いあいだ戻ってこないなんておかしいと思うんです」

マリーナはまた、唇をすぼめて深呼吸した。ナイロン地の床が、身じろぎするたびにかさかさと音を立てた。

「あなたの同級生が彼女に何かしたと思ってるの？」マリーナはたずねた。

「もしかすると。あり得ない話じゃない」

「警察には通報した？」

「警察はリリヤのことなんかどうでもいいんです。というか、通報できるようなことがないんです。おれが疑ってるだけで。あいつは気味の悪いやつだった。けど、そのあと――」

「わたしの娘たちの事件があった」マリーナは言った。「車のことも知った」

「いや――ちがうんです」彼は眉間にしわを寄せた。「車のことは何も知りませんでした」

マリーナは眉をひそめた。青年の不安そうな顔、折り曲げた脚。「でも、さっき言ってたじゃない――」

「さっき見せてもらった娘さんたちの写真なら、これまで何度も見かけました。エッソにも顔写真付きのポスターが貼ってあるんで。でも、あなたの娘さんたちの事件と、リリヤの失踪をつなげて考えることはなかったんです。だって、全然……誘拐事件があったなんて、全然知らなかったから」

マリーナは口を閉じた。そして言った。「どういう意味？　全然知らなかったって」

「ポスターに書かれてたのは、ペトロパヴロフスクでロシア人の女の子が二人失踪したってことだけなんです。ほかには何も書いてなかった」

誘拐事件の捜査協力が半島の全域に周知されていなかったということだろうか？　この十一ヵ月、警察は何をしていたのだろう？　マリーナが覚えているかぎりでは、警察は冬の時点ですでに娘たちの事件に対する関心を失い、親権争いや、水泳中の事故や、カムチャツカ半島からの密輸の捜査に熱心になっていた。だが、それ以前は？　巡査部長が目撃者の証言はあてにならないと決めつけたのはいつのことだったか。捜査開始から数週間後だったか。あるいは、数日後か。

「男が黒い車で女の子たちを誘拐したなんて、一度も聞いたことがなかったんです」青年は言った。「黒か濃紺の車で」マリーナは言った。また、頭を低くする。

森のむこうから音楽が切れ切れに漂ってくる。川のせせらぎが聞こえていた。「そいつのところに連れていきましょうか」カメラマンは言った。「イエゴールの家はここから二十分くらいです。おれが運転します」

「あなたと二人きりで車に乗れって？」

カメラマンはさっと顔を赤らめ、腰を浮かせてしゃがみ直した。「いえ、あの――そうですよね。いま、お嬢さんたちに起こったことを考えてますよね。おれも同じことを思いました。おれ、あなたを車に連れ込んだりしません」青年は髪を短く刈り込み、生真面目な表情を浮かべ、そしてとても若かった。「お友だちも一緒に連れてきてください。ていうか、あなたがしたいようにしてください」

ダンスマラソンの観衆が歓声をあげている。マリーナは、あらためてカメラマンの顔を見た。意気込みすぎているようにも見えるが、正直で、誠実そうに見えた。彼には確信があるのだ。娘さんたちは溺れたのでしょうとマリーナに話したとき、巡査部長にこの青年ほどの確信は感じなかった。「わかった、行く」マリーナは言った。カメラマンは立ちあがり、マリーナを助け起こした。マリーナはテントのなかにかがんで携帯電話を拾い、ポケットに入れ、青年のあとを歩きはじめた。

イベント会場のはしで、マリーナたちはエヴァとペーチャを見つけた。ペーチャはエヴァの肩に腕を回している。「何があったの？」エヴァが言った。「この人から、エッソの新聞記者があなたを動揺させたって聞いたの。わたし、悪いことしたみたいね」

霧雨が降りはじめていた。夕日が沈みかけ、地平線の一点がぼんやりと白く光っている。マリーナがカメラマンに二人を紹介すると、青年は自己紹介した。「セルゲイ・アドゥカノフっていいます。チェガって呼んでください。マリーナさんに話してたんですが――」

「チェガは地元の人なの」マリーナは話を引き継いだ。「黒い大型車に乗ってた男を知ってるんだって」

薄明かりのなかでエヴァの顔色が変わった。顔がこわばり、目が大きく見開かれる。エヴァがホラー映画やイベントのことばかりしゃべるせいで、つい忘れそうになるが、彼女もマリーナの娘たちを愛していたのだ。マリーナは友人に謝りたくなった。期待を抱かせ、その期待を、じきにむなしい結果で裏切ってしまうのだから。

カメラマンが、二人にイエゴール・グサコフのことを話しはじめた。話がアーラ・イノケンチエヴナの娘のことに及ぶと、ペーチャが怪訝《けげん》そうな顔をした。「ちょっと待った。すまん。きみは、リリヤの失踪がアリョーナとソフィヤの事件に関係していると思ってるのか？」

「リリヤは実際の年齢より幼く見えるんです」チェガは説明した。「あいつは、もしかしたら――」

「きみが事件の詳細を知ったのはさっきだろう？」ペーチャが言った。「はじめて詳細を聞いた者は、安易な結論に飛びつくものだからね。だが、事件の当事者のことや、これまでの捜査のことを知れば、話はそう単純じゃないとわかるはずだよ」

カメラマンは両頰をへこませて考え込んだ。「ええ、わかってます。おれもガキじゃないですから」

ペーチャはマリーナに向き直った。「きみに傷ついてほしくないんだ。ただの当て推量にしか思えなくてね」

「かもしれない」マリーナは言った。「アーラ・イノケンチエヴナに確かめてみる」

ステージの上ではダンスマラソンがつづいていた。カップルたちがリズムに合わせて腕を揺らしている。会場を歩きながら、マリーナはエッソとペトロパヴロフスクが何キロ離れているか、トヨタのSUVは座席がいくつあるか思い出そうとしていた。街からここまで、誰にも気づかれずに移動できるものだろうか。街を出れば、とたんに人気《ひとけ》がなくなる。昨日ここへ来る道中もそうだった。犯人が夕方近くに娘たちをさらったのなら、車を走らせているうちに夜になり、人の目はさらに減る……車のトランクにガソリンを用意していれば、ガソリンスタンドに寄る必要もなくなり、誰にも見られることなく家に帰りつけるはずだ。

いや、警察は北部の村も捜索したはずだ。半島の全域を捜したと聞かされている。

いや、チェガは警察に事情聴取を受けたことはないと言っていた。誘拐犯の風貌《ふうぼう》を聞いたことさえなかった。結局、娘たちの捜索のために警察がしたことは、アリョーナとソフィヤの写真と生年月日が載ったポスターを北部へ送ることだけだった。アーラ・イノケンチエヴナは、警察のすることなど当てにならないと言った。〝わたしたちがうるさくせっつかないように、適当なことを言う〟

いや、本部の発信していた情報がそもそも不正確だったのだとしたら、それ以前の問題だ。マリーナは八月の時点でエッソの警察署に電話をかけ、事件について問い合わせた。半島すべての警察署に電話をかけた。警察官たちは、誘拐事件も子どもの失踪事件も起こっていません、と答えた。いや、マリーナは、家出をしたと決めつけられた十八歳の少女のことは、警察に一度もたずねなかった。

薄暗く湿ったステージの裏手で、アーラ・イノケンチエヴナは若い女性と話していた。「アーラ・イノケンチエヴナ」チェガが話しかけた。「お邪魔してすみません」

彼女は咎《とが》めるような視線を、青年からエヴァ、エヴァからマリーナに移した。「何かしら」

数時間前、アーラ・イノケンチエヴナは、何でも聞いてちょうだい、と言った。協力するからあなたも力を貸してちょうだい、とマリーナに詰め寄った。丸一日かけて――ちがう、この耐え難い一年をかけて、ようやくマリーナは彼女にするべき適切な質問を思いついた。マリーナは言った。

「お嬢さんに本当は何があったのか教えてください。リリヤに何があったのか」

アーラ・イノケンチエヴナのとなりの若い女性がはっとした。眼鏡も顔のしわもないが、彼女はアーラ・イノケンチエヴナにそっくりだった。よく似た厚い唇、よく似た丸いあご。アーラ・イノケンチエヴナは女性の腕を取って言った。「ナータ、あなたは黙っていて」

「警察は、あなたのお嬢さんは家出をしたと断定したんですよね。そうでしょう？　わたしは、娘たちは泳いでいて溺れたのだろうと言われました。でも、あの日、娘たちが男の車に乗り込むところを目撃した人がいるんです。大きな、黒い、磨き上げられた車に」

「ゴロソフスカヤ姉妹のお母さまなんですね」若い女性が言った。

チェガが言った。「アーラ・イノケンチエヴナ、覚えてませんか？　イエゴール・グサコフが何年か前の冬にいい車を買ったときのこと。あれ、黒い大型車だったんです」

若い女性は言った。「誰のこと？　どのイエゴール？」

アーラ・イノケンチエヴナは目をみはっている。となりの女性の肘をきつく握って離さない。

「あなたの知らない人よ。デニスより年下で、リリヤより年上だから。アナブガイのほうに住んでいる男の子……あなた、ふざけてるの？」アーラ・イノケンチエヴナはマリーナを見て言った。

「これがあなたの頼みごと？　イエゴールを調べろって？」

「わたしは情報がほしいだけです」

「情報？」

「その青年の情報です。彼がリリヤに何をしたのか」

アーラ・イノケンチエヴナはチェガに向き直った。「お母さまはエッソにいらっしゃるの？　それともトナカイと一緒にツンドラに？　あなたがデマを広めて回っていると知ったら、お母さまはどう思うかしらね」

若者はぬかるんだ草地の上で足を踏み替えた。刈り上げた髪の先に雨粒がついている。マリーナは言った。「イエゴールというその男性が、時々泊まりがけでペトロパヴロフスクに来ていると聞きました。本当ですか？」。アーラ・イノケンチエヴナがため息をつく。マリーナは続けた。「本当なら、彼が犯人かもしれない。まったくあり得ない話ではありません」

アーラ・イノケンチエヴナは首を振った。

「犯人がエッソに？」若い女性が声をあげた。「まさか。信じられない」

アーラ・イノケンチエヴナは、ロシア語ではない言葉で彼女に話しかけた。エウェン語だろうか、とマリーナは考えた。アーラ・イノケンチエヴナは、マリーナに向き直って言った。「イエゴール・グサコフがどんな青年か聞きましたか？」

チェガがとなりで鼻を鳴らした。マリーナはそれを無視して答えた。「変わり者だと聞きましたけど」

「ええ、そうでしょうとも。人と少しでもちがうことをすると、すぐに変人呼ばわりされるんですから」アーラ・イノケンチエヴナは言った。「うちの息子もいつもそう言われてますよ。変人だから近づいちゃいけないって」。若い女性がエウェン語で何か言ったが、アーラ・イノケンチエヴナはかまわずつづけた。「でも、それは間違いよ。イエゴールは危険な子じゃない。たいして賢くもない。あの子に犯罪なんか計画できるはずがない。わたしの言いたいこと、わかるでしょう？　あの子はかわいそうな子なのよ。いつも友だちをほしがってる」

チェガは言った。「お言葉ですが、それにはちょっと賛成できません」。アーラ・イノケンチエヴナが、うんざりしたように両手を上げる。「あいつはガキのときから、いつもリリヤを目で追ってました。もしかすると、リリヤを自分だけのものにしたいと思ったのかもしれない」

マリーナは、テレビで捜査協力を呼びかける自分の姿を観ることも、地元のラジオで話す自分のかすれた声を聞くことも避けてきた。そんな体験は一度すれば十分で、追体験はしたくなかった。しかし、田舎の平和な休日が終わろうとしているいま、カップルがひしめき合うようにして踊るステージの裏手で、彼女ははじめて、自分の姿や声はこんなふうだったのだろうと知った。熟れすぎて割れた果実のように、アーラ・イノケンチエヴナの張り詰めた表情が崩れ、四年の歳月をかけて徐々に傷《いた》んでいった悲しみがむき出しになっていた。口が軽く開いている。それは打ちひしがれた人の顔だった。小鼻が膨んだ。一瞬、アーラ・イノケンチエヴナは、ここではないどこかへ視線をさまよわせ、すぐに我に返って歯を食いしばり、ふたたび表情の読めない顔に戻った。

「そうかもしれない」マリーナはチェガのほうをむいて言った。

アーラ・イノケンチエヴナはまっすぐにマリーナを見た。「リリヤが家出したかどうか知りたいのよね」。マリーナはうなずいた。「してません。それだけはあり得ない。あの子はこの村で事件に巻き込まれた。四年間、誰にも助けてもらえなかった。誰かがあの子をおそったのよ」

「ママ」若い女性が言った。

「なのに、誰も事件を捜査しない」アーラ・イノケンチエヴナは言った。「何度も警察に訴えたのに。誰も聞く耳を持たなかった」

「わたしはちがいます」マリーナは言った。アーラ・イノケンチエヴナを見つめ、そこに、ひとりの母親の顔を見ようとした。

アーラ・イノケンチエヴナは言った。「いいえ。あなたは村の警察と同じ。わたしにおとぎ話を信じ込ませようとしているだけ。リリヤは、学校時代にあの子に恋した誰かに連れ去られたんじゃない。もっと恐ろしい何かに巻き込まれたのよ」

舞台袖のスピーカーから誰かの声が響き渡った。マリーナは言った。「これから、チェガがその青年のところへわたしたちを連れていってくれるんです」

「そう、ご勝手に」

「一緒に来ませんか？　もし——あなたがもし、リリヤを探す手がかりを見つけたら、わたしが街の警察本部に彼の名前と容貌と車のナンバーを伝えます。一緒に行けば——」

アーラ・イノケンチエヴナは、語気を強めて言った。「イエゴール・グサコフはちがう。あの子は娘を殺した犯人なんかじゃありません」

「リリヤは殺されてなんかない！」アーラ・イノケンチエヴナの娘が大声で言った。「ママ、この方たちが言ってるのは、イエゴールが誘拐犯の目撃情報に合致しているってことだよ。それから、リリヤがイエゴールに怯えて出ていったのかもしれないってこと」

「あの子は誰かに殺されたの」アーラ・イノケンチエヴナは言った。マリーナを見てつづける。「あなたのお嬢さんたちも誰かに殺された。あなたは自分を騙《だま》して、そうじゃないと信じ込もうとしているだけ。別の事実がほしくてほしくてたまらないのでしょうけど、そんなものは決して手に入らない」

誰かが、マリーナの背中にそっと触れた。エヴァだ。パーテーションのむこうから、観衆の歓声が聞こえた。アーラ・イノケンチエヴナが正しいのだ。もう何年もこの女性は、マリーナが去年の夏から強いられている日々を生きてきた。好奇の目にさらされ、噂され、質問され、それでいて、失ったものを取り戻す希望はいっこうに見えてこない。二年後か三年後の夏がめぐってくれば、マリーナも似たようなことを言うようになるのかもしれない——娘たちが死んでしまったことを認め、彼女たちの遺体が永遠に見つからないことを認め、残された手立ては警察に賄賂を渡して新しい仮説を考えてもらい、心をわずかに慰めることだけになったと認めるようになるのかもしれない。

だが、いまはまだそのときではない。「じゃあ、あなたは行かないんですね」マリーナは言った。

アーラ・イノケンチエヴナは、エウェン語で娘に何か言った。娘は首を横に振った。「母は行かないって」娘は言った。アーラ・イノケンチエヴナの娘。ナータ。ナターシャ。「でも、これが妹に関係あることだとあなたたちが信じるのなら、わたしは行く。一緒に行く」

ペーチャは運転席に、エヴァは助手席に、マリーナとチェガと、アーラ・イノケンチエヴナの娘のナターシャは後部座席に座った。チェガはシートから身を乗り出し、ペーチャに道順を伝えた。彼が黙ったのを見計らって、ナターシャが声をかけた。「リリヤは何であなたの同級生をこわがってたの？　そんな人の名前は一度も聞いたことがないと思う。思い出せないから」

「ああ」チェガは言った。「あいつがリリヤに贈り物をしてたから。その……リリヤに聞いた話だと、家の前に贈り物を勝手に置いていってたらしい」キャンプ場で話していたときの勢いはなくなっていた。アーラ・イノケンチエヴナに気圧《けお》されてしまったらしい。

「贈り物」ナターシャは、小さな声で繰り返した。「覚えてないな。もう一度教えてくれる？　その同級生ってどんな見た目なの？」

「白人だよ。がっしりしてて、背格好はおれに似てる」チェガは言った。

空は灰色がかった青から濃い灰色へ変わり、霧雨まじりの黄昏《たそがれ》は霧雨まじりの宵闇《よいやみ》へと変わりつつあった。川は左へ向かって流れている。マリーナは遠ざかっていく川を見ながら、去年起こったことをひとつひとつ思い返していた。娘たちの誘拐。がらんとした部屋。単調な仕事。子どもたちの世話と両立させるために選んだ仕事だが、それをつづける意味はなくなった。それから、デスクの一番上の引き出しに入った精神安定剤。娘たちの夢を見て、すすり泣きながら目覚める夜。そのとき感じる、娘たちの失踪を知ってからまだ六時間ほどしか経っていないかのような、新鮮で、鋭い、真新しい痛み。子宮にナイフを突き立てられたような耐え難い痛み。いまマリーナは別の幻想を追いかけている。ナイフを、もっと深く自分に突き刺そうとしている。

「これから何をするんだい？」ペーチャが言った。「その男に会うのか？　あの子たちのことを聞くのか？」

「わたしは妹のことを聞くつもり」ナターシャは言った。

「そう、男に会うの」マリーナは言った。「車も確認する。写真を撮って、目撃者の女の人に見せて、覚えてないか確かめたい」

「エッソの警察署には行かないの？」エヴァが言った。ナターシャは賛成できないと言ったふうに顔をしかめた。

「あそこは街の警察の末端機関だから」マリーナは言った。過去が顔をのぞかせたように、落ち着いた、報道関係者らしい声が出た。「刑事事件の場合は、ペトロパヴロフスクの本部が受け持つことになってる。捜索隊を編成できるのは本部だけだから」

運転席からペーチャが言った。「マリーナ。きみはどんなことを期待してる？」

「何も」マリーナは言った。ほとんど本心に近かった。

ペーチャはエヴァのひとつに結んだ髪を手で梳《す》いた。ナターシャは少し前かがみになり、チェガのむこうからマリーナを見た。「母が言ったことをあまり気にしてないといいんだけど」

「正直に話してくださっただけよ」マリーナは言った。「感謝してる」

「まあ、そうかもね」ナターシャは言った。濃くなってくる夕闇の中で、彼女の姿は影と光、青色と赤銅色に分かれていた。「母は大変な人生を送ってきたから。妹がいなくなったことだけではなくて、その前からいろいろあって……とても強い人だけど」

「でも、ナターシャはアーラ・イノケンチエヴナが間違ってると思ってるんだろ?」チェガは言った。ナターシャの目に落ちた影が揺れた。「この事件に関しては。ナターシャは、リリヤが家出したと思ってるんだよな」

「思ってるというか、わかるの」ナターシャは言った。「村の暮らしは、十八歳の女の子の理想どおりというわけにはいかないから。リリヤには出ていく理由がいくらでもあった」静かな声だった。

「もしかすると、イエゴールとかいうその男も、理由のひとつだったのかも」

「ああ、ひょっとすると」チェガは言った。

「もしかすると、リリヤは誰も知らないそいつの本性を見抜いてたのかもしれない」ナターシャは言った。「どこか尋常ではないところを」

沈黙が流れた。エヴァが助手席から振り返り、心配そうにマリーナの顔を見た。

「わたし、あなたのお嬢さんたちの事件をずっと追ってたの」ナターシャは言った。「わたしにも同じ年ごろの子どもが二人いるから。何か気づいていたら、すぐにあなたに連絡したのに。わたしたちには共通点があると気づけてたら——妹を村から追い出した男が、あなたのお嬢さんたちをおそった犯人なのかもしれないって。何も気づかなかった。リリヤは何も言ってなかったし。それに、エッソは、あなたたちの街とは別世界みたいなところがあるの。わたし、一度も……」

マリーナは言った。「ええ、わたしも。誰も気づけなかった」

車は上下に揺れながら進んだ。道の両側では、夕日の名残を受けて木々が輝いていた。黒々とした幹、夏の緑。マリーナは窓に額を当て、娘たちの姿を思い出していた。夏になると増えたアリョーナの腕のそばかす。ソフィヤを海辺へ連れていったとき、群れになって鳴くアザラシたちに娘が大声で呼びかけたこと。窓を雨粒が滑り落ちていく。「次の角を左です」チェガが言った。エヴァが誰にともなくたずねた。「心の準備はいい？」。マリーナは、娘たちの残像に向かってため息をついた。

車は橋を渡り、土の道をしばらく行き、エッソの中心地から十キロ地点であることを示す金属板の標識を通り過ぎた。チェガが、あそこだ、と合図した。ペーチャは、踏み固められた地面の上で車を停めた。通ってきた道は人気《ひとけ》がなく閑散としていたが、ペーチャはほかの車が来たときに備えて車道のわきに駐車した。道路のむこうの樺の木立のなかに、一軒の民家があった。板を敷いて作った細い小道が、二階建ての木造の家の玄関までつづいている。

家は白いペンキで塗られていた。十五メートルほどむこうだ。窓の多くはよろい戸が閉められ、明かりも見えない。庭に作られた小さな菜園には若木が植わっている。土の私道には黒いＳＵＶが停まり、重く垂れ込めた雲の下で石炭のように光っていた。

「どうですか？　あの車ですか？」チェガがたずねた。

ペーチャが答える。「我々にもわからないんだ」

マリーナのとなりでチェガはカメラをかまえて一度シャッターを切り、また膝の上に置いた。誰も動こうとしない。「そいつ、家にいるの？」エヴァが沈黙を破った。

「家のなかは暗いけど」ナターシャが言った。

運転席からペーチャが言った。「マリーナ、きみは少しここで待っていたほうがいい。ぼくたちが様子をうかがってくる」

チェガが口をすぼめて息を吐いた。ストラップを首から外し、カメラをペーチャに渡す。ナターシャを軽く押しながら言った。「どいてくれ。人がいるのか見てくる」

「一緒に行く」ナターシャが言った。

チェガは首を横に振った。「いいから。もしあいつが家にいたとしても、おれは同級生で顔見知りだから、適当に言い訳できる。それに、みんなもあいつの姿を確認できるだろ」

車のドアが開いて二人が降り、ナターシャが中に戻ってドアを閉めた。チェガが道路を渡っていく。板の小道を歩いて家に近づいていく。ペーチャがカメラのファインダーを覗き込んだ。エヴァが小声で何か――「あなた、どうやって使うか……」――言いかけ、ペーチャは妻をしーっと遮った。玄関に着いたチェガはチャイムを押して扉をノックした。マリーナは思った。もしも、ここに住んでいる男が犯人だとしたら。もしもここに犯人がいるのだとしたら。息をしようともがいてきた、こんなにも長い時間のあとで。その事実をどう耐え抜けばいいのだろう。

チェガがまたノックをした。車のなかは静まり返っている。チェガは頭をそらし、家の全体を眺めている。やがてマリーナたちのほうを振り返って肩をすくめ、小道を引き返しはじめた。

マリーナはドアを開け、両足を外に出した。「気をつけてちょうだいよ」エヴァが言ったが、そう言った本人も、ペーチャも、ナターシャも、すぐに車を降りてマリーナのあとにつづいた。四人は道路を渡った。周囲には緑や茶色や黒の木立や野原がある。視界のつづくかぎりほかの建物は一軒もない。どこか遠くで犬が吠えていた。

空気は、焚き火と、重油と、野草と、泥のにおいがした。チェガは、板の小道と道路の境目で四人と合流し、ペーチャからカメラを受け取った。ペーチャが言った。「どうしようか」

ナターシャは険しい顔で家を眺めている。板をきしませながら小道を数メートル歩き、やがて足を止めた。エヴァが上着のポケットに両手を入れてあとにつづく。二階に並ぶよろい戸を閉めた六つの窓が、きつく閉じた目のように見えた。チェガは次々に写真を撮った。家の写真。車。家を取り囲む木立。

マリーナは緑の茂る濡れた庭に入っていった。友人たちの視線を感じる。振り返って合図をすることもせず、草地の上を歩きつづけた。黒い車のほうへ。ズボンの生地が擦れる音で、ペーチャがついてきていることがわかった。

車は大きかった。そして、確かに磨き上げられていた。間近で見れば、トランクの下のほうには泥がはね、タイヤの溝にも乾いた土が詰まっていたが、全体として車は手入れが行き届いていた。マリーナは、この家に住み、この車を洗っている男を想像しようとした。白人だ、とチェガは言っていた。マリーナの想像はそこで止まった。肌の色。それでおしまいだ。男の顔があるべき場所には、ぼんやりと、白い染みが浮かぶだけだった。マリーナは携帯電話でナンバープレートの写真を撮り、うしろに下がって車体をレンズのなかに収めた――うしろ、右側、前、左側。十センチほどの長さの傷が一本、タイヤのそばに付いている。マリーナは、なめらかな車体の上に片手を置いて滑らせた。視線は車から離さない。

ペーチャが荷物を入れるスペースをリアウィンドウからのぞいているあいだ、マリーナは、すべての意識を集中させて、シートベルトやシートの足元の空間を調べた。シートは革張りだ。助手席の小物入れには、金色でふち取りされた、十字架型の処女マリアのイコンが貼られている。ダッシュボードの通風口とフロントガラスのあいだに、煙草の箱から剝《は》ぎ取られたらしいセロハンが落ちていた。助手席と運転席のあいだのドリンクホルダーの上には充電器のコードがある。

次の瞬間、マリーナは夢中で窓をつついた。もう片方の手を強く窓に押しつける。そのままガラスを突きやぶろうとするかのように。中に押し入ろうとするかのように。「あの子のもの」

「なんだって?」ペーチャが言った。

「あの子の携帯電話についてたやつ」マリーナはガラスを手のひらで叩いた。「あそこ。あれ。アリョーナの」。暗がりのなかで長方形に光るバックミラーから下がっているのは、カラスの姿の創造神を象《かたど》った、小さな、黄色い飾りだった。アリョーナが携帯電話につけていたものだ。いや、ちがう。そんなはずはない。両手を窓ガラスに置こうとして、右手に握りしめていた自分の携帯電話の存在に気づいた。ガラスから体を離し、もどかしい思いでスピードダイヤルの娘の番号をタップし、この一年で数えきれないほど押してきた発信ボタンを押す。つながらない。当然だ。またしても圏外だ。たとえ電波があったとしても、電話が通じるはずがない。アリョーナの携帯電話は、事件当日につながらなくなった。両目の奥がかっと熱くなる。窓ガラスを力いっぱい叩きつけたとき、何かが割れた音がした。携帯電話だろうか、手の骨だろうか、ガラスだろうか、それとも彼女の心臓だろうか。これは現実なのだろうか。すぐそこに、あれがあるのだ。真後ろにペーチャが立っている、マリーナはまた窓ガラスを殴った——叩き割ればいいのだろうか、石を拾ってこようか、いや写真を撮っておくべきだろうか、なぜなら、すぐそこにあれがあるのだ、アリョーナの携帯電話のストラップが、あの小さな飾りが、黒い紐の先についた象牙造りの飾りが。あれがあるのだ。

「どこだい?」ペーチャの声がした。彼は真横に移動していた。マリーナは指差した。「ミラーのところ。ほら、すぐそこに」

ペーチャは車内をのぞき込んだ。キャンプ場を出発してから空が一気に暗くなったせいで、目を凝らさなくてはならない。なぜ、もっと早く来なかったのだろう？　それでもストラップは確かに見えた。あの小さな鳥は、骨のような色の鳥は、アリョーナが自分の小さな黒い携帯電話につけていたものだ。アリョーナは口を固く引き結んで集中し、ストラップの紐を結んでいた。

「あの黄色っぽいやつかい？」ペーチャが言った。「アリョーナのものだったのか？」

「バックミラーにぶら下がってるやつよ」マリーナは言った。大声になった。だが彼女は、自分が大声を出したことにも気づいていなかった。

ほかの三人も車のそばに集まっていたが、マリーナは、彼らが庭を歩いてきたことに気づいていなかった。エヴァがペーチャのとなりに体を押し込む。チェガはカメラを両手で構えたまま、車をのぞき込み、ナターシャに声をかけた。「リリヤのものは？　何かある？」

ナターシャは窓ガラスに額を押し付けた。チェガがそのとなりに並ぶ。ナターシャは静かな声で言った。「何を探せばいいのかわからない」

マリーナはこぶしを握りしめた。もっとそばで見なくては。こぶしを開いて両手をボンネットにつき、体を押し上げる。両手の下で車体が揺れる。両足をボンネットの上にあげた彼女に、ペーチャが急いで手を貸した。ボンネットの上で両膝をついて、フロントガラス越しに真上からバックミラーを見下ろす。バックミラーの支柱には一本の細い金鎖がかけられ、ミラーの本体にかかった黒い紐の先には、白っぽい、小さな、なんの値打ちもない、観光客向けの安物がぶら下がっていた。そして、その安物は、アリョーナのものだった。マリーナは言った。「あの子のもの」そのストラップにははっきりと見覚えがある。

ストラップを買ったときのことも覚えていた。去年の春、アリョーナは、動物の彫刻を売っている屋台でそれを選んだのだった。あれは、街の中心から六キロ地点のところで開かれる、屋外の市場だった。その日マリーナたちは、ソフィヤの新しい運動靴を探しに市場を訪れていた。ソフィヤは怠《だる》そうに足を引きずりながら屋台のあいだを歩き、ふくれっつらで文句を言っていた。ソフィヤも、携帯電話と、それにつけられるストラップがほしかったのだ。ママ、あれがいいの、おねがい！　マリーナは下の娘に言い聞かせた。もう少し大きくなったらあなたにも携帯電話を買ってあげるから、そうしたら、好きなように飾りなさい。でも、しばらくはお姉ちゃんの電話を使わせてもらって。あの八月から、ソフィヤと交わしたこのときの会話がマリーナを苛《さいな》みつづけた。あのときソフィヤに言った言葉を警察に伝えるのは、あまりに耐え難かった。何度も繰り返し思い出した自分の言葉を。彼女は、簡単に壊れてしまう機械をひとつと、紐の先で揺れる偽物の象牙細工を娘たちに与え、これであなたたちの身を守りなさい、と言ったのだ。

チェガはカメラのシャッターを繰り返し切っていた。車のなかは暗い。風もない。象牙のストラップはぴくりとも動かない。

「犯人は、どうしてあの子の携帯からストラップだけ取ったの？」マリーナは言った。「携帯電話はどこ？」

エヴァは目を見開いて黙っている。ナターシャは窓ガラスから顔をあげない。

娘たちが失踪した日の午後から、アリョーナの携帯電話は電源が切れていた。だが、娘たちに電話をしたいという思いは抑えがたいほど高まっていた。あの子たちの声を聞かなくては。「二人はどこにいるの？」マリーナは言った。悲鳴のような声が出た。「あの子たちはどこ？」

ボンネットについた膝が痛かった。「マリーナ、ちょっと待ってくれ」ペーチャが言った。「もう一度見てごらん。観光シーズンには、そのへんの路地でこういう土産物が大量に売られてる。ほんとうにアリョーナのものかい？　間違いないか？」

「間違いない」マリーナは言った。だが、そう言いながら彼女は自問した。本当に？　本当に間違いない？　どこにでもある、普通のストラップだ。それでも、わたしにはわかる。わからないのは、男がなぜこれを取っておいたのかということだ。なぜ飾ったのだろう。これが本当にあの子のストラップなら、いま起こっていることが現実なら、アリョーナはどこにいる？　あの子の携帯電話は捨てられたのだろうか。ソフィヤはどこにいる？　男と一緒だろうか。イエゴールと？　イエゴールは何者なのか。どこにいるのか。娘たちはこの家に連れ込まれたのだろうか。それとも菜園に埋められたのだろうか。それとも森のなかに？　ペトロパヴロフスクからここへ来る途中の車道のわきに？　もしかしたら。その男が。わたしはなぜ息をしているのだろう？　なぜ？　あの子のストラップが見える。

エッソの中心部では、色とりどりのこぢんまりした家々が、最近舗装されたらしい通りの両脇に並んでいた。ペーチャはチェガの案内に従って、そこまで車を運転してきた。マリーナの携帯電話の画面に電波を受信したことを示すアンテナマークが現れると、ペーチャは急いで車を路傍に寄せて停め、マリーナは巡査部長の携帯電話に電話をかけた。呼び出し音が鳴りつづけたが応答はなかった。マリーナは電話を切り、ペトロパヴロフスクの警察本部にかけた。電話に出た女性はマリーナの名前をたずね、巡査部長に電話を回すまで待っているようにと告げた。やがて、若い男性の声が聞こえた。

「マリーナ・アレクサンドロヴナですか？　リャホフスキー巡査長です」

「エフゲーニー・パヴロヴィッチ巡査部長に話があるんです」

リャホフスキーは、一瞬沈黙したあと言った。「巡査部長はいま、別の事件でデスクを離れています」

「緊急なんです。すぐに呼んできてください」

巡査長はため息をつき、低い声で言った。「マリーナ・アレクサンドロヴナ、正直に申し上げてもいいですか？　土曜日の夜ですよ。巡査部長は何時間も前に帰りました。いまは電話をしないほうが賢明です。どうせ素面《しらふ》じゃありませんから、とてもあなたの力にはなれません」

エヴァが、かわりに話そうと携帯電話に手を伸ばしてきた。マリーナは片手を上げ、ちょっと待ってと合図した。彼女は黒い車のことを巡査長に話した。バックミラーのことを。アリョーナの携帯電話のストラップのことを。イエゴール・グサコフという男のことを。男がよくペトロパヴロフスクの街へ出かけていくことを。男の家は、よろい戸の多くが閉められていたことを。マリーナの口調は、ジャーナリストのそれになっていた。彼女は事実だけを並べた。

「リリヤの件も言ってください」チェガが小声で言った。

それから、リリヤの件も関係しているようです。マリーナは言った。リリヤ……チェガのむこうのナターシャに目をやり、無言で苗字をたずねる。「ソロディコワ」ナターシャは言った。「リリヤ・コンスタンチノヴナ」

リリヤ・コンスタンチノヴナ・ソロディコワです、とマリーナは巡査長に伝えた。四年前に彼女の行方がわからなくなったことも。イエゴール・グサコフ。アリョーナ。ソフィヤ。トヨタ。トヨタの色のこと、大きさのこと。あのＳＵＶ。

「その車を見たんですか？」巡査長の声が鋭くなった。ええ、とマリーナは言った。「イエゴール・グサコフは家にいましたか？　彼を見ましたか？　彼に見られましたか？」

暗い窓。私道に停まっていた車。男は家のなかにいたのだろうか。マリーナたちを見ていたのだろうか。いや、ちがう。いいえ、とマリーナは言った。そうは思いません。いいえ。

「いま、どこにいますか？　この電話はどこから？」

頭上で、街灯の明かりがかすかに揺れていた。エッソです、とマリーナは言った。

「ひとりですか？」

マリーナはエヴァと目を合わせた。いいえ、友人たちと一緒です。

「何人います？」四人です。「全員この件を知っていますか？　ほかの誰かにこのことを話しましたか？」

はい。いいえ。

「けっこうです。このことは誰にも口外しないでください」巡査長はしばらく沈黙した。「マリーナ・アレクサンドロヴナ」やがて、彼は言った。「本当に間違いありませんね？」

マリーナはうなずいた。巡査長は彼女の返事を待っていた。はい、マリーナは声に出して答えた。

「二時間後にかけ直します」巡査長は言った。「もしかしたら、三時間。これから──署の者たちで巡査部長を探して連絡します。それから、捜査班がヘリコプターで北へ向かいます。あなたがその家へ行ったとき、男は不在だったと言いましたね？」。ええ、いませんでした。「われわれが向かっていることを、その男に気づかれたくないんです」。マリーナは息を吸った。「この番号にかければあなたに連絡がつきますね？　では、しばらく――いいですか？――しばらくは、男がいそうな場所から離れていてください。男の家から離れているんです。近づいてはいけません。ご友人たちにもそう伝えてください。どこか別の場所で、わたしからの連絡を待ってください」

二時間後に？

「まずは巡査部長を探さなくてはいけません。それからヘリの準備をします。その後、エッソへ向かうので……」巡査長は電話のむこうで計算をしているようだった。やがて、声が聞こえた。「三時間後に連絡します」

でも、来てくれるんですね。

「ええ、向かいます」

それなら待っています。マリーナは言った。マリーナはいつも待っていたのだから。手を伸ばしてきたエヴァに携帯電話を渡す。巡査長は友人たちに計画を説明した。マリーナのとなりでは、真新しい街灯の黄色っぽい光を浴びながら、チェガがカメラに保存した写真をスクロールしている。ナターシャは前方を見つめたまま微動だにしない。

マリーナたちは次にすべきことを決めた。キャンプ場へ行き、荷物をまとめ、エッソの中心部に戻り、電波が届く場所でリャホフスキー巡査長からの連絡を待つ。チェガは、うちに来てもらって構わない、妻と娘も一緒だが、と申し出た。エヴァとペーチャが申し出を受ける声が聞こえた。チェガは協力的だが、この一年でマリーナが出会ってきた大勢の人々とよく似ていた。自分を物語の一部に組み込もうとするような人々と。ふいにナターシャが、何かがひらめいたかのように言った。

「ううん。うちに来て」

「イエゴールの家に近いのは？」ペーチャがたずねた。

チェガがちらっとナターシャを見る。「正直言うと同じです。小さい村なんで。通り二つしか離れてません」

「でも、お母さまは？」エヴァがナターシャに言った。「気になさらない？」

「母はイベントの片付けが終わるまでキャンプ場にいるから」。エヴァはそれを聞いてうなずいた。ナターシャがつづける。「弟と子どもたちも紹介したいし」

中心部を出ると、民家はまばらになり、荒れた道路の上で車が揺れはじめた。ふたたび川が見えた。マリーナは暗い森を見つめていた。あと二時間か三時間すれば——真夜中を少し過ぎたころに——ヘリコプターの音が聞こえてくるのだろう。

ペーチャがキャンプ場のフェンス沿いに並んだ車のあいだに駐車すると、イベント会場で流れているポップミュージックが聞こえてきた。「一緒にテントまで行って荷造りをする？　それとも車で待っていたい？」エヴァがたずねた。

マリーナは、肺の、喉の、心臓の、シートの背につけた背中の、車のガラスに激しく打ちつけた両手の、すべての感覚を失くしていた。痛みを感じない。それは新しく、いっそ心地のいい状態だった。「片付けは二人にまかせる」マリーナは言った。「ありがとう」

ペーチャはうしろへ手を伸ばし、マリーナの膝のあたりにそっと触れた。エヴァが言った。「できるだけ早く戻ってくるからね」

ナターシャは、チェガを外へ降ろすために一度車を降りた。若者は立ち去る前にマリーナを抱きしめた。もうひとりのマリーナが、自分の体に両腕を回すチェガを眺めていた。ナターシャは後部座席に座り直したが、ドアは閉めなかった。

これが現実のはずがない。マリーナは思った。これが自分の人生であるはずがない。

夜気は冷たく、音楽はやかましかった。携帯電話で時間を確認し、頭をシートにもたせかけ、感覚を失った唇をOの形にする。ナターシャが、会場のほうを向いたまま、何かつぶやいた。

「何か言った?」マリーナはたずねた。

ナターシャは咳《せき》払いをして言った。「そろそろ閉会式みたい」

スピーカーから太鼓の音が流れつづけていた。事件のことを調べるうちに、もうひとつわかった事実がある——土に埋められた死体が完全に分解されるには十年間かかる。アリョーナとソフィヤはあの男の菜園に埋められているのだろう。ほんの一時間前、自分は文字どおり娘たちのすぐ上に立っていたのだ。何カ月も前から背筋が寒くなるような情報を集めつづけてきたマリーナは、事実に苦しみもしなければ、慰められもしなかった。その事実は、マリーナのなかで流木のように浮かんでいた。十年間。事実は、ただそこに漂っていた。

「わたしもずっとほしかった。あなたが今夜手に入れたものが」ナターシャは会場のほうに顔をむけたまま言った。「答えが」

マリーナはまた携帯電話を確認した。二時間後。巡査長はそう言った。二時間後に電話が来る。

「どんな答えでもいいの」ナターシャは言った。「あなたが答えを見つけられてよかった」。抑揚のない、どこか遠くから聞こえてくるような声だった。

彼女の言葉はマリーナの胸の奥に沈んでいった。「ありがとう」

二人は黙って座っていた。会場の音楽が沈黙を埋めていた。

「母は……母の考えは正しいの」ナターシャは言った。「リリヤは誰かに殺された」。暗がりのなかで、彼女はマリーナを振り返った。「そう思わない？」

「そんな。わたしにはわからない」マリーナは言った。ナターシャは次の言葉を待っていた。「もしかしたら、あなたが正しいのかもしれない。妹さんはイエゴールに悩まされていて、それで村を出ていった」

「だとしたら、家族に電話をくれていたはず」ナターシャは言った。「一度くらい。わたしに電話をしてきたと思う」

マリーナが言えることは何もなかった。言うべきことはなかった。ナターシャはすでに答えを見つけているのだから。

喜ぶべきなのだろうか。ようやく、なんらかの答えを手にしたことを。それがどんな答えであったとしても。だが、マリーナは何も感じなかった。喜びが、絶望が、ナターシャが傍にいてくれることへの感謝が、二人が共有しているものを分かち合いたいという渇望があるべきところには、底なしの虚しさだけがあった。ナターシャはマリーナを見た。返事を期待している顔ではなかった。

マリーナは両手を握りしめ、三つの小さな遺体を想像した。暗い色のビーツやニンジンのあいだに横たわる、リリヤと、アリョーナと、ソフィヤ。植物の根が彼女たちの手足にからみつき、口のなかには土が小さくなっている。

音楽が小さくなって消え、スピーカーから、静かにしてくださいと呼びかける声が聞こえてきた。

「ごめんなさい」ナターシャが言った。「わたし、行かないと。閉会式がそろそろはじまるから。

一緒に来る？　それとも――」ためらってつづける。「もしそのほうがよければ、わたしひとりで行ってくる。式がすんだら戻ってくるから、うちへ向かいましょう。とりあえず顔を出してこないと……」

二時間。あるいは三時間。リャホフスキー巡査長は、捜査班がここへ来ると言った。確かにそう言った。彼らはイエゴールを追跡し、捕まえるだろう。娘たちが埋まっている場所を見つけるだろう。二時間、あるいは三時間。そのあとの時間は永遠につづく。

マリーナは、この先ずっと、こんなふうにして過ごすのだろう。ひとりで座り、遺体の腐敗のことを考え、アーラ・イノケンチエヴナがそうしてきたように、決して訪れることのない幸福を待ちつづける。

「だいじょうぶ」マリーナは言った。少し離れたところから、もうひとりの自分が自分の声を聞き、シートから腰を浮かせる自分を眺めていた。「行きましょう」

二人が会場の端に着いたとき、アーラ・イノケンチエヴナはマイクに向かって話していた。「六月最後の今日、ともにヌルゲネックを祝いましょう」声が会場中に響き渡る。「みんなで円になってください。夏至の太陽を表現します」

ナターシャがマリーナの手を取った。反対側から見知らぬ誰かが手を差し出してきた。大勢の人々がひとつの円を作っていく。マリーナはエヴァとペーチャの姿を探したが、その暗さでは、遠くにいる人々の顔は見分けがつかなかった。彼らのほうがマリーナを見つけ出してくれるだろう。心配はいらない。

太鼓の音が大きくなっていった。「長い夏のあいだに」アーラ・イノケンチエヴナの声が聞こえた。「古い太陽は死に、新しい太陽が生まれました。霊界へつづく門は開かれています。死者がわたしたちとともに歩き、生者が生まれ変わる時が来ました」

ダンサーたちが近づいてきた。衣装の裾がはためき、彼らの影を不規則にゆがめている。彼らは人々のあいだに加わり、円をさらに大きくしながら、観光客や、地元民や、子どもたちと手をつないだ。

ナターシャがマリーナの手を引っ張った。濡れた草の上で円陣が回りはじめる。「わたしの言葉を繰り返してください」アーラ・イノケンチエヴナが言った。「ヌルゲネック……」。マリーナは、まわりを流れていくエウェン人の言葉をぼんやりと聞いていた。彼女には発音の仕方がわからなかった――やわらかい母音がいくつもつづく。周囲のロシア人たちは、エウェン語の響きを真似ようとしては失敗した。男が一人、でたらめな発音でどなった。笑い声がちらほら上がった。

円陣の回転する速度がはやくなった。草の上で足が滑る。「右どなりの人に、新年おめでとう、と言いましょう」アーラ・イノケンチエヴナが言った。「左どなりの人に、あなたの平和を願っています、と言ってください」。マリーナが考えていたのは、イエゴール・グサコフの家の、塗料の剝がれたよろい戸のことだった。アリョーナのストラップの細い紐のことだった。

アーラ・イノケンチエヴナの声が太鼓の音をかき消す。「古い年から新しい年へ移りましょう。これからみなさんに、ネズの枝を一本と布を一枚渡します。ネズの枝は過去の悲しみを、布は未来への願いを表しています。ひとつ目の焚き火まで来たら、悲しみを表す枝を火のなかへ投げ入れ、焚き火を跳び越えてください」。何倍にも増幅されてスピーカーから響き渡る彼女の声に、自嘲するような響きはない。「未来への願いをしっかり握ったまま、二つ目の焚き火まで歩いてください。

こうして、みなさんはひとつの世界からもうひとつの世界へ歩いていくことになります」

マリーナはアーラ・イノケンチエヴナの声に集中した。イエゴールの菜園の掘り返された土のことを考えないために。夜が終わる前に自分の息は止まっているだろうということを考えないために。あるいは、ヘリコプターの音が聞こえてくるまで数時間待つことの耐え難い困難さを、願えば未来を変えられるのだという嘘を、考えないために。娘たちの小さな、熱い手のことを、彼女たちがその手を自分の手のなかに滑り込ませてくるとどんな感じがしたのかということを、アリョーナとソフィヤが、引いていく波を無心に追いかけていたときのことを。娘たちが戻ってきてくれさえすれば、マリーナの人生は完璧になるということを。考えてはいけない。

「力がみなぎる時間です」アーラ・イノケンチエヴナが言った。「夢が叶う時間です。二つ目の焚き火を跳び越えれば、みなさんは新しい年に移ります。布の片方に結び目を作れば、みなさんの願いは叶うでしょう」

円陣に引き込まれていたマリーナの体が、今度はまっすぐ前へ引っ張られていった。人々はゆるやかな列になって、草地の端の森のほうへ向かっていった。木々の根元は、二つの焚き火の明かりを受けてオレンジ色に照らされていた。スピーカーから合唱団の歌声が流れている。

マリーナの前に並んだ人々は、明るい方へ向かって歩きつづけた。横へ目をやると、煙が立ち込める木々のあいだから、整然と並んだ人々が草地へ戻ってきているのが見えた。そのとき、ひとつ目の焚き火が視界に入ってきた。膝ほどの高さもない小さな火だ。少しずつ近づいていく。ビーズを刺繍《ししゅう》した革の衣装を着た少女が、ネズの枝と布を配っていた。

空気は香ばしいにおいがした。折られた木の枝のにおいだ。マリーナにとってそのにおいは、子ども時代の夏のにおい、祖父の話を聞いていたときのにおい、そして、数年前、娘たちと川を歩いて渡ったときのにおいだった。ナターシャがマリーナの手を離し、枝と布を受け取った。マリーナもその二つを受け取った。薄い、風に揺れる布、手のひらを刺すネズの枝。

セイヨウネズだ。「悲しみと願いです」少女はざわめきに負けない大声で言った。

マリーナのいくつもの悲しみ。マリーナのたったひとつの願い。アリョーナとソフィヤ。一瞬マリーナは、耐え難いほど幸福な想像をすることを自分に許し、自分とナターシャとチェガと友人たちの力で娘たちを救い出せるかもしれない、巡査部長と警察官たちが事件を解決してくれるかもしれない、元の家族に戻れるかもしれないと考えた。リリヤの家族は、娘を、妹を見つけ出せるかもしれない。彼らの悲しみも癒えていくのかもしれない。焚き火を跳び越え、布の端を結び、新しい一年を願ったとおりに生きる自分の力を信じれば。だが、そうはならない。アリョーナと、ソフィヤと、リリヤは殺された。儀式も、処方箋も、捜査も、黒い大型車も、その事実を変えることはない。消えた子どもたちは――マリーナは自分に言い聞かせた――戻らない。

マリーナはひとつ目の焚き火に近づいていった。両手には嘘を握っていた。苦しみは手放すことができるという嘘。娘たちは戻ってくるという嘘。

自分は何に向かって歩いているのだろう？　新しい年は古い年と変わらない。その次の年も、その次の年も、その次の年も、変わる兆しさえ訪れない。あのストラップはアリョーナのものではなかったのだろう。巡査長たちはイエゴールを取り逃がすだろう。娘たちが救出されることはない。リリヤは何年も前に死んでいる。マリーナは他人の言うことを聞き流すようになる。彼女は新聞の仕事に戻る。精神安定剤を服《の》む。生き延びる。だが、もし選ぶことができるなら、マリーナはそのすべてを選ばない――選ばず、過去へ戻る。子どもたちと過ごしていたころへ戻り、やりがいのある仕事をしていたころへ戻り、幸福な子ども時代へ戻る。まだ、世界のすべてが手つかずのままマリーナを待っていたころへ。みんながマリーナに何かを教え、誰も失われていなかったあのころへ。

マリーナは振り返った。うしろの女性が大きな声で言った。「跳び越えて」

マリーナは声が出なかった。発作が起ころうとしていた。

少女が近づいてきて、焚き火を指差した。「これを跳び越えてください。この焚き火は古い年を表しているんです」

両手はふさがっていた。両手がふさがったままでは胸を押さえることができないが、しかしマリーナは一刻も早くそうする必要があり、そうしなければじきに息が止まってしまうだろう。自分はここで何をしているのだろう？　マリーナは列から逃れようとしたが、うしろから押し寄せる人波に阻《はば》まれた。エヴァとペーチャはむこうの森にいる。ナターシャは見当たらない。少女が、次にすべきことを叫んでいる。スピーカーから流れ出すアーラ・イノケンチエヴナの声が、前後左右でこだましている。人々がマリーナを前に押し出す。

ここにいる彼らはマリーナのことを何も知らない。娘たちがいなければ、マリーナに残されたのはこの息苦しさだけなのだ。どれだけ苦しくても、それが――それが、それが――それだけが、母親としてのマリーナに残されたすべてだった。マリーナは地面を蹴った。

七月

泣かないで。聞いて。金色のくつをはいた女の子のお話、また聞きたい？　それか、おんなじ形の二つのお城のお話がいい？　南の国のみなし子がオオカミの群れに育てられたお話はしたっけ？　そう、その女の子。ほんとだって！　女の子はおねえさんになってから見つけられたんだけど、人間の言葉がしゃべれなかったんだって。結こんして、町に住んで、子どもを育てたけど、死ぬまで生のお肉しか食べなかったんだって。

前にテレビのニュースで見たことあるもん。その人、百さいまで生きたんだよ。

泣いちゃだめ……。

ソフィヤ、こっちを見て。ねむたくなるまで何のお話が聞きたい？　町のお話は？　町が海に流されちゃったあと、どうなったかってお話、聞きたい？

聞きたい？　もう一回してあげようか？

自分で話すのとあたしが話すの、どっちがいい？　わかった。

むかしむかし。

波がみんなをさらっていったの。人も、おうちも、車も、がけのむこうに流されていった。波のなかに閉じ込められてなかったらケガしちゃったかもしれないけど、完ぺきに水のなかに入ってたから、だれも痛い思いなんてしなかった。水のなかのあぶくみたいに、水のなかに閉じ込められてたの。みんな、水のまんなかで息を止めてた。目を開けて、手と足をぴんとのばして。

こんなふうに。ほっぺたをふくらませて――そうそう。そんな感じ。

みんなは波に乗って、町から五百キロも先まで運ばれていった。そこまで行くとね、どっちを向いても青い海しか見えないの。大きい波がおそってきてから一分しかたってないのに、アーラスカまであとちょっとのところまで運ばれたの。波の勢いが弱くなって、ぴたっと止まって、それで……ぱんってはじけた。波は消えちゃったの。みんな寒くてぶるぶるふるえてたけど、自由に動けるようになった。

うん、そう。まだ海の上。でも、みんな泳げるからだいじょうぶ。

みんなは泳いだり、せきこんだり、かみの毛をかきあげたりした。いろんなものがいっしょに流されてきたけど、重いものは――おうちとか、道路とか、木とか――みんなしずんじゃった。でも、軽いものは海の上にうかんでた。食べもの。おもちゃ。リモコン。あとは何だっけ？　まくら、毛布、本。みんなびっくりしたんだよ。だって、ベットまで、赤ちゃんがなかにいるまんまうかんでたんだから。

最初の一日と最初の夜は、みんなで、うかんでるものを集めてまわった。体があんまりじょうぶじゃない人たち――おじいさんとおばあさんとか、すごくちっちゃい子どもとか――は、立ち泳ぎをしながら、ものがうかんでる場所をみんなに教えた。「そっちにわしのぼうしがあるぞ！　お気に入りのぼうしなんだ！」とか「あたしのホッケーの棒を取ってきてちょうだい！」とか――。そうそう。「むこうにオレンジジュースの箱が二つあるよ！　右のほう！」とかね。

みんながみんなに優しくしてた。だれもこわがったりしなかった。ちっとも。ソフィヤ、ちがうってば。だって、そこじゃ、そんなこと起こらないんだもん。みんな、相手のことを思いやってたの。みんなはマットレスを集めて、いっしょにねむった。つりざおまであったんだから。季節は夏で、しかも、とびきり暖かい夏だったの。水も温かかった。完ぺきな温度。そのあたりの海はね、すごくすんでて、クジラたちが足の下を泳いでいくのも見えるの。

いまの、聞こえた？

ちょっとだけ静かにして。やっぱり。あの音、聞こえない？

だいじょうぶだから。だから、ちょっと静かにして。ちょっとだけ。静かに。

あいつじゃない……あの音はちがう。あいつだと思う？　こんな時間に二階に上がってくる？

ううん――ごめんごめん。よしよし。ごめん。あいつじゃない。聞いて。

ううん、あの子じゃない。絶対ちがう。下から聞こえてくるもん。わからない……いいから静かにして。かべをノックして、あの子からノックが返ってくるか確かめてみようか。

待って。

こっちにおいで。ほら、お願い。うん、そうだね、いまのはあの子。どうしてあんなにかべをたたいてるの？　あたしたちを呼んでるんじゃないよ。こっちのかべじゃないもん。ねえ、泣かないで。ベッドの下にかくれよう。あの子、どうして急にさけびはじめたの？　ベッドの下にかくれて、耳をすましとこうか。

しーっ。そうそう。うん。暗いね。

ソフィヤ、えらいえらい。

あの音聞こえる？　あの子、まださけんでかべをたたいてるけど、ほかの音も聞こえるでしょ？下から聞こえる。

人が来たみたい。たくさん。ううん、どろぼうじゃないと思う。あいつがだれか連れてきたのかも……ソフィヤ、いまはね、うんとうんと静かにしとくの。足もベッドの下に引っこめといてね。ちゃんとそばにいるよ。心配しないで。あの子、またあいつをおこらせるかも。前みたいに。でも、あたしたちはだいじょうぶ。あたしたちは、ちゃんとおとなしくしてる。

もっとくっついて。お話のつづきをしてあげるね。ソフィヤは、お話のことだけ考えとくの。その遠い海では、水が温かいの。たくさんのクジラと、たくさんのイルカと、親切なタコが一ぴきいるの。みんなは助けが来るのを、待って、待って、待った。ある日、ひとりが言ったの。「そろそろ出発しよう」。でも、みんなこわかった。そりゃそうでしょ？　こわいに決まってる。大きい波がおそってくるのを見たあのときから、そんなにこわい気持ちになるのは久しぶりだった。だれかが言った。「食べものや、おもちゃや、まくらはどうする？」

ほかの人も言った。「危険な目にあったら、どうする？」

でも、やってみようってことになったの。水のなかで永遠に待ってるわけにはいかないから。あの子もそのうち静かになるよ。いつもみたいにさけんでるだけ。すぐに終わるよ。あたしの手をにぎってて。

うん。あたしにも聞こえる。こわがらないで。

いい？　この部屋のドアが開いても、勇かんにふるまうの。どろぼうでも、ほかの人でも、あいつの仲間でも、胸を張っておくの。

いい？　お話の最後、覚えてる？　村の人たちは何て言ったんだっけ？　その人たちは、助けが来なくても、自分たちで助けあったの。村がなくなっちゃっても、どっちを向いても海しか見えなくても、陸をめざして泳いだ。きっとだいじょうぶだ、ってその人たちは言ったの。最後まで助けあおうって言ったの。

覚えておいて。あたしにはソフィヤが、ソフィヤにはあたしがいる。だれがドアを開けてもだいじょうぶ。外の世界にママがいることを忘れちゃだめ。ママはまだあたしたちのことを愛してる。あいつらがいなくなったら、かべをノックしてリリヤに合図しよう。リリヤもノックを返してくれる。すぐとなりの部屋にいるんだから。うん。あたしもここにいる。約束する。いっしょにいようね。あたしたちには、あたしたちがいる。あたしたちはひとりじゃない。

謝辞

カムチャツカ半島の人々の思いやりと寛容と助言がなければ、この本を完成させることはできませんでした。カムチャツカ半島へ連れていってくれたタチアナ・オボスカヤ、お世話をしてくれたデニス・ピキュリン、友だちになってくれたアナスタシア・ストレトソーヴァに感謝を。二〇一一年から二〇一二年の調査期間を支援してくれたフルブライト・プログラムとカムチャツカ州立大学にも感謝します。あの時期には、ベーリンジアとクロノツキーの自然保護区の管理者の方たちから、貴重なアドバイスとご協力を頂きました。二〇一五年にふたたびカムチャツカ半島を訪れることができたのは、エレナ・レポ、アイヴァ・ラース、リリヤ・バナカノワ、マーサ・マッセン、ブィストリンスキー自然公園、OOO・オレネヴォド社、エッソの遊牧地のおかげでした。こうした人々に会い、こうした場所を訪れたことが、わたしの人生を変えてくれました。

『消失の惑星《ほし》』は、ロシアで着想を得て、アメリカで書いた作品です。この本を読んで、作品の力を信じてくれたアーライザ・サラリオ、クレア・ダニントン、ブー・トランドル、ブリタニー・K・アレン、リー・スタイン、アリソン・B・ハート、ミラ・ジェイコブ、〈レジスタンス〉の人たち、ジェニー・ベアード、ミカ・ヤマモト、レナ・シキノヴスカに感謝を。ブルックリンにあるパウダーケグ・ワークスペース、チネロ・オクパランタ、ティン・ハウス・サマー・ワークショップ、クリスティーヌ・シュート、スワニー・ライターズ・カンファレンス、ディオンヌ・ブランド、バンフ・センター、ヴァージニア・センター・フォー・クリエイティブ・アーツ、ハンビッジ・レジデンス、ラグデール・コミュニティ、ヤドー・コミュニティは、作品を書き上げるための場所やサポートを提供してくれました。

守護天使のように助けてくれたジーン・クォクに感謝を。人生で一番幸福な時間をくれた、スザンヌ・グルック、トレイシー・フィッシャー、アンドレア・ブラット、WMEエージェンシーの皆さんに感謝を。イギリスのスクリブナー社のローワン・コープ、ジョー・ディキンソンは、海のむこうから、この本を大切に育ててくれました。本当に感謝しています。クノッフ社のアニー・ビシャイ、リディア・ビューチラー、ペイ・ロイ・コアイ、ジョシー・カルズ、キャシー・ザッカーマン、セアーラ・イーグル、レイチェル・ファーシュレイザー、ポール・ボガーズ、ニコラス・ラティマー、クリス・ギレスピーは、この本が出版されるまで親切に導いてくれ、わたしの夢を現実のものにしてくれました。そして、聡明で、親切で、いつも変わらず寛大でいてくれた、編集者のロビン・デッサーに、心からの感謝を。ロビンがこの本とわたし自身にとってどれだけ大切な存在だったのかは、英語でもロシア語でも言い表すことができません。

大勢の人たちが、『消失の惑星《ほし》』に命を吹き込んでくれました。皆さんには、どれだけ言葉を尽くしても感謝を伝えきることはできません。謝辞の最後の言葉は、一番大切な人のために捧げます――アレックス・エレフセラキスに、彼の愛と誠実さに、そして、十年前に彼がわたしにしてくれた、カムチャツカ半島のことを書いてごらん、という助言に。

訳者あとがき

『消失の惑星《ほし》』は*Disappearing Earth* (2019, Alfred A. Knopf) の全訳である。

著者のジュリア・フィリップスは一九八九年に、アメリカのニュージャージー州に生まれた。高校生の頃からロシアに興味を抱いていたフィリップスは、名門バーナードカレッジでロシア文学を学び、学部在学中に四カ月間モスクワへ留学した。モスクワで、彼女は二つの目標を持つ。ひとつは、再びロシアに戻ってくること。もうひとつは、ロシアを舞台にした小説を描くこと。フィリップスは二〇一一年にフルブライト・プログラムの研究奨学金を得ると、「社会主義から資本主義へ転換した影響を、ロシアのなかでも特に色濃く残している」（二〇二〇年一月、クイーンズ公共図書館）という理由からカムチャツカ半島を選び、それからの二年間を、本書のリサーチと執筆に費やした。二〇一五年には、再びリサーチのためにカムチャツカ半島を訪れている。

コミュニティの結びつきも本作のテーマのひとつだが、フィリップスもまた、共同体の助け合いを大事に思う人々の温かさに大いに助けられたという。この小説が完成したのは、二度目のリサーチからさらに四年後のことだ。十年をかけて書き上げた本作は、デビュー作にして、二〇一九年の全米図書賞小説部門のファイナリストに残った。

この作品の大きな特徴は、十三章の物語がつながり合い、最終的にはひとつの大きな物語になるという構造だ。女性たちの苦悩や喜びが繊細に詳細に描かれながら、語り手と登場人物のあいだには、常に一定の距離感が存在する。

フィリップスはカムチャツカ半島でたくさんの友人を作り、すばらしい時間を過ごした一方で、よそ者としての自分の立ち位置を常に意識していた。二〇一九年七月の〈ザ・モスクワ・タイムズ〉紙のインタビューでフィリップスは、本作は「そこで起こっていることを、アメリカ人であり、よそ者であるわたしの観点から描いた」と語った。しかし、〝よそ者〟としての彼女の立ち位置は、半島の女性たちに対する敬意のこもった距離になり、結果として、これからも続く彼女たちの生活への想像力をかき立ててくる。

物語は、幼い姉妹の誘拐事件によって幕を開けるが、フィリップスは、被害者について掘り下げることをほとんどしていない。各章でひとりずつフォーカスする女性たちの物語を緩やかにつなげることで、年齢も背景もばらばらな半島の女性たちの暮らしを立体的に描き出した。

しかし、幼い姉妹の失踪という事件に焦点を合わせなかったことは、単に、フィリップスが物語の構造を優先させたためではない。

〝愛らしく美しい、そして往々にして人種的にマジョリティに属する少女の失踪〟という、フィクションにおいて好まれてきたテーマを扱うことの危うさを、強く意識しているからだ。彼女は、センセーショナルな文脈で語られる〝消える少女〟や〝犠牲になった少女〟の物語に自身も強い関心があることを認めつつ、そこには、大衆にとって理想的な被害者が、娯楽として、あるいは被害者のみを責める家父長制的な教訓の材料として――「気をつけていないと、いずれおまえもああなるぞ」――消費されやすいことを警戒している。

またフィリップスは、同じ〈ザ・モスクワ・タイムズ〉紙のインタビューで、一九九六年に起こった殺害事件の被害者ジョンベネ・パトリシア・ラムジーが、現在でもアメリカ内外で大きな注目を集め、彼女の写真が雑誌の表紙を飾ることさえあることを例に挙げ、〝完璧な被害者〟の物語は、社会に存在している力関係を映し出し、人種差別や性差別を補強してしまう、とも述べている。

フィリップスは、ニューヨークにある非営利団体の犯罪被害者支援センター（Crime Victims Treatment Center）で長く働いていた経歴がある。クイーンズ公共図書館のインタビュー（前出）で彼女は、その仕事を通して「犯罪がどれだけ無作為に人を襲うのか、人間がどれほどすばらしい回復力を持っているのか学ぶことができた」と語った。長いあいだトラウマについて考えてきた彼女は、作中で誘拐事件の被害者たちの詳細を掘り下げれば、それはともすると、少女の失踪事件を娯楽として消費しがちな文化を再生産してしまうことになりかねないのではないかと危惧した。しかしながら言うまでもなく、本作で扱われているのは、子どもたちを襲った凶悪事件だ。犯人は、一部の登場人物たちからは、無害で朴訥な青年として受け止められているが、犯行における慎重な手口と、入念に練られた犯行計画からは、頭の回転が速く冷酷な犯人像が浮かび上がってくる。被害者の少女たちについて詳細に描くのではなく、こうした犯人像を全篇を通して少しずつ、詳細に明かしていくというスタイルからは、少女や女性が標的にされる事件に対する、フィリップスの慎重な姿勢が伺える。また、世間のこうした風潮に対する著者の批判は、姉妹より先に失踪していたリリヤの描き方にも表れている。リリヤはいなくなったあと、複数の男性と〝遊んでいた〟という根も葉もない噂を立てられ、母親がどんなにはっきり否定しようと、警察までもがその噂を鵜呑みにする。残念ながら日本国内でも、女性が被害者となった犯罪では、加害者より被害者に注目が集まり、ともすると加害者よりも非難されるということがしばしば起こる。十二人の女性の物語だけでなく、物語の構造そのものと、実際には登場しないリリヤに対する世間の描き方にも、女性を取り巻く様々な問題に対するフィリップスの問題意識がはっきりと表れている。

ニュージャージー州生まれのフィリップスがカムチャツカ半島に魅入られたのは、政治的イデオロギーの転換が街や人々に残した影響に加えて、地理的な要因も非常に大きかった。半島を選んだ理由として、「唯一無二の地域性と、豊かな歴史」（二〇一九年十一月〈ビジネス・インサイダー〉）があり、物にせよ人にせよ「消えてしまうには理想的な場所」（二〇一九年五月〈パリス・レビュー〉誌）だと思ったからだという。

カムチャツカ半島は多くの地域が自然保護の対象となっており、人が住んでいる場所はごく限られ、環太平洋火山帯に位置するために地震が頻繁に起こる。作中でも繰り返し書かれているが、カムチャツカ半島と本土をつなぐ陸路はない。飛行機に乗るか船に乗るかしない限り、この半島から出ることはできない。季節を問わず、半島の中を行き来すること自体難しい。未知の存在の気配があちこちで感じられ、ふとしたはずみに様々なものが消えてしまうのではないかと思わせる。

そうした半島の雰囲気に、フィリップスは強く惹かれた。

物語冒頭で起こる誘拐事件は、先述のような地理的な特性と、スラブ系民族と先住民族のコミュニティのあいだにある埋めがたい溝により、解決の兆しはなかなか見られない。白昼に幼い少女たちを襲った事件は、半島に暮らす多くの女性を動揺させ、彼女たちが胸のうちに秘めていた苦しみの影を、さらに暗いものにしていく。

同時に、事件発生後の章に描かれるのは、姉妹とその母親を襲ったような、明白で暴力的な苦痛ではない。どちらかというと、確かにそこにあるにもかかわらず、日常生活ではほとんど口に出されることもなく、もしかすると本人も言語化することさえ忘れてしまっているような苦しみのことだ。

たとえば、白人の青年と遠距離恋愛をしている先住民族のクシューシャは、恋人の過剰な干渉を愛情として受け止めながら、自分は幸福なのだろうかと自問する。海洋研究所で働くナターシャは、不在がちな夫と順調に結婚生活を続けているが、ふとした時に、「すぐそばにいる者を愛するのは難しい」と考える。高校を卒業する前に娘を産んだナージャは、自分を捨てていった男たちにも、閉鎖的な生まれ故郷にも深く失望しながら、その失望を両親にさえ話さない。育児に疲れたゾーヤは、すべてをあとに残して半島から出ていくことを夢想しながら、半島の外からやってきた移民の労働者たちを眺める。

彼女たちはスラブ系だったり先住民族だったり、大学生だったりベテランの看護師だったりするが、共通しているのは、例外なく傷ついており、その傷の原因が、女性として生まれたことと少なからず関わっているということだ。

日本から飛行機で三時間半ほどの距離にあるカムチャツカ半島と日本には、いくつか地理的な共通点がある。どちらも環太平洋火山帯に属しているため、火山と地震が多い。陸路ではどの大陸へ行くこともできない。フィリップスはこの半島を「カリフォルニアと同じくらいの大きさ」だと表現し、その小ささを強調しているが、日本の面積もカリフォルニア州とほぼ同じだ。しかしながら、地理的な共通点以上に、ここで描かれる十二人の女性が経験する苦しみ、そしてその苦しみとの向き合い方――その存在に気づきながら、それについて語ることは常にためらう――は、ここで暮らす多くの人たちのそれと、もしかしたら非常に似ているのではないだろうか。

翻訳にあたっては、多くの方々からご助言をいただいた。固有名詞に関しては、基本的には現地の発音に基づいた表記を採用したが、フィリップスが〝よそ者〟としての自分を意識しながらこの作品を書いたという執筆過程を踏まえ、一部、英語の発音に基づいた表記を用いている。

最後になりましたが、気をつけるべき重要なポイントについて数々の助言をくださった編集の窪木竜也さん、訳者の思い違いを大変丁寧に正してくださった校正者の小澤朋子さん、初校段階から様々なご指摘をくださった編集の月永理絵さん、ロシアの文化やカムチャツカ半島の先住民族の文化について非常に多くのことを教えてくださったカムチャツカ少数言語の研究者の永山ゆかりさん、原文のニュアンスに関する質問に答えてくれたLucy North、カムチャツカ半島の文化に関する多くの質問に答えてくれた著者に心から感謝を申し上げます。

二〇二〇年十二月

カムチャツカ半島案内

釧路公立大学准教授
永山ゆかり

(1) 地理

本作の舞台であるカムチャツカ半島は、ロシア連邦東部に位置する長さ千二百キロメートルの半島である。日本から見ると千島列島の北側にあり、この列島最北の占守島《しむしゅとう》(シュムシュ島)とカムチャツカ半島の最南端との間はわずか二十五キロメートルほどしかない。

カムチャツカ地方は、日本の行政単位で言えば都道府県にあたる。県庁所在地に相当する行政中心地が、本作の登場人物の多くが住むペトロパブロフスク・カムチャツキー市(以下ペトロパブロフスク市)である。

ペトロパブロフスク市はモスクワから七千キロメートルほど離れ、直行便で約八時間かかり、その時差は九時間ある。成田空港から夏期のみ運行される直行便では約四時間で着くので、実はモスクワよりも日本と近い。十九世紀末以来、北海道や東北地方の多くの漁業者が豊富な漁業資源を求めてカムチャツカへ渡り、チュコト半島に至るまでの沿岸部で漁業を行っていた。ペトロパブロフスク市には一九二〇年代から一九四〇年代まで日本の領事館が置かれ、多いときで二万人以上の日本人が居住していたという。

カムチャツカ地方の面積は約四十七万平方キロメートルであるから、面積約三十八万平方キロメートルの日本がすっぽり入り、さらに北海道をもうひとつ入れてもまだ余る。この広大な土地に暮らすのは約三十二万人（二〇一〇年の統計）。そのうちの七割にあたる約二十二万人がペトロパブロフスク市およびその近郊に集中している。

ペトロパブロフスク市中心部のレーニン広場の近くに中央郵便局があり、この郵便局を起点としてメインストリートが北西に伸び、起点からの距離にしたがって「四キロメートル」、「八キロメートル」などと名づけられたバス停がある。「八キロメートル」には、本書の登場人物であるオクサナとマックスが勤務する火山研究所がある。失踪した姉妹が散歩していたのはレーニン広場前のアヴァチャ湾に面した海岸だ。晴れた日には湾の向こう側にあるヴィリュチンスカヤ火山がよく見える気持ちのいい場所で、休日には多くの市民が訪れる。

「十キロメートル」のバス停には長距離バスの発着点となるバスターミナルがある。ここが実質上ペトロパブロフスク市の端である。この先は家がまばらになり、ここを通り過ぎることが、街から遠ざかることを意味するというのは子どもにも理解できる。

このバスターミナルから、本作のもう一つの舞台であるエッソへ向かうバスが出ている。森の中をまっすぐに伸びた道路は、実は冬のほうが快適に走れる。夏だと、雨の後は道がぬかるんだり巨大な水たまりができたりし、晴れているときは砂埃がひどく、対向車が跳ね飛ばした小石がフロントガラスを割ることもある。それにひきかえ冬は道が凍結すれば舗装道路とかわりない。この自動車道はエッソとアナブガイのあるブイストリンスキー地区までしか伸びておらず、さらに北に行くにはエッソからヘリコプターに乗り換えるか、ペトロパブロフスク市から飛行機に乗るしかない。だが、何百年も前からシベリアで暮らしてきた先住民にとって、道路がないことはさほど大きな問題ではない。エッソに暮らすエウェン人の祖先は、シベリアの内陸部からカムチャツカの北側にあるマガダン州を通り、半島の北半分を縦断してエッソまでトナカイで旅をしてきたからだ。現在も、ツンドラや湿地が硬く凍りついて出来上がる「冬の道路」を貨物トラック、路線バス、普通自動車が走っている。

エッソは、半島中央部を南北に走るスレジンヌイ山脈の、標高約五百メートルの地点にある。周りを山とシラカバやグイマツの林に囲まれた美しい村で、カムチャツカ有数の温泉地でもある。エッソはアナブガイとともにブイストリンスキー地区を構成するが、この地区の総人口約二千五百人中、先住民族は四十一パーセントで、そのうちの八割以上がエウェン人、残りの二割弱がコリヤーク人とイテリメン人である。総人口に占める先住民人口の割合が一パーセントであるペトロパブロフスク市と比べると、先住民文化をより身近に感じられる。

パラナは、エッソから直線距離で北へ三百五十キロメートル行ったところにあるオホーツク海沿岸の村で、旧コリヤーク自治管区の行政中心地であった。かつてはカムチャツカ州から独立した議会を持ち、テレビ・ラジオ局が先住民言語による番組を放送したり、プロフェッショナルとして活動している民族舞踊団があったり、カムチャツカ北部における政治と文化の中心であった。

(2) 民族

カムチャツカ地方の人口三十二万人のうち、大部分を占めるのはロシア・ウクライナ・ベラルーシなどスラブ系の住民である。スラブ系住民の大部分はソ連時代に公共インフラを整備するために送り込まれた技術者、医療従事者、教師などである。ほかに、ウクライナやベラルーシなどから夏の間だけサケ・マス漁に従事する季節労働者としてやって来て、現地の女性と結婚してそのまま残った人もいる。しかしこうした移住者の多くは年金をもらう年になると故郷へ帰る。とくにソ連崩壊後の人口流失は大きな問題となっており、カムチャツカ地方の人口は一九九一年の四十二万人をピークに、三十年間で十万人減少した。

先住民人口は、二〇一〇年の統計によれば一万五千人弱で全体の四パーセント。そのうちの約五〇パーセントを占める最大のグループはコリヤーク人である。次がイテリメン人で、ついでエウェン人となる。コリヤーク語やイテリメン語は古シベリア諸語のひとつであるチュクチ・カムチャツカ語族というグループに属し、ロシア人が到来するよりずっと以前からこの地に暮らしてきた。

ロシア人が持つシベリアの先住民に対するステレオタイプに、トナカイ遊牧民はトナカイの肉ばかり食べるというものがある。だが、トナカイ遊牧民であっても実際は魚や野鳥などを食べることが多く、ソ連崩壊前後にトナカイの頭数が激減したこともあり、食卓がトナカイの肉ばかりになるということはない。

ソ連崩壊後の一九九〇年代以降は、中央アジアやコーカサス諸国からの移住者が増えた。統計上はカムチャツカ地方の総人口の一パーセント程度で多くはないが、住民登録をしないで一時滞在者として働く人も多いであろう。中央アジアやコーカサス出身の人たちにとってロシア語は外国語であり、仲間どうしで話すときには自分の母語を使っている。スラブ系住民の中には、自分たちには理解できない外国語を話す移住者が「何をするかわからない」、という偏見を持つ人もあり、本作中でも差別的な発言がリアルに再現されている。むろん移住者に犯罪者が多いなどという事実はないし、そういうスラブ系住民自身もまた移住者である。ゾーヤの隣人が語る「本物のロシア人」というのは、「ロシアはロシア人のものだ」と主張する排外主義者が好んで使う言葉だ。中央アジアやコーカサス出身者ばかりではなく、ロシアの先住民にも向けられる。二〇〇〇年代はじめには、サンクトペテルブルグの大学に在学していたシベリア先住民の学生が排外主義者によって殺害されるという事件も起きた。

(3) 女性

ソ連時代には女性の社会進出が進み、女性も男性と同じ職場で働くことができるようになった。女性も職業学校で学び、鉄道を敷設し、鉱山や建設現場で重労働に従事し、戦場に出て兵士として戦った。しかし、家庭では依然として家父長主義的な考えが根強く残り、現在でも家事は女性が担う家庭が多い。

スラブ系男性が交際相手である先住民の女性を身体的・精神的に虐待する例もある。ある女性支援団体の統計によれば、ロシアでは一時間に一人の女性が家庭内暴力で死亡しているという。人工妊娠中絶件数は世界でも突出して多く、十五歳から四十九歳までの女性千人あたりの中絶件数は一九九〇年で百十三件となっている。さらに、平均的なソ連の女性は一生のうちに七回から八回の中絶手術を受けていたとする研究もある。

なお、筆者が実際に会ったカムチャツカの女性は自立心に富み、決断力と行動力がある。本作の登場人物たちの心情や家族関係には、著者ジュリア・フィリップス自身の意識が投影されていると言えるのかもしれない。

ロシアでは以前から同性愛嫌悪が根深くあるが、二〇一四年のソチ五輪開催を目前に控えた二〇一三年に同性愛プロパガンダ禁止法が制定された。これは同性愛者の権利を訴える活動を規制するもので、同性愛自体を禁止するものではないというのが当局の説明だが、この法律制定以降ヘイトクライムが増加した。同性愛者であるとカミングアウトするだけで脅迫や暴行を受け、活動家が殺害される事件も起きている。

作中では、失踪した先住民族の少女が「性的に奔放だった」と噂されていたり、中央アジアからの労働者が性的な妄想の対象とされていたりするなど、マイノリティが性的搾取の対象として描かれているシーンがある。これはもしかすると、ロシアにおける差別意識を一部反映しているのかもしれない。

先住民が被害者になった事件を警察が十分に捜査しないというのは現実にもある話であり、強姦殺人であっても被害者が先住民であれば犯人を探そうとしない。ロシア人の医師が先住民の患者の治療をしないという話も珍しくない。どちらも娘が失踪したという共通点があるマリーナとアーラ・イノケンチエヴナのやりとりは、こうしたロシア人と先住民の関係をほのめかしている。アーラは都会から来たロシア人であるマリーナに不信感を持ち、危険性を疑われる同郷の青年をかばう。その青年もまた、町では北部在住であることを馬鹿にされる。

この物語の中では、女性差別に加え、スラブ系住民と先住民、都会と北部という関係が複雑にからんでいるのである。

訳者略歴　翻訳家　訳書『ピクニック・アット・ハンギングロック』ジョーン・リンジー，『わたしはイザベル』エイミー・ウィッティング，『サリンジャーと過ごした日々』ジョアンナ・ラコフほか多数

消失《しょうしつ》の惑星《ほし》

2021年2月20日　初版印刷
2021年2月25日　初版発行

著者　ジュリア・フィリップス
訳者　井上《いのうえ》　里《さと》
発行者　早川　浩
発行所　株式会社早川書房
東京都千代田区神田多町2－2
電話　03－3252－3111
振替　00160－3－47799
https://www.hayakawa-online.co.jp

印刷所　株式会社亨有堂印刷所
製本所　大口製本印刷株式会社

Printed and bound in Japan

ISBN978-4-15-210003-0 C0097